Charlotte Jacobi

Das Haus der Perlen

Schimmern der Hoffnung

Roman

PIPER

Mehr über unsere Autorinnen, Autoren und Bücher:
www.piper.de

Wenn Ihnen dieser Roman gefallen hat, schreiben Sie uns unter Nennung des Titels »Das Haus der Perlen – Schimmern der Hoffnung« an *empfehlungen@piper.de,* und wir empfehlen Ihnen gerne vergleichbare Bücher.

Alle Titel, die von Charlotte Jacobi im Piper Verlag vorliegen, finden Sie auf Seite 397.

Unser Versprechen für mehr Nachhaltigkeit
• Klimaneutrales Produkt
• FSC®-zertifiziertes Papier
• Hergestellt in Europa

FSC www.fsc.org
MIX
Papier | Fördert gute Waldnutzung
FSC® C083411

Originalausgabe
ISBN 978-3-492-31811-2
März 2023

Redaktion: Kerstin von Dobschütz
Satz: Eberl & Koesel Studio, Kempten
Gesetzt aus der Adobe Garamond
Druck und Bindung: CPI books GmbH, Leck
Printed in the EU

TEIL 1

April/Mai 1844

PROLOG

April 1844

Das vertraute, sanfte Schimmern der Perlen – Marie Thomass freute sich stets darauf wie auf einen alten Freund. Die Einundzwanzigjährige berührte die weiche Oberfläche der Schatulle und öffnete den Deckel, der wie immer ein klein wenig klemmte. Und dann lagen sie vor ihr, in ihrem nachtblauen Samtbett: die beiden wertvollen, filigran gearbeiteten Ohrringe. Wenn Marie sie betrachtete, war es ihr stets, als könne sie sich tief, ganz tief in die Perlen hineinträumen. Als gebe es in ihrem Inneren eine fremde, wunderbare, märchenhafte Welt – eine bessere Welt, in der sie noch eine Mutter hatte, die ein Leben lang an ihrer Seite stand. Die Ohrringe waren der einzige Luxus gewesen, der Anna Elisabeth Thomass in ihrem Leben je vergönnt gewesen war. Sie hatte die Schmuckstücke von ihren Eltern zur Hochzeit geschenkt bekommen. Und die Perlenohrringe waren das Einzige, was die Säcklergattin ihrer Tochter hinterlassen hatte, als sie im Februar vor zehn Jahren bei einem Kutschenunfall gestorben war. Wenn Marie dereinst heiratete, würde die Mutter zumindest indirekt bei ihr sein, denn es war immer deren Wunsch gewesen, dass die Tochter bei der Zeremonie ihren Schmuck tragen würde. »Das wird dann mein Hochzeitsgeschenk an dich sein. Und wenn du einmal eine Tochter haben wirst, soll auch sie die Ohrringe bei ihrer Heirat bekommen. Und dann wieder deren Tochter. Bis in alle Ewigkeit.«

Marie hatte am heutigen 27. April 1844 wie so oft, wenn sie die Schatulle öffnete, das Gefühl, ihre Mutter würde neben ihr stehen und ihr über die Schulter blicken, sie vielleicht sogar im Arm halten, wie seinerzeit, als sie die Ohrringe zum ersten Mal gemeinsam betrachtet hatten, und sie rief sich die Worte ins Gedächtnis: »Der Glanz der Perlen wird Lüster genannt.«

Dann hatte Elisabeth ihrer Tochter eine der braunen Locken hinter das Ohr gestrichen und erklärt: »Das Geheimnis dieser Perlmuttkugeln liegt darin, dass sie die Haut jeder Frau zum Strahlen bringen.«

Marie erinnerte sich noch genau, dass sie ihre Mutter damals von der Seite angesehen und gedacht hatte, dass deren Haut ohnehin stets strahlte – so wie Anna Thomass selbst. So gut wie nie hatte sie ihre Mutter missmutig gesehen und selten ohne ein Lächeln auf den Lippen. Nach ihrem Tod war im Hause Thomass alle Freude verflogen. Der Vater, ein ohnehin schon eher stiller und zurückhaltender Mann, hatte sein seltenes Schmunzeln verloren und verschwand nach dem Tagesgeschäft oft spurlos. Die einst fröhlichen gemeinsamen Mahlzeiten, auf die Marie sich sonst immer so gefreut hatte, waren seither schweigend abgelaufen und zur reinsten Qual geworden.

Marie war damals elf Jahre alt gewesen, ihre Brüder Carl und Wolfgang acht und sechs, ihre jüngere Schwester Anna erst ein Jahr alt. Das Nesthäkchen war fortan bei einer Tante aufgewachsen, die schwere Zeit hatte die drei übrigen Geschwister eng zusammengeschweißt. Obwohl die beiden keine Ohrringe tragen konnten, hatte die Mutter auch ihre Söhne mit ihrer Perlen-Liebe angesteckt. Beispielsweise hatte sie ihren drei älteren Kindern die Legende von der schönen Kleopatra und ihrer großen Schwäche für Perlen erzählt. Das tragische Ende jener ägyptischen Königin durch Schlangengift hatte Marie und ihre Brüder sehr fasziniert.

Gift war dann acht Monate nach dem Tod ihrer Mutter bei ihnen in Memmingen das wichtigste Stadtgespräch überhaupt geworden: Kurz vor Weihnachten 1834 war nämlich die damals fünfundzwanzigjährige Magd Ursula Brandmüller auf dem Schleiferplatz vor einer riesigen Menschenmenge mit einem Schwert geköpft worden. Sie hatte ihren Ehemann, einen Pflasterer, nachweislich mit Rattengift ermordet. Dazu war sie wohl von einem liebestollen Bauern angestiftet worden, dem sie hörig gewesen war und der sich nach dem fast zeitgleich durchgeführten Giftmord an dessen Ehefrau erhängt hatte.

»Wie kann man seinen eigenen Gatten umbringen – für einen anderen Mann?«, hatte sich Marie damals bei ihrem Vater echauffiert.

Doch dieser hatte gar nicht richtig zugehört. Das traurige Ende seiner Ehe hatte einen anderen Menschen aus Mathias Thomass gemacht.

Die Schatulle hatten die drei Geschwister nach dem Tod der Mutter häufig gemeinsam geöffnet, um sich ihr nahe zu fühlen, und irgendwann hatte Carl dabei verkündet: »Ich will Goldschmied werden. Für sie.«

»Das will ich auch«, hatte Nesthäkchen Wolfgang sogleich hinzugefügt.

Marie war ganz gerührt gewesen. »Wie wunderbar. Das würde Mutter gefallen.«

Heute vermisste sie ihren Bruder Carl schmerzlich, denn ihr Vater war auch zehn Jahre nach dem Unglück noch recht eigenbrötlerisch. Abends verließ er das Haus stundenlang, ohne zu erzählen, wo es ihn hintrieb. Carl war seit drei Jahren bei einem jüdischen Goldschmiedemeister in München in Ausbildung. Und Wolfgang, der bisher dem Vater in der Arbeitsstube geholfen hatte, durfte im kommenden Monat nach Offenburg gehen, um bei einem dortigen Uhrmacher und Goldschmied denselben Beruf zu erlernen wie sein älterer Bruder. Dann würde es noch stiller in dem Haus werden, das Marie mittlerweile führte wie einst ihre Mutter. Sie hoffte, dass Anna Thomass ihr vom Himmel aus zusehen konnte und ein wenig stolz auf sie war. Oft holte sie deren Perlen heraus und erzählte ihnen flüsternd von ihren Sorgen, Wünschen und Träumen. Zuvor vergewisserte sie sich allerdings stets, dass der Vater nicht in der Nähe war. Am Ende würde er sie noch für verrückt erklären, denn wer sprach denn schon mit Schmuckstücken! Andererseits hatte sie auf dem Friedhof schon mehrfach Leute gesehen, die mit dem Grabstein ihrer Liebsten sprachen. Die arme Witwe Gudrun Irslinger aus der Nachbarschaft ging jeden Tag hin, um ihrem verstorbenen Mann zu berichten, was sich am Tag ereignet hatte. Wieso sollte Marie dann nicht mit Mutters Perlen sprechen, die ihr so viel bedeutet hatten?

»Ja Heilandzack!«, riss sie schließlich das Fluchen ihres jüngeren Bruders aus ihren Gedanken. Sie nahm ihren Staubwedel und ging zu ihm in das Arbeitszimmer des Vaters. Dort saß der fünfzehnjährige Wolfgang Thomass über den Geschäftsbüchern und raufte sich die roten Haare. »Ich krieg jedes Mal was anderes raus. Diese vermaledeiten Abrechnungen! Was muss Vater auch ständig verschwinden!«

»Warte!« Marie legte den Lumpen in einem Regal ab und ging zu ihrem Bruder, um die Rechnungen zu überprüfen.

»Hier, du hast diese zwei Posten vergessen«, stellte sie nach einer Weile fest. »Mit denen stimmt es.«

»Kannst du das nicht für mich machen?«, bettelte Wolfgang.

Seufzend nahm sie seinen Platz am Schreibtisch ein und reichte ihm den Staublappen, aufs Regal zeigend.

»Na hör mal!«, rief ihr jüngerer Bruder empört. »Wenn mich jemand mit 'nem Putzlappen sieht!«

Sie verdrehte die Augen und korrigierte mit der Schreibfeder die Zahlen.

»Ihr Frauen habt es einfach gut«, fühlte Wolfgang sich bemüßigt zu sagen, »müsst euch nicht mit Geschäftsbüchern herumschlagen.«

»Dafür dürft ihr Goldschmied werden – oder sogar Kunsthistorik studieren. Davon kann ich nur träumen.«

»Was willst du denn mit einem Studium?«, meinte Wolfgang abfällig. »Nutzt dir doch eh nichts für Haushaltsführung und Kinderaufzucht.«

Marie erhob sich vom Schreibtisch, wobei sie erneut seufzte. Ihr Bruder verstand sie einfach nicht. Sie deutete auf das Geschäftsbuch: »So, jetzt ist alles ordentlich.«

»Danke«, sagte er knapp, »ich muss dann auch los. Meine Freunde warten.«

Als er die Haustür aufriss, wäre er um ein Haar mit dem Postboten zusammengeprallt. Zum Erstaunen der Geschwister überreichte dieser Marie einen an sie adressierten Brief.

»Er ist von Carl!«, freute sie sich, nachdem sie den Briefträger verabschiedet hatten. Der ältere ihrer beiden Brüder war äußerst schreibfaul, obwohl Marie ihm ständig Briefe nach München schickte, griff er nur äußerst selten und unwillig zum Federkiel. Sie befreite sein Schreiben aus dem Umschlag, überflog die Zeilen und konnte nur mit Mühe einen Freudenschrei unterdrücken.

»Was schreibt er?«, drängelte Wolfgang.

»Kannst du ein Geheimnis für dich behalten?«, flüsterte Marie.

Er schien vor Neugier schier zu platzen und wisperte: »Na klar.«

»Ich auch.«

»Blöde Kuh.«

Nachdem Wolfgang sich murrend verkrümelt hatte, ging Marie erneut zur Schatulle mit den Perlenohrringen und öffnete sie.

»Mutter, stell dir vor, Carl hat mir in seinem Brief endlich das Ersehnte geschrieben«, flüsterte sie aufgeregt. »Ich lese ihn dir vor: *Liebes Schwesterchen, mein Meister ist einverstanden, dass Du mich hier in München besuchst, bevor ich im Herbst auf die Walz gehe. Du darfst sogar in einem der leeren Personalzimmer unterm Dachboden schlafen. Überrede Vater und schreib uns dann den Zeitpunkt Deiner Anreise.*«

Marie ließ den Brief sinken. Das würde wohl der schwierigste Teil der Verwirklichung ihres Traumes werden, die Bayernmetropole und die Welt der Schmuckherstellung endlich mit eigenen Augen zu sehen. Das alles musste vor Oktober geschehen, denn dann würde ihr Bruder nach alter Goldschmiedetradition für drei Jahre auf Wanderschaft gehen. Sie sprach mit flehender Stimme ins Leere: »Mutter, vielleicht kannst du von da oben ja ein wenig mithelfen, Vater zu überzeugen.«

»Mich wovon überzeugen?«, kam es plötzlich von der Tür.

Marie fuhr herum und sah in das argwöhnische Gesicht eines dunkelhaarigen Mannes mit einem Backenbart, der langsam weiß wurde: Da stand Mathias Thomass, ihr geliebter fünfundfünfzigjähriger Vater. Wo er wohl wieder gewesen war?

»Carls Meister hat mich für drei Tage nach München eingeladen, damit ich mir alles anschauen kann. Ich dürfte sogar in Herrn Neustätters Haus wohnen.«

»Aha«, sagte der Vater knapp. Marie ahnte, was jetzt kommen würde: Mathias würde bestimmt sagen, es schicke sich für eine unverheiratete junge Frau nicht, allein auf eine derartige Reise zu gehen. Außerdem sei er doch auf ihre Hilfe im Haushalt und in der Säcklerei angewiesen. Und gewiss würde er auch das Argument bemühen, die Reise sei zu kostspielig.

Doch zu ihrer Überraschung knurrte der Vater nur: »Na, wenn du schon deine Mutter um Hilfe bittest, will ich der Einladung nicht im Wege stehen. Tuchwarenfabrikant Joas macht sich nächsten Mittwoch mit seinem Fuhrwerk auf den Weg nach München, nimmt auch ein paar Ledertaschen mit für mich. Er wird dich sicher ans Ziel bringen.«

Marie war sprachlos. Es konnte doch gar nicht sein, dass sich alles so wunderbar fügte. Da musste es doch einen Haken geben!

Kapitel 1

Anfang Mai 1844 saß Marie auf dem Fuhrwerk des aus Nördlingen stammenden Tuchwarenfabrikanten und Freund ihres Vaters, Herrn Joas. Ein wenig leid hatte ihr Vater ihr beim Abschied doch getan. Während ihrer Reise nach München würde sich ihr jüngerer Bruder Wolfgang dauerhaft verabschieden, um seine Lehrstelle in Offenburg anzutreten. Immerhin würde ja aber sie selbst schon nach einer Woche ins Elternhaus zurückkehren.

Als sie schließlich die Stadtgrenze der Isarmetropole passierten, wurde Marie immer aufgeregter, was Herrn Joas nicht verborgen blieb. »Jetzt kannst du deinen Bruder ja bald in die Arme schließen«, beruhigte er die junge Frau, die neben ihm auf seinem Zweispänner saß. Dieser fuhr nun durch den rechten Bogen des prachtvollen Isartors, und Marie blickte voller Vorfreude die Straße Im Tal hinunter. Sie musste sie, wie Carl ihr geschrieben hatte, nur bis zum Ende gehen, dann wäre sie schon auf dem Schrannenplatz, wo sich das Geschäft von Goldschmiedemeister Jeremias Neustätter befand.

Sie bedankte sich bei Herrn Joas, ließ sich ihre kleine Tasche aushändigen und stieg vom Fuhrwerk.

»Eine schöne Zeit wünsch ich dir, junges Fräulein«, rief er ihr hinterher.

»Vielen Dank!«, erwiderte sie und schenkte ihrem Weggefährten ein flüchtiges Lächeln über die Schultern. Die würde sie haben: eine schöne Zeit! Dann trat sie ihren Weg in Richtung Schrannenplatz an und sah sich beeindruckt und auch ein wenig eingeschüchtert um. Wie viele Kutschen es hier gab! Und wie vornehm alle gekleidet waren! Ihre Blicke folgten zwei Frauen, die in unfassbar eleganten Roben die Straße hinuntergingen. Sie hatten einander untergehakt und plauderten angeregt, in ihren behandschuhten Händen balancierten sie zwei spitzenbesetzte Schirme, mit denen sie sich vermutlich gegen die Sonne schützen wollten. Auch wenn die heute, wie Marie fand, nicht sonderlich stark schien. Sie sah den Damen nach und kam sich in ihrem schlichten Baumwollrock, der hellen Leinenbluse und den einfachen Schnürschuhen unscheinbar und farblos vor. Hoffentlich würde Goldschmiedemeister Neustätter bei ihrem Anblick nicht die Nase rümpfen oder sie gar des Ladens verweisen!

Je näher Marie dem Schrannenplatz kam, desto deutlicher vernahm sie einen ohrenbetäubenden Lärm. Als sie dort angelangt war, stöhnte sie erschrocken auf. Unzählige Männer standen hier, schrien wild durcheinander und schleuderten Steine gegen Häuser. Scheiben zerbarsten, und Marie sah, dass eines der Geschosse eine sehr junge Frau an der Schläfe traf, die daraufhin in sich zusammensank. Keiner beachtete sie, es schien im Gegenteil so, als werde die Menge jeden Moment über die Zusammengebrochene hinwegtrampeln! Marie fühlte sich augenblicklich an ihre Mutter erinnert, der man nach dem Kutschenunglück seinerzeit auch zu spät geholfen hatte. Obwohl sie selbst panische Angst hatte, eilte die junge Memmingerin beherzt in Richtung der am Boden Knienden. Wie befürchtet wurde dabei auch sie angerempelt. Jetzt nur nicht hinfallen, dachte sie und schrie: »He da, aufgepasst! Da liegt jemand!«

Schließlich hatte sie die blonde Frau erreicht und half ihr aufzustehen – wobei sie einige rücksichtslose Männer mit aller Kraft zur Seite stoßen musste.

»Sind Sie verletzt?«, wandte sie sich an die zitternde und kreidebleiche Dame, die aus der Nähe noch jünger und sehr hübsch aussah.

Sie schüttelte benommen den Kopf. »Nein. Ich danke Ihnen, das war sehr mutig.«

Mit diesem Worten humpelte das verängstigte Mädchen in eine sichere Seitenstraße.

Marie wusste jedoch, dass sie selbst diesen umkämpften Platz überqueren musste, wenn sie zu ihrem Bruder wollte, auch wenn das zum jetzigen Zeitpunkt unmöglich schien. Während sie noch nachdachte, welchen Weg sie einschlagen könnte, wurde sie von hinten erneut angerempelt, stürzte nach vorn und schlug sich das Knie und die Handballen auf, mit denen sie sich abgefangen hatte. Ein stechender Schmerz fuhr durch ihren Körper.

»Sie bluten ja«, sagte da eine Stimme neben ihr. Sie blickte auf und sah sich einem schmalen Mann mit dunklem, kaum zu bändigendem Kräuselhaar gegenüber. Er mochte Mitte zwanzig sein und betrachtete sie aus wässrig blauen Augen. Sein wohl maßgeschneiderter Anzug war aus feinstem Zwirn, das Hemd strahlte blütenweiß, ebenso wie das Tüchlein mit den eingestickten Initialen S. N., das er nun hervorzog und ihr reichte. So ein feines Taschentuch hatte Marie noch nie gesehen!

»Aber ich … ich kann doch nicht …«, stammelte sie.

»Unsinn«, sagte der Fremde. »Natürlich können Sie. Dafür sind die Dinger schließlich da. Oder um sich die Nase zu putzen. Aber Sie sehen nicht so aus, als hätten Sie Schnupfen. Oder haben Sie Schnupfen? Dann können Sie das Taschentuch natürlich auch verwenden, um sich die Nase zu putzen.«

Marie war sich nicht sicher, ob er sie auf den Arm nehmen wollte oder ob er nur äußerst unbeholfen war, doch sein Gesichtsausdruck war durch und durch ernst. Obwohl sie stets akribisch darauf achtete, dass sie sauber und ordentlich angezogen war, kam sie sich angesichts seiner edlen Kleidung ein wenig schäbig vor. Zumal ihr Rock, wie sie erschrocken bemerkte, durch den Sturz auch noch am Knie aufgerissen war. Sie sah bestimmt aus wie eine Bettlerin!

»Bitte zaudern Sie nicht länger«, sagte der Mann und nahm kurz entschlossen Maries rechte Hand, um das Blut darauf abzutupfen.

»Autsch«, zischte sie.

»Es tut mir leid«, sagte er sofort. »Aber wir müssen das säubern. Und dazu reicht eigentlich kein Taschentuch. Vor allem ist aber wichtig, dass wir von der Straße wegkommen. Können Sie aufstehen?«

Sie nickte, und er bot ihr die Hand, die sie zögernd nahm. Doch als sie auftrat, verspürte sie einen derart stechenden Schmerz in ihrem Bein, dass sie fast wieder in sich zusammengesackt wäre. »Aua.«

»Warten Sie«, sagte der Mann. Er bugsierte sie zu einem

nahe gelegenen Hauseingang. »Wo müssen Sie denn hin?«, fragte er.

»Zum Juwelier Neustätter«, sagte sie.

Erstaunt hob er eine Augenbraue. Gewiss fragte sich der noble Herr, was, um alles in der Welt, eine doch eher abgerissene Person wie sie beim Schmuckhändler wollte.

»So ein Zufall«, sagte er dann jedoch. »Das Geschäft gehört meinem Onkel. Ich bin bei ihm als Goldschmied tätig, Simon Neustätter mein Name.«

»Wirklich?«, rief sie erleichtert und hatte das Gefühl, endgültig in Sicherheit zu sein. »Mein Bruder arbeitet dort. Ich möchte ihn besuchen.«

Carl hatte ihr in einem seiner seltenen Briefe geschrieben, dass die Neustätters drei kleine Söhne hatten und bei ihnen auch ein Neffe lebte, der früh seine Eltern verloren hatte. Um diesen musste es sich bei ihrem Gegenüber handeln.

Simon Neustätter nickte lächelnd. »Dann sind Sie also das Fräulein Thomass. Sie werden von meinem Onkel schon erwartet. Wie gut, dass ich Sie gefunden habe.«

»Allerdings. Was für ein wunderbarer Zufall.«

»Es gibt keine Zufälle«, sagte er und sah sie eindringlich an. Ihr wurde ein wenig unbehaglich zumute. Was wollte Neustätters Neffe damit andeuten? »Im ersten Augenblick habe ich Sie übrigens für unser Dienstmädchen Vroni Finkenzeller gehalten. Sie sieht Ihnen sehr ähnlich, auch wenn sie freilich nicht ganz so hübsch ist wie Sie.«

Marie war das Kompliment peinlich, daher deutete sie ablenkend auf die Menschenmenge. »Aber wie kommen wir denn jetzt hinüber?«

Der junge Goldschmied furchte die Stirn. »Den direkten Weg sollten wir im Moment wohl vermeiden.«

»Dass ich auch ausgerechnet heute zum ersten Mal nach München kommen muss«, seufzte sie.

Er lächelte gewinnend. »Keine Angst, normalerweise geht es bei uns sehr gesittet zu.«

»Nun, das ist beruhigend. Aber weshalb gehen diese Herren heute aufeinander los, und warum werfen sie mit Krügen und Steinen?«

Er zuckte die Achseln. »Sie streiten um Bier.«

»Um Bier?«, fragte sie verwundert. »Sind die etwa alle … betrunken?«

Er lachte. »Einige von ihnen bestimmt. Aber das ist nicht der Grund, warum sie sich so aufführen. König Ludwig hat den festgesetzten Bierpreis heute um einen Kreuzer erhöht.«

»Also sind die Männer wütend, weil sie mehr für ihr Bier bezahlen müssen?«, kombinierte Marie.

Simon Neustätter nickte. »Zumal es vor Kurzem auch schon eine Brotpreiserhöhung gab. Da haben die Leute zwar gemurrt, es aber noch hingenommen. Doch jetzt auch noch Bier …«

»Und warum hat es der König teurer gemacht?«, erkundigte sich Marie.

»Manche Bürger sagen, das liege an der Hochzeit. Weil der ganze Prunk ja bezahlt werden muss.«

Marie wusste, dass die Feierlichkeiten anlässlich der Hochzeit von Erzherzog Albrecht von Österreich mit Prinzessin Hildegard von Bayern anstanden, und fand es aufregend, ausgerechnet in einer solch wichtigen Zeit nach München gekommen zu sein.

»Und glauben Sie das auch?«, fragte sie.

»Ich denke eher, es liegt daran, dass die Zutaten gerade so knapp sind«, meinte er.

Sie nickte. Das ergab Sinn.

»Der Tumult hat beim Bierbrauer zum Mader im Tal angefangen«, wusste der junge Neustätter. »Dort saßen einige Artilleristen und Fuhrwesens-Soldaten zusammen, und sie weigerten sich standhaft, mehr als fünf Kreuzer für die Maß zu bezahlen. Sie machten Gegenvorschläge, die wollte der Wirt aber nicht akzeptieren, das hat die Soldaten geärgert. Sie fingen an, Bierkrüge zu zerschlagen, und einige Arbeiter am Nachbartisch haben sich ihnen angeschlossen. Fenster und Krüge wurden zerschlagen, Türen aus den Mauern gerissen und die Möbel zertrümmert.«

»Ach, du lieber Himmel«, stieß Marie hervor. »All das wegen ein bisschen Bier.«

Andererseits konnte sie den Ärger verstehen: Es wurde wirklich alles immer teurer! Sie erlebte das ja selbst ständig beim Einholen, dabei hatten sie es in ihrer ländlichen Gegend am Rande von Memmingen noch gut, wie der Vater nicht müde wurde zu beteuern.

»Die aufgeheizte Menge hat beschlossen, gleich zum nächsten Brauhaus zu gehen und ihren Unmut kundzutun. Und so ziehen sie immer weiter, von Wirtshaus zu Wirtshaus«, ließ Neustätter Marie wissen und deutete auf die grölenden Männer, die gerade im Begriff waren, mit einer Wagendeichsel eine massiv aussehende Tür einzurammen, die der Wirt soeben angstvoll verschlossen hatte.

»Und ich habe gedacht, ich komme an einem besonders romantischen Tag nach München«, seufzte Marie und blickte auf ihre verletzten Hände.

»Tut es noch sehr weh?«, erkundigte sich Neustätters Neffe besorgt. »Wir sollten wirklich nach Hause und die Wunde reinigen.«

Dem konnte sie nicht widersprechen. »Nur, wie kommen wir da hinüber?«

»Wir umrunden den Platz weiträumig«, kündigte Simon an. »Es wird Ihnen nichts geschehen, vertrauen Sie mir!«

Kapitel 2

Moritz Schmerler, der im Januar neunzehn Jahre alt geworden war, wischte sich eine dunkle Strähne aus der Stirn und verzog das Gesicht. Er musste wirklich mal wieder in die Barbierstube! Ständig fiel ihm das Haar in die Augen, dabei brauchte er doch gerade jetzt einen sehr scharfen Blick. Der junge Perlfischer stand barfuß und bis zum Knie im Fluss, der Weißen Elster. An seiner Seite war der hochgewachsene, aber etwas schüchterne neue Lehrbursche Paul Klarner, der bei Schmerler junior dessen Handwerk erlernen wollte. Auf dem Weg hierher hatte Moritz dem Jüngeren verraten, dass sich die Muscheln dort am wohlsten fühlten, wo die Flüsse nicht mehr steil von den Höhen stürzten, sondern zu einem flachen, sacht dahinplätschernden Bach wurden.

»Wo die Forelle aufhört und die Äsche anfängt«, hatte sein Großvater ihm einmal gesagt.

Schon seit den frühen Morgenstunden nahmen die beiden jungen Männer die Perlmuschelbänke in Augenschein. Deren Zustand musste regelmäßig überprüft werden – sollten die Bänke Gefahr laufen, abgetrieben zu werden, mussten sie wieder befestigt werden. Die Fischer notierten die

Fundstellen der Muscheln und hielten nach Perlen Ausschau. Moritz liebte diese Suche nach der Nadel im Heuhaufen! Jetzt hob er den Fuß und zog damit eine weitere Muschel aus dem Fluss, die er zwischen den großen und den nebenliegenden Zeh geklemmt hatte. Dann setzte er das spezielle Perleisen an, das aus einem Holzgriff mit zwei Zinken bestand. Er öffnete das Gehäuse äußerst behutsam und nur ein winziges Stückchen. Muschel für Muschel hatten die beiden jungen Männer heute schon auf diese Weise untersucht, bisher jedoch noch keine einzige Perle gefunden.

»Beim Hineinschauen ist größte Vorsicht geboten. Wenn man die Schale zu weit öffnet, stirbt das Tierchen darin«, erklärte Moritz dem schlaksigen Oelsnitzer mit dem semmelblonden Haar und den grünen Augen. »Zeitweise müssen wir die Muscheltiere sogar völlig in Ruhe lassen.«

»Wenn sie laichen, gelt?«, sagte Paul stolz.

Sein Lehrmeister nickte anerkennend. »Genau, das tun sie zweimal kurz hintereinander. Wenn man sie in dieser Phase stört, werfen sie ihre Brut sofort ab – auch wenn sie noch unreif ist. Weißt du übrigens, wo die frisch geschlüpften Muscheltierchen dann ihre ersten Lebenstage verbringen?«

Paul sah ihn hilflos an. »Im Wasser?«

»In den Kiemen von Fischen«, präzisierte Moritz. »Anfangs sind sie Parasiten. Erst nach einer Weile lassen die Muschelkinder los und sinken zum Grund des Gewässers.«

»Wovon ernähren diese Tierchen sich eigentlich?«, fragte der Lehrling.

»Das ist schwer zu sagen, weil in den ganz klaren Bächen gar keine Nahrung vorhanden zu sein scheint. Es sind wohl organische Teilchen, die sie aus dem Schlamm ziehen. Dafür strecken sie beständig ihr Röhrenende heraus«, belehrte ihn Moritz und spähte in das Innere der Schale.

»Und?«, fragte Paul ungeduldig. »Haben wir diesmal eine Perle gefunden?«

»Sieh selbst!«, forderte ihn Moritz auf.

Der Jüngere tat, wie ihm geheißen. »Ich sehe leider keine.«

»Richtig.« Moritz befestigte die Muschel wieder vorsichtig am Flussgrund.

Die Enttäuschung im Gesicht des Lehrlings blieb ihm nicht verborgen. »Aber es wäre auch ein großer Zufall gewesen, wenn wir so schnell fündig geworden wären, nur in etwa jeder tausendsten Muschel befindet sich eine Perle.«

Erschrocken blickte ihn Paul an. »Nur in jeder tausendsten? Das würde ja bedeuten, dass wir heute vielleicht gar keine finden.«

»Ja, manchmal sogar tagelang nicht«, ergänzte Moritz und bemerkte, dass die Zähne des Lehrlings klapperten. Wie er selbst musste Paul inzwischen völlig durchgefroren sein.

»Lass uns eine Pause machen und etwas essen«, schlug Moritz daher vor.

Sie wateten an Land, wo er flussaufwärts einen verschließbaren Bastkorb und eine Decke in einem Gebüsch versteckt hatte. Diese breitete er auf der Wiese voller gelb blühendem Löwenzahn aus, machte es sich gemütlich und begann den Korb auszupacken. Er bot Paul einen Platz neben sich an, indem er zur Seite rutschte.

»Vielen Dank, Herr Schmerler«, murmelte der Lehrjunge, der immer noch ein wenig verschüchtert war.

»Moritz«, forderte ihn der Perlfischer auf. »Wenn wir hier am Fluss sind, nenn mich bitte beim Vornamen, und lass das Sie weg, sonst denke ich immer, mein Vater steht hinter mir und du sprichst mit ihm.«

»Mach ich«, versprach Paul. Schelmisch schmunzelnd fügte er hinzu: »Vielen Dank, Moritz.«

»Schon besser«, lobte der. »Lang zu, unsere Großmutter Agathe meint es immer sehr gut mit uns.«

Es gab hart gekochte Eier, Käse, eine Tonschale mit Butter, Brot, Essiggurken, kalten Braten und zwei Flaschen Bier. Gierig nahm Moritz den ersten Bissen und spülte diesen mit einem kräftigen Schluck des Gerstensaftes herunter.

»Was hat dich denn dazu bewogen, Perlenfischer zu werden?«, fragte er seinen Lehrling, der sich eine dicke Scheibe Brot mit Butter bestrich.

»Ich finde es romantisch.« Paul lächelte etwas verlegen.

Moritz hob erstaunt eine Augenbraue. »Romantisch?«

»Mein Liebchen hat mir von einer alten vogtländischen Tradition erzählt – dass der Jüngling seiner Versprochenen früher Perlen gesucht hat. Ich dachte mir: Wie schön muss es sein, diese Suche zum Beruf zu machen.«

»Und für jede Perle, die du findest, ein neues Liebchen, was?«, entgegnete Moritz mit ironischem Grinsen.

Paul schüttelte lachend den Kopf. »Nein, nein, die eine reicht mir völlig aus.«

»Demnach hast du also schon einiges über die Geschichte der Perlfischerei mitbekommen?«, sagte Moritz etwas ernster.

»Also, ich habe jedenfalls gehört, dass es sie hier im Vogtland schon seit dem frühen Mittelalter gibt«, antwortete Paul.

»Das ist richtig. Durch unsere Heimat hier führte eine uralte Handelsstraße. Kaufleute aus Venedig haben ihre Waren aus den wärmeren Gefilden bei uns getauscht – gegen allerlei Metalle, Erze und eben Perlen. In der Zeit vor dem Dreißigjährigen Krieg gab es hier Prunk- und Gewinnsucht. Dadurch wurden die stillen Umfriedungen der Schalentiere gestört. Eigentlich sind die sehr langlebig, aber damals wurden manche Bäche völlig ausgeraubt – und viele Muschelbänke vernichtet.«

»Was für eine Schweinerei!«, erboste sich Paul.

»Perlen zu tragen war zu der Zeit damals eine wahre Modesucht«, erzählte Moritz, was er einst von seinem Vater gelernt hatte. »Das hat diesen Vandalismus genährt. Zum Glück ist damals ein Tuchmacher aus Oelsnitz eingeschritten – dessen Vorfahren waren schon seit langer Zeit des Perlenfischens kundig. Er hieß Moritz Schmirler.«

»Oh!« Paul ließ seine Brotscheibe sinken und sah ihn erstaunt an. »Das klingt ja wie Ihr … dein Name.«

»Ja, er war ein Vorfahr von uns, auch wenn man den Nachnamen damals noch anders geschrieben hat«, bestätigte Moritz die Vermutung seines Lehrbuschen. »Jener Moritz hat Anzeige bei der Regierung erstattet. Kurfürst Johann Georg I. von Sachsen ließ das Muschelvorkommen dann durch Gelehrte aus Dresden überprüfen. Zu guter Letzt hat er ein sogenanntes Regal dafür erlassen.«

»Ein Regal?«, wiederholte Paul verwirrt.

Moritz lachte. »Keins, in das man etwas hineinstellen kann. Ein Regal ist ein Hoheitsrecht – dadurch gehörten alle Perlen, die dort gefunden wurden, dem Kurfürsten. Im Gegenzug verlieh der meinem Urahnen am 8. Juli 1621 das Amt des herrschaftlichen Perlenfischers. Und wenn die schimmernden Kügelchen auch dem Kurfürsten gehörten, so hat mein Vorfahr durch den Posten doch ganz gut Geld verdient. Seither wird das Amt innerhalb unserer Familie von einem Menschenalter zum nächsten weitergegeben.«

»Das sind ja mehr als zweihundertzwanzig Jahre«, staunte Paul und schob sich noch ein Stück Käse in den Mund.

»Ja, in der langen Zeit ging es mit der Perlenfischerei mal bergauf, mal bergab«, berichtete Moritz, während er genüsslich in den letzten Brocken Brot biss. »Ein großer Feind der Muscheln war beispielsweise die Holzflößerei. Früher gab es noch ausgedehntere, urwüchsige Waldungen im Vogtland, hauptsächlich Edeltannen und Buchen. Man schnitt die Stämme in Klötze, markierte sie und warf sie in die Elster, die sie dann talwärts bis nach Leipzig trieb. Dadurch sind natürlich die Muscheltiere aus ihren stillen Plätzchen in dem seichten, kiesigen Untergrund herausgestoßen und beschädigt worden. Tausende und Abertausende von alten Tieren gingen elendig zugrunde.«

Der Lehrling nickte ernst. »Meine Großmutter Hildegard hat erzählt, dass auch die vielen Hochwasser und starke Eisgänge Muscheln getötet haben.«

»Da hat die alte Dame recht. Zum Glück hat die Königlich Sächsische Krone allen Krisen zum Trotz das alte Regal nie aufgegeben. Man muss bei der Zucht der Perlenmuschel mindestens mit halben Jahrhunderten rechnen, das seltsame Schalentier kann nämlich weit über hundert Jahre alt werden. Fünfzehn bis zwanzig Jahre sind das Durchschnittsalter für eine mittelgroße Perle.«

Mit diesen Worten sprang er auf, klopfte sich die Krümel ab und sagte zu Paul: »Komm, lass uns weitermachen!«

Gleich darauf standen die Männer wieder nebeneinander im Fluss und öffneten erneut eine Muschel nach der anderen. Während ihrer Suche erzählte Moritz seinem Lehrling, dass der lateinische Name der Muscheltiere *Mya margaritifera* lautete.

Schließlich rief Paul begeistert: »Da ist eine drin.«

Er reichte sie Moritz, der seinerseits einen prüfenden Blick hineinwarf. »Tatsächlich. Allerdings ist sie noch zu klein.«

Er zückte ein Messer und ritzte zwei Vieren in die Schale.

»In so einem Fall markieren wir die Muschel mit der Jahreszahl und legen sie wieder zurück.«

Als er das enttäuschte Gesicht des Lehrburschen bemerkte, schmunzelte er. »Tja, in unserem Beruf lernt man Geduld.«

***

»Hier sind wir schon«, sagte Simon Neustätter, nachdem er und Marie Thomass den Schrannenplatz erfolgreich und sicher umrundet hatten und auf dessen anderer Seite angelangt waren. Er deutete auf das edel wirkende Ladengeschäft. *Juwelier und Goldschmiedemeister Jeremias Neustätter,* stand dort am Schaufenster geschrieben. Und: *bestens assortiertes Lager von Juwelen, Goldwaren, Korallen, Granaten, Perlen, Silber und anderes mehr.* Ehrfürchtig blieb Marie stehen, während hinter ihrem Rücken inzwischen die Gendarmerie eintraf, um gegen die Aufständischen vorzugehen.

Sie war also tatsächlich angekommen – an dem Ort, an dem ihr Bruder arbeitete, um der Liebe seiner Mutter zu edlem Geschmeide ein Denkmal zu setzen. Zwar wusste Marie aus Carls Briefen, dass Neustätter nur selten mit Perlen zu tun hatte, aber die Mutter hatte ja nicht nur diese geliebt, sondern Schmuck ganz allgemein, auch wenn sie sich keinen weiteren hatte leisten können. Und an den Ohrgehängen hatte sie stets die filigrane Goldschmiedekunst bewundert.

»Juwelier«, las Marie vor. »Ein ganz neumodisches Wort.«

»Als Unterscheidung gilt, dass ein Juwelier in erster Linie verkauft, der Goldschmied hingegen als Handwerker den Schmuck selbst herstellt und repariert«, erklärte Simon. »Wir Neustätters können beides.«

Er stieß die Ladentür auf. Ein Glöckchen bimmelte darüber.

»Bitte schön«, sagte er und ließ sie zuerst eintreten. Drinnen schnappte Marie überwältigt nach Luft. Um sie herum blitzte und funkelte es, dass es die reinste Freude war. In der Mitte des Raumes stand ein großer Tisch, auf dem verschiedene Glaskästen angebracht waren. Darin lagen kostbare Ringe, prachtvolle Colliers, Broschen, Tiaren und traumhafte Ohrgehänge. Auch an den Wänden entdeckte Marie Vitrinen voller kostbarer Steine und hinreißendem Geschmeide.

»Unglaublich schön«, hauchte sie und war wie geblendet, als ein fein gekleideter, dunkelhaariger Herr um die vierzig auf sie zutrat.

»Simon«, sagte er erleichtert. »Gut, dass du heil zurück bist. Deine Tante und ich haben uns schon Sorgen gemacht.«

»Wo ist sie denn?«, fragte der Neffe und sah sich suchend um, während Marie etwas verloren neben ihm stand und nach ihrem Bruder Ausschau hielt. Wo war Carl nur?

In diesem Moment wurde die Tür aufgerissen, und eine

wunderschöne Dame stürmte herein. Sie trug ein weites, aber elegantes Kleid, hatte ihr schwarzes Haar hochgesteckt und sah, wie Marie fand, einfach atemberaubend aus. Obschon sie, wie Maries Bruder Carl bereits geschrieben hatte, im siebten Monat schwanger war, wirkte sie äußerst agil. Sie fiel Simon Neustätter erleichtert um den Hals.

»Bub«, rief sie. »Zum Glück bist du zurück. Ich hatte wirklich Angst um dich.«

Marie staunte: War das etwa Simons Tante, Lea Luisa Neustätter? Die Dame war laut Carl dreißig Jahre alt, wirkte aber äußerst mädchenhaft.

»Es ist alles gut, Tanterl«, sagte Simon, während er sich aus ihrer Umarmung befreite. »Und unterwegs habe ich auch gleich noch das Fräulein Thomass eingesammelt – Carls Schwester.«

Beide Eheleute Neustätter richteten sogleich ihren Blick auf Marie, die spürte, wie ihr wegen des zerrissenen Kleides die Röte ins Gesicht stieg.

»Ach, das Fräulein Thomass!«, rief Jeremias Neustätter freundlich und schüttelte ihr die Hand. »Bitte entschuldigen Sie, dass wir Sie in all der Aufregung um das Wiedersehen mit unserem Neffen gar nicht richtig begrüßt haben.«

Herrn Neustätters Händedruck war so fest und schmerzte derart an ihren Schürfwunden, dass sie das Gesicht verzog.

Die Gattin des Juweliers bemerkte dies. »Aber was ist denn, meine Liebe?«, sagte sie statt einer Begrüßung.

»Sie hat sich verletzt«, erklärte Simon und blickte auf die verschlungenen Hände Maries und seines Vaters. »Dein Händedruck tut ihr sicherlich sehr weh, Onkel.«

»Oh«, kam es erschrocken vom Juweliermeister, und er

ließ ihre Hand sofort los. »Bitte entschuldigen Sie. Das tut mir wirklich leid!«

»Nicht schlimm«, versicherte Marie, die immer verlegener wurde. »Das konnten Sie ja nicht wissen!«

Mit einem verstohlenen Blick auf ihre Hand bemerkte sie erleichtert, dass diese zumindest nicht wieder zu bluten begonnen hatte. Nicht auszudenken, wenn sie Herrn Neustätters Rechte mit ihrem Blut befleckt hätte.

»Was ist denn geschehen?«, fragte seine Frau besorgt und betrachtete Marie genauer. »Ihr Rock ist ja auch zerrissen!«

Carl, wo bleibst du nur, rief Marie im Stillen nach ihrem Bruder und war dankbar, dass Simon Neustätter ihr die Erklärung abnahm: »Ich habe sie sozusagen gerettet.« Er deutete zum Fenster, durch das zu erkennen war, wie die Aufständischen draußen auf dem Schrannenplatz von Soldaten auseinandergetrieben wurden. »Man hat sie gestoßen, und sie ist gefallen.«

»O nein«, rief Luisa Neustätter bestürzt. »Das ist ja furchtbar. Haben Sie große Schmerzen?«

Marie schüttelte hastig den Kopf. »Nicht der Rede wert. Die Schürfungen tun ein bisschen weh, und auch mein rechtes Bein beim Auftreten, aber mehr Beschwerden habe ich nicht.«

»Na, das sind ja auch schon genug«, entgegnete die Dame des Hauses. »Ich bringe Sie jetzt nach oben. Simon, du nimmst ihr Gepäck.« Sie deutete auf die kleine Tasche, die Marie bei sich hatte, ein weiterer Grund, verlegen zu sein. Es handelte sich um einen alten Lederbeutel aus der Produktion ihres Vaters, und er machte nicht viel her.

Carl hatte ihr und dem Vater gegenüber in Briefen sowie bei seinen seltenen Besuchen zwar erwähnt, wie freundlich sein Meister sei und wie gut er es mit diesem getroffen habe, doch dass dieser derart zuvorkommend sein würde, damit hätte sie nicht gerechnet. Aber wo blieb Carl denn nur? Wieder sah sie sich etwas hilflos um.

Juwelier Neustätter deutete ihren Blick richtig: »Ihr Bruder hatte noch einen Botengang zu erledigen. Er ist bestimmt gleich zurück.«

»Hoffentlich ist ihm nichts geschehen«, sagte Marie ein wenig bang, doch Neustätter schüttelte den Kopf. »Im Gegensatz zu meinem Neffen ist er genau in die andere Richtung unterwegs. Dort ist es bisher ruhig.«

»Hoffentlich bleibt das so«, murmelte Marie.

Hatte der junge Herr Neustätter nicht gesagt, dass die erbosten Männer von Wirtshaus zu Wirtshaus zogen?

Kapitel 3

»So«, sagte Luisa Neustätter kurz darauf und stieß eine mit Intarsien verzierte Eichentür auf. »Hier, in der Beletage, befinden sich die Wohnräume unserer Familie, die Küche und das Dienstbotenzimmer. Ein Stockwerk darüber sind die Schlafgemächer, und unter dem Dach die Räumlichkeiten für die Dienstboten. Dort werden auch Sie schlafen.«

»Danke«, sagte Marie und blickte in einen weitläufigen Flur, von dem hohe Flügeltüren abgingen. Die Wohnung war äußerst edel eingerichtet, die Möbel, Gobelins, Vitrinen, Porzellanfiguren und die Stofftapeten hätten auch in ein Schlösschen gepasst!

In diesem Augenblick kamen drei Kinder aus dem Spielzimmer, alles Jungen, wie Marie feststellte.

»Wer bist du?«, fragte der Älteste.

»Das heißt guten Tag, gnädiges Fräulein, mein Name ist Julius Neustätter«, belehrte ihn seine Mutter. »Die junge Dame hier ist Marie Thomass, sie …«

»Die Schwester von Carli«, unterbrach sie Julius. »Er hat gesagt, du kommst bald.«

»Tja, Julius merkt sich so was, er ist ein ganz Schlauer«, erklärte Luisa mit sanfter Ironie, aber dennoch liebevoll.

»Ich werde bald sieben und komme in vier Wochen in die Schule«, betonte Julius.

»Falls Sie es vergessen sollten, er wird nicht müde, Sie daran zu erinnern«, raunte seine Mutter Marie verschwörerisch zu. »Der kleine Rebell neben ihm ist Albrecht, fünf Jahre, und der Goldschatz dahinter Heinrich, anderthalb.«

Carl hatte Marie von den Buben bereits geschrieben, auch dass Luisa Neustätter bei ihrer diesmaligen Schwangerschaft auf ein Mädchen hoffte.

»Freut mich sehr, euch kennenzulernen«, sagte Marie.

In diesem Moment kam ein Dienstmädchen mit Schürze und Häubchen auf sie zugeeilt. Das musste Vroni Finkenzeller sein, von der Simon vorhin gesprochen hatte. Bei deren Anblick fand auch Marie selbst, dass die junge Frau ihr tatsächlich recht ähnlich sah. Allerdings wiesen deren Haare eine helleren Rotton auf, und sie hatte ein paar Sommersprossen im Gesicht.

»Gnädige Frau«, sagte sie schüchtern. »Kann ich etwas für Sie tun?«

Luisa nickte. »Vroni, das ist Marie Thomass. Carls Schwester.«

Aus den Briefen ihres Bruders wusste Marie, dass Vroni die ein Jahr ältere Schwester des Familienkutschers Leonhard war.

»Unser Gast ist vorhin beim Aufstand draußen verletzt worden«, berichtete Luisa.

Sie deutete auf Maries Hand.

»Aber das ist ja schrecklich«, rief Vroni, und da fiel Marie wieder ein, dass Carl behauptet hatte, das Dienstmädchen lisple sehr auffällig – nun, er hatte nicht übertrieben. »Was für Rüpel sind das nur da draußen? Haben Sie schlimme Schmerzen?«

»Nein, nein«, winkte Marie ab, der all das Aufhebens, das man um sie machte, weiterhin recht peinlich war. Sie sah aber auch einen Hauch von Sensationslust in den Augen der anderen. Die schien es spannend zu finden, mehr über die Bierkrawalle zu erfahren.

»Sie bringen Marie jetzt erst mal zu Frau Kreutner«, wies Luisa das Mädchen an und wandte sich dann lächelnd an Marie. »Die Gute kocht nicht nur wunderbar, sie kennt sich auch bestens mit Verletzungen aus. Sie wird Sie verarzten. Anschließend zeigt Vroni Ihnen Ihr Zimmer, und dann ist sicherlich auch schon Ihr Bruder wieder zurück.«

»Vielen herzlichen Dank«, sagte Marie. Und zum ersten Mal seit ihrer Ankunft in München lächelte sie.

***

Eigentlich hatte Moritz Schmerler seinen Lehrling an dessen erstem Arbeitstag die Geduld lehren wollen, die für ihren Beruf nötig war. Aber als Paul am Spätnachmittag doch noch eine Perle fand, war dieser derart außer sich vor Begeisterung und Stolz, dass Moritz nicht umhinkonnte, sich mit ihm zu freuen.

»Dann machen wir für heute Schluss«, schlug Schmerler junior vor. »Ich wollte sowieso zeitig nach Hause, meine Schwester hat sich für heute Abend mit ihrer Familie angekündigt. Komm doch noch kurz mit zu uns, deinen Fund müssen wir meinem Vater zeigen. Du scheinst uns Glück zu bringen, das soll er ruhig wissen.«

Am Morgen war Friedrich Schmerler nicht mit ihnen

zum Fischen gekommen, wie er das sonst häufig tat. Er hatte Moritz erklärt, dass er sich gemeinsam mit seinem älteren Sohn Cornelius den Büchern widmen und außerdem sein Arbeitszimmer etwas aufräumen wolle.

»Das ist dringend nötig«, hatte er geseufzt. »Deine Mutter besteht darauf, sie sagt, man könne gar nicht mehr reinemachen, weil überall Papierberge liegen.«

»Womit sie nicht unrecht hat«, hatte Moritz grinsend kommentiert. Und Friedrich Schmerler, der nicht nur aussah wie eine ältere Version seines jüngeren Sohnes, sondern sich ebenso wie er am liebsten draußen in der Natur aufhielt, hatte sich in sein Schicksal gefügt.

Seite an Seite gingen Moritz und Paul nun auf das kleine Fachwerkhaus zu, das am Ufer der Weißen Elster stand und von dem Fluss, der ihnen allen ihr Einkommen sicherte, durch einen großen Garten und eine niedrige Steinmauer getrennt war. Als Kind hatten es Moritz und sein Bruder Cornelius, den er Conni nannte, geliebt, darauf zu balancieren.

»Paul!«, rief in diesem Augenblick eine aufgeregte Kinderstimme hinter den beiden jungen Männern, und sie drehten sich um.

»Albin«, erkannte der Lehrling den etwa sechsjährigen Jungen, der ihn gerufen hatte und auf sie zugerannt kam.

»Habt ihr eine Perle gefunden?«, fragte der Kleine.

»Ja, meine erste«, entgegnete Paul stolz.

»Bringst du meinem großen Bruder das Perlenfischen bei? Bist du der Herr Schmerler?«, verlangte Albin von Moritz zu wissen.

Der wusste, dass der Kleine und Paul vor fünf Jahren ihren Vater durch einen Unfall bei Baumfällarbeiten verloren hatten. Danach war die junge Witwe mit ihren beiden Söhnen bei ihrem Schwager untergekommen, der am Marktplatz von Oelsnitz ein Gasthaus mit Herberge betrieb.

Moritz antwortete dem Nesthäkchen schmunzelnd: »Der bin ich, ganz genau. Und ich hoffe doch, dass dein Bruder etwas bei mir lernt.«

»Ich will auch Perlenfischer werden«, offenbarte der Junge. »Aber der Paul will mich nicht mitnehmen. Und Mama sagt auch, dass es zu gefährlich ist.«

»Das stimmt leider«, bestätigte Moritz. »Das Wasser ist noch zu tief für dich, du musst erst noch ein bisschen wachsen.«

Als er Albins enttäuschten Blick sah, deutete Schmerler junior auf das Mäuerchen. »Schau mal, sobald du größer bist als unser Schutzwall, darfst du mit zum Perlenfischen.«

»Versprochen?«, fragte der Kleine und stellte sich probeweise an die Steinmauer. Da fehlte zwar noch einiges, doch Albin schien auf schnelles Wachstum seinerseits zu vertrauen; er strahlte nämlich bis über beide Ohren, als Moritz sagte: »Versprochen!«

»Und jetzt ab nach Hause mit dir!«, befahl Paul. »Sonst macht sich Mutter noch Sorgen um dich.«

»Ich erzähle ihr, dass ich noch wachsen muss«, kündigte Albin an und lief los.

»Das mit dem Mäuerchen war eine gute Idee«, lobte Paul seinen Ausbilder. »Lehrt ihn Geduld.«

»Hat mein Vater mir damals auch so erklärt«, verriet Moritz lächelnd. »Komm, wir zeigen ihm deine erste Trophäe.«

Sie betraten das Haus durch die Hintertür und stiegen die schmale Treppe nach oben. Das Arbeitszimmer Friedrich Schmerlers befand sich im ersten Stock. Als sie vor der verschlossenen Tür angekommen waren, wechselten Perlenfischer und Lehrjunge einen Blick und nickten einander zu. Dann hob Moritz die freie Hand, um anzuklopfen.

»Herein«, klang es von innen.

Moritz musste lächeln, als er die Tür öffnete und den Raum betrat, der einen hinreißenden Blick auf den Garten und die Elster bot. Seinem Vater war deutlich anzumerken, dass ihm die Unterbrechung, welcher Art sie auch immer sein mochte, höchst willkommen war. Alles war dem leidenschaftlichen Perlenfischer lieber, als in seinem Arbeitszimmer eingesperrt zu sein, auch wenn er, wie Moritz wusste, ein sehr fähiger Buchhalter war und es auch schätzte, die Funde in seinen großen, schweren Kladden sorgsam aufzulisten. Aber Buchhaltung machen war eben nicht das Gleiche, wie an der frischen Luft zu sein. Und Aufräumen mochte Friedrich Schmerler schon gar nicht.

»Ah, Moritz«, begrüßte Friedrich seinen Sohn strahlend und strich sich, ebenso wie dieser das ständig zu tun pflegte, eine dunkle Haarsträhne aus dem Gesicht. Dann erblickte er den Lehrjungen. »Und Paul«, fügte er freundlich hinzu. »Kommt herein. Ich freue mich über die Ablenkung. Auch wenn ich gerade etwas Spannendes entdeckt habe.«

»Unser Goldjunge hat gleich am ersten Tag im Fluss eine Perle gefunden«, unterbrach ihn Moritz und freute sich, mit wie viel Stolz dies den schlaksigen Hünen zu erfüllen schien.

»Donnerwetter, da gratuliere ich aber«, lobte Schmerler senior und reckte sich etwas, um Paul auf die Schulter zu klopfen. »Du passt also bestens zu unserer traditionsreichen Familie. Wie es der Zufall will, haben wir just heute einen Gruß von einem unserer Vorfahren erhalten.«

Moritz sah seinen Vater verwirrt an. »Was meinst du?«

»Interessanterweise habe ich gerade beim Aufräumen einen Brief gefunden, den ein gewisser Amtsvorsteher Müller im April 1734 an einen gewissen Herrn Schmirler geschrieben hat.«

Er zog ein vergilbtes Blatt hervor und legte es mit feierlicher Geste neben die Muschel, sodass Moritz es lesen konnte.

»Lies laut vor!«, forderte er seinen Sohn auf.

Voigtsberg, den 15. April 1734

Sehr geehrter Herr Schmirler!
Soeben erreicht uns das Rescript des Kurfürsten Friedrich August II. von Sachsen. Es soll mittels diesem Befehlig sofort ein Perlfischer nach Dresden entsandt werden. Dort solle dann vor Ort alles Weitere besprochen werden.
Somit fordere ich Sie auf, sich unvermittelt nach Dresden zu begeben und am Hof vorstellig zu werden.
Hochachtungsvoll,
Ihr Amtsvorsteher Müller

»Mit diesem Brief wurde unser Vorfahr, nach dem wir dich übrigens benannt haben, zum dänischen König beordert«, erklärte Friedrich Schmerler mit stolzgeschwellter Brust.

Moritz kannte die Geschichte natürlich, schließlich hatten sie sein Vater und auch sein vor sieben Jahren verstorbener Großvater mehr als einmal stolz erzählt. Dann wandte er sich an Paul, der etwas verlegen herumstand: »Christian VI., auch der Fromme genannt, seines Zeichens König von Dänemark, wollte gerne Perlen in seinem Königreich finden. Also hat er im Jahr 1734 den Kurfürsten gebeten, ihm einen erfahrenen vogtländischen Perlfischer zu schicken. Wir hatten hier nämlich schon immer einen sehr guten Ruf. Dieser Vogtländer sollte dann nach Kopenhagen reisen und im Königreich Norwegen die vorhandenen Bäche und Gewässer auf die Nutzbarkeit zur Perlfischerei untersuchen.«

»Und mit dem Brief hat der Kurfürst Ihren Vorfahr für diese Aufgabe berufen?«, kombinierte Paul.

Friedrich Schmerler nickte. »Ganz genau. Am 21. April 1734 reiste Christian Simon Schmirler, der jüngste Bruder meines Großvaters, nach Dänemark, nachdem ihn der dänische Gesandte sowohl mit den nötigen Mitteln als auch Papieren ausgestattet hatte.«

»Und hatte er Erfolg?«, erkundigte sich der Lehrling.

»O ja«, bestätigte Friedrich Schmerler. »Er kam am 1. Juni in Lübeck an und fünf Tage später in Kopenhagen. Dort konnte er sich fast zwei Wochen erholen, ehe es für ihn ins norwegische Christiania weiterging und er sich an die Untersuchung der Gewässer machen konnte.«

»Hat er dort Perlmuscheln gefunden?«, hakte Paul nach.

»Ja, und nicht nur in den Flüssen, sogar in den Seen.«

»Oh«, stieß Paul hervor.

»Das Königspaar war über diese Ergebnisse derart erfreut, dass sie ihn nach seiner Rückkehr nach Kopenhagen in Frederiksborg empfangen haben.«

»Ein Schmerler bei der dänischen Königsfamilie, welche Ehre«, sagte Paul voller Respekt.

»Allerdings, und es blieb nicht bei dem Empfang«, fuhr Moritz Schmerler fort. »Bis zu seiner Abreise hat man meinen Urgroßonkel wie einen König versorgt und reichlich beschenkt. Außerdem wurde er noch mit hundert Golddukaten entlohnt.«

»Hundert Golddukaten«, murmelte Paul fassungslos. »Dann weiß ich jetzt, warum Sie so ein schönes Haus haben.«

»Du dachtest doch nicht, wir hätten unser Vermögen auf unredliche Weise erworben und Piraterie betrieben?«, zog Moritz seinen Gesellen auf.

Der lief puterrot an. »Natürlich nicht!«.

Moritz klopfte ihm beruhigend auf die Schulter. »Nur die Ruhe, Paul, war bloß ein Scherz.«

»Aber es stimmt schon«, mischte sich Friedrich Schmerler wieder ins Gespräch. »Durch die Großzügigkeit Christians konnten wir noch Generationen später ein wirklich gutes Leben führen. Die Königin stattete meinen Urgroßonkel zusätzlich noch mit einer lebenslangen Pension aus, die bis in die 1760er-Jahre regelmäßig gezahlt wurde.«

»Erzählt ihr dem armen Paul die ollen Kamellen?«, klang eine sonore Stimme von der Tür her. Die drei Männer, die um Friedrich Schmerlers Schreibtisch versammelt waren, wandten sich um, und Moritz erblickte seinen älteren Bruder Cornelius, der ihm unähnlicher nicht hätte sein können. Anders als er selbst, der eher nach seinem Vater kam, war der Erstgeborene ihrer Mutter wie aus dem Gesicht geschnitten. Er hatte ihr hellbraunes Haar geerbt und war ebenfalls von eher kleiner Statur.

»Conni!«, rief Moritz erfreut. »Du musst unseren Paul loben. Hat gleich am ersten Tag eine Perle entdeckt.«

Mit einem Lächeln auf den Lippen trat Cornelius näher und klopfte Paul ebenfalls auf die Schulter. Dann sah er seinen Vater an: »Da zeigt sich eben, dass man zum Perlenfischen geboren sein muss.«

Augenblicklich verfinsterte sich Friedrich Schmerlers Miene. »Unfug! Das ist nichts als Glück. Wenn du auch öfter in den Fluss steigen würdest, könntest du jederzeit ebenfalls einen solchen Fund machen.«

Moritz sah Pauls enttäuschten Blick und ärgerte sich. Musste sein Vater mit diesem leidigen Thema dem Lehrling die Freude über seinen ersten eigenen Fund verderben?

Seit nunmehr sechs Monaten redeten die Brüder auf ihren Vater ein, Moritz statt Cornelius zu seinem Nachfolger zu machen. Doch so offen, freundlich und verständnisvoll der Patriarch sonst auch war – in diesem einen Punkt blieb er stur. Er wollte unbedingt, dass der Tradition entsprechend Cornelius als Erstgeborener die Perlenfischerei übernehmen würde. Schließlich war Friedrich Schmerler auch einst von dessen jüngerem Bruder bei der Familienfischerei der Vortritt gelassen worden. Onkel Ernst, so wussten Moritz und Cornelius, hatte im fernen Australien sein Glück als Perlenfischer versucht – laut seinen Briefen mit beachtlichem Erfolg.

Doch im Gegensatz zu ihrem Vater hatte Cornelius ja nicht das geringste Interesse, täglich in den Fluss zu steigen – er wollte Rechtsanwalt werden, während Moritz die von ihm so geliebte Perlenfischerei nur allzu gerne übernommen hätte.

Der Ältere seufzte. »Ach, Vater. Wenn es doch nun mal mein Traum ist, Jura zu studieren …«

Doch Friedrich Schmerler ließ ihn nicht ausreden. »Da haben wir doch schon so oft drüber gesprochen! Schlag dir das ein für alle Mal aus dem Kopf, Cornelius!«, schnauzte er und hieb dann mit dem Finger auf das vor ihm liegende Rescript. »Wir sind Perlenfischer, das waren wir schon immer. Und du als Ältester wirst den Betrieb einmal erben. Wir haben eine Verpflichtung unseren Vorfahren gegenüber. Das war doch auch bei mir und meinem jüngeren Bruder so: Ich habe als Erstgeborener das Perlengeschäft hier übernommen, und der Ernst …«

»… ist jetzt erfolgreich in Australien, ich weiß«, ergänzte Cornelius verzweifelt. »Aber du warst ja auch ganz wild auf die Perlen. Das bin ich nicht. Wozu sollte Moritz also verzichten?«

»Die Perlenfischerei ist ein traditionsbewusstes Geschäft. Wir sind schließlich keine Wilderer, sondern verrichten unsere Tätigkeit durch die ausdrückliche Gnade der Landesfürsten. In unserer Familie wird die Nachfolge schon immer so geregelt, und ich möchte nicht derjenige sein, der diese Tradition bricht.«

Der Vater schien Moritz' verletzten Gesichtsausdruck zu bemerken, daher ergänzte er: »Das bedeutet aber nicht, dass du für mich oder den Betrieb weniger wichtig wärst.«

Moritz wollte erwidern, dass Traditionen auch irgendwann überholt sein konnten und dann Gefahr liefen, das Geschäft zu schwächen, doch in diesem Moment betrat aufgeregt seine Mutter das Arbeitszimmer.

»Die Kutsche kommt, Margot und ihre Familie sind da!«, rief Gerlinde Schmerler und strahlte wegen des Eintreffens von Moritz' und Cornelius' älterer Schwester. Moritz dachte einmal mehr, wie schön seine Mutter war – mit ihrer zierlichen Gestalt, den hellbraunen Haaren und den blauen Augen. Sie erinnerte ihn irgendwie immer an die Madonnenbilder, die seine Großmutter so liebte.

»Wunderbar«, befand Friedrich Schmerler und wandte sich knapp an seine Söhne: »Wir haben ja alles geklärt.«

Mit diesen Worten nahm er die kleine Perle, schloss sie in den eisenbeschlagenen Sicherheitsschrank und eilte seiner Gattin hinterher.

Die drei jungen Männer, die im Büro zurückgeblieben waren, wechselten betretene Blicke.

»Ich kann gar nicht verstehen, dass Sie nicht Perlenfischer werden wollen«, platzte Paul heraus. »Es gibt doch nichts Schöneres auf der Welt.«

»Das findet mein Bruder auch«, grinste Cornelius. »Deshalb wäre er ja auch der geborene Nachfolger. Ich hingegen finde es schrecklich, in einen eiskalten Fluss zu steigen und glitschige Muscheln zu fischen.« Er deutete auf die Bücher, die aufgeschlagen auf Friedrich Schmerlers Schreibtisch lagen. »In dieser Gesellschaft fühle ich mich weitaus wohler.«

»Wohingegen die Bücher und alles, was damit zusammenhängt, für mich der einzige Grund sind, warum ich froh bin, nicht Vaters Nachfolger werden zu müssen«, sagte Moritz und schüttelte sich.

Paul sah von einem zum anderen. »Dann wäre die beste Lösung doch, wenn ihr euch aufteilen würdet. Du fischst die Perlen«, sagte er zu Moritz und wandte sich dann an dessen Bruder, »und Sie machen die Buchhaltung.« Gleich darauf senkte der eigentlich so schüchterne junge Mann den Blick. »Entschuldigung, ich … ich wollte nicht …«, stammelte er.

»Nein«, riefen Moritz und Cornelius wie aus einem Mund, sahen einander dann an und lachten.

»Das wäre vielleicht wirklich eine gute Idee«, befand der Ältere. »Und wer weiß, vielleicht ließe Vater sich dann überreden, meinem Studium doch noch zuzustimmen. Als Jurist würde ich schließlich viele Dinge lernen, die uns in dem Bereich helfen würden.«

Moritz sah seinen Lehrburschen freundlich an. »Danke, Paul, für die gute Idee.«

Der lächelte stolz. »Gern geschehen.«

»Aber jetzt sollten wir endlich nach unten gehen und unser Schwesterherz begrüßen«, meinte Cornelius und machte sich sogleich auf den Weg. Moritz und Paul folgten ihm.

Kapitel 4

»Mariele! Endlich!«

Carl Thomass stand im Dienstbotenzimmer des Goldschmiedemeisters und wirbelte seine Schwester derart herum, dass Köchin Evi Kreutner sich angstvoll vor das Geschirrregal schob und schalt: »Bei allem Verständnis für Ihre Wiedersehensfreude, Herr Thomass, aber mein Geschirr müssen S' mir deswegen ja nicht gleich zerdeppern.«

»Entschuldigen S', gnä' Frau«, scherzte Carl und setzte seine Schwester so schwungvoll ab, dass diese schmerzerfüllt das Gesicht verzog.

»Was ist?«, fragte er erschrocken. »Hab ich dir wehgetan?«

»Nicht schlimm«, beschwichtigte sie rasch. »Aber bei heftigen Bewegungen merke ich schon noch, dass ich gefallen bin.«

»Du bist gefallen?«, fragte er besorgt. »Wie ist das denn passiert?«

In knappen Worten berichtete sie ihm, was sich ereignet hatte. Besorgt runzelte er die Stirn, nachdem er ihre Wunde betrachtet hatte. »Bist du denn dann überhaupt gut genug zu Fuß, dass ich dir München zeigen kann?«, vergewisserte er sich. »Herr Neustätter hat mir den morgigen Tag eigens freigegeben.«

»Wirklich?«, rief Marie begeistert. »Wie unglaublich nett von ihm.«

»Ich habe dir doch geschrieben, dass er unglaublich nett ist.«

Sie betrachtete ihren Bruder, gut sah er aus, sein breites Lächeln mit den schönen Augen hatte schon zu Hause in Memmingen die Mädels verzaubert, seine drahtige, aber muskulöse Figur ließ ihn flink und stark zugleich erscheinen. Sein dunkelblondes Haar war wie immer etwas zu lang.

»Der Meister hat gesagt, man kann unmöglich zulassen, dass du einen solch schlechten Eindruck von München bekommst. Mein Auftrag lautet, dir zu beweisen, wie schön es hier ist.«

»Aber das weiß ich doch«, sagte sie lachend.

»Pst«, kam es von Carl. »Wenn Neustätter senior das hört, macht er sein Angebot womöglich noch rückgängig.«

»Das wäre ja furchtbar«, grinste Marie und gab sich dann gespielt ernst: »Mein Eindruck von München könnte wirklich schlechter nicht sein. Du wirst dir schon Mühe geben müssen.«

***

Draußen vor der Tür lagen sich Hausherrin Gerlinde Schmerler und ihre Tochter Margot in den Armen, während deren Kinder, die fünfjährige Susanna und die ein Jahr jüngere Josefine, ihren Großvater Friedrich erspäht hatten und jubelnd auf ihn zustürmten. Nachdem dieser beiden Mädchen einen dicken Kuss verpasst hatte, tapsten diese zu ihren Onkeln, während Schmerler senior seine Tochter und den neben ihr stehenden Schwiegersohn begrüßte.

August Jakob war ein schlanker Mann mit ordentlich gekämmten blonden Haaren, gepflegtem Schnauzer und sinnlichen Lippen. Er interessierte sich für Bücher und Architektur und spielte in Plauen in einer Laientheatergruppe mit. Er kannte allerlei lustige Anekdoten und brachte auch die Damenwelt gern zum Lachen. »Du siehst immer jünger aus, liebe Gerlinde«, scherzte er gerade mit seiner Schwiegermutter. »Schläfst wahrscheinlich heimlich im Keller bei den Vorräten, um so frisch zu bleiben?«

Gerlinde Schmerler konnte zwar nicht umhin zu schmunzeln, schätzte aber Augusts Hang zu häufigen Kneipenbesuchen und Glücksspiel nicht sonderlich, wie Moritz wusste. Er selbst verstand, warum seine ältere Schwester sich in den schönen Lebemann verliebt hatte, durchschaute aber genau wie seine Mutter auch, dass so ein Tagträumer im Grunde kaum geeignet war, eine Ehefrau und zwei kleine Töchterchen verantwortungsvoll zu versorgen.

Als Moritz seine beiden Nichten wieder abgesetzt hatte, wandte er sich seiner großen Schwester zu – und zuckte erschrocken zusammen. In den drei Monaten, in denen sie sich nicht gesehen hatten, war Margot furchtbar abgemagert. Regelrecht verhärmt und eingefallen sah die sonst so lebenslustige Blondine aus, und unter ihren Augen lagen dunkle Schatten.

Er zog sie in seine Arme. »Wie geht es dir?«, flüsterte er ihr ins Ohr.

»Nicht gut«, bestätigte sie das Offensichtliche.

Moritz strich ihr beruhigend über den Rücken. »Lass uns nach dem Essen an den Fluss gehen und reden.«

Es wurde später als erwartet. Die von Großmutter Agathe zubereitete Mahlzeit hatte viel Zeit in Anspruch genommen, und anschließend war Margot noch damit beschäftigt gewesen, ihre wegen der Reise sehr aufgekratzten Töchter ins Bett zu bringen. Moritz hatte eine Petroleumlampe entzündet und wartete auf der kleinen Bank neben der Haustür auf seine Schwester. Als sie kam, erhob er sich rasch, nahm fürsorglich ihren Arm und führte sie durch den Garten zu der kleinen Mauer, die das Grundstück von der Weißen Elster trennte.

»Na komm«, sagte er einladend, als er die Leuchte zu seinen Füßen abstellte. »Setz dich zu mir, hier hört uns niemand.«

»Gerne«, erwiderte Margot und zog ihr Schultertuch enger um sich, während sie Platz nahm. Unglücklich sah sie ihren Bruder im Schein des flackernden Lichts an. »Aber ich weiß wirklich nicht, ob ich dich mit meinen Sorgen belasten sollte.«

»Wen, wenn nicht mich?«, fragte Moritz und drückte seiner Schwester mitfühlend die Hand. »Was liegt dir auf dem Herzen?«

»August«, stöhnte Margot. »Er hat schon wieder seine Anstellung verloren.«

»Das gibt es doch nicht«, rief Moritz aus. »Warum denn diesmal?«

Sie zuckte mit den Schultern. »Wie immer ist natürlich der Dienstherr schuld.«

»Natürlich«, wiederholte er spöttisch. »Wie soll es denn weitergehen?«

»Ich weiß es nicht«, brachte Margot nur noch mühsam hervor, ehe sie in Tränen ausbrach.

Moritz nahm seine Schwester erneut in den Arm und ließ sie an seiner Schulter weinen. Aus der Hosentasche zog er ein Taschentuch und reichte es Margot, nachdem diese sich wieder etwas gefasst hatte.

»Seit wann ist August denn arbeitslos?«, hakte er vorsichtig nach.

»Seit März. Ich weiß nicht mehr weiter. Zumal er vom Nichtstun regelrecht unerträglich wird. Dann erkennt man ihn gar nicht mehr wieder. Ständig mäkelt er an allem herum, nichts kann ich ihm recht machen, und die Kinder auch nicht. Das letzte Geld ist aufgebraucht.«

»Wenigstens darüber musst du dir keine Sorgen machen«, sagte Moritz. »Die Eltern würden euch sofort unter die Arme greifen.«

»Auf keinen Fall!«, stieß sie hastig hervor. »Bitte, Moritz, du darfst ihnen nichts sagen! Das musst du mir versprechen.«

»Gut«, sagte er verwundert. »Aber warum?«

»Die Eltern waren doch damals sowieso strikt gegen meine Heirat. Vati ist der Ansicht, August sei ein Nichtsnutz.« Womit er nicht ganz unrecht hat, lag es Moritz auf der Zunge, doch er schluckte die Worte hinunter. »Und du glaubst, wenn du sie jetzt um Geld bittest, fühlen sie sich bestätigt?«

»Ganz genau. Zumal ich zum ersten Mal seit unserer Hochzeit das Gefühl habe, dass sich die Eltern August gegenüber nicht mehr ganz so abweisend verhalten. Und ich musste ihm auch versprechen, nichts zu sagen.«

»Gut«, meinte Moritz. »Aber nur unter einer Bedingung.«

Gespannt sah sie ihn an. »Und die wäre?«

»Du musst dir von mir helfen lassen. Ich habe nicht viel, aber was ich besitze, gebe ich dir gern. Ich hole es gleich.«

»Aber …«, setzte sie an, doch er hob abwehrend die Hand. »Keine Widerrede! Das ist der Preis für mein Schweigen. Und niemand wird etwas davon erfahren. Weder dein Mann noch die Eltern.«

»Also schön«, sagte sie leise, während ihr schon wieder eine Träne über die Wange rann. »Die Mädchen brauchen es wirklich dringend. Ich zahle dir aber alles zurück. Mit Zinsen.«

»Ohne sind wir im Geschäft.«

»Gut. Ohne Zinsen.«

In stillem Einvernehmen lächelten sie einander an.

»Wenn du mehr brauchst, schreibst du mir, verstanden?«, schärfte er Margot ein.

Als diese nickte, entspannte sich Moritz und lehnte sich zufrieden zurück. Er hatte seiner Schwester zwar versprochen, seinen Eltern nichts zu verraten, doch er würde mit der alten Agathe sprechen. Die Mutter seines Vaters konnte ihm keinen Wunsch abschlagen. Sie würde Margots Familie gewiss gern einen großen Korb mit Lebensmitteln nach Plauen mitgeben. Außerdem nahm er sich vor, seine Schwester bald zu besuchen, um nach dem Rechten zu sehen.

***

Am nächsten Morgen hatte die Köchin Evi Kreutner ein zünftiges Frühstück im Dienstbotenzimmer vorbereitet – es gab Leberkas, Brezn, ofenfrische Semmeln und hausgemachte Marmelade. Solchermaßen gestärkt verließen die Geschwister bestens gelaunt das Haus.

»Ich kann es wirklich gar nicht glauben, dass das ganze Gebäude den Neustätters gehört«, sagte Marie und sah an dem üppig mit Stuck verzierten Haus empor. »Sie müssen unermesslich reich sein.«

»Ja, das sind wir«, sagte in diesem Moment eine Stimme hinter ihnen. Sie fuhr erschrocken herum und sah sich Simon Neustätter gegenüber.

Marie wollte im Boden versinken. »Ich … ich wollte nicht …«

Doch der Goldschmied winkte lächelnd ab. »Es ist alles gut. Machen Sie sich keine Sorgen. Ich habe Ihre Worte nicht falsch aufgefasst.«

»Danke«, sagte Marie. »Auch dafür, dass Sie mich gestern gerettet haben!«

»Es war mir ein Vergnügen.« Erneut sah er sie mit diesem etwas zu eindringlichen Blick an, der ihr schon bei ihrem ersten Aufeinandertreffen Unbehagen bereitet hatte.

»Auch von meiner Seite aus meinen herzlichen Dank«, sagte Carl.

Simon bedachte ihn mit einem kurzen Kopfnicken und fragte dann: »Und jetzt? Was haben Sie heute Schönes vor? Ich habe gehört, dass mein Vater Ihnen freigegeben hat.«

»Meiner Schwester die Schönheit Münchens zeigen«, antwortete Carl. »Da sie doch gestern einen derart schlechten Eindruck bekommen hat.«

»Und daran fühle ich mich mitschuldig«, meinte Simon.

»Unsinn!«, beeilte sich Marie zu sagen. »Sie haben mich doch sogar gerettet!«

Simon schüttelte den Kopf. »Trotzdem. Ich sehe es als meine Aufgabe, Ihren Bruder darin zu unterstützen, Ihnen zu beweisen, dass München eine schöne Stadt ist. Ich werde Sie begleiten.«

Marie und Carl wechselten einen entsetzten Blick. Sie hatten sich doch schon so auf ihren Bruder-Schwester-Tag gefreut! Außerdem war Simon Neustätter Marie weiterhin etwas unheimlich.

»Das ist wirklich nicht nötig«, versicherte sie.

»Doch«, beharrte Simon ohne den Blick von ihr zu wenden. »Das ist es.«

»Aber müssen Sie denn nicht arbeiten?«, wagte auch Carl einen Vorstoß, den ungebetenen Fremdenführer abzuwimmeln, doch Neustätters Neffe schüttelte erbarmungslos den Kopf. »Erstens«, sagte er und reckte den Daumen empor, »wird heute wegen der Bierpreiserhöhung Flaute herrschen, und die älteren Aufträge schafft Onkel Jeremias auch allein. Und zweitens«, er bemühte nun auch seinen Zeigefinger, »zweitens ist mein Onkel so dankbar, dass ich aus Italien und Dresden zurückgekehrt bin, dass er mir gewisse Freiheiten lässt.«

»Sie waren fort?«, fragte Marie wider Willen interessiert. »In Italien?«

Simon nickte. »Ich habe an der Kunstakademie in Dresden studiert. Mein Onkel wollte mir das eigentlich nicht erlauben – aber ich konnte ihn überzeugen, wie wichtig es auch für einen Goldschmied ist, die Formenlehre der vergangenen Epochen zu erlernen. Besonders die der italienischen Künstler. Ich musste allerdings versprechen zurückzukehren – und da bin ich nun. Bereit, Ihnen München zu zeigen. Ich verspreche Ihnen, es gibt hier viel zu entdecken. Lassen Sie uns zunächst zur Frauenkirche gehen.«

Die Geschwister lächelten etwas gequält. Offenbar gab es vor diesem beflissenen Fremdenführer kein Entrinnen.

***

Moritz hatte Wort gehalten: Er steckte seiner Schwester nicht nur Geld zu, sondern gab ihr auch einen großen Korb Lebensmittel mit, den Großmutter Agathe für sie hergerichtet hatte. Als Margot mit ihrer Familie abreiste, blickte er der Kutsche noch lange besorgt nach. Insgeheim bedauerte er, seiner Schwester versprochen zu haben, nicht einmal seiner Mutter gegenüber etwas erwähnen zu dürfen. Die hätte vielleicht Rat gewusst! Seit dem Gespräch im Garten grübelte er unaufhörlich, wie er Margot helfen und für seinen Schwager eine gute Anstellung finden konnte.

Doch ihm fiel beim besten Willen nichts ein! Gedankenverloren, die Hände tief in den Taschen vergraben, kickte er ein Scheit beiseite, das jemand beim Holzhacken hatte liegen lassen.

»Au!«, rief Cornelius, der in diesem Moment um die Ecke bog und von dem Holz am Bein getroffen wurde. »Kannst du nicht aufpassen?«

»Entschuldige«, rief Moritz erschrocken. »Ich habe dich nicht gesehen. Tut es sehr weh?«

Sein älterer Bruder beugte sich vor und rieb sich das Schienbein. »Geht schon«, knurrte er. »Aber warum kickst du denn Scheite durch die Gegend?« Prüfend sah er Moritz an. »Du hast doch was auf dem Herzen!«

»Ich mache mir Sorgen um unsere Schwester«, platzte es aus ihm heraus. Im nächsten Moment biss er sich auf die Lippen. Er hatte doch versprochen, nichts zu sagen! Andererseits, versuchte er sich zu beruhigen, hatte Margots Einschränkung nur für die Eltern gegolten.

»Wieso das denn?«, fragte Cornelius, der ebenso an ihr hing wie sein jüngerer Bruder. »Ist wieder etwas mit August?«

Moritz schwieg.

»Also ja«, erwiderte Cornelius resigniert. »Was war es denn diesmal?«

»Ich habe Margot versprochen nichts zu erzählen«, sagte Moritz hilflos.

»Wenn sie in echten Schwierigkeiten ist, dann musst du etwas sagen.«

Sein jüngerer Bruder zögerte einen Moment, dann berichtete er Cornelius von dem Gespräch.

Dieser kommentierte: »Dass es so schlimm ist, hätte ich nicht gedacht.«

»Aber was sollen wir jetzt unternehmen? Wir müssen ihr doch irgendwie helfen«, sagte Moritz verzweifelt. »Am liebsten würde ich morgen nach Plauen fahren und mich vergewissern, dass es Margot und unseren Nichten gut geht.«

»Aber dann komme ich mit«, entschied Cornelius. »Ein wenig Geld habe ich auch noch, außerdem gibt Mutter bestimmt etwas dazu. Und Großmutter richtet auch noch mal einen Korb.«

»Mutter können wir nichts sagen«, widersprach Moritz. »Ich habe es doch Margot versprochen. Und Omi hat mir bei Margots Abfahrt schon geholfen, abermals möchte ich ihr das nicht zumuten, dass sie etwas hinter dem Rücken ihres Sohnes tun muss.«

»Ich versteh dich ja, aber *ich* könnte Mutter doch Bericht

erstatten, ich habe Margot dieses Mal nichts versprochen«, schlug Cornelius vor.

»Hm«, kam es skeptisch von Moritz. »Ein bisschen gemogelt ist das ja schon. Meinst du nicht, damit würden wir Margot verärgern?«

»Wahrscheinlich«, räumte Cornelius ein. »Aber wenn wir nichts sagen, und ihr oder den Mädchen würde ein Leid geschehen …«

»Na ja, geschehen wird ihnen schon nichts. August ist ein fauler Hund und ein Spieler, aber ja nicht gewalttätig oder so. Wir müssen den Teufel auch nicht an die Wand malen«, wandte Moritz ein.

»Aber was, wenn sie nicht genügend zu essen haben, und wir bekommen nichts davon mit?«, hielt Cornelius dagegen. »Das stellt durchaus auch eine Gefahr dar.«

»Du hast recht«, gab sich Moritz geschlagen. »Gut, dann lass uns mit Mutter sprechen. Auch wenn ich Margot mein Wort gegeben habe, wiegt das Wohl unserer Nichten ja schwerer.«

»Also«, sagte Cornelius, »dann los.«

Kapitel 5

Schauen Sie sich mal die Hauben genau an«, sagte Simon Neustätter und deutete an der spätgotischen Domkirche hinauf.

»Was ist mit ihnen?«, fragte Marie.

»Fällt Ihnen etwas auf?«

Angestrengt überlegte sie und erklärte schließlich: »Sie sehen aus wie viele Hauben auf den Kirchtürmen hier in Bayern.«

Ihr Bruder Carl zuckte mit den Schultern. »Stimmt, bei uns in Memmingen sind die Kirchen auch nicht anders.«

»Das mag heute so sein«, räumte Simon ein. »Aber rund sind die Kirchturmhauben erst seit dem Barock und nicht schon seit der Gotik, in der diese Kirche gebaut wurde. Da waren sie spitz.«

»Ach«, kam es von Marie, und ihr Bruder hakte nach: »Dann sind diese Hauben also für ihre Bauzeit falsch?«

Simon lachte. »Gewissermaßen.«

»Und das ist Ihnen einfach so aufgefallen?«, fragte Marie. »Ich hätte das nie bemerkt.«

»Nicht ganz«, gab Neustätters Neffe zu. »Es gibt unter Kunsthistorikern derzeit eine spannende Diskussion. Es geht darum, ob man die Hauben zurückbauen und spitze Dächer aufsetzen soll, wie sich das für die Bauzeit der Gotik gehört.«

Das erstaunte Marie. »Oh. So viel Aufwand, nur um einen Turm epochengerecht zu machen? Und … wird man das tun?«

»Vermutlich eher nicht«, meinte Simon. »Zum einen ist es doch recht teuer, und zum anderen haben sich die Münchner so an den Anblick ihrer Frauenkirche gewöhnt – da würde es wohl durchaus böses Blut geben.«

»Und wie kommt das nun? Also, dass die Hauben rund sind und nicht spitz?«, erkundigte sich Carl.

»Man geht davon aus, dass da ein Irrtum zugrunde liegt. Die Frauenkirche wurde in den Jahren 1468 bis 1488 unter Baumeister Jörg von Halspach erbaut. Damals waren die Turmspitzen noch nicht fertig.«

»Es gab anfangs also gar kein Dach?«, vergewisserte Marie sich.

Simon nickte. »Im Landshuter Erbfolgekrieg fanden die Münchner das sogar praktisch und haben auf den Stümpfen Kanonen postiert.«

»Wie grässlich«, fand Marie – Kanonen auf Kirchtürmen, was für ein Frevel! »Und dann dauerte es bis zum Barock, bis man die Hauben fertigstellte?«

»Wahrscheinlich hat man sich im Barock die für Bayern so typische Zwiebelhaubenform von den Türmen der Frauenkirche abgeschaut. Die war damals dann nämlich schon fertig. Samt Hauben«, erklärte Simon. »Ich und einige Studienkollegen gehen übrigens davon aus, dass die Kuppel der Frauenkirche dem Felsendom nachempfunden ist. Und das ist der wichtigste Tempel der Muslime!«

»Eine muslimische Kuppel auf einer christlichen Kirche?«, wunderte sich Marie. »Aber … warum?«

»Vermutlich wurde der Architekt von einem Holzschnitt inspiriert, auf dem die Heilige Stadt Jerusalem zu sehen ist – mit dem prachtvollen Felsendom. Und die fand von Halspach passend.«

»Hat es ihn denn nicht gestört, dass es die Dächer eines muslimischen Tempels waren?«, fragte Carl.

»Na ja«, setzte Simon Neustätter an, »vielleicht wusste er es nicht, denn der Holzschnitt war fälschlicherweise mit *Tempel Salomons* beschriftet – und der ist von großer Bedeutung für die Christen.«

»Dann ist der Islam also in ganz Bayern präsent«, sagte Marie. »Die Frauenkirche war ja die Anregung für viele Zwiebeltürme.«

»Ja«, bestätigte Simon. »München ist voll von solchen faszinierenden Geschichten. Aber auch traurigen.« Er deutete hinauf. »Eine davon hat mit diesen Türmen und Goethe zu tun.« Fragend sah er die Geschwister an. »Wollen Sie sie hören, oder haben Sie erst mal genug?«

Die Thomass-Geschwister wechselten erneut einen Blick. Nach wie vor hätten sie die Zweisamkeit vorgezogen, aber Marie musste sich eingestehen, dass sie Simon Neustätters Ausführungen durchaus spannend fand. Und an Carls Blick erkannte sie, dass es ihm ebenso ging.

»Ich würde gern mehr davon hören«, antwortete sie daher. »Ich liebe solche Geschichten. Und auch die von Goethe. Besonders *Die Leiden des jungen Werther* – obwohl die ja furchtbar traurig ist.«

»Genau um dieses Buch geht es«, entgegnete Neustätters Neffe.

»Inwiefern hat das mit den Türmen zu tun?«, fragte Carl. »Hat er es etwa da oben geschrieben?«

Simon schüttelte den Kopf. »Aber eine junge Frau hat sich von dort hinuntergestürzt. Fanny von Ickstatt. Und zwar, nachdem sie *Die Leiden des jungen Werther* gelesen hatte. Man geht davon aus, dass das Buch sie dazu bewogen hat. Schließlich bringt sich der Titelheld am Ende aus unerfüllter Liebe um.«

»Das ist ja schrecklich«, sagte Marie schaudernd.

»Allerdings. Und Goethe fand das auch. Die Geschichte der Selbstmörderin hat ihn nicht mehr losgelassen. Er fuhr ein Jahr später, also 1786, nach München, quartierte sich auf dem Rückweg seiner Italienreise im Schwarzen Adler ein – unter falschem Namen, er gab an, Jean Philipp Moeller zu heißen und Kaufmann aus Leipzig zu sein. So besuchte er dann den Ort des Geschehens. Er ist sogar auf den Nordturm gestiegen, von dem sich Fanny hinuntergestürzt hat.«

»Das arme Mädchen«, kommentierte Marie. »Aber warum ist sie denn hinuntergesprungen? Doch sicher nicht nur, weil sie das Buch gelesen hatte.«

Simon verneinte. »Sie war unglücklich verliebt – ihre Mutter hatte ihr den Galan weggeschnappt.«

»Ihre Mutter? Wie gemein!« Marie bedauerte die arme Fanny. Sie selbst war noch nie wirklich verliebt gewesen, aber sie hatte schon oft die eine oder andere Freundin bei deren Liebeskummer trösten müssen. Die hatten merklich gelitten. Und dann noch von der eigenen Mutter betrogen zu werden …

»Wenn Sie das interessiert: Es gibt ein Buch dazu«, wusste Neustätter. »Das heißt *Die Leiden der jungen Fanni. Eine Geschichte unserer Zeiten in Briefen.*«

»Das muss ich lesen«, verkündete sie. »Können wir gleich in eine Buchhandlung gehen und danach schauen?«

»Sicher.« Neustätter lächelte zufrieden. »Wir gehen am besten zu Lindauer. Und unterwegs schauen wir am Schwarzen Adler in der Kaufinger Straße vorbei. Der steht nämlich noch. Übrigens: Mozart wohnte als Knabe auch einmal dort.«

***

Die beiden Schmerler-Brüder standen nebeneinander an der Tür zum Wohnzimmer, wo sich ihre Mutter um diese Tageszeit aufzuhalten pflegte, und klopften. Auf ein leises »Herein« öffneten sie und traten ein.

Auf dem kleinen Sofa unterm Fenster saß Gerlinde Schmerler wie so oft über einer Stickerei. Moritz musste bei dem vertrauten Anblick lächeln. Sie betrieb diese Form der Handarbeit mit der gleichen Leidenschaft wie er selbst die Perlenfischerei. Seine Mutter war, wie er fand, eine Künstlerin. Mit Nadel und Faden ließ sie geschickt ganze Landschaften entstehen, die dann als Kissenhüllen oder Wandbehänge zu Ehren kamen. Ihr jüngerer Sohn fand es immer ein wenig bedauerlich, dass Gerlinde nur für den Hausgebrauch stickte. Doch der traditionsbewusste Friedrich hätte nie erlaubt, dass seine Frau einem eigenen Broterwerb nachging, und sie selbst wollte das auch gar nicht: »Gerade deshalb macht mir die Stickerei ja solchen Spaß«, hatte sie ihnen einmal erklärt. »Weil ich es nicht tun muss.«

»Entschuldige bitte die Störung«, bat ihr jüngerer Sohn, nahm sich einen der Stühle am Lesetisch und ging damit zu seiner Mutter, während Cornelius neben ihr Platz nahm.

Einmal mehr dachte Moritz, wie ähnlich sich die beiden sahen.

»Ihr stört mich doch nie«, widersprach Gerlinde und musterte ihre Söhne aufmerksam.

»Wir müssen etwas Wichtiges mit dir besprechen«, sagte Cornelius.

»Das hört sich nicht gut an«, stellte die Mutter beunruhigt fest und legte ihre Stickarbeit auf dem kleinen Tischchen ab.

»Es geht um Margot«, begann Moritz zögerlich.

»Lass *mich* erzählen«, unterbrach Cornelius, woraufhin sein Bruder ihn dankbar ansah.

»Was ist mit ihr?«, drängte Gerlinde, auf deren Stirn sich bereits Sorgenfalten abgezeichnet hatten. »Ich dachte mir schon bei ihrem Besuch, dass etwas nicht stimmt. Ganz schmal und blass ist sie geworden. Aber immer, wenn ich sie darauf angesprochen habe, versicherte sie mir, alles sei in bester Ordnung. Hat August wieder Geld beim Kartenspiel verloren?«

»Nein, seine Arbeit«, offenbarte Cornelius.

»O Gott«, stöhnte Gerlinde leise auf. »Aber warum hat sie mir denn nichts gesagt?«

»Sie schämt sich zu sehr«, erklärte Moritz. »Es war ihr unangenehm, als sie mit mir darüber gesprochen hat. Und weil du und Vater von Anfang an gegen August wart …«

»Vor allem dein Vater«, korrigierte Gerlinde. »Wobei ich gestehen muss, dass ich ihn auch für einen Hallodri gehalten habe. Auf sein schönes Lächeln und die Scherze bin ich nie reingefallen. Ich habe aber versucht, es mir nicht allzu sehr anmerken zu lassen. Danke, dass ihr mir alles gesagt habt. Das war völlig richtig, und ich werde euch auch nicht bei eurer Schwester verraten. Aber es stellt sich die Frage, wie wir ihr helfen können.«

»Genau deshalb haben wir ja auch das Gespräch mit dir gesucht. Wir wollten nach Plauen fahren und ihr mehr Geld bringen«, berichtete Moritz von ihren Plänen.

Gerlinde wirkte nicht überzeugt. »Hm, das hilft für den Augenblick, aber wichtiger wäre vermutlich, dafür zu sorgen, dass August wieder eine Anstellung findet.«

»Wie soll das gelingen? Und was könnten wir in der Sache ausrichten?«, fragte Moritz.

»Wir müssen es eurem Vater sagen«, antwortete Gerlinde ernst.

»Nein«, stieß Cornelius hervor. »Das geht nicht. Dann spricht Margot nie wieder mit uns. Vati war immer gegen die Ehe der beiden.«

»Das weiß ich doch«, beschwichtigte Gerlinde. Sie grübelte ein wenig vor sich hin und sagte dann: »Vielleicht wäre das wirklich keine gute Vorgehensweise.«

Ratlos blickten die drei sich an und versanken in Stille, nur das Ticken der großen Standuhr war zu hören.

Gerlinde brach schließlich das Schweigen. »Ihr fahrt morgen nach Plauen. Geld bekommt ihr von mir, und ich gebe euch auch reichlich Vorräte mit. Alles Weitere sehen wir dann, vielleicht hat Margot ja gute Nachrichten, und August hat bereits wieder eine Anstellung gefunden.«

»Das machen wir«, stimmte Moritz erleichtert zu, und auch Cornelius nickte billigend.

Als Moritz seinen Stuhl wieder zurück an den großen Lesetisch stellte, rief Gerlinde noch mal nach ihm.

»Mein Junge, wie viel hast du Margot gegeben?«

»Es war leider nicht viel«, erwiderte er ausweichend.

»Ich möchte dir das Geld erstatten und dulde keine Widerworte«, sagte Gerlinde entschieden.

Moritz wollte seiner Mutter dennoch widersprechen, aber als diese drohend den Finger hob, gab er nach. »Es waren fünfzehn Mark.«

»Gut«, sagte sie und drückte ihm die Hand. »Diese Summe lege ich auf das Geld für Gerlinde noch obendrauf.«

»Wie du möchtest«, stimmte Moritz zu. Insgeheim beschloss er jedoch, das Geld direkt an seine Schwester weiterzureichen. Die brauchte es mit Sicherheit weitaus dringender als er.

Kapitel 6

»Aua, Kruzifix!«

Evi Kreutners Schrei hallte so laut durch das Haus der Familie Neustätter, dass Marie besorgt in die Küche eilte, um nach der Köchin zu sehen.

»Was ist geschehen?«

»Des kochende Wasser für den Tee von der Chefin hab i mir über 'n Arm gossen, ich Rindviech«, fluchte Frau Kreutner und sah auf ihren geröteten Unterarm.

Diener Wilfried Sonnbichler, ein gedrungener Mittfünfziger, dessen wachsamen Augen nichts entging, eilte der Köchin erschrocken zur Seite. »Wart, i hol a Salben und verbind dir dös.«

»Ah, geh weiter, i muss der Chefin erst ihren Tee bringen«, entgegnete Frau Kreutner mit schmerzverzerrtem Gesicht.

»Das kann doch ich erledigen«, bot Marie an.

»Dank Ihnen, Fräulein Thomass«, sagte die Köchin und reichte ihr die dampfende Tasse. »Die Frau Neustätter ist gerade allein im Geschäft unten.«

Wenig später betrat Marie zögerlich das Juweliergeschäft durch den Hintereingang.

»Guten Morgen, Frau Neustätter«, sagte sie schüchtern.

Luisa lächelte erfreut, und Marie dachte wieder einmal, dass ihr nie eine schönere Frau begegnet war. Sie hatte das Bedürfnis, die Hausherrin immer wieder anzuschauen, einfach weil diese so bezaubernd war. Luisa Neustätter trug ihr hüftlanges, dunkles Haar meist hochgesteckt, ihre Augen erinnerten Marie an den blauen Edelstein Topas, die Wangen waren rosig, die Gesichtsform, ebenso wie ihre ganze Erscheinung, zart.

»Guten Morgen, Fräulein Thomass, bringen Sie mir meinen Tee? Das ist ja lieb.«

»Frau Kreutner hat mich gebeten, das zu übernehmen. Sie hat sich leider verbrannt und wird von Herrn Sonnbichler verarztet«, erklärte Marie mit entschuldigendem Blick.

»Ach Gott, die Ärmste. Unser Wilfried hat eher die Fähigkeit eines Viehdoktors. Er hat den armen Simon mal verarztet, als der sich mit fünf die Knie aufgeschlagen hatte. Der hat hernach krakeelt, als werde er geschlachtet.« Luisa stellte die Tasse auf der Verkaufstheke ab. »Ich schaue lieber selbst kurz nach Frau Kreutner. Würden Sie so lange auf den Laden aufpassen? Wegen der Unruhen kommt leider ohnehin wenig Kundschaft. Sollte sich doch jemand hierher verirren, können Sie einfach sagen, dass ich gleich zurück bin.«

»Gern«, sagte Marie rasch, die sich über das entgegengebrachte Vertrauen freute. Sie würde ja immerhin Schmuck im Wert von einigen Tausend Dukaten bewachen.

Als die Hausherrin gegangen war, sah Marie sich erneut das glänzende und funkelnde Sortiment an. Sie war derart gut gelaunt, dass sie leise einen Gassenhauer vor sich hin sang: *»Du hast Diamanten und Perlen, hast alles, was Menschenbegehr, und hast die schönsten Augen – mein Liebchen, was willst du mehr? Auf deine schönen Augen hab ich ein* *ganzes Heer von ewigen Liedern gedichtet – mein Liebchen, was willst du mehr?«*

Als in diesem Moment unerwartet das Glöckchen über der Ladentür bimmelte, fuhr sie erschrocken herum – eine junge Dame betrat das Geschäft.

»Guten Morgen«, grüßte sie freundlich, und dann erkannten sich die beiden Frauen gleichzeitig gegenseitig. »Das gibt es ja nicht! Sie!«

Es handelte sich um jenes Mädchen, dem Marie im Durcheinander der Unruhen aufgeholfen hatte. »Haben Sie alles gut überstanden?«

Die Blonde nickte eifrig. »Ja, dank Ihnen. Ehrlich gesagt habe ich mich auch in die Stadt gewagt, in der stillen Hoffnung, Sie zu finden. Ich war nach meinem Sturz so durcheinander, dass ich mich weder vorgestellt noch erkenntlich gezeigt habe. Wie unhöflich von mir! Meine Mutter hat mich sehr gerügt. Sie wollte unbedingt die Frau belohnen, die ihr Töchterchen gerettet hat. Nun also endlich ganz offiziell: Ursula Holzapfel, aber es sagt ein jeder Ursel zu mir.«

Marie ergriff die ausgestreckte Hand und stellte sich ihrerseits vor.

»Arbeiten Sie hier?«, fragte Fräulein Holzapfel.

»Nein, ich besuche nur meinen Bruder. Er ist Goldarbeiterlehrling bei den Neustätters.«

»Meine Mutter ist gerade leider bis Sonntag in Österreich, aber dürfte ich Sie für nächste Woche zu uns zum Abendessen einladen?«, erkundigte sich die Hübsche.

»Dann bin ich leider schon wieder zu Hause in Memmingen«, sagte Marie bedauernd. »Mein Vater will nicht länger auf mich verzichten.«

»Wie schade, da wird Mutter enttäuscht sein«, meinte

Ursula Holzapfel. »Memmingen, sagen Sie? Nun, da haben wir nie zu tun. Aber kommen Sie mal wieder nach München?«

Marie zuckte hilflos die Achseln. »Wenn es nach mir geht, gern.«

»Dann melden Sie sich unbedingt bei mir«, bat die andere, »die Schäfflerei Holzapfel kennt jeder, wir stellen Fässer und andere Behältnisse her. Und in der Schäfflerei kennt jeder die Tochter der Chefin.«

Marie lächelte. »Das mache ich gern. Soll ich Ihnen jetzt die Frau Neustätter holen?«

»Vielleicht haben ja auch Sie eine Idee«, meinte Ursel. »Mein Onkel Benno hat nächste Woche Geburtstag, und Mutti hat mich gebeten, ein Paar schöne Manschettenknöpfe für ihn zu kaufen.«

»Die haben wir dort drüben«, erinnerte sich Marie und führte die Schäfflertochter in besagte Ecke.

»Oh, das sind ja viele«, stellte Fräulein Holzapfel fest und wirkte angesichts des umfangreichen Angebots ein wenig überfordert.

Die Vorderseiten der verschiedenen Manschettenknöpfe waren mit Edelsteinen, Intarsien, Einlagen von Materialien wie Perlmutt oder Emaille verziert.

»Welche würden Sie denn einem Herrn um die fünfzig schenken?«, wandte sie sich an Marie.

»Ich würde die mit Perlmutt nehmen«, meinte diese nach kurzem Zögern. »Weil mich dieses Schimmern ganz besonders reizt. Perlenglanz erinnert mich immer an meine Mutter.«

Dass diese verstorben war, verschwieg sie lieber, sie wollte der Schäfflertochter nicht die Stimmung verderben.

»Hm, gute Idee«, befand Ursula Holzapfel. »Vielleicht denkt Onkel Benno beim Anblick der Knöpfe an seine Frau. Tante Ottilie trägt nämlich gerne Perlen. Ich nehme sie.«

»Oh, ich weiß gar nicht, wie man die Vitrine …«, stammelte Marie, doch da unterbrach sie Luisa Neustätters Stimme: »Von hier an kann ich übernehmen.«

Marie wandte sich um und sah, dass die Hausherrin lächelnd im hinteren Teil des Ladens stand. Während sie auf die beiden jüngeren Frauen zukam, fragte sie sich, wie viel die Chefin von ihrem Gespräch mit der Kundin mitbekommen hatte. Nachdem Frau Neustätter die Manschettenknöpfe aus der Vitrine genommen und an der Theke verpackt hatte, bezahlte Ursula Holzapfel und erinnerte Marie zum Abschied: »Sie melden sich, wenn Sie wieder in der Stadt sind, versprochen?«

»Versprochen«, sagte die Memmingerin lächelnd.

»Früher war Fräulein Holzapfels Mutter Anna Barbara bei uns Stammkundin«, berichtete Frau Neustätter, als die Schäfflertochter gegangen war, »aber seit ihr Mann Georg aus gesundheitlichen Gründen etwas kürzertreten muss, leitet die Dame die Geschäfte der Fassbinderei tatkräftig mit, und ihre Tochter Ursel unterstützt sie dabei. Wie alt würden Sie das Mädchen schätzen?«

»Hm, vielleicht zwei Jahre jünger als mich? Siebzehn oder so?«

»Nein, sie wird am 6. Juli erst fünfzehn«, klärte die Juweliersgattin schmunzelnd auf.

Nun staunte Marie sehr. Für so jung hätte sie Ursel nie gehalten.

»Ihr Vater Georg hat ein schwaches Herz, deshalb hat sie früh gelernt, Verantwortung zu übernehmen, dabei aber nie ihren Humor verloren. Es gibt dank Mutter und Tochter kaum einen Weinhändler oder Bierbrauer, der die Holzapfel-Fässer nicht kennt. Sehr beeindruckend.«

»Das finde ich auch«, stimmte Marie zu.

»Sie haben mich übrigens ebenfalls sehr beeindruckt«, verriet Luisa Neustätter. »Das war ein richtig gutes Verkaufsgespräch, das Sie da geführt haben. Man hat gemerkt, wie wohl sich das Fräulein Holzapfel bei uns gefühlt hat – dank Ihnen. Und Ihre Empfehlung für die Perlmuttknöpfe war besonders wirkungsvoll.«

Marie war sehr stolz auf dieses Lob.

***

Am Tag nach dem Gespräch mit ihrer Mutter hatten sich die Schmerler-Brüder auf den Weg gemacht. Die Kutsche passierte die kursächsische Distanzsäule, die auf der Elsterbrücke in Plauen stand.

Hier hatten sich früher zwei alte Handelswege aus dem Süden getroffen, wie Moritz einst von seiner großen Schwester erzählt worden war. Er lenkte das Fuhrwerk, in dem sie rund eine sächsische Postmeile weit gefahren waren, an der Johanniskirche vorbei auf den Markt. Von hier aus würden sie das Haus ihrer Schwester, das in einer schmalen, vom Markt abgehenden Gasse gelegen war, zu Fuß erreichen müssen.

»Ein Glück«, ächzte Moritz und schickte sich an, die Kutsche zu verlassen, um sich ausgiebig zu strecken. »Dieses lange Herumsitzen ist nichts für mich.«

»Also, mir macht das gar nichts aus«, erklärte Cornelius.

»Das weiß ich«, versetzte der Jüngere. »Wir sind eben sehr unterschiedlich. Du kannst ja auch stundenlang über deinen Büchern brüten so wie Mutter über einer Stickerei, während Vater und ich verrückt werden, wenn wir uns nicht bewegen dürfen.«

»Deswegen hat es ja auch überhaupt keinen Sinn, dass ich die Fischerei leiten soll«, griff Cornelius ihr Dauerthema wieder auf und hob einen schweren Geschenkkorb für seine Schwester aus dem Fuhrwerk, während Moritz eine weitere mit Lebensmitteln gefüllte Kiste herausnahm. Die Brüder machten sich auf den Weg zum Heim ihrer Schwester.

»Ich fand das, was Paul neulich gesagt hat, gar nicht so abwegig«, meinte Moritz. »Vater macht beides, die Verwaltung und die Perlenfischerei. Und das schafft er nur deshalb allein, weil er beides wirklich gut kann: Er ist ein leidenschaftlicher Perlenfischer und ein verlässlicher Verwalter. Großvater konnte aber beispielsweise mit Zahlen und Büchern herzlich wenig anfangen und hat deshalb einen Verwalter eingestellt, während er selbst sich der Perlensuche widmete.«

Cornelius furchte die Stirn. »Hm. Und du meinst …?«

»Genau, wie Paul es gesagt hat«, fiel ihm Moritz ins Wort. »Als Advokat könntest du die Fischerei noch viel besser leiten. Wir müssen Vater davon überzeugen, dass sich seine Talente auf seine beiden Söhne verteilt haben: Du hast von ihm sein Gespür für die Verwaltung mitbekommen, ich die Liebe zur Perlenfischerei.«

Cornelius seufzte. »Wir können es gern noch einmal versuchen. Aber du weißt auch, wie stur Vater in diesem Punkt ist.«

»Wir schlagen es ihm einfach vor«, ließ sich Moritz nicht

entmutigen. »Er lässt dich Jura studieren, aber nicht einfach so, sondern als perfekte Vorbereitung auf den Verwalterposten.« Er grinste. »Das hätte den Vorfahren bestimmt gefallen.«

Auch auf Cornelius' Lippen stahl sich ein Lächeln. »Und du übernimmst die komplette Perlenfischerei. Das kannst du jetzt schon viel besser, als ich es jemals können würde. Das ist wirklich gut. Vor allem das Argument mit den Vorfahren. Ich glaube, darauf könnte er sich einlassen.«

»Das denke ich auch«, bekräftigte Moritz strahlend. »Lass uns gleich nach unserer Rückkehr mit ihm reden.«

Inzwischen waren sie vor dem Haus ihrer Schwester angekommen, einem schmucken, liebevoll gepflegten Fachwerkhäuschen. Im Sommer blühten die herrlichsten Rosen davor, aber auch jetzt im Frühjahr hatte Margot die kleinen Blumenbeete vor dem Haus hübsch bepflanzt.

»Dann mal los«, sagte Moritz und zog beherzt das Glöckchen. Laut drang dessen Bimmeln durch das Gebäude und wurde sogleich mit aufgeregten Kinderstimmen und eiligen Schritten beantwortet. Kurz darauf stand Margot vor ihnen, auf dem Arm die vierjährige Josefine, während sich Susanna an den Rock ihrer Mutter klammerte, den sie jedoch gleich wieder losließ, als sie erkannte, um wen es sich bei den Besuchern handelte.

»Onkel Moritz!«, rief sie und schlang ihre Ärmchen um seine Beine.

Der beugte sich herab, um das Mädchen auf die Wangen zu küssen, während Cornelius seine Schwester und die kleine Josefine begrüßte.

Auch Moritz wandte sich Margot zu und erkannte in ihrem Gesicht Verwunderung, aber auch Erleichterung.

Wieder einmal traf ihr Anblick ihn mitten ins Herz. Vor seinem inneren Auge war sie immer noch die strahlende, fröhliche und stets ein wenig dralle junge Frau und nicht die verhärmte Person, die ihm hier gegenüberstand.

»Was macht ihr denn hier?«, fragte sie und ließ sich ebenfalls von Moritz auf die Wange küssen.

»Wir hatten Sehnsucht nach dir und den Kleinen«, erwiderte Cornelius und deutete dann auf den Korb. »Den würde ich dir ja feierlich überreichen, aber dann müsste dieser kleine Schatz zu mir.«

Er lächelte Josefine an, die daraufhin ihr Gesichtchen abwandte und es in der Halsbeuge ihrer Mutter vergrub.

»Entschuldige«, sagte Margot. »Sie ist am Anfang immer etwas schüchtern.«

Cornelius winkte lächelnd ab. »Schon gut, ich nehme es nicht persönlich. Und den Korb kann ich auch selbst tragen.«

»Dann kommt mal mit«, sagte Margot und machte sich daran, über die schmale Stiege nach oben zu gehen.

Sie führte ihre Brüder in die gemütliche Küche. Auch hier war die liebevolle Hand Margots zu sehen und zu spüren – dennoch erschrak Moritz: Seit er das letzte Mal hier gewesen war, hatte sich viel verändert. Die luxuriösen Eichenregale waren durch einfache Holzbretter an den Wänden ersetzt worden. Und von dem wertvollen Meißner Porzellan, auf das ihre Schwester immer so stolz gewesen war, war nichts mehr zu sehen, es gab nur einige abgeschlagene Tassen und Teller. Moritz wollte gerade sein Bedauern zum Ausdruck bringen, da bemerkte er den warnenden Blick seines Bruders.

Nicht, schien der ihm stumm mitteilen zu wollen. Du

siehst doch, was hier los ist. Bring sie nicht auch noch in Verlegenheit!

Cornelius hievte den Korb auf den Tisch, und Moritz stellte die Kiste ab, die er unter dem Arm getragen hatte.

Bestürzt bemerkte er, dass seiner Schwester Tränen der Rührung in die Augen stiegen. »Ich weiß gar nicht, was ich sagen soll.«

»Dann sag am besten nichts«, empfahl Moritz und grinste etwas verlegen.

»Ja, sag nichts und verstau lieber die Vorräte«, stimmte Cornelius zu. »Gleich kommt nämlich Nachschub.«

Er wandte sich an seinen Bruder. »Ich schlage vor, ich hole die andere Kiste, und ihr räumt hier auf.«

»Einverstanden.«

Während der Ältere die Treppe nach unten stieg, half er seiner Schwester, die Vorräte auf die Ablagebretter in der Speisekammer zu verteilen. Mit ernster Miene sah sie ihn an. »Weiß Conni Bescheid?«

»Ja«, brummte Moritz, als er den Inhalt des schweren Sacks in die Mehlschütte umfüllte, und noch ehe seine Schwester etwas erwidern konnte, stellte er eine Gegenfrage. »Hat August wieder eine Anstellung gefunden?«

Margot schüttelte nur den Kopf, doch ihr Bruder hakte nach: »Kümmert er sich gerade um Arbeit, oder warum ist er nicht hier?«

»Ich weiß es nicht«, sagte sie ausweichend.

»Was weißt du nicht?«

»Ich habe keine Ahnung, ob er sich gerade um Arbeit kümmert oder ...«

»Oder was, Margot?«, blieb Moritz beharrlich.

»Na gut, da du ja keine Ruhe geben wirst: Ich fürchte,

dass er wieder ins Gasthaus zum Kartenspielen gegangen ist«, gab sie bedrückt zu, und Moritz sah ihr an, wie sehr sie sich schämte.

»Dachte ich es mir doch«, stieß er ärgerlich hervor. Als er aber das verzweifelte Gesicht seiner Schwester sah, drückte er tröstend ihre Hand.

»Sollen wir dich und die Mädchen mit nach Oelsnitz nehmen?«, schlug er vor.

»Nein, nein«, lehnte Margot ab. »Damit wäre August nie einverstanden.«

»Aber es geht gerade gar nicht um ihn«, widersprach Moritz und sah seine Schwester ernst an. »Es geht um dich und die Mädchen, ich möchte euch glücklich wissen.«

»Sobald August Arbeit findet, sind wir wieder glücklich, das ist nur eine Durststrecke«, erklärte sie wenig überzeugend.

»Bist du dir sicher?«, fragte er prüfend, und als Margot nickte, kam ihm eine Idee.

»Meinst du, August würde mir beim Perlfischen helfen?«, fragte er unvermittelt.

»Hm. Ich weiß es nicht. Aber ich kann ihn fragen.«

»Das kann ich auch selbst«, überlegte Moritz laut.

»Ich glaube, es wäre besser, wenn ich ihn fragen würde«, ließ Margot ihn wissen.

»Wie du meinst«, gab er nach.

Seine Schwester streichelte seine Wange. »Ich danke dir sehr für alles, was du für mich tust, und dass du dir solche Gedanken machst.«

»Mutti, ich habe Hunger«, piepste es in diesem Moment von der Tür her.

»Dann, mein Schatz«, sagte Margot und lächelte Susanna

liebevoll zu, »habe ich jetzt eine gute Nachricht für dich. Deine Onkel haben uns so viel zu Essen mitgebracht, da kann ich uns mal wieder Pfannkuchen machen. Was hältst du davon?«

»Au ja«, rief das Mädchen und klatschte begeistert in die Händchen. Auch Moritz freute sich: Zu Pfannkuchen würde er ebenfalls nicht Nein sagen.

Kapitel 7

Am Montag, den 6. Mai 1844, saßen Marie und Carl gerade mit der Dienerschaft in der Küche zusammen, als ein schlaksiger junger Mann mit Rotschopf und Sommersprossen hereinkam. Aus seiner Kutscheruniform und der Haarfarbe schloss Marie, dass es sich um Leonhard Staudinger handelte, den Bruder des Dienstmädchens Vroni.

»Haben Sie was zu mampfen für mich?«, wandte der Fahrer sich an Köchin Evi Kreutner. »Ich habe Riesenkohldampf.«

Da erst bemerkte er Marie – und erstarrte.

»Das ist meine Schwester«, erklärte Carl, der sich über das verblüffte Glotzen des Kutschers amüsierte. »Sieht deiner ziemlich ähnlich, was?«

Doch Leonhard schüttelte den Kopf, ohne den Blick auch nur eine Sekunde von Marie zu lassen. »Kein bisschen, sie ist wunderschön«, nuschelte er fasziniert.

»Und deshalb sieht sie mir nicht ähnlich?«, rief Vroni empört und schlug ihren Bruder wütend auf den Oberarm.

Da klopfte es an der Tür.

»Wer kann das denn sein?«, wunderte sich Köchin Evi Kreutner und sprang, ebenso wie der Rest der Belegschaft, im nächsten Moment hastig auf, als Luisa Neustätter die Küche betrat.

»Gnä … Gnädige Frau«, stammelte die Köchin. »Was für eine Ehre!«

»Ich wollte nicht stören«, sagte Luisa. »Wie geht es Ihrer Verbrennung?«

»Gut, dank Ihres Verbandes«, entgegnete Frau Kreutner.

»Bitte setzen Sie sich wieder«, wandte sich die Hausherrin an die restliche Dienerschaft. Die sechsköpfige Belegschaft – bestehend aus Diener, Hausdame, Köchin, zwei Zimmermädchen und Maries Bruder, tat wie ihr geheißen.

»Der König hat eingelenkt und die Bierpreiserhöhung wieder zurückgenommen«, verkündete Luisa.

»Was für ein Glück, gnädige Frau«, ließ sich Hausdiener Wilfried vernehmen. »Vielleicht normalisieren sich die Zustände dann ja endlich wieder.«

»Das ist zu hoffen, lieber Herr Sonnbichler«, sagte Luisa. Marie wusste, dass es dem ehrwürdigen Hausdiener keineswegs darum ging, ab jetzt übermäßig dem Biergenuss zu frönen. Vielmehr wusste auch er, dass die Ausschreitungen die Menschen sehr verängstigt hatten, weshalb in Münchens Geschäften, so auch bei Juwelier Neustätter, gähnende Leere herrschte – zumindest hinsichtlich der Kundschaft, Ware war ja ausreichend vorhanden.

Nun sah Frau Neustätter Marie freundlich an. »Dürfte ich Sie um einen Gefallen bitten, meine Liebe?«

»Aber natürlich«, beeilte sie sich zu sagen.

»Ich denke, dass nach dieser Nachricht im Laden Hochbetrieb herrschen wird. Unsere Mizzi hat uns aber vor wenigen Tagen verlassen, und …«

Marie nickte. Sie wusste von ihrem Bruder, dass die Neustätters die mit der Bierpreiserhöhung einhergehende Flaute nur zu gern genutzt hatten, um ihre untalentierte und faule Verkaufshelferin loszuwerden.

»Die Mizzi schafft es wirklich, jedem Kaufwilligen das Schmuckstück auszureden«, hatte er erzählt.

Luisa Neustätter fuhr fort: »Ich weiß ja, dass Sie eigentlich hier sind, um Ihren Bruder zu besuchen. Aber er muss ja ohnehin arbeiten. Wir würden's Ihnen vergelten, indem wir Carl heute früher in den Feierabend gehen lassen. Dann können S' die Stadt noch ein bisserl genießen.«

Marie strahlte und dachte, dass der bayerische Dialekt noch nie so entzückend geklungen hatte wie aus dem Munde Luisa Neustätters. »Also, wenn Sie mir das wirklich zutrauen, helfe ich Ihnen sehr gern.«

Dann allerdings sah sie verlegen an sich hinab. »Sofern meine Kleidung nicht zu schäbig für den Umgang mit Kunden ist.«

»Es gibt einen Unterschied zwischen einfach und schäbig, liebes Fräulein Thomass!«, entgegnete die Juweliersgattin. »Aber Sie sollen sich wohlfühlen, wenn Sie schon so freundlich sind, bei uns auszuhelfen.«

Luisa zog eine kleine goldene Taschenuhr aus ihrer Rocktasche, warf einen Blick darauf, nickte dann zufrieden und sagte: »Wir haben in etwa die gleiche Statur. Kommen Sie doch mit in mein Ankleidezimmer. Wir finden bestimmt etwas Passendes.«

Marie schwankte zwischen Freude, Aufregung und Verlegenheit, als sie der schönen Hausherrin durch den großzügigen Gang bis zu deren Schlafzimmer folgte.

»Bitte, treten Sie ein, meine Liebe«, sagte sie.

Staunend sah Marie sich um. So ein wunderbares Bett hatte sie noch nie gesehen! Es stand in der Mitte des Zimmers auf einem kleinen Podest und wies einen hellblauen Himmel auf, der das zarte Muster der ansonsten weißen Bettwäsche aufgriff. Die Fenster waren von hellblauen Vorhängen umrahmt und boten einen herrlichen Ausblick auf den Schrannenplatz.

Luisa hatte den Raum bereits durchquert und war im angrenzenden Ankleidezimmer verschwunden, das Marie erneut den Atem raubte. Da gab es Roben aus Taft und Brokat, zarte Nachmittagskleider aus Seide und außerdem unfassbar viele Schuhe.

»Schauen Sie«, sagte Luisa und zog ein moosgrünes Kleid aus Crêpe de Chine heraus, das einen Stehkragen hatte und über eine ausgeprägte Taille verfügte. »Das müsste wunderbar zu Ihnen passen. Es hat die Farbe Ihrer Augen und unterstreicht den Rotschimmer Ihrer Haare. Sie sehen darin bestimmt hinreißend aus.«

»Es ist wunderschön!«, flüsterte Marie.

»Nun, dann ziehen Sie es an, damit wir sehen können, ob es Ihnen passt«, schlug Luisa vor.

Das Kleid passte wie angegossen, und Marie fühlte sich wie eine Prinzessin. So etwas Schönes hatte sie noch nie getragen!

»Es steht Ihnen ganz ausgezeichnet«, meinte Luisa und lächelte ihr freundlich zu. »Sie werden sehen, bald kommen die Leute nicht wegen unseres Schmucks, sondern nur, um Sie zu sehen.«

Marie lächelte geschmeichelt, war allerdings überzeugt, dass die Menschen allenfalls wegen Luisas Schönheit kommen würden und nicht wegen ihrer. Aber sie wagte nicht, dieses Kompliment zurückzugeben.

Bittend sah die Juweliersgattin sie an. »Würde es Ihnen etwas ausmachen, gleich mit hinunterzukommen? Ich denke, der Ansturm wird wirklich groß sein.«

Marie lächelte. »Gern. Ich hoffe nur, dass ich Sie nicht enttäuschen werde. Ich habe wirklich keine Erfahrung im Verkauf.«

»Sie werden das ganz wunderbar machen, davon bin ich überzeugt«, sagte Luisa, während sie vor Marie das Zimmer verließ.

»Darf ich Sie noch etwas fragen?«

Lächelnd wandte sich die Hausherrin um. »Aber natürlich.«

»Die Menschen, die in Ihr Geschäft kommen, sind doch sicher eher … vermögend«, setzte Marie an.

»In der Tat.«

»Warum sind sie dann in der Zeit der Bierpreiserhöhung ferngeblieben? Wer sich diesen Schmuck leisten kann, den kümmert doch der Bierpreis nicht?«

»Da haben Sie völlig recht«, stimmte Luisa zu. »Viele der Menschen, die bei uns kaufen, würden es nicht einmal merken, wenn der Bierpreis sich verzehnfacht. Aber zum einen zählen zu unseren Kunden auch andere Menschen. Paare, die einen Verlobungsring möchten, zum Beispiel, und die jetzt vielleicht doch erst einmal abwarten.«

»Und zum anderen?«, fragte Marie gespannt.

»Zum anderen – und das ist aus meiner Sicht der weit schwerwiegendere Punkt – ist es interessanterweise schon immer so gewesen, dass in schwierigen Zeiten auch wohlhabendere Menschen zurückhaltend sind. Gerade was teure Ausgaben angeht. Sie haben Angst vor Neid und Missgunst, vielleicht sogar davor, beim Besuch unseres Geschäftes gesehen und anschließend überfallen zu werden. Es gibt in der ärmeren Bevölkerungsschicht viele, die den Reicheren ihren Wohlstand neiden, insbesondere in solchen Zeiten.«

Marie nickte. »Darauf hätte ich auch von selbst kommen können.«

»Ich finde allein schon die Tatsache beeindruckend, dass Sie sich überhaupt solche Gedanken machen«, erwiderte Luisa.

Inzwischen waren sie durch das Treppenhaus nach unten gestiegen und im Laden angekommen. Obwohl dieser gerade erst geöffnet hatte, warteten schon vier Kunden darauf, bedient zu werden. Während Patriarch Jeremias Neustätter in seiner Werkstatt arbeitete, führte sein Neffe Simon gerade ein Verkaufsgespräch. Dabei stellte er sich allerdings nicht sonderlich geschickt an. Mit halbem Ohr bekam Marie mit, wie er der Kundin erklärte: »Diesen Ring können Sie auf keinen Fall tragen. Er ist für deutlich zartere Hände geschaffen.«

Als Marie sah, wie getroffen die Kundin von diesen Worten war, wäre sie am liebsten sofort dazwischengegangen. Doch sie wagte es nicht, schließlich war Simon der Neffe und Ziehsohn ihres Arbeitgebers. Und wäre es da nicht anmaßend gewesen zu glauben, dass sie so ein Verkaufsgespräch besser führen konnte als er? Zum Glück hatte Luisa die Situation ebenfalls mitbekommen und eilte hinzu. »Ich übernehme jetzt, Simon«, sagte sie streng. »Dein Onkel wartet in der Werkstatt.«

Dann wandte sie sich an die unglückliche Kundin. »Sie müssen meinem Neffen verzeihen«, hörte Marie sie flüstern. »Er hat schrecklichen Liebeskummer. Bis über beide Ohren ist er in eine junge Frau verliebt. Deshalb lässt er seine schlechte Laune an allen aus.«

Simon war verliebt? Bei diesen Worten fühlte Marie große Erleichterung in sich aufsteigen. Dann waren ihre Befürchtungen, er könnte *ihr* Avancen machen, wohl unbegründet. Oder sagte Frau Neustätter das nur, um die Kundin zu trösten? Das jedenfalls war ihr zumindest halbwegs gelungen.

Die Dame schaffte immerhin ein Lächeln, sah aber immer noch unglücklich auf ihre Hände, die in der Tat für enge Ringe denkbar ungeeignet waren. Marie hätte zu gern gewusst, wie Luisa es anstellen würde, auch diesen Fauxpas ihres Ziehsohnes auszubügeln, doch in diesem Moment sprach sie eine sanfte Stimme hinter ihrem Rücken an. »Entschuldigen Sie, sind Sie die neue Verkäuferin?«

Marie fuhr herum und sah sich einer sehr jungen, freundlich wirkenden Frau gegenüber. Sie hatte ihr blondes Haar kunstvoll geflochten und lächelte sie an.

»Fräulein Holzapfel«, erkannte Marie erfreut.

»Oh, Sie sind ja noch da, wie wunderbar. Könnten Sie mich dann beraten?«

Hilflos sah Marie zu Luisa hinüber. Schließlich hatte man sie noch gar nicht eingeführt. Doch die nickte ihr aufmunternd zu. Marie atmete tief durch und entschied sich dann zur Ehrlichkeit: »Sehr gerne – und ich bin ein wenig nervös. Sie sind meine erste Kundin. Diesmal auch ganz offiziell.«

»Wie aufregend«, freute sich die Schäfflereierbin. »Heute suche ich ein Amulett für meine Mutter. Ich möchte, dass sie auch auf ihren Geschäftsreisen eine Erinnerung an mich hat.«

»Was für eine schöne Idee«, befand Marie. »Dann haben Sie einen Künstler ihr Gesicht zeichnen lassen?«

Ursel schüttelte den Kopf. »Carl August von Steinheil und Franz Ritter von Kobell sind Freunde meines Vaters.

Sie haben vor fünf Jahren ein Fotografie-Verfahren entwickelt – mit Chlorsilberpapier als lichtempfindlichem Material. Ihre ersten Aufnahmen waren von der Glyptothek und den Türmen unserer Frauenkirche. Inzwischen bieten sie aber auch Porträtfotografien an.«

»Das ist ja aufregend«, kommentierte Marie. »Darüber wüsste ich wirklich gern mehr.«

Ursel Holzapfel dachte kurz nach, dann fragte sie: »Haben Sie Lust, nachher Ihre Mittagspause mit mir zu verbringen? Dann könnten wir uns ausführlicher unterhalten.«

Marie nickte begeistert.

***

Als die vier Schmerlers und ihr Lehrling, der mittlerweile öfters an ihren Mahlzeiten teilnahm, beim Mittagessen beisammensaßen, wandte sich Moritz an seinen Vater: »Paul hatte da neulich eine ganz gute Idee.«

Doch Cornelius trat ihm unter dem Tisch leicht gegen das Schienbein. Moritz sah auf und erhaschte einen warnenden Blick seines Bruders. Warte noch, schien er stumm mitzuteilen, das ist kein geeigneter Moment.

»Was sagst du?«, wandte sich Friedrich an Moritz und sah von seiner Kartoffelsuppe auf.

Doch Cornelius grätschte ablenkend in das Gespräch: »Margots Mädchen werden auch täglich größer.«

Und schon waren sie mitten in ein harmloseres Thema vertieft.

»Warum wolltest du denn vorhin nicht, dass ich Vater auf die Sache mit dem Jurastudium anspreche?«, fragte Moritz seinen Bruder, als die beiden nach dem Mahl im Garten aufeinandertrafen. »Es wäre doch wirklich ein geeigneter Augenblick gewesen.«

Cornelius schüttelte den Kopf. »Na, da kennst du Vater aber schlecht.«

»Wie meinst du das?« Moritz sah seinen älteren Bruder verwundert an.

»Paul war doch wieder dabei«, erklärte er.

»Ja und?« Moritz begriff noch immer nicht.

»Paul war auch dabei, als Vater uns klipp und klar zu verstehen gegeben hat, dass er das nicht will. Er würde niemals vor unserem Lehrling eine Kehrtwende machen.«

»Da hast du allerdings recht!«, erkannte Moritz. »Gut, dass du mich gewarnt hast.«

Friedrich Schmerler hielt viel auf die Einhaltung der Rangordnung, war aber andererseits sehr entgegenkommend und behandelte den Lehrling mit väterlicher Geduld. Deshalb durfte Paul mit ihm am Tisch speisen – solange dieser zu ihm aufsah. Einen Moment der Schwäche – und Schwäche war es in Schmerlers Augen, seine Meinung zu ändern – hätte er sich vor dem Burschen nie erlaubt!

»Aber *jetzt* wäre doch ein guter Moment«, sagte Moritz und deutete auf ihren Vater, der gerade mit einer Säge in der Hand den Garten betrat. Nach der Perlenfischerei war die Gartenarbeit Friedrich Schmerlers zweite große Leidenschaft. Dabei war er stets gut gelaunt und besonders zugänglich. Cornelius und Moritz hatten dies, ebenso wie Margot, schon in ihrer Kindheit erkannt: Wenn sie etwas von ihrem Vater wollten, sprachen sie ihn am besten während der Gartenarbeit darauf an. Dann erlaubte er ihnen fast alles.

Die Brüder nickten sich zu und marschierten auf Friedrich Schmerler zu.

Kapitel 8

Mit leisem Bedauern schloss Marie die Tür hinter den beiden letzten Kunden des Tages ab: Gerade war Ursel Holzapfel zur Tür hinausgegangen. Sie war eigens gekommen, um sich zu verabschieden. Bei ihrer dritten Begegnung vor etwa einer Woche waren sich die beiden jungen Frauen derart sympathisch gewesen, dass sie in der Tat Maries Mittagspause miteinander verbracht hatten. Dass die junge Schäfflereierbin nun noch einmal gekommen war, um ihr Auf Wiedersehen zu sagen, rührte sie zutiefst.

Morgen früh würde es wieder nach Hause gehen. Und sosehr Marie sich auch darauf freute, ihren Vater wiederzusehen, so sehr bedauerte sie es fortzumüssen. München war so viel aufregender und weltgewandter als Memmingen! Und wenn Marie es auch als selbstverständlich erachtete, ihrem Vater zur Seite zu stehen und ihm den Haushalt zu führen, so war es doch viel schöner, Tag für Tag diese wunderbaren Kunstwerke aus Gold und Juwelen an die eleganten Damen und Herren zu verkaufen!

Sie seufzte noch einmal und wandte sich wieder zum Ladengeschäft um, als wie aus dem Boden gewachsen plötzlich Jeremias und Luisa Neustätter vor ihr standen. Beide machten ernste Mienen. So hatte sie die sonst stets heiter gestimmten und freundlichen Eheleute noch nie erlebt! War ihr ein Fehler unterlaufen?

»Herr … Herr Neustätter, Frau Neustätter. Ist etwas geschehen?«

»Ja«, sagte Luisa zu ihrem Entsetzen. Doch dann fügte sie hinzu: »Sie wollen uns verlassen.«

Marie atmete erleichtert auf. Auch wenn sie das ebenfalls ausgesprochen traurig fand, so hatte sie doch zumindest nichts falsch gemacht. Und dass ihr Fortgang die beiden so trübsinnig stimmte, war ja eher als Kompliment zu werten!

»Ich bin auch sehr bedrückt«, sagte sie ehrlich. »Es hat mir so gut bei Ihnen gefallen und großen Spaß gemacht.«

»Dann bleiben Sie!«, stieß Jeremias hervor.

»Für länger? Sie meinen … ganz?«, vergewisserte sie sich erstaunt.

»Ja«, mischte sich seine Frau ins Gespräch. »Ich habe noch nie eine derart talentierte Verkaufshelferin erlebt wie Sie, meine Liebe.«

Luisa machte zwei Schritte auf Marie zu und nahm ihre Hände. »Sie erkennen beinah traumwandlerisch, welcher Stein, welches Schmuckstück zu wem passt, und ich habe den Eindruck, dass unsere Welt Sie sehr fasziniert.«

»O ja, das stimmt«, bestätigte Marie. »Und auch die Frage, wie man einen Stein so schleifen und fassen kann, dass er sowohl seinen eigenen Charakter als auch den der Frau betont, die ihn trägt.«

Erschrocken sah sie das Ehepaar an. Wie anmaßend von ihr, dem versierten Goldschmied hier eine Predigt über dessen eigenen Beruf zu halten! Doch er lächelte nur. »Sie haben soeben vortrefflich die Seele der Juwelierskunst beschrieben. Was mich noch einmal mehr in meiner Auffassung bestärkt, dass Sie weiterhin bei uns tätig sein sollten.«

»Ich werde nach der Niederkunft ja auch einige Wochen etwas kürzer treten müssen, da wäre Ihre Hilfe umso willkommener. Neben Lohn, Kost und Logie würde das natürlich auch eine umfassende Ausbildung beinhalten«, fügte Luisa lächelnd hinzu. »Wir könnten Ihnen alles über die Welt des Schmucks beibringen, was Sie wissen möchten.«

Maries Herz schlug schneller. Das war ein großartiges Angebot!

»Teil dieser Ausbildung wäre natürlich auch eine Reise zu den Perlenfischern«, fügte Jeremias hinzu. »Die Saison hat begonnen, und ich möchte zu den Ersten gehören, die vor Ort sind, um die Perlen zu sichten.«

Marie hatte das Gefühl, dass ihr Herz einen Schlag lang aussetzte! Dass Herr Neustätter ausgerechnet von Perlen sprach, um sie zum Bleiben zu bewegen, schien ihr ein Zeichen zu sein! Schließlich waren es die Perlenohrringe ihrer Mutter gewesen, die ihre Liebe zu edlem Geschmeide erweckt hatten.

»Perlen in Bayern?«, fragte Marie fasziniert nach. »Hier gibt es doch gar kein Meer.«

»Aber jede Menge Flüsse«, erwiderte der Patriarch lächelnd. »Und auch in den dortigen Muscheln finden sich bisweilen Perlen.«

»Das wusste ich ja gar nicht!«, rief Marie mit leuchtenden Augen. »Und ich dürfte wirklich mitkommen? Vielleicht würde ich ja sogar selbst eine solche Perle finden?«

»Das, meine Liebe, wäre schon ein großer Zufall«, meinte Jeremias, »aber eine solche Reise ist dennoch mehr als lohnenswert. Ihr Bruder würde selbstverständlich auch mitkommen.«

»Das wäre so wundervoll«, flüsterte Marie verträumt. Gleich darauf verfinsterte sich ihre Miene jedoch wieder. »Mein Vater wird das leider keinesfalls erlauben. Er braucht mich ja, um den Haushalt zu führen.«

Jeremias und Luisa wechselten einen Blick. »Was halten Sie davon, wenn wir Sie morgen gemeinsam mit Ihrem Bruder nach Hause begleiten?«

Marie sah die Juweliersgattin bass erstaunt an.

»Ich habe einen alten Geschäftsfreund in Benningen, das ist nur einen Steinwurf von Memmingen entfernt«, fügte Jeremias hinzu. »Ich verspreche ihm schon seit Ewigkeiten, ihn einmal zu besuchen.«

»Das würden Sie tun?«, fragte Marie gerührt. »Aber was wird in der Zeit aus Ihrem Geschäft?«

»Samstags haben wir ja wegen unseres jüdischen Glaubens ohnehin geschlossen, und Montag kann getrost unser Simon Beratung und Verkauf übernehmen«, fand Luisa. »Ich denke einfach, es ist besser, wenn wir persönlich mit Ihrem Herrn Vater sprechen.«

»Wir?«, hakte Jeremias erstaunt nach. »Willst du dir in deinem Zustand die Reise wirklich zumuten, Schatz?«

Luisa warf Jeremias einen spitzbübischen Blick zu. »Du weißt, dass ich überzeugender bin als du.«

»Stimmt«, entgegnete er schmunzelnd.

»Dann ist es also abgemacht?«, wandte sich Luisa an Marie.

»Ja«, sagte die. »Das ist es.«

***

»Na, wächst und gedeiht alles?«, erkundigte sich Cornelius, als er und sein jüngerer Bruder ihren Vater bei der Gartenarbeit aufsuchten.

Friedrich Schmerler sah seine Söhne argwöhnisch an. »Was habt ihr angestellt?«, fragte er, und Moritz fühlte sich augenblicklich wieder in ihre Kindertage zurückversetzt. »Ich kenne diesen Blick ebenso wie diese Ansprache«, ergänzte der Patriarch.

»Ertappt«, grinste Cornelius. »Wir würden wirklich gerne etwas mit dir besprechen.«

Und so erzählte sein Erstgeborener ihm davon, dass die Brüder sich die Leitung der Perlenfischerei teilen wollten.

»Vater, Conni hat recht«, ergriff Moritz schließlich ebenfalls das Wort. »Wenn er Rechtswissenschaften studieren würde, wäre er doch bald noch viel mehr befähigt, unseren Betrieb zu leiten. Er könnte diesen Teil übernehmen, und ich würde mich weiter um die Perlen kümmern.«

Das sonst so aufgeschlossene und freundliche Gesicht seines Vaters hatte sich bei den Worten der Brüder verfinstert. »Hatten wir das Thema nicht schon oft genug? Ich will nichts mehr davon hören.«

Da erhielten die Schmerler-Söhne unerwartete Unterstützung vonseiten ihrer Mutter, die, von den drei Männern unbemerkt, um die Hausecke gekommen war. Wie lange sie dort wohl schon gestanden und das Gespräch verfolgt hatte?

»Die beiden haben nicht ganz unrecht, mein Lieber«, sagte sie. »Du magst ja beide Talente in dir vereinen und sowohl ein leidenschaftlicher Perlenfischer als auch ein guter Verwalter sein. Aber du hast diese Fähigkeiten auf unsere beiden Söhne verteilt, und sowenig ich mir Cornelius im

Fluss vorstellen kann, so absurd ist die Vorstellung, dass Moritz sich mit Zahlen beschäftigt.«

Die Brüder wechselten einen amüsierten Blick. Genau das waren die Argumente, die sie ihrem Vater auch hatten unterbreiten wollen. Aber von der Mutter vorgebracht waren sie natürlich viel gewichtiger.

»Ich denke auch, dass es unseren Vorfahren gefallen hätte, wenn wir alles zur Verfügung stehende Wissen zugunsten unserer Fischerei einbringen würden«, bekräftigte Cornelius. »Der Ansicht bin ich auch«, pflichtete Gerlinde Schmerler ihm bei und wandte sich dann wieder an ihren Mann. »Und da du die Fischerei ja noch mindestens zwanzig Jahre leiten wirst: Warum darf Cornelius diese Zeit nicht nutzen, um Jura zu studieren? Was soll er denn sonst tun? Perlenfischen wohl kaum. Anschließend könnte er mit seinem Abschluss in der Tasche zurückkehren und den Betrieb leiten, während Moritz weiter fischt.«

Doch Friedrich schüttelte den Kopf. »Unsinn«, bellte er. »Ich kann euch jetzt schon sagen, wohin das führt. Wenn Cornelius einmal Advokat ist, wird er sich nicht damit zufriedengeben, eine kleine Perlenfischerei zu leiten, die ihn ohnehin nicht interessiert. Und jetzt entschuldigt mich. Ich muss in den Fluss.«

Auffordernd sah er seinen Jüngsten an. »Kommst du, Moritz?«

Der warf seinem Bruder einen enttäuschten Blick zu und eilte dann seinem Vater nach. Der Schmerz in Cornelius' Augen spiegelte seinen eigenen wider. Warum beharrte der Vater nur so stur darauf, dass sein Erstgeborener einen Weg einschlug, der ihm regelrecht zuwider war? War Friedrich Schmerler einfach nur stur, oder gab es dafür noch einen anderen Grund? Eine quälende Frage kam Moritz in den Sinn: Bin ich ihm etwa nicht gut genug?

***

Es war nur noch eine halbe Meile bis nach Memmingen, und Marie wurde mit jedem Meter unruhiger. Alles, einfach alles, hing von diesem Gespräch ab. Was, wenn der Vater ihr wegen dieses überfallartigen Besuchs böse sein würde? Was, wenn er ihr schlichtweg verbot, das Angebot der Neustätters anzunehmen?

Gespannt biss sie sich auf die Lippen, da spürte sie, dass sich eine Hand auf die ihre legte. Sie sah auf und in Luisa Neustätters gütiges Gesicht.

»Machen Sie sich keine Sorgen«, flüsterte die zuversichtlich. »Wird schon alles gut werden.«

»Ich hoffe es …«

Kutscher Leonhard Staudinger lenkte das Fuhrwerk schließlich durch den Torbogen im Erdgeschoss des Wohnhauses, von dem aus eine Durchfahrt in den Hinterhof führte. Dort befand sich Mathias Thomass' Werkstatt, und Marie wurde bei dem vertrauten Anblick ganz wehmütig. Hier war sie aufgewachsen. Hier hatte sie ihre Kindheit verbracht. Stundenlang hatte sie mit ihrem Bruder in diesem Innenhof mit Lederfetzen gespielt, bis die Mutter aus dem Fenster rief, dass das Abendessen fertig sei. Dann war Mathias Thomass aus seiner Werkstatt getreten und hatte sich in einem Eimer Wasser aus dem großen Brunnen in der Mitte des Hofes die Hände gewaschen. Seine Frau hatte immer gefürchtet, dass eines Tages eines der Kinder hineinfallen könne, weshalb der Täschner den Brunnen mit einem Gitter versehen hatte. In dem Eimer hatten sich dann auch seine Tochter und die beiden Söhne die Händchen gewaschen. Schließlich waren sie in die Stube gegangen, von wo die Mutter ihnen lächelnd entgegengesehen hatte. Wie viel Leben und wie viel Freude hatten hier geherrscht! Und jetzt war es so still und leer. Und wenn Marie für immer nach München ginge, würde es noch viel stiller und leerer für ihren Vater werden! Vor ihrem inneren Auge sah sie ihn einsam am Esstisch sitzen und trockenes Brot essen, weil niemand da war, der für ihn kochte. Und außer seinen Kunden hätte er dann überhaupt keine Ansprache mehr. Marie Thomass, schalt sie sich stumm, jetzt reißt du dich aber zusammen! Wieder einmal geht deine Fantasie mit dir durch!

Mit einem lauten »Hoooo« brachte der Kutscher das Gefährt an der dafür vorgesehenen Seite des Hofs zum Stehen, da stieß ihr Bruder plötzlich ein Ächzen aus. »Siehst du auch, was ich sehe?«, fragte er und deutete hinaus. »Leide ich unter Wahnvorstellungen? Das sind doch wir! Wir beide!«

Marie folgte seinen Blick – und dann stockte auch ihr der Atem. Neben dem Brunnen saßen zwei Kinder. Ein Mädchen und ein Junge. Beide hatten braunes Haar, der Junge mochte um die zehn Jahre alt sein, das Mädchen etwa fünf. Während die Kleine mit Stofffetzen spielte, warf der Junge einen Ball aus zusammengebundenen Lederfetzen hoch und fing ihn wieder auf. Beide musterten die Kutsche neugierig. »Wie ich früher!«, flüsterte Carl. »Wer ist das denn bloß?«

»Das werden wir erfahren, wenn wir aussteigen«, sagte Marie und beeilte sich, den Neustätters, die das bereits getan hatten, zu folgen. Kaum hatte sie ihren Fuß auf den Hof gesetzt, öffnete sich im Haupthaus ein Fenster, und eine Frau blickte heraus. Sie war um die dreißig, ihr Haar war schwarz, nicht braun, aber dennoch wollte Marie bei diesem Anblick das Herz stehen bleiben: Fast sah es so aus, als sei Anna Thomass zurückgekehrt! »Das wird sich gleich alles klären«, sagte Carl, als ihr Vater aus der Werkstatt kam und auf sie zustürmte. Mathias Thomass wusste offenbar gar nicht, wohin er zuerst blicken und was er zuerst tun sollte, zumal ihm der Junge seinen Ball zuwarf und das Mädchen auf ihn zurannte. Es fürchtete sich wohl vor den Fremden und wollte auf den Arm genommen werden. Der Täschner hob die Kleine hoch, parierte mit dem Fuß geschickt den Ball und ging dann mit verlegener Miene auf seine Kinder und deren Begleiter zu.

»Na, so was!«, sagte er und reichte erst Frau und dann Herrn Neustätter die Hand, bevor er das Mädchen absetzte und seinen Sohn und anschließend seine Tochter umarmte. Inzwischen war auch die Dunkelhaarige aus dem Haus gekommen, nahm das Mädchen auf den Arm, lächelte scheu und zog sich dann rasch in Richtung Brunnen zurück, wo sie etwas abseits wartete.

»Das ist ja eine Überraschung«, meinte Mathias Thomass überrumpelt.

»Allerdings«, sagten Marie und Carl wie aus einem Mund, während die Neustätters, denen nicht entgangen sein konnte, dass hier etwas ganz und gar nicht stimmte, hilflos dabeistanden.

»Wer ist das?«, fragte Marie.

Da war sie nur eine Woche fort gewesen, und der Vater hatte eine neue Familie? Was war hier los?

Kapitel 9

Carl fasste sich als Erster.

»Vater, das ist mein Lehrmeister Jeremias Neustätter mit seiner Gattin«, brach er schließlich das Schweigen, das sich über den Hof gelegt hatte.

»Freut mich«, sagte Mathias Thomass und nickte beiden peinlich berührt zu. Die Hand hatten sie einander ja bereits geschüttelt.

»Herr und Frau Neustätter sind heute aus einem ganz bestimmten Grund mitgekommen«, sprach Carl weiter und deutete dann auf die Frau und die beiden Kinder, die immer noch am Brunnen standen. »Allerdings wussten wir nicht, dass du Besuch hast?«

»N … nein«, stammelte Mathias überfordert. »Das ist kein Besuch. Ich glaube, ich muss euch einiges erklären.«

»Das glaube ich auch«, stieß Marie hervor, die mit einem Mal einen ganz schalen Geschmack im Mund hatte.

»Ich denke, das ist nicht für unsere Ohren bestimmt«, sagte Luisa geistesgegenwärtig und nahm ihren Mann beim Arm. »Wir wollten gern etwas mit Ihnen besprechen, Herr Thomass, aber das reicht auch heute Abend noch. Zunächst würden wir unser Gepäck bei unseren Freunden in Benningen drüben abgeben. Wir könnten dann gegen sieben Uhr noch einmal hier vorbeischauen.« Fragend sah sie Mathias an. »Wäre Ihnen das recht?«

»O ja«, entgegnete dieser erleichtert. »Bitte verzeihen Sie …«, er machte eine hilflose Geste, »das hier.«

»Da gibt es doch nichts zu verzeihen«, ergriff nun Jeremias das Wort. »Familienangelegenheiten sollten innerhalb der Familie besprochen werden. Und unsere Benninger Freunde warten wirklich schon lange auf unseren Besuch.«

Während die Neustätters zu ihrer Kutsche zurückgingen, blickte Marie wieder zu dem Brunnen. Die Frau und die beiden Kinder waren verschwunden.

Mathias deutete auf den schlichten Holztisch mit den vier verwitterten Stühlen, die vor der Werkstatt standen, seit Marie denken konnte. Hier hatte sich nichts verändert. Und doch war alles anders.

»Ich weiß gar nicht, wo ich anfangen soll«, sagte Mathias hilflos.

»Am besten mit dem Wichtigsten«, erwiderte Carl kühl, und Marie kannte ihn gut genug, um zu wissen, dass er diesen Tonfall nur dann an den Tag legte, wenn er entweder sehr wütend oder sehr beunruhigt war.

»Wer ist diese Frau? Und wer sind die Kinder?«

»Das … das ist nicht so einfach …«, stammelte der Vater.

Marie hielt es nicht mehr aus. »Hast du eine neue Familie? Aber das kann doch gar nicht sein. Ich war nur eine Woche weg.«

Mathias gab sich einen Ruck. »Also gut. Es hilft ja nichts. Aber bitte hört euch die Geschichte bis zum Ende an.«

»In Ordnung«, sagte Carl, lehnte sich zurück und verschränkte die Arme vor der Brust. »Da bin ich ja mal gespannt.«

»Wie ihr vielleicht wisst, kam bei dem Kutschunfall nicht nur eure Mutter ums Leben.«

»Ja, da war auch noch ein Mann«, erinnerte sich Marie. »Reinhard Thiebauth.«

»Ganz genau.«

Carl sprang so plötzlich auf, dass der Tisch, an dem sie gesessen hatten, bedrohlich wackelte. »Jetzt weiß ich, woher ich die Frau kenne. Sie war an der Trauerfeier für die Opfer des Unfalls. Sie saß mit uns in der Kirche ganz vorne in der ersten Reihe.«

»Ja«, bestätigte Mathias. »Sie war seine Frau.«

»Oh.« Marie schämte sich, ihrem Vater eine Liebschaft mit der Witwe unterstellt zu haben.

»Und du hast dich seither ein bisschen um sie gekümmert?«, fragte sie. »Aber warum habe ich sie dann nie gesehen? Und wo ist der Vater der Kleinen? Das Mädchen ist doch höchstens vier, und der Unfall war vor über zehn Jahren.«

»Nun ja«, murmelte er. »Es ist etwas verworrener.«

»Dann erklär es uns!«, forderte Carl.

»Eine Weile nach der Beerdigung haben wir uns auf dem Friedhof getroffen«, berichtete Mathias zögerlich. »Wobei getroffen nicht ganz der richtige Ausdruck ist. Ich fand Seraphina bei eisiger Kälte auf seinem Grab liegend. Sie hat furchtbar geweint und konnte sich gar nicht mehr beruhigen.«

»Die Ärmste«, flüsterte Marie betroffen. »Hat sie so sehr getrauert?«

Ihr Vater schüttelte den Kopf. »Sie hatte gerade erfahren,

dass sie ein Kind erwartet. Das ist der Junge, den ihr gesehen habt. Reinhard junior. Natürlich hat sie sich einerseits gefreut, noch etwas zu bekommen, das sie an ihren lieben Mann erinnert.«

»Aber wieso war sie dann so verzweifelt?«, fragte Marie.

»Das habe ich erfahren, als ich sie nach Hause brachte«, erklärte ihr Vater stockend. »Da hat sie mir ihr Leid geklagt: Sie war seit dem Tod ihres Mannes ganz allein. Ihre Eltern waren schon verstorben, die Schwiegereltern hatten sich so sehr mit dem Sohn gestritten – schon vor der Hochzeit –, dass sie keinen Kontakt mehr hatten und nicht mal zur Beerdigung kamen. Einzig der Lieblingsvetter ihres Mannes kam aus Offenburg angereist.«

»Das ist ja grauenhaft«, raunte Marie. Wie konnte man nicht zur Beerdigung seines eigenen Kindes gehen! Mit einem Mal fühlte sie Mitleid für die Witwe in sich aufwallen.

Mathias nickte. »Seraphina war wirklich arm dran. Freunde hatte sie auch keine. Sie war gerade erst von Offenburg nach Memmingen gezogen und kannte keine Menschenseele.«

»Und da hast du dich ihrer angenommen?«, kombinierte Marie.

Mathias bejahte. »Ich habe mich um sie gekümmert und wurde dabei auch selber …«, er suchte nach Worten, »geheilt. In ihr hatte ich eine Person gefunden, die das gleiche Leid erfahren hatte wie ich selbst. Den geliebten Ehepartner zu verlieren. Wir verstanden einander ohne viele Worte und gaben uns Halt.«

»Aber weshalb hast du sie denn nie zu uns nach Hause gebracht?«, fragte Marie. »Warum haben wir sie in all den Jahren nicht einmal gesehen?«

»Ihr wart so sehr in eurer eigenen Trauer gefangen, und ich wusste nicht, wie ich euch da heraushelfen konnte«, setzte ihr Vater zu einer Erklärung an. »Ich wollte euch nicht zumuten, noch jemanden kennenzulernen, der ständig am Rande des Abgrundes steht vor lauter Schmerz.«

»Vielleicht hättest du einfach auch uns trösten können statt eine fremde Frau?«, fragte Carl wütend, der sich inzwischen wieder gesetzt hatte. »Wir waren so allein in dieser Zeit. Wir hätten dich gebraucht.«

Die Lippen des Täschnermeisters begannen zu beben, als er hervorpresste: »Ich hätte euch so gerne getröstet, glaubt mir. Aber ich konnte es nicht.«

Sein Sohn funkelte ihn verärgert an. »Nur bei ihr, da ging es.«

»Carl«, sagte Marie und legte beschwichtigend die Hand auf die seine.

Er warf ihr zwar einen aufgewühlten Blick zu, schwieg dann aber.

»Bitte erzähl weiter«, wandte Marie sich wieder an ihren Vater.

»Nun, Seraphinas Kind kam zur Welt, und ich wurde sein Pate. Die Trauer verlor im Laufe der Zeit an Schärfe. Und vier Jahre nach dem Unfall sind wir uns … sind wir uns …«

»Ja?«, fragte Marie ungeduldig.

»Sind wir uns nähergekommen«, stieß er hervor. »Das kleine Mädchen ist meine Tochter. Klärle, also, ähm, Klara. Eure Halbschwester.«

In Maries Ohren sirrte es. Fassungslos starrte sie ihren Vater an. Die ganze Szenerie schien ihr seltsam unwirklich und fremd, wie aus einem anderen Leben – als spiele sich alles verlangsamt und weit entfernt von ihr ab. Wie in einem Fiebertraum sah sie ihren Bruder erneut aufspringen. Er brüllte etwas und stürmte dann zur Hofeinfahrt hinaus.

Sie beobachtete ihren Vater, der ihm ein paar Schritte hinterhereilte, dann jedoch stehen blieb und seinem Sohn nur hilflos nachblickte. Mathias wandte sich zu Marie um und sah sie flehend an, streckte die Hände nach ihr aus. Doch sie ergriff sie nicht, und er ließ sie resigniert wieder sinken. Ihr Vater hatte eine weitere Tochter. Ihre Halbschwester. Eigentlich war das doch gut, dachte sie. Dann müsste sie sich wenigstens keine Sorgen um ihn machen. Er würde nicht einsam am Tisch sitzen und trockenes Brot essen, weil da niemand war, der für ihn kochte. Er besaß eine neue Familie, eine Tochter und einen Stiefsohn. Aber er hatte sie die ganze Zeit belogen! All die Jahre über hatte er zwei Leben gelebt. Immer wieder war er verschwunden, sodass Marie, Carl und Wolfgang sich häufig gefragt hatten, ob es an ihnen lag. Tagtäglich hatte er ihr ins Gesicht gesehen und keinen Ton gesagt. Hätte er das getan, sie hätte sich für ihn gefreut. So aber … So aber fühlte es sich an wie ein furchtbarer Betrug. An ihr, ihrer Mutter, ihren Brüdern. An … allem.

Und während sie allein zu Hause gesessen und sich in ihrer Verzweiflung den Perlenohrringen ihrer Mutter zugewandt hatte, um dort Trost zu finden, war ihr Vater bei seiner neuen Tochter gewesen, um sie in den Armen zu wiegen. Bitterkeit stieg in ihr auf.

»Marie«, flüsterte er. »Bitte.«

Doch sie schüttelte den Kopf. »Ich muss jetzt allein sein, Vater.«

Und dann stürmte auch sie durch die Hofeinfahrt davon.

Nach nur wenigen Metern passierte sie die Kutsche der Neustätters, die aus irgendeinem Grund stehen geblieben sein musste.

»Marie!« Wie von ferne drang die Stimme in ihr Bewusstsein. Unfähig zu reagieren, rannte sie einfach weiter. Da hörte sie rasche Schritte hinter sich und spürte, dass etwas ihren Rücken berührte. Sie fuhr herum und erblickte die atemlose Luisa Neustätter. Auch jetzt sah die Juweliersgattin einfach hinreißend aus: Mehrere dunkle Strähnen hatten sich aus ihrer Hochsteckfrisur gelöst und umspielten ihr Gesicht, ihre Wangen glühten.

»Wo haben Sie denn gelernt, so schnell zu rennen?«, keuchte sie.

»Entschuldigung«, sagte Marie, ebenfalls außer Atem. »Ich wollte nicht … ich bin …«

Behutsam griff Luisa nach ihrem Arm. »Wir waren kaum ein paar Meter gefahren, da ist kurz vor Ihnen Ihr Bruder aus der Einfahrt gerast, als sei der Teufel hinter ihm her. Mein Mann ist aus der Kutsche gestiegen und ihm nach. Was ist denn nur geschehen?«

»Ach«, sagte Marie. »Es ist … ich weiß gar nicht, wo ich beginnen soll.«

»Am besten am Anfang«, schlug Luisa vor. »Gehen wir ein Stück?«

Marie nickte.

Und während sie durch die Stadt ihrer Kindheit schritten, vertraute Marie Luisa alles an. Die Ältere hörte schweigend zu, drückte nur dann und wann ermunternd Maries Arm.

»Das ist wirklich viel auf einmal«, resümierte sie schließlich. »Ich kann Ihre Reaktion vollkommen nachvollziehen.

Aber ein wenig kann ich auch Ihren Vater verstehen. Es klingt, als sei er da immer weiter hineingeraten. Anfangs hat er geschwiegen, um Sie nicht in Ihrer Trauer um die Mutter zusätzlich zu belasten. Und irgendwann war es zu viel, als dass er es Ihnen einfach so hätte sagen können.«

Doch Marie schüttelte den Kopf. »Er hat mich all die Jahre über täglich belogen. Ich möchte ihn vorerst nicht mehr sehen.«

»Sie brauchen etwas Abstand«, meinte Luisa. »Ich mache Ihnen einen Vorschlag: Sie wissen, dass Sie bei uns immer ein Zuhause haben. Wir sind ja auch gekommen, um Ihren Vater zu bitten, Sie gehen zu lassen.«

»Da hat er sicher nichts dagegen, dann kann seine neue Familie bei ihm einziehen«, erwiderte Marie bitter.

»Er will Sie bestimmt nicht ersetzen«, versicherte Luisa. »Aber ohne seine Erlaubnis werden Sie nicht zu uns dürfen. Ich schlage deshalb vor, dass wir zurückgehen und …«

»Ich will ihn nicht sehen«, unterbrach Marie sie. »Und ich werde auch nicht hierher zurückkehren. Er kann mich nicht zwingen.«

»Bitte lassen Sie mich ausreden«, sagte Luisa mit sanfter Stimme.

»Entschuldigung«, murmelte Marie verlegen. »Das war unhöflich.«

»Sie sind eben aufgebracht. Sie müssen nicht bei Ihrem Vater übernachten, gewiss sind Sie bei unseren Freunden in Benningen drüben willkommen. Mein Vorschlag ist, dass mein Mann und ich allein mit Ihrem Vater sprechen und ihn bitten, Sie vorerst gehen zu lassen.«

»Ja«, flüsterte Marie. »Ja, das ist gut.«

»Dann kehren wir um?«

Sie waren gerade bei der Kutsche angekommen, da sahen sie Jeremias Neustätter mit seinem Lehrling Carl darauf zugehen. Marie las in den Augen des Bruders ihren eigenen Schmerz. Stumm trat er auf sie zu und schloss sie in die Arme.

»Ich denke, wir sprechen am besten allein mit Herrn Thomass, während die beiden hier auf uns warten?«, schlug Jeremias seiner Frau vor.

»Ja, genau das haben Marie und ich uns auch überlegt. Lass uns gehen.«

Es dauerte eine halbe Stunde, dann sahen Marie und Carl, die stumm nebeneinander an der Kutsche gelehnt und zu ihrem einstigen Zuhause gestarrt hatten, die Neustätters das Haus verlassen.

»Ihr Vater hat zugestimmt«, sagte Luisa, als sie und ihr Mann bei den Geschwistern ankamen. »Sie dürfen mit uns kommen.«

Marie kamen auf einmal die Tränen. Sie schluckte. Dann blickte sie ein letztes Mal zum Haus hinüber. Dort stand ihr Vater und sah sie mit unendlicher Traurigkeit an. Wie einsam er wirkte! Aber das war er ja nicht, sagte sie sich. Er hatte jetzt eine neue Familie. Und sie und ihr Bruder waren jahrelang von ihm belogen worden. Hastig wandte sie den Blick ab und stieg hinter Carl in die Kutsche. Tröstend nahm Luisa ihre Hand. Und als sie Memmingen verlassen hatten, reichte sie ihr die wohlbekannte, mit blauem Samt bezogene Schachtel.

»Das hat Ihr Vater mir für Sie mitgegeben. Ich soll Ihnen ausrichten, dass er auf Sie wartet. Auf Sie beide.«

Die Juweliersgattin sah auch Carl an, der angespannt aus

dem Fenster blickte. »Und dass er hofft, Sie an dem Tag, an dem Sie diese Ohrringe tragen werden, zum Altar führen zu dürfen.«

»Bis dahin ist es ja noch eine Weile hin«, flüsterte Marie. Schließlich war noch weit und breit kein Mann in Sicht. Ihre Finger strichen über den blauen Samt. Dann hob sie den Deckel an, spürte das vertraute Klemmen. Und da lagen sie vor ihr. Still, schön und voller Hoffnung. Die Perlen ihrer Mutter.

TEIL 2

September/Oktober 1844

Kapitel 10

Eigentlich war Moritz Schmerler ein zuversichtlicher und zumeist fröhlicher Mensch. Es brauchte viel, bis er schlechte Laune bekam oder sein Lächeln verlor. Als er an diesem nebligen Septembermorgen mit Paul Klarner in den Fluss stieg, war seine Miene jedoch finster und seine Stimmung gedrückt. Nachdem der Lehrbursche ihn zweimal fragend von der Seite angesehen hatte, widmete dieser sich achselzuckend seiner Arbeit und überließ seinen Dienstherrn dessen Grübeleien.

Es waren zwei Dinge, die Moritz zu schaffen machten. Zunächst war da die Sorge um seine Schwester. Deren Mann August hatte mittlerweile zwar Arbeit auf dem Bau gefunden, ging laut Margots letztem Brief allerdings weiterhin dem Glücksspiel nach. Kürzlich sei einer seiner Gläubiger bei ihr und den Kindern aufgetaucht und habe die schlimmsten Drohungen ausgesprochen.

Zum anderen dachte Moritz voller Verbitterung an die beharrliche Ablehnung seines Vaters. Sosehr er sich bemühte, dessen Festhalten an den Traditionen zu verstehen: Die damit verbundenen ständigen Zurückweisungen seiner Person verletzten ihn. Manchmal hatte er das Gefühl, dass es ganz gleich war, wie sehr er sich auch anstrengte – er würde so oder so immer nur der Zweitgeborene bleiben und niemals eine bedeutende Rolle in der Perlenfischerei spielen. Doch er wollte nicht aufgeben. Vielleicht musste er einfach noch mehr als bisher tun. Bei den Schmerlers war noch nie die Rede von einer künstlichen Perlenaufzucht gewesen. Dabei wäre es so einfach. Eine Perle bildete sich, wenn ein Fremdkörper in die Muschel eindrang. Um diesen herum legte die Muschel dann Schicht um Schicht Perlmutt. Er müsste also lediglich eine Muschel vorsichtig öffnen, einen Fremdkörper, etwa ein Sandkorn, hineinlegen, und sie dann wieder verschließen. Allerdings würde es viele Jahre – oder eher Jahrzehnte – dauern, bis diese Perle groß genug war, dass man sie ernten konnte. Das würde ihm nicht dabei helfen, seinen Vater jetzt schon von seinem außergewöhnlichen Können zu überzeugen und ihm aufzuzeigen, dass es Leidenschaft brauchte, um ein erfolgreicher Perlenfischer zu sein. Und wenn er einen größeren Gegenstand in die Muschel legte? Eine Glasperle? Die Muschel würde diese dann mit Perlmutt überziehen – vielleicht könnte man so schon binnen eines Jahres künstliche Perlen herstellen.

Er wurde aus seinen Gedanken aufgeschreckt, als Paul neben ihm zu gähnen begann. Recht hatte er, fand Moritz, die Perlensuche gestaltete sich heute alles andere als aufregend.

Bei der nächsten Muschel machte der jüngere Schmerler-Sohn dann jedoch eine merkwürdige Entdeckung. »Da ist etwas drin. Aber es ist viel zu groß für eine Perle. Was kann das sein?«

Doch, stellte er fest, als er die Schale so gehalten hatte, dass mehr Sonnenlicht eindringen konnte, da glänzte etwas ungewohnt Großes. »Das ist unglaublich«, flüsterte Moritz, nachdem er die Muschel behutsam weit genug geöffnet hatte, um den Gegenstand mit der Pinzette zu entnehmen. Das war eine Perle, und was für eine! Tropfenförmig, wunderschön glänzend – und so groß wie die Fingerkuppe einer noblen Dame. »So eine riesige habe ich noch nie gesehen.«

»Ich auch nicht«, krächzte Paul ehrfürchtig. »Aber ich kenne mich ja auch nicht so gut aus.«

Moritz löste den Blick von der murmelgroßen, weiß schimmernden Perle und sah seinem Lehrburschen ernst in die Augen. »Noch nie hat ein Schmerler so eine gefunden, Paul. Flussperlen sind ja eigentlich kleiner als die aus dem Meer. Schon für eine Perle von vier Millimetern wird bei uns mit einer Wachstumszeit von zwanzig bis fünfundzwanzig Jahren gerechnet, bei denen von sechs bis sieben Millimetern Größe sogar mit vierzig bis fünfzig Jahren. Diese hier ist aber bestimmt zwanzig Millimeter groß, die Muschel muss deshalb über zweihundertfünfzig Jahre alt sein. Sie sind extrem selten, das ist ein Jahrhundertfund.«

»Und was machen wir jetzt damit?«, fragte der Lehrbursche aufgewühlt. »Steckst du das Riesending in den Beutel, und wir suchen weiter?«

»Nein, die Perle muss ich sofort meinem Vater zeigen.«

Paul nickte und fragte vorsichtig: »Darf ich mitkommen?«

»Na, aber gewiss doch. Du warst ja auch dabei, als ich sie gefunden habe.«

***

Ungeduldig wartete Marie Thomass an diesem nebelverhangenen Septembermorgen darauf, dass Postbote Aepfelbacher in das Juweliergeschäft Thomass kam. Sie hoffte, er würde endlich einen Brief von ihrem Vater mitbringen. Ja, sie hatte ihn im Mai um Zeit gebeten, doch das war jetzt fast vier Monate her. Es wäre an ihm gewesen, seiner Erstgeborenen zu schreiben, dass er sie vermisste. Aber vielleicht tat er das ja auch gar nicht? Die Thomass-Geschwister hatten sich seit der Enthüllung in Memmingen in ihrem Kummer gegenseitig beigestanden.

Als Herr Aepfelbacher endlich in den Laden kam, reichte er Luisa Neustätter die Briefe. Die Juweliersgattin war derzeit nur selten im Laden, denn sie hatte am 7. Juli eine gesunde Tochter namens Rosina entbunden. Die Freude im Hause war groß gewesen, und so manche Stammkundin hatte darauf bestanden, dass das neue Menschlein heruntergeholt und vorgeführt wurde.

Nachdem Herr Aepfelbacher gegangen war, blieb Luisa Maries Enttäuschung beim Blick auf die Tagespost nicht verborgen. »Sie vermissen Ihren Vater wohl sehr«, sagte sie mitleidsvoll.

Marie nickte. Sie wollte ihre Arbeitgeberin jedoch nicht damit belasten, daher lenkte sie rasch ab: »Ursel Holzapfel hat mich gestern gefragt, seit wann sich das Geschäft in Ihrem Besitz befindet, da ist mir aufgefallen, dass ich das gar nicht weiß.«

»Noch gar nicht so lange«, verriet Luisa. »Alles fing in der Vorweihnachtszeit 1832 an. Da hat Jeremias für achthundertfünfzig Gulden die Goldschmiedekonzession erworben. Sein erster Betrieb war in der Löwengrube, das hat sich aber als viel zu eng herausgestellt, deshalb sind wir recht schnell in die Kaufingerstraße umgezogen. Hierher an den Schrannenplatz ging es erst vor sieben Jahren.«

»Oh«, machte Marie, die stets davon ausgegangen war, dass die Goldschmiede schon viel länger der Familie gehörte. Jeremias Neustätter musste furchtbar viel Geld haben, dass er ein solches Geschäft einfach kaufen konnte, überlegte Marie und fragte sich im Stillen, ob er wohl geerbt hatte.

»Die Goldschmiedekunst in dieser Gegend ist aber älter als München selbst«, riss Luisa sie aus ihren Gedanken. »Vor allem in den Klöstern gab es bedeutende Werkstätten. Zum Beispiel im St. Emmeram in Regensburg. Und sehr bedeutend war auch das Kloster Tegernsee.«

»Hat man denn in Klöstern Schmuck gebraucht?«, wunderte sich Marie.

»Es wurden vor allem Tabernakel und prachtvolle Buchdeckel gefertigt«, klärte Luisa sie auf und klang ein wenig verträumt. »Ich bin eine große Freundin der Literatur, müssen Sie wissen. Und ich liebe kostbare Bücher. Wenn die Umschläge schön gemacht sind, habe ich immer den Eindruck, dass sie den Inhalt dann umso mehr würdigen.«

»Ja«, sagte Marie nachdenklich. »Ja, das kann ich mir vorstellen. Leider habe ich so ein wertvolles Buch selbst noch nie gesehen.«

»Manche sind in den Klöstern ausgestellt. Ich zeige Ihnen mal eines«, versprach Luisa. »Sie sind wirklich wunderschön, fein ziseliert, und die wunderbarsten Steine sind in sie eingearbeitet. Aber es wurde in diesen Goldschmiedewerkstätten natürlich auch kostbares kirchliches Gerät hergestellt.«

»Und wann begann es mit dem Verkauf von weltlichem Schmuck?«

»In Augsburg und Passau gab es schon sehr früh weltliche Goldschmiede«, wusste Luisa. »Und 1158 wurde dann durch Simon den Löwen unser geliebtes München gegründet. Gleich in dem Jahr haben sich hier viele Goldschmiede niedergelassen. Irgendwann bildete sich dann auch eine Zunft. Aber richtig los ging es, denke ich, erst mit dem Wittelsbacher Albrecht V.«

»Der war großartig«, ertönte da eine Stimme in Maries Rücken. Sie wandte sich um. Simon stand vor ihr und sah sie einmal mehr so eindringlich an, dass ihr leicht unbehaglich zumute wurde. »Entschuldigung. Ich wollte nicht stören. Ich sollte nur den hier aus der Werkstatt bringen.«

Er reichte Luisa einen Ring mit einem von kleinen Diamanten umkränzten Saphir.

»Danke«, sagte sie und legte das Schmuckstück behutsam in die Auslage. »Erzähl du unserer Verkaufshelferin doch ein wenig über Albrecht V. Niemand kann das besser als du.«

Marie wollte schon dankbar ablehnen, da beugte sich Simon zu ihr und begann zu referieren: »Bevor der gute Albrecht Herzog von Bayern wurde, unternahm er eine Italienreise und ließ sich dort von den Werken der Renaissance verzaubern. Nach seinem Regierungsantritt baute er dann das Antiquarium, in dem kostbare Renaissance-Werke ausgestellt sind. Wenn Sie möchten, begleite ich Sie sehr gern einmal dorthin.«

»Mal schauen«, sagte Marie voller Unbehagen.

Sie war sehr erleichtert, als er schließlich ankündigte: »Dann gehe ich jetzt mal wieder in die Werkstatt.«

Lächelnd sah seine Tante ihm nach. »Er mag sie. Ich habe ihn noch nie so aufgeschlossen erlebt wie Ihnen gegenüber.«

Marie senkte unangenehm berührt den Blick. Dass Simon

sie immer so merkwürdig ansah, war schon schlimm genug, aber dass seine Tante sich so darüber freute …

»Hat sich Albrecht V. denn auch für die Goldschmiede eingesetzt?«, fragte sie ablenkend.

Zu ihrer Erleichterung ging Luisa sogleich darauf ein. »O ja, das hat er. Lange Zeit hatten vor allem Nürnberg und Augsburg in der Goldschmiedekunst eine große Rolle gespielt – dort hatten sich die Besten ihrer Zunft niedergelassen. Unter Albrechts Förderung kamen die Besten der Besten dann aber nach München, und unsere Stadt belegte fortan den ersten Rang in der Goldschmiedekunst.«

Marie hatte in der Tat Lust, das Antiquarium bald einmal zu besuchen. Nach Simons Gesellschaft stand ihr dabei allerdings nicht der Sinn.

Wie unwohl sie sich in seiner Gegenwart fühlte, vor allem, wenn sich außer ihnen niemand anders im Raum befand. Und da ihr Bruder Carl sich nächsten Monat der Tradition entsprechend auf die Walz begeben sollte, wäre sie in Zukunft wohl noch öfter mit Simon Neustätter allein.

***

Als Friedrich Schmerler nach dem Anklopfen »Herein« gerufen hatte, betrat sein jüngerer Sohn nebst Lehrling Paul das Arbeitszimmer des Vaters.

»Hallo, ihr zwei, ich freue mich …«, setzte der Patriarch an.

»Du wirst dich gleich noch mehr freuen«, unterbrach ihn Moritz lächelnd. »Zum Glück sitzt du.«

Und dann schob er seinem Vater schweigend die Muschel mit der tropfenförmigen Riesenperle über den Schreibtisch.

Schmerler senior stieß scharf die Luft aus.

»Das ist ja unglaublich«, flüsterte er. »So etwas habe ich noch nie gesehen.«

Andächtig schwiegen die drei Männer eine Weile, dann stand Friedrich wortlos auf, ging zur Tür und rief: »Gerlinde, kommst du mal?«

»Bin gleich da«, tönte es aus der Küche, und kurz darauf stand Moritz' Mutter etwas atemlos in der Tür.

»Was gibt es denn?«, fragte sie und lächelte den drei Männern liebevoll zu.

Friedrich Schmerler deutete auf seinen Tisch. »Sieh dir das an! Es ist nicht zu fassen.«

Gerlinde kam näher, dann schrie sie leise auf und schlug sich eine Hand vor den Mund. »Wie wunderschön«, flüsterte sie und musterte die Perle andächtig. »Hast du sie gefunden, Moritz?«

Der nickte, und sie streichelte seine Wange. »Deine Vorfahren wären stolz auf dich.«

Friedrich Schmerler wirkte doch glatt etwas verlegen, als er gestand: »Ja, ich muss dir das auch sagen, mein Junge, bei dir ist unsere Perlenfischerei wirklich immer in guten Händen.«

Moritz war über dieses unerwartete und so ersehnte Lob derart gerührt, dass seine Stimme zu versagen drohte. »Danke«, brachte er hervor.

Rasch kam ihm seine Mutter zu Hilfe, indem sie fragte: »Und was machen wir jetzt mit der Perle?«

Nachdenklich rieb sich Friedrich Schmerler das Kinn. »Ich glaube, ich habe da eine Idee.«

Kapitel 11

»Wo sind denn die Neustätters?«, fragte Marie verwundert, als Carl und sie am nächsten Morgen das Geschäft betraten und es verschlossen und leer vorfanden.

In diesem Moment kam Simon aus der Werkstatt. Er war noch blasser als sonst und sah die Geschwister erschrocken an. Er wirkte, als habe er ein Gespenst gesehen.

»Mein Onkel hat heute Morgen Post vom Hof bekommen«, stieß er hervor.

»Vom Hof?«, fragte Marie.

Simon nickte und antwortete angeberisch: »Das Schreiben wurde in aller Herrgottsfrühe von einem Boten gebracht. Es ist von unserem Prinzen Luitpold von Bayern höchstpersönlich. Er bat meinen Onkel, sofort zu einer Audienz zu kommen.«

Sprachlos sahen die Geschwister sich an. Das waren in der Tat unglaubliche Neuigkeiten!

»Aber warum?«, hakte Carl nach. »Wurde das in dem Brief irgendwie begründet?«

Simon schüttelte den Kopf. »Mit keinem Wort. Tante Luisa darf ihn begleiten, sie hat ein Kleid nach dem anderen herausgesucht. Beide sind furchtbar aufgeregt.«

»Dass wir davon gar nichts mitbekommen haben heute Morgen«, wunderte sich Marie. »Wobei ich schon erstaunt war, dass beim Frühstück nur die Hälfte des Personals anwesend war.«

»Und mein Onkel legt großen Wert darauf, dass nicht getratscht wird«, erklärte Simon. »Sicher hat sich niemand getraut, darüber zu sprechen.«

Marie nickte und wollte gerade die nächste Frage stellen, als sie eine junge Frau bemerkte, die an der Ladentür zog. Sie erkannte zu ihrer Freude Ursel Holzapfel, die angesichts der Tatsache, dass das Geschäft noch geschlossen war, ein verwundertes Gesicht machte.

»Das ist eine sehr kauffreudige Kundin«, wandte Marie sich an Simon. »Vielleicht sollten Sie aufsperren.«

»Ja sicher«, sagte er, nahm den großen Schlüsselbund von der Theke. »Das ist absolut vertraulich«, ermahnte er die Geschwister nochmals, bevor er die Tür öffnete, um Ursel Holzapfel hereinzulassen. »Kein Wort zu niemandem.«

»Natürlich«, versicherten beide wie aus einem Munde, und in diesem Moment betrat die hübsche blonde Münchnerin den Laden. Im Augenwinkel bemerkte Marie, wie ihr Bruder sich zu voller Größe aufrichtete und das Fräulein neugierig musterte.

»Na?«, fragte sie gut gelaunt. »Habt's ihr verschlafen?«

»Ja«, rief Marie dankbar dafür, gleich eine plausible Ausrede geliefert zu bekommen. »Alle miteinander.«

»Ich bin eigentlich nur hier, um Sie etwas zu fragen«, offenbarte Ursel Holzapfel. »Hätten Sie Lust, mich am Sonntag zu einem Spaziergang zu begleiten?«

»Mit dem allergrößten Vergnügen«, antwortete Marie begeistert.

»Dann ist es also abgemacht«, freute sich Ursel. »Ich muss auch schon wieder weiter. Ich hole Sie am Sonntag ab. Sagen wir, um zwei hier vor dem Haus?«

Marie nickte eifrig. »Gut. Bis dann.«

Sie sah der jungen Schönen nach, die mit schwingenden Röcken über den Schrannenplatz lief, und lächelte versonnen. Dann erst bemerkte sie, dass Carl neben ihr stand und seinerseits hingerissen durch das Schaufenster starrte. Ihr Bruder fand wohl großen Gefallen an ihrer hübschen Freundin!

Marie lächelte in sich hinein, als Carl schließlich aus seiner Verzückung erwachte und hastig erklärte, er müsse jetzt aber endlich in die Werkstatt, um sodann darin zu verschwinden.

Zu gern wäre sie ihm gefolgt und hätte ihm dort bei der Arbeit zugesehen – doch sie konnte den Laden ja schlecht allein lassen, zumal in diesem Moment eine elegante Frau auf das Geschäft zusteuerte.

»Guten Tag«, begrüßte sie die sanft wirkende, braunhaarige Dame.

»Was kann ich für Sie tun?«

»Grüß Gott«, erwiderte die Kundin leise und etwas schüchtern. »Ich hätte gerne ein Paar Ohrringe. Können Sie mir etwas empfehlen?«

Marie betrachtete die hübsche Frau genauer. Sie hatte Ohrlöcher, das war wichtig für die Entscheidung, welches Ohrgehänge sie ihr empfehlen konnte. Zunächst dachte sie an Perlen, verwarf den Gedanken dann aber wieder. Denn vor ihrem inneren Auge sah sie viereckige, schmale Aquamarine an den Ohren der Kundin funkeln. Das Blau der Steine würde gewiss einen wundervollen Kontrast zu ihrem Gesicht mit den braunen Augen und Haaren bilden.

Sie führte die Dame zu der Vitrine, in der die Neustätters ihre Ohrringe aufbewahrten. Dann holte sie jene mit den Aquamarinen heraus: »Diese hier würden Ihnen hervorragend stehen«, meinte sie.

»O ja«, zeigte sich die Kundin angetan und betrachtete die geschliffenen blauen Steine in der filigranen Goldfassung.

»So, wie die Aquamarine in der Farbe einen Kontrast zu Ihren Haaren und Augen bilden, so bilden die Goldverzierungen einen Kontrast zu dem eckigen Stein«, führte Marie aus.

»Es ist wirklich eine ganz reizende Arbeit«, bestätigte die Brünette und hielt sich die Schmuckstücke an die Ohren. »Ich nehme sie«, sagte sie dann kurz entschlossen.

Marie war verblüfft. Die Dame hatte gar nicht nach dem Preis gefragt. Offenbar spielte dieser für sie keine Rolle. Er betrug immerhin dreißig Gulden – was dem Zehnfachen von Maries Monatslohn entsprach. Und wenngleich die Kundin sehr bescheiden wirkte, strahlte sie doch etwas aus, das vermuten ließ, dass sie aus sehr wohlhabendem Hause stammte.

Nachdem sie sich verabschiedet hatte, meldete sich Simon von der Werkstatttür. »Was für ein aufregender Tag! Wissen Sie, wer das war?«

»Nein?«, sagte Marie und ließ es wie eine Frage klingen.

»Caroline Lizius. Die Mätresse des Königs.«

Empört stieß Marie die Luft aus. Es war absolut unschicklich, dass ein Mann eine Frau mit solchen Themen und Ausdrücken konfrontierte. Dieser Simon war wirklich ein seltsamer Zeitgenosse, völlig linkisch im Umgang mit der Damenwelt! Und überhaupt, wie kam er angesichts dieser freundlichen und wohlerzogenen Kundin auf so eine ungeheuerliche Behauptung?

»Und woher wissen Sie das?«

»Sie hängt in der Schönheitsgalerie von König Ludwig I.«, antwortete er.

»Die Schönheitsgalerie?«, wiederholte Marie, nun doch neugierig geworden.

»Ja, sie ist sehr sehenswert. Dort sind die Porträts von lauter besonders schönen Frauen ausgestellt. Der König hat sie von Hofmaler Joseph Stieler malen lassen. Wenn Sie möchten, führe ich Sie einmal durch.«

So interessant diese Ausstellung auch klang, Marie wollte ihm keinerlei Anlass zu falschen Hoffnungen geben und war sich auch nicht sicher, ob er nach der kleinsten Ermutigung nicht auch in der Öffentlichkeit versuchen würde, ihr unangemessen nahezukommen. Deshalb stellte sie, statt ihm auf sein Angebot zu antworten, eine gewagte Frage: »Sind das alles König Ludwigs – Mätressen?«

Simon schmunzelte. »Nein. Es hängt auch ein Gemälde von Alexandra Amalia Prinzessin von Bayern dort. Das ist seine Lieblingstochter. Und seine Schwiegertochter Marie Kronprinzessin von Bayern ist ebenfalls in dieser Galerie verewigt. Andere Damen, deren Aussehen dort bewundert werden kann, hat Ludwig nur kurz gesehen, fand sie aber so betörend, dass er sie malen lassen wollte. Er liebt einfach die weibliche Schönheit.«

»Haben all diese Frauen ohne Bezahlung stundenlang Modell gesessen?«, erkundigte sich Marie.

Simon schüttelte den Kopf. »So sie nicht ohnehin von seinen Gnaden leben, kümmert er sich zum Dank um ihre

Mitgift oder bezahlt ihnen eine Apanage. Manche erhalten auch eine Anstellung bei Hofe.«

Schließlich sah er sie wieder so merkwürdig an. O nein, dachte Marie. Bitte nicht. Doch da sagte er schon: »Sie würden sich in dieser Galerie auch gut machen. Marie, Sie sind so …«

Zu ihrer unendlichen Erleichterung wurde in diesem Moment die Ladentür aufgerissen und das völlig aufgelöst wirkende Ehepaar Neustätter stürmte herein.

»Onkel, Tante«, sagte Simon. »Wie war es?«

»Es war … es ist … unglaublich«, stieß Luisa hervor. »Wir sollen im Auftrag Prinz Luitpolds für dessen Gattin Erzherzogin Auguste Ferdinande von Österreich als nachträgliches Hochzeitsgeschenk einen Perlenschmuck fertigen. Sie haben vor Kurzem geheiratet. Zwei Wochen vor Erzherzog Albrecht von Österreich und Prinzessin Hildegard von Bayern.«

Marie war durch die Vielzahl der Namen ein wenig verwirrt. In diesem Augenblick betrat der Postbote das Geschäft. Er hatte zwei Briefe dabei, die Luisa entgegennahm.

Ihr Mann setzte derweil deren Erzählung fort: »Erzherzogin Auguste war auf der Hochzeit von Anna von Bayern, die lebt mittlerweile in Sachsen. Dort hat sie von der berühmten Perlenkette erfahren, die im Grünen Gewölbe liegt – jetzt möchte sie unbedingt auch Schmuck aus Perlen haben. Und wir wurden damit beauftragt. Das ist eine unglaubliche Ehre.«

»In der Tat«, sagte Marie begeistert.

»Flussperlen«, grübelte Carl. »Im Fluss Regen gibt es Vorkommen.«

Jeremias nickte. »Ich habe Ihrer Schwester ohnehin einen

Ausflug dorthin versprochen. Gleich morgen machen wir uns auf den Weg. Wir haben keine Zeit zu verlieren.«

»Ich glaube, wir fahren nicht in den Bayerischen Wald«, meinte da zum Erstaunen aller Luisa, die von einem der beiden Briefe aufsah, den sie aus seinem Umschlag genommen und gelesen hatte.

»Wieso das nicht?«, fragte ihr Mann verständnislos.

»Wird wohl eher ins Vogtland gehen«, sagte sie, während sie Jeremias das Schreiben gab. »Lies selbst!«

Er überflog die Zeilen und nickte zufrieden.

»Stimmt, wir fahren ins Vogtland«, bestätigte er.

Gespannt sahen die Geschwister ihn an. »Der Brief stammt von einem alten Freund, Carl Friedrich Schmerler, er betreibt in Oelsnitz an der Weißen Elster eine Perlenfischerei. Ich habe ihn während meiner Gesellenwanderschaft kennengelernt, und wir sind immer in Verbindung geblieben.« Er sah seinen Neffen an. »Ihr kennt ihn. Ich habe ihn euch vorgestellt, als wir zu Beginn deines Studiums nach Dresden gereist sind.«

»Stimmt. Ich erinnere mich«, entgegnete Simon. »Und jetzt hat er dir geschrieben?«

»Ganz genau«, sagte Jeremias begeistert. »Er, oder besser gesagt, sein Sohn Moritz hat eine tropfenförmige Perle gefunden, die wohl den Umfang einer Glasmurmel aufweist und größer ist als alles, was die Schmerlers je gefischt haben. Und das will etwas heißen.« Er wandte sich an die Geschwister. »Die Familie ist nämlich sozusagen der Ursprung der vogtländischen Perlenfischerei.«

»Und diese Riesenperle bietet er nun dir an«, freute sich seine Frau.

Jeremias nickte. »Ja, ist es zu glauben? Ausgerechnet jetzt, da wir den Auftrag erhalten haben, eine Kette für die Prinzessin zu fertigen. Da sind wohl himmlische Mächte mit im Spiel!«

»Wie wundervoll! Dann solltet ihr in der Tat gleich morgen früh aufbrechen«, bekräftigte Luisa. »Simon und ich kümmern uns in der Zwischenzeit um das Geschäft.«

»Wie aufregend«, flüsterte Marie.

»Allerdings«, gab Jeremias ihr recht. »Und deshalb will ich meinen Freund per Brief von unserem Kommen unterrichten, und dann werden wir sofort aufbrechen.«

Er wandte sich an seinen Neffen. »Es ist dir doch recht, hier gemeinsam mit deiner Tante solange die Stellung zu halten?«

Simon nickte, doch die Enttäuschung war ihm deutlich anzumerken. »Natürlich. Wenn ich auch lieber mit euch fahren würde – allein schon, um Dresden wiederzusehen. Aber es versteht sich, dass Fräulein Marie nicht ohne ihren Bruder reisen kann.«

»Dann wäre das also abgemacht«, freute sich der Patriarch. »Ich danke dir, Simon.«

Marie dachte indes über dessen Satz mit den himmlischen Mächten nach. Sie erhielten den Auftrag, eine Perlenkette für die Prinzessin zu fertigen, bekamen just dann die größte Perle überhaupt angeboten – und es waren ja auch die schimmernden Hoffnungsträger gewesen, die einst ihre Liebe zu Schmuck begründet hatten! Ohne die Perlenohrringe ihrer Mutter wäre Carl vielleicht nie auf die Idee gekommen, Goldschmied zu werden, und sie wären jetzt nicht hier. Das konnte doch einfach kein Zufall sein!

»Danke, Mama«, flüsterte sie lächelnd.

Kapitel 12

»Donnerlittchen«, rief Friedrich Schmerler und studierte mit gerunzelter Stirn den Brief, den seine Frau ihm beim Frühstück gebracht hatte. »Jeremias Neustätter hat Feuer gefangen. Er ist schon auf dem Weg.«

»Ach«, erwiderte Gerlinde erfreut. »Das ist ja schön. Wird seine reizende Gemahlin ihn begleiten?«

»Nein«, sagte ihr Gatte und reichte ihr das Schreiben. Sie las laut vor: *»Sind zu dritt auf dem Weg nach Oelsnitz, steigen Mitte der Woche im* Goldenen Engel *ab. Luisa passt auf Goldschmiede auf, lässt Gerlinde aber herzlich grüßen. J. Neustätter.«* Etwas enttäuscht ließ Moritz' Mutter den Brief sinken. »Ach, wie schade, dass sie in München die Stellung halten muss. Eine solch reizende Person habe ich selten zuvor in meinem Leben kennengelernt. Sein Ziehsohn, dieser Neffe Simon, hat allerdings recht merkwürdig gewirkt.«

»Er war einfach nur schüchtern«, glaubte Friedrich zu wissen. »Wie alt ist denn der Junior?«, hakte Cornelius nach, der dem Frühstück, genauso wie Moritz, bisher schweigend beigewohnt hatte.

»Ein paar Jahre älter als du«, sagte seine Mutter. »Vielleicht kommt er ja auch mit. Dann lernt ihr ihn kennen.«

»Der Brief wurde schon letzte Woche abgeschickt«, stellte Friedrich beim Blick auf den Poststempel fest. »Heute ist Dienstag, es kann also gut sein, dass die Neustätters morgen schon eintreffen.«

In diesem Augenblick stürmte völlig aufgebracht Paul Klarner in das Wohnzimmer.

»Habt ihr Albin gesehen?«, rief er ohne Morgengruß. »Meine Mutter sagt, der Kleine war heute schon in aller Herrgottsfrühe verschwunden.«

Beunruhigt sprang Moritz von seinem Stuhl. »Dann müssen wir ihn dringend suchen. Ihm ist zuzutrauen, dass er anfängt, im Jahnteich, dem Gerberbach oder in der Weißen Elster nach Perlen zu suchen.«

***

»Endlich«, ächzte Marie, als sie in Oelsnitz vor dem Gasthof *Goldener Engel* aus der Kutsche stiegen. »So spannend es war, einmal so weit zu reisen, man ist doch froh, endlich anzukommen.«

»O ja, das bin ich auch«, bekräftigte ihr Bruder. »Am Ende wusste ich gar nicht mehr, wo ich meine Beine unterbringen sollte.«

»Selbst schuld, wenn du so lange hast«, scherzte Marie und wandte sich dann dem Meister zu. »Gehen wir gleich zu den Schmerlers?«

Zu ihrer Erleichterung schüttelte Jeremias Neustätter den Kopf. »Nein. Wir schicken eine Nachricht, dass wir angekommen sind und morgen zu einem Zeitpunkt ihrer Wahl bei ihnen erscheinen. So haben sie noch etwas Zeit, sich vorzubereiten, und wir können uns von der Reise erholen.«

Marie nickte. »Ja, das ist gut.« Sie konnte es nämlich kaum erwarten, den Schmutz der Reise abzuwaschen. Sie hatte ja von jeher ebenso ausgesprochen großen Wert auf ein gepflegtes Äußeres gelegt wie auf schöne Kleidung – im Rahmen ihrer Möglichkeiten. Und die hatten sich durch die Neustätters enorm vergrößert. Zum einen hatte Luisa sich geweigert, deren wunderschönes grünes Seidenkleid zurückzunehmen, zum anderen hatten sie und ihr Gatte Marie einen mehr als großzügigen Lohnvorschuss gegeben, wodurch ihr der Kauf von zwei weiteren sehr hübschen Kleidern ermöglicht worden war. Eines sah allerdings von der Reise ziemlich verschmutzt aus, und sie hoffte, es vor Ort in eine Wäscherei geben zu können.

Als sie in der Herberge angekommen waren, in der Jeremias für sie drei Zimmer reserviert hatte, wurden sie von einer alten Frau mit Nackenknoten und gütigem Blick in Empfang genommen. Sie stellte sich als Hildegard Klarner vor – Mutter des Wirtes Christoph Friedrich Klarner. »Mein Sohn ist unterwegs, um nach seinem kleinen Neffen zu suchen, der Bengel ist mal wieder ausgebüxt.«

Nachdem Hildegard Klarner ihnen die Kammern gezeigt hatte, verabredete Marie mit ihrem Bruder, noch vor dem Abendessen einen gemeinsamen Stadtspaziergang zu unternehmen. Höflich fragte sie auch Meister Neustätter, ob dieser sie begleiten wolle, doch er winkte lachend ab. »Geht ihr mal ohne mich! Ich bin schon ein paar Jahre älter als ihr und muss mich dringend erholen.«

Marie nahm seine Absage mit einer gewissen Erleichterung zur Kenntnis. Sie hatte ihren Arbeitgeber wirklich sehr ins Herz geschlossen – aber trotzdem blieb er eben ihr Dienstherr, und deshalb konnte sie sich in seiner Gegenwart nie so ungezwungen verhalten, wie sie dies in Gesellschaft ihres Bruders tat. Außerdem würde ihnen ein wenig Zweisamkeit guttun. Die Sache mit ihrem Vater belastete Marie nach wie vor sehr, und sie wusste, dass es ihrem Bruder ebenso ging, auch wenn die Reise eine willkommene Ablenkung bot.

Nachdem sie sich etwas frisch gemacht und umgezogen hatte, stieg sie die Treppen wieder hinunter und fragte die alte Frau Klarner, ob es in der Nähe eine Gelegenheit gäbe, das verschmutzte Kleid zu reinigen, das sie über ihrem Arm trug.

»Aber sicher, Kindchen«, sagte die Alte und sprang so behände von ihrem Stuhl auf, dass Marie meinte, ein junges Mädchen vor sich zu haben. »Ich übernehme das selbst für Sie. Morgen früh haben Sie das Kleid gewaschen und geplättet auf Ihrem Zimmer. Ein sehr schönes Stück, das muss ich schon sagen.«

Bewundernd strichen ihre runzeligen Hände über den feinen Stoff, der von einem satten Violett war. Marie hatte erst gezögert, ob ihr diese Farbe wegen des dezenten Rotschimmers ihrer braunen Haare gut zu Gesicht stünde, hatte sich dann aber von Ursel Holzapfel davon überzeugen lassen, dass genau das den Reiz ausmache. »Es verleiht deinem Auftreten Spannung. Zumal das Rot deiner Haare ja nur ganz sanft durchschimmert. Es wirkt dadurch alles sehr … geheimnisvoll.«

»Das kann ich Ihnen doch nicht zumuten«, sagte Marie zu Hildegard Klarner.

»Oh, ich bin gar nicht so gebrechlich, wie ich aussehe«, erwiderte diese lachend. »Sie würden mir sogar eine Freude machen. Ich liebe schöne Kleider, und mein Traum war es immer, Schneiderin zu werden. Ich werde gut damit umgehen, das verspreche ich Ihnen.«

»Na, dann nehme ich Ihr Angebot natürlich sehr gerne an. Haben Sie herzlichen Dank.«

»Gern geschehen«, sagte Frau Klarner und strich erneut über den Stoff.

Als die Sache mit dem Kleid geklärt war, machte sich Marie gut gelaunt auf die Suche nach ihrem Bruder, der in diesem Augenblick die Treppe herunterkam. »Na?«, fragte er und lächelte seine Schwester an. »Bereit?«

»Bereit«, bestätigte sie und hakte sich bei ihm unter. Sie traten aus der hölzernen Eingangstür auf den Marktplatz hinaus.

»Wo fangen wir an?«, fragte Marie unternehmungslustig.

»Ich würde vorschlagen, wir schauen uns zuerst das Rathaus an.«

»Einverstanden«, erwiderte Marie.

Nach wenigen Minuten erreichten sie die kursächsische Postmeilensäule beim Rathaus, das mitten auf dem Marktplatz stand. Es war allerdings bereits geschlossen. »Das können wir heute wohl nicht mehr besichtigen«, meinte Carl resigniert.

»Wohin jetzt?«, fragte Marie ihn.

Hilflos kratzte ihr Bruder sich am Kopf. »Offen gestanden weiß ich auch nicht, was sich hier anzuschauen lohnt.«

Marie sah sich ratlos um, da entdeckte sie in der Krone des Baumes neben ihnen einen etwa sechsjährigen Jungen mit semmelblondem Haar. Wie war er dort hinaufgekommen? Ob es sich bei dem Knaben wohl um den ausgebüxten

Neffen ihres Wirtes handelte, von dem die alte Frau Klarner erzählt hatte?

»Guten Tag, der Herr«, rief sie nach oben, insgeheim etwas besorgt, einer der Äste könne nachgeben oder der Knabe aus anderem Grund aus der stattlichen Höhe herunterfallen.

»Wie bist du denn da hinaufgekommen?«

»Geklettert«, erklärte der Kleine, einerseits etwas kurz angebunden, andererseits nicht ohne Stolz in der Stimme.

»Donnerwetter, das musst du ja richtig gut können – bei der Höhe!«, befand Marie mit herausgestellter Bewunderung. »Was suchst du denn da oben?«

»Ich verstecke mich vor meiner Mutter«, gab der Junge zu.

»Wieso das?«, mischte sich Carl ins Gespräch.

»Wir haben uns gestritten. Sie will, dass ich weiter zur Schule gehe. Aber ich brauche das gar nicht, was man da lernt«, sagte der Knabe überzeugt. »Ich möchte ja sowieso Perlfischer werden.«

»Oh, ich liebe Perlen«, schwärmte Marie mit aufrichtiger Begeisterung. »Sie zu suchen ist sicher der schönste Beruf.«

»Mein großer Bruder lernt das, er ist schon sechzehn«, berichtete der Kleine.

»Aber er lernt doch sicher auch andere Dinge?«, vergewisserte sich die junge Frau.

»Ich glaub schon«, gab der Junge kleinlaut zu.

»Es reicht ja nicht, die Perlen zu finden«, erklärte Carl. »Wenn man sie verkauft, muss man auch rechnen können, sonst wird man übers Ohr gehauen.«

»Und man fischt ja nicht immer im gleichen Fluss, man verreist auch mal«, ergänzte Marie. »Und über die fremden

Städte lernt man ebenfalls etwas in der Schule. Komm doch runter und versöhn dich mit deiner Mutter, die sorgt sich bestimmt schon um dich.«

Der Knabe zögerte kurz, dann begann er, geschickt den Baum herunterzuklettern.

Etwa zwei Meter über dem Boden rutschten jedoch seine Hände plötzlich ab, und er stürzte! Marie schrie auf, doch zum Glück wurde das Kind von einem jungen Mann mit gelocktem schwarzem Haar aufgefangen, der aus dem Nichts aufgetaucht zu sein schien.

Die Thomass-Geschwister atmeten erleichtert auf, und der Knabe sagte schuldbewusst: »Danke.«

»Jetzt aber wirklich ab nach Hause mit dir, Albin«, befahl der Dunkelhaarige, als er ihn auf dem Boden absetzte. »Dein Onkel, die Mutti, Großmutter und Paul sind schon ganz krank vor Sorge, wir haben dich überall gesucht.«

»Entschuldigung«, sagte Albin mit gesenktem Blick, dann ging er mit hängenden Schultern auf den *Goldenen Engel* zu. Er war also wirklich der Neffe des Wirtes. Die alte Frau Klarner kam aus der Herberge gestürzt und schloss den Knaben in die Arme. Der junge Mann sah Albin und dessen Großmutter zufrieden nach, wie sie im Gebäude verschwanden.

»Danke, dass Sie zur Stelle waren«, wandte sich Marie an ihn. Dabei bemerkte sie, dass seine Augen von einem ungewöhnlich dunklen Braun waren, das fast schwarz wirkte und wunderbar zu der Farbe seines Wuschelkopfs passte.

»Danke, dass Sie ihn gefunden haben«, entgegnete er mit einem gewinnenden Lächeln, und Marie beobachtete fasziniert, wie sich dabei auf seiner linken Wange ein Grübchen bildete. »Auf einem Baum hätte ich Albin nie vermutet.

Und derart klug wie Sie hätte ich den Jungen auch keinesfalls überzeugt, da herunterzukommen und weiter zur Schule zu gehen. So gut hätte mir das jemand mal erklären sollen, als ich ein Dreikäsehoch war.«

»Dann wollten Sie auch Perlenfischer werden?«, erkundigte sich Carl.

»Ich bin sogar einer geworden«, antwortete der Dunkelhaarige grinsend. »Moritz Schmerler mein Name.«

Marie und Carl sahen sich verblüfft an. »Dann sind wir morgen verabredet. Wir sind gerade mit Jeremias Neustätter aus München angekommen.«

»Ach, das ist ja ein Zufall!«, rief der Schwarzgelockte.

»Dann sind Sie sein Neffe Simon? Und Sie seine Frau?«

Während Marie bei der Vorstellung erschauderte, lachte Carl fröhlich auf. »Knapp daneben. Ich bin Carl Thomass, Jeremias Neustätters Geselle, und das ist meine Schwester Marie, sie hilft im Verkauf.«

»Sehr erfreut!« Moritz schüttelte ihnen die Hand. »Und ich habe Sie auch nur deshalb für Simon gehalten, weil mein Vater mir erzählte, dass die Neustätters einen Ziehsohn in meinem Alter hätten.«

»Ein paar Jährchen älter ist er schon«, meinte Carl. »Er sieht mit seiner Tante im Geschäft nach dem Rechten, während wir auf der Reise zu Ihnen sind.«

»Was haben Sie heute denn noch vor?«, erkundigte sich Moritz.

»Wir wollten die Stadt ein wenig bewundern«, erläuterte Carl. »Können Sie uns sagen, was wir auf keinen Fall verpassen dürfen?«

»Nun, wenn Sie einen Spaziergang machen möchten, empfehle ich Ihnen das Schloss Voigtsberg«, sagte Moritz.

»Aber ich muss Sie warnen: Das ist schon ein Stückchen zu gehen.«

»Umso besser«, meinte Marie. »Wir haben so viel Zeit in der Kutsche verbracht – ich kann es gar nicht erwarten, mich mal ein wenig zu bewegen.«

Schmerler schlug vor: »Na, da Sie ja sozusagen unser Gast sind: Darf ich Sie dann ein wenig herumführen?«

»Es wäre uns ein Vergnügen«, platzte Marie hastig heraus. Gleich darauf war ihr die schnelle Zusage ein wenig peinlich, zumal sie den erstaunten Blick ihres Bruders bemerkte. Sie war doch sonst auch nicht so aufdringlich. Aber irgendetwas hatte dieser junge Mann an sich …

»Das freut mich«, sagte er und sah sie mit seinen dunklen Augen eindringlich an, und in seinem Fall war ihr das wesentlich angenehmer als bei Simon Neustätter.

»Dann begleite ich Sie hinauf zum Schloss und erzähle Ihnen ein bisschen etwas über unsere Gegend, wenn Sie möchten«, bot Moritz an.

»O bitte«, entschlüpfte es Marie. »Und über die Perlenfischerei. Das interessiert uns sehr.«

»Ich wüsste nicht, was ich lieber täte«, versicherte er. »Zumal die Geschichte der Perlenfischerei eng mit der unseres Ortes verwoben ist. Das fängt schon beim Namen an.«

»Beim Namen?«, fragte Marie interessiert. »Ist Oelsnitz denn auch ein Fluss?«

»Nein«, wehrte Moritz ab. »Man vermutet, dass unsere Region hier zuerst von den Sorben besiedelt war. Sie nannten unsere Stadt auf Altsorbisch Oleśnica, und das bedeutet Bach am Erlenwald«, erläuterte Moritz.

»Was sind denn Sorben?«, hakte Marie nach. »Offen gestanden habe ich diesen Begriff noch nie gehört.«

»Das hätte ich sicherlich auch nicht, wenn ich nicht hier aufgewachsen wäre und mich brennend für alles interessieren würde, was auch nur im Entferntesten mit der Perlenfischerei zu tun hat«, tröstete Moritz. »Das ist ein Volksstamm aus dem Westslawischen.«

»Ach so«, sagte Marie und musste über sich selbst schmunzeln. Gerade hatte sie beim kleinen Albin noch schwadroniert, wie wichtig die geografische Bildung sei, und jetzt musste sie sich selbst belehren lassen. Sie geriet indes etwas außer Atem, denn es ging immer steiler bergauf, Burg Voigtsberg war bereits zu sehen. »Das ist ja ein wunderhübsches Schloss«, fand sie.

»Unser ganzer Stolz«, sagte Moritz. »Es ist hundert Jahre älter als die Stadt.«

Schließlich kamen sie oben an. Gemeinsam genossen sie den Ausblick auf Oelsnitz, durch das sich die Weiße Elster zog. Ein Fluss, in dem Perlen in Ruhe wachsen konnten. Ein Städtchen, das neugierig auf mehr machte, dachte Marie – und ein Seitenblick auf Moritz Schmerler verstärkte diesen Eindruck noch.

Kapitel 13

Moritz war so lange mit seinen Gästen unterwegs gewesen, dass er das Abendessen versäumt hatte. Als er sich gegen acht Uhr abends ins Haus schlich, kam ihm auf der Treppe sein Bruder Cornelius entgegen.

»Da bist du ja. Großmutter war ganz enttäuscht, dass du nicht da warst. Du weißt doch, wie heilig ihr das gemeinsame Essen ist.«

»Ja sicher«, flüsterte Moritz, packte seinen Bruder beim Arm und zog ihn nach unten. »Aber ich habe einen guten Grund, warum ich nicht gekommen bin. Einen mehr als guten Grund.«

»Jetzt bin ich aber gespannt«, sagte Cornelius und sah den Jüngeren fragend an. »Erzähl!«

»Nicht hier«, beschied ihn Moritz. »Wir gehen zur Mauer.«

»Aber hast du denn gar keinen Hunger? Du isst doch sonst immer alles, was du in die Finger kriegen kannst, und lässt nie eine Mahlzeit aus«, wunderte sich Cornelius.

Moritz schüttelte den Kopf. »Ich habe keinen Hunger. Und wenn der sich später doch noch einstellen sollte, dann wird Omi mir sicherlich was zubereiten.«

Kurz darauf saßen die Brüder auf der Mauer beim Fluss. Diesmal hatte Moritz auf die Lampe verzichtet, nur der Mond und die Sterne leuchteten ihnen.

Die Steine waren noch warm von den Sonnenstrahlen, die sie den ganzen heißen Septembertag über beschienen hatten, und Moritz schloss für einen Moment die Augen, als die Wärme durch seine Kleidung drang. Das hier war wohl der Platz auf der Welt, den er am meisten liebte. Das Rauschen des Baches klang vertraut in seinen Ohren.

»Also?«, drängte sein Bruder. »Was ist denn nun?«

»Ich bin der Liebe begegnet, Conni«, stieß Moritz hervor. Er hatte das Gefühl, platzen zu müssen, wenn er niemandem erzählte, was ihm da soeben widerfahren war. Tatsächlich hatte es ihn getroffen wie ein Blitz, als er diese schöne junge Frau in ihrem moosgrünen Kleid neben der Postmeilensäule hatte stehen sehen. Und wie einfühlsam sie Pauls kleinen Bruder überzeugt hatte, von dem Baum herunterzukommen. Dann hatte sich zu seiner unfassbaren Freude herausgestellt, dass der Mann an ihrer Seite nicht ihr Ehegatte, sondern ihr Bruder war. Moritz hatte es kaum glauben können. Auf dem Weg zur Burg hatte sie dann aufmerksam Fragen gestellt – und wie schön sie gewesen war, als sie dort oben stand und die Aussicht über die Stadt genoss, während die Abendsonne auf ihr braunes Haar schien und es rötlich schimmern ließ.

»Das freut mich für dich«, sagte Cornelius und wirkte ein wenig überrascht, wohl, weil sie sich solche Dinge eigentlich nicht anvertrauten. Umgekehrt wusste Moritz auch nicht, wem das Herz seines Bruders gehörte – und ob es überhaupt eine junge Dame in dessen Leben gab.

Cornelius fragte: »Wo kommt deine Angebetete denn so plötzlich her?«

»Aus München«, sagte Moritz.

»Aus München? Wie unser Besuch?«

»Sie *ist* unser Besuch. Sie ist mit Jeremias Neustätter gekommen.«

»Ich wusste gar nicht, dass die Neustätters auch eine erwachsene Tochter haben«, sagte Cornelius.

»Haben sie natürlich nicht, Frau Neustätter ist ja selbst erst dreißig. Marie Thomass ist ihre Verkaufshilfe«, klärte ihn Moritz auf. »Sie ist mit ihrem Bruder, dem Goldarbeiterlehrling, mitgekommen, und Conni … ich habe so etwas wirklich noch nie erlebt. Wenn ich mir vorstelle, dass ich sie morgen wiedersehen werde, dann wird mir ganz anders.«

Erregt fuhr er sich mit beiden Händen durch die Haare.

Cornelius legte ihm eine Hand auf die Schulter. »Ich freue mich für dich. Sehr. Weißt du, ob sie deine Gefühle erwidert?«

»Woher denn?«, rief Moritz. »Ich kann sie doch schlecht so einfach damit überfallen.«

»Nein, das geht wohl nicht.«

Der Jüngere seufzte. »Aber ich kann auch nicht um sie werben oder ihr den Hof machen. Sie werden sicherlich nicht allzu lange bleiben und rasch nach München zurückkehren. München. Das ist eine halbe Weltreise.«

»Jetzt warte es doch erst einmal ab«, riet Cornelius. »Morgen sind sie hier. Und dann sehen wir weiter.« Er grinste seinen Bruder an. »Ich muss schon sagen: Ich bin jetzt furchtbar gespannt auf deine Angebetete.«

***

Ob es an der für diese Jahreszeit ungewöhnlichen Hitze lag? Oder daran, dass sie in einem fremden Bett nächtigte? Schlaflos wälzte sich Marie hin und her und starrte allenthalben in das fremde Zwielicht, durch das sie in ihrer Vorstellung immer wieder zwei liebevolle dunkle Augen ansahen. Deren Blick hatte sich in ihr Herz gebrannt. Moritz! Einem Mann wie ihm war sie noch nie begegnet! Er wirkte so naturverbunden, die Vorstellung, dass er Tag für Tag im Fluss stand und nach Perlen fischte, passte zu ihm. Dafür musste er geduldig und aufmerksam sein. Andererseits war er aber auch humorvoll. Dieses Grübchen auf seiner Wange!

Ob die alte Frau Klarner wohl Wort hielt und ihr das Kleid morgen früh rechtzeitig bringen würde? Marie wollte Moritz Schmerler ungern in dem gleichen Gewand entgegentreten, das sie auch schon heute getragen hatte.

Wie hell der Mond durch das Fenster schien. Und die Sterne! Sie konnte sie von ihrem Bett aus sehen. Ob er wohl auch gerade in den Himmel blickte?

Erst weit nach Mitternacht fiel Marie in einen unruhigen Schlaf. Als es am nächsten Morgen an der Tür ihrer Kammer klopfte, schrak sie hoch und wusste zunächst nicht, wo sie sich befand. Blinzelnd sah sie sich um, und in diesem Moment fiel ihr alles wieder ein. Sie waren angekommen. In Oelsnitz. Sie würden heute zu den Perlenhändlern gehen. Sie würde Moritz Schmerler wiedersehen!

Es klopfte erneut, und sie beeilte sich, aus dem Bett zu steigen. Hastig warf sie sich ihren Schlafrock über und ging zur Tür, um zu öffnen. Vor ihr stand Frau Klarner.

»Guten Morgen«, sagte sie und überreichte Marie triumphierend deren gereinigtes Kleid. »Bitte sehr! Wie versprochen. Gewaschen und geplättet.«

Sie nahm es mit einem Lächeln entgegen. »Vielen Dank, liebe Frau Klarner.«

»Es war mir eine große Freude«, sagte die Alte. »Herr Neustätter hat für acht Uhr Frühstück bestellt und mich gebeten, Ihnen das zu sagen.«

Marie nickte. »Ich werde pünktlich sein.«

»Meine Schwiegertochter bringt Ihnen gleich noch einen Kessel warmes Wasser«, versprach die Pensionswirtin.

»Meinen allerherzlichsten Dank«, wiederholte Marie und dachte, dass sich die Herbergen, in denen sie auf dem Weg hierher untergekommen waren, ein Beispiel an dieser freundlichen Wirtin und deren Gasthaus nehmen konnten. Unterwegs hatte sie sich häufig regelrecht geekelt, so schmuddelig war es gewesen. Mit Schaudern dachte sie an speckige Decken, die den Eindruck machten, als würden sie nur nach jedem hundertsten Gast gewechselt, an widerliche Wanzen und unwirsche Wirte.

Kurz darauf klopfte es abermals, und eine Frau, sie mochte etwa Ende dreißig sein, brachte das versprochene heiße Wasser. Mit ihrem zart geblümten Kleid und dem blonden Haar wirkte sie sehr sympathisch. »Hallo, ich bin Anneliese Klarner«, stellte sich die Mutter von Paul und dem kleinen Albin vor. »Darf ich Ihnen das Wasser direkt auf den Waschtisch stellen?«

»Sehr gern«, erwiderte Marie und folgte der Gastwirtsgattin, die sich gleich darauf mit einem Nicken verabschiedete.

»Dann wollen wir mal«, meinte Marie und begann, sich zurechtzumachen. Heute würde sie Moritz wiedersehen. Da wollte sie sich ganz besondere Mühe geben.

***

Die Schmerlers erwarteten ihre Gäste vor dem Haus, und Moritz hatte das Gefühl, vor Aufregung gar nicht still stehen zu können, als er neben seinen Eltern Position bezog und den Punkt fixierte, an dem Marie jeden Moment auftauchen musste. Und da war sie! Scharf sog er die Luft ein. Heute trug sie ein dunkelviolettes Kleid, was in reizvollem Gegensatz zu ihrem rötlich schimmernden Haar stand. Marie Thomass war ohne Frage die anziehendste Frau, die er je gesehen hatte. Cornelius schien das auch zu finden. »Donnerwetter«, entfuhr es ihm, was ihm einen strafenden Blick seiner Mutter einbrachte. Die folgte nun ihrem Gatten, der den Ankommenden entgegeneilte.

»Jeremias!«, rief er und zog seinen alten Freund begeistert in die Arme. »Ist das schön, dass du mich einmal wieder besuchen kommst.«

Meister Neustätter erwiderte die Umarmung herzlich. Als sich die beiden Männer wieder voneinander lösten, begrüßte Jeremias Friedrich Schmerlers Familie, während dieser sich Marie zuwandte, um ihr galant die Hand zu küssen. »Bitte entschuldigen Sie, gnädiges Fräulein. Ich habe mich benommen wie ein Rüpel. Natürlich hätte ich Sie zuerst begrüßen müssen, aber die Freude, meinen alten Freund wiederzusehen, hat mich meine gute Kinderstube vergessen lassen. Seien Sie uns willkommen.«

»Danke«, erwiderte Marie amüsiert. Gnädiges Fräulein war sie noch nie genannt worden! Und die Hand geküsst hatte ihr bisher auch keiner.

Als Schmerler senior sich ihrem Bruder zuwandte, um ihn seinerseits willkommen zu heißen, schob sich Moritz vor sie.

»Guten Tag«, sagte er und nahm ebenfalls ihre Hand, um

einen Kuss darauf zu drücken. Anders als bei seinem Vater berührten seine Lippen aber tatsächlich ihre Haut, und Marie hatte das Gefühl, dass die Stelle regelrecht Feuer fing.

»Schön, Sie wiederzusehen«, sagte Moritz und sah sie mit seinen dunklen Augen an.

»Ja«, flüsterte sie. »Ja, das finde ich auch.«

Zu ihrem sanften Bedauern ließ er ihre Hand wieder los, und in diesem Moment stellte sich ihr ein weiterer, etwas kleinerer Mann vor, der bei Moritz und seinen Eltern gestanden hatte. Er küsste ihr seinerseits formvollendet die Hand. »Auch von meiner Seite aus ein herzliches Willkommen. Ich bin Cornelius Schmerler, der Erstgeborene.«

»Sehr erfreut«, erwiderte Marie.

Frau Schmerler entpuppte sich als sehr herzlich. Gleich nach der Begrüßung nahm sie Maries Arm, um sie ins Haus zu geleiten. Die Männer folgten ihnen. »Wir hätten Sie gern zum Frühstück eingeladen, aber da Sie meinem Mann mitteilten, Sie würden in der Herberge speisen, haben wir nur einige Getränke zubereiten lassen«, wandte sich Gerlinde Schmerler an ihre Gäste, als sie das Wohnzimmer erreicht hatten. »Aber meine Schwiegermutter hat Sie fest zum Mittagessen eingeplant.«

»Wir wollen wirklich keine Umstände machen«, sagte Jeremias höflich. »Wir können …«

Doch Friedrich Schmerler fiel ihm ins Wort. »Die Umstände hattet doch wohl ihr, schließlich war der Weg, den ihr auf euch genommen habt, nicht gerade kurz. Nein, ihr seid unsere Gäste, keine Widerrede. Oder wollt ihr meine Mutter enttäuschen?«

»Natürlich nicht«, lachte Jeremias. »Wir nehmen die Einladung sehr gern an.«

»Wunderbar«, freute sich Friedrich Schmerler und bat seine Gäste mit einer Handbewegung, auf den einander gegenüberstehenden Sofas und Sesseln Platz zu nehmen. Etwas steif setzte sich Marie neben ihren Bruder und musterte verstohlen Moritz, der sich ihr gegenüber niedergelassen hatte. Schon wieder begann ihr Herz schneller zu schlagen. Hastig richtete sie ihre Aufmerksamkeit auf Friedrich Schmerler, der gerade fragte: »Wie wunderbar, dass du auf meinen Brief sofort herbeigeeilt bist. Ich deute das so, dass du die Perle sehen willst?«

Jeremias nickte. »Unbedingt. Und diesen beiden jungen Menschen hier etwas über die Perlenfischerei beibringen. Herr Thomass ist mein sehr begabter Geselle, seine Schwester unsere nicht minder begabte Verkaufshelferin. Und dein Brief mit der Perle war beinah schicksalhaft.«

»Jetzt bin ich aber gespannt«, sagte Schmerler, während seine Frau Tee in die zierlichen Tassen aus Meissner Porzellan goss.

»Nun«, sagte Jeremias. »Unglaublicherweise bin ich von Prinz Luitpold persönlich damit beauftragt worden, als verspätetes Hochzeitsgeschenk für seine werte Gemahlin eine Kette aus Perlen zu fertigen.«

»Das ist ja großartig!«, rief Friedrich Schmerler begeistert. »Ich gratuliere dir, mein Freund! Was für eine Ehre!«

»Ja, ich bin auch wirklich stolz«, bekannte Jeremias.

»Du bist und bleibst eben der beste Juwelier.«

»Und der braucht die besten Perlen.«

»Eine Schmerler-Perle am Hals einer bayerischen Prinzessin«, schwärmte Friedrich. »Unser Vorfahr hat ja einst für den dänischen König gefischt, er wäre stolz auf uns. Ich werde das gute Stück gleich holen.«

Moritz verdrehte unmerklich die Augen. Dieses ständige Gerede von den Vorfahren ging ihm langsam gehörig auf die Nerven. Vor allem, weil es bedeutete, dass er und sein Bruder nicht den Weg einschlagen durften, den sie wollten. Da sah er, dass Maries Blick auf ihm ruhte. Sie hatte sein stummes Missfallen offenbar bemerkt und quittierte es mit einem Lächeln. Ihre Augen verfingen sich ineinander. Für drei Wimpernschläge oder länger vermochte Marie es nicht, ihren Blick aus dem seinen zu lösen. Dann wandte sie sich hastig ab, und zu ihrer Erleichterung erschien da Friedrich Schmerler wieder in der Tür.

»So«, sagte er gut gelaunt. »Dann schaut mal her.«

Gerlinde Schmerler erhob sich und führte ihre Gäste zu dem großen Tisch unter dem Fenster. Friedrich wartete, bis sie alle Platz genommen hatten, dann hob er mit einem verheißungsvollen Lächeln den Deckel der großen, flachen, mit dunkelblauem Samt bezogenen Schachtel, die Marie an jene erinnerte, in der sie die Ohrringe ihrer Mutter aufbewahrte – und dann stockte ihr der Atem.

»Sie ist zauberhaft schön«, flüsterte sie ergriffen. »Und so groß wie die Murmeln, mit denen wir als Kinder immer gespielt haben, Carl!«

»Genau an diese Kugeln musste ich auch denken, als ich diese Perle hervorgeholt habe«, sagte Moritz und lächelte ihr über den Tisch hinweg zu. »Das ist die größte, die ich jemals aus dem Wasser gezogen habe.«

»Das ist die größte Süßwasserperle, die überhaupt irgendjemand irgendwann gefischt hat«, korrigierte ihn sein Vater, und Marie merkte, wie stolz Friedrich Schmerler auf seinen Sohn war. »Mein Junge ist eben ein begnadeter Perlenfischer.«

»Na ja«, erwiderte der verlegen. »Du hast doch neulich selbst betont, dass es vor allem Glück ist.«

»Nein, Moritz«, sagte sein Vater ernst. »Das ist kein Glück. Das sind Fleiß und unermüdliche Geduld. Die Gabe, nicht aufzugeben, wenn wieder einmal eine Muschel leer ist. Sondern immer daran zu glauben, dass man irgendwann doch einen Schatz finden wird.«

»Ja«, entgegnete Moritz. »Irgendwann findet man einen Schatz.«

Täuschte sie sich, oder hatte er ihr bei diesen Worten einen verstohlenen Blick zugeworfen?

Kapitel 14

Eine Kette mit dieser Perle wäre natürlich vortrefflich«, stimmte Meister Neustätter zu. »Darf ich?«

Friedrich Schmerler nickte. »Selbstverständlich.« Vorsichtig nahm er die große Perle aus ihrer Schatulle und legte sie in Jeremias' Hand. Der betrachtete den sanft schimmernden Perlmutttropfen eine Weile lang, dann wies er Marie an, ebenfalls die Hand zu öffnen.

»Aber wenn ich sie fallen lasse?«, fragte sie voller Ehrfurcht vor diesem besonderen Stück.

»Das werden Sie nicht«, versicherte Jeremias.

»Und außerdem ist sie nicht aus Glas«, sprach ihr auch Frau Schmerler Mut zu.

»Also gut.« Marie schluckte und streckte ihre Handfläche aus. Vorsichtig legte Schmerler senior die Perle hinein. Wie seidig und glatt sie sich anfühlte!

»Wollen wir beide uns dann zurückziehen und den Preis für das gute Stück besprechen?«

»Gern«, entgegnete Friedrich.

»Darf mein Lehrling dabei sein?«, schob Neustätter senior nach. »Wie man gemeinsam den Wert festlegt, sollte er ja auch lernen.«

Marie blieb das zufriedene Lächeln ihres Bruders nicht verborgen, als Friedrich Schmerler zustimmte: »Klar darf der Junge das.« Dann wandte er sich an Moritz und Marie: »Ihr entschuldigt uns?«

Die drei Männer erhoben sich und waren schon aus der Tür. Ein wenig enttäuscht sah Marie ihnen nach.

»Sie wären gern mitgegangen, richtig?«, riss sie eine Stimme aus ihren Gedanken.

Marie blickte Moritz an. »Ja, ich möchte einfach alles wissen, was es über Perlen zu wissen gibt. Sie sind so … wunderbar.«

»Das finde ich auch«, entgegnete er. »Aber ich kann Ihnen viel mehr darüber erzählen, als Sie jetzt dort drin erfahren würden. Da berechnen die nur den Preis. Und wenn Sie wissen wollen, wie das geht«, er deutete auf Cornelius, der das Gespräch bis dahin schweigend verfolgt hatte, »dann kann Ihnen mein Bruder hierüber genauestens Auskunft geben.«

»Stimmt, das kann er«, sagte dieser mit einem angedeuteten Lächeln. »Das übliche Perlengewicht ist das Karat. Das werden Sie ja schon aus der Goldschmiede kennen.«

Marie nickte eifrig. »Ja, von Gold und Diamanten. Ich hätte nicht gedacht, dass die Perlen auch danach bemessen werden.«

»Um den Wert dieser großen Flussperle zu berechnen, wird Vater vermutlich das Quadrat ihres Gewichts ermitteln, wie das auch bei Diamanten getan wird«, fuhr Cornelius fort. »Ein berühmter Juwelier namens Jefferies erklärte das damit, dass die Natur sie auf dieselbe Weise gezeugt habe.«

Marie sah ihn konzentriert an. Vollendet und schön, wie

sie waren, hatten die Perlen es mehr als verdient, mit Diamanten gleichgesetzt zu werden, fand sie.

»Der Preis einer sehr wertvollen Perle wie unserer hier wird normalerweise berechnet, indem man zunächst den Preis einer einkarätigen Kette von derselben Farbe und Form ermittelt und diesen Wert dann mit dem Quadrat des Gewichtes der großen Perle multipliziert. Dann multipliziert man noch mit acht, und …«

»Oh«, unterbrach Marie ihn ratlos. »Jetzt kann ich Ihnen nicht mehr folgen.«

Cornelius musste lachen. »Bedauern Sie immer noch, dass Sie bei dem Gespräch da drinnen nicht dabei sind?«

»Offen gestanden, nein«, gab sie zu. »Zumal Sie mir das ja so wunderbar erklärt haben.«

»Moritz, wenn unser Gast so großes Interesse an der Perlenfischerei hat, könntest du sie doch ein wenig in die Thematik einführen«, ließ sich in diesem Moment Frau Schmerler vernehmen und schickte ein entschuldigendes Lächeln hinterher. »Dann würde ich in dieser Zeit in der Küche nachsehen, ob Agathe Unterstützung beim Mittagessen benötigt.«

»Es wäre mir ein Vergnügen«, sagte Moritz und strahlte sie an.

»Würdet ihr mich dann auch entschuldigen?«, bat Cornelius. »Außer Berechnungen des Preises der Perlen kann ich leider nichts weiter zu diesem Thema beitragen, und ich habe noch einiges zu erledigen.«

»Selbstverständlich«, sagte Marie etwas unangenehm berührt, weil sie plötzlich das Gefühl hatte, lästig zu sein. »Bitte lassen Sie sich von mir nicht aufhalten.« Sie wandte sich an Moritz. »So gern ich Ihre Ausführungen über die

Perlen hören würde: Ich möchte selbstverständlich auch Sie nicht vom Arbeiten abhalten.«

»Keine Sorge, ich habe Zeit«, sagte er etwas zu hastig. Während seine Mutter und sein Bruder das Zimmer verließen, sah Moritz Marie wieder auf solch liebevolle Weise an, dass ihr Herz schneller schlug.

»Kommen Sie«, sagte er und führte sie nach unten in einen kleinen Raum neben dem Eingang, öffnete den eisenbeschlagenen Wandschrank und zog eine Schatulle heraus. Als er den Deckel hob, sah Marie ergriffen auf sanft schimmernde Perlen, die auf nachtblauen Samtbetten schlummerten.

»Wunderschön«, flüsterte sie. »Besonders faszinierend finde ich ihren Glanz. Wie kommt es nur, dass sie so schimmern?«

Moritz hob eine der Perlen heraus.

Wie schon zuvor, als er ihr die Riesenperle überreicht hatte, streckte sie auch dieses Mal ihre Handfläche aus.

Vorsichtig legte Moritz das Stück hinein. Dann nahm er ihre Hand und zog sie so, dass das Licht darauf fiel.

Andächtig blickte sie auf das kugelrunde, milchweiße Gebilde. Moritz griff nach einer bereitliegenden Lupe und gab ihr diese in die andere Hand. »Wenn Sie genau hinsehen, dann erkennen Sie, dass die Oberfläche nicht völlig glatt ist, sondern eine Vielzahl winziger Erhöhungen und Vertiefungen aufweist.«

Sie blickte durch das Vergrößerungsglas. »Stimmt. Jetzt sehe ich es.«

»Und jetzt zeige ich Ihnen noch eine andere Perle.«

Er nahm die erste behutsam aus ihrer Hand und legte eine zweite hinein. »Sehen Sie einen Unterschied zur ersten?«

In höchster Konzentration blinzelte Marie durch die Lupe. »Ich habe den Eindruck, dass diese noch mehr Höhen und Tiefen hat.«

»Richtig. Zarte, unregelmäßig gekrümmte Furchen, die entweder mit anderen ziemlich parallel laufen oder eine unregelmäßige, kleine, geschlossene Kurve bilden. Perlen, die solche Furchen aufweisen, haben im Gegensatz zu den anderen einen sanften Perlmuttschimmer. Sehen Sie es?«

Marie ließ die Lupe sinken und hob die Kugel ins Licht. Tatsächlich funkelte das Stück auf einmal bläulich, grünlich und rötlich. »Aber warum haben manche Perlen diesen Perlmuttschimmer und andere nicht?«

»Das hängt mit der Art und Weise zusammen, wie sie gewachsen sind. Die Perle bildet sich, indem sich ganz dünne Schichten des Perlmuttstoffes übereinanderlagern. Diese Schicht entsteht aber nie um die ganze Perle herum, sondern immer nur stellenweise in winzigen Portionen, die sehr dünn sind. Mal überdecken sie den Rand der darunterliegenden Schicht, mal nicht.«

»Und dadurch entsteht der Perlmuttschimmer«, kombinierte Marie.

Erfreut über ihr Interesse und ihre Auffassungsgabe strahlte Moritz sie an. »Ganz genau.«

Er ging zu einer Vitrine, in der einige besonders schöne Muschelschalen ausgestellt waren, nahm eine heraus und kehrte damit zurück. »Schauen Sie, hier lässt sich das noch besser veranschaulichen, weil die Schichten auf einer ebenen und weniger gekrümmten Fläche verlaufen.« Er deutete auf die krummen und zackigen Furchen, die sich auf der Innenseite der Schale entlangzogen. »Sehen Sie diese Furchen und die oberen Kanten der Schichtenränder, die neben ihnen verlaufen – zusammen verursachen sie das eigentümliche Farbenspiel des Perlmutts.«

Marie betrachtete versonnen das schillernde Innere der Muschel.

»Wollen Sie die wissenschaftliche, die physikalische Erklärung hören?«, fragte Moritz.

»Ja bitte.«

»Das Licht, das aus der Tiefe der Furche zum Auge zurückkehrt, hat einen längeren Weg als das von den Kanten reflektierte. Durch diese unterschiedlich langen Wege entsteht, wenn die Strahlen im Auge zusammentreffen, ein farbiges Licht. Das Licht wird unterschiedlich gebrochen, die Strahlen überlagern sich gegenseitig und verstärken sich dadurch oder schwächen sich ab.«

Marie resümierte: »Die Farben des Perlmutts entstehen also im Grunde durch die Veränderung der Einfallswinkel der Lichtstrahlen.«

Anerkennend sah er sie an. »Das haben Sie viel besser auf den Punkt gebracht als ich. Sie haben wirklich eine rasche Auffassungsgabe.«

»Durch die Furchen entsteht der Perlmuttschimmer, das habe ich richtig verstanden?«

»Ganz genau. Eigentlich ist es wie bei der Oberfläche eines Sees. Wenn ein leichter Wind aufkommt und die stille Wasserfläche kleine Wellen wirft, verschwinden die Spiegelbilder der Uferlandschaft und zerstreutes, weißes Licht strahlt von der tausendfältig gebogenen und bewegten Wasserfläche zurück.«

Fragend sah sie ihn an. »Wenn die Oberfläche eines Wassertropfens in Wellenbewegungen versetzt würde – wäre er dann weiß?«

»Ganz genau.«

»Aber wie nun der Glanz entsteht, das habe ich immer noch nicht so ganz verstanden.«

»Der Glanz entsteht durch die Zusammensetzung aus dünnen Lagen, die das Licht durchlassen«, erklärte er. »Die vielen übereinanderliegenden Schichten zerstreuen und reflektieren das Licht so, dass es wieder austritt und sich mit demjenigen mischt, das die obere Fläche unmittelbar zurückwirft.«

»Dann entsteht der Glanz durch äußerlich gespiegeltes Licht in Verbindung mit innerlich gespiegeltem Licht?«

»Richtig. Es ist wie bei einem Menschen: Wenn äußere und innere Schönheit zusammentreffen, dann ...«

Er brach ab und sah ihr unverwandt in die Augen.

Sie schluckte, lenkte die Aufmerksamkeit aber dann wieder auf die Perle. »Das heißt, je dünner die Schicht, desto schöner der Glanz?«

Er bejahte. »Allerdings können unsere Flussperlen diesbezüglich nicht ganz mit den Salzwasserperlen mithalten. Zumindest sagt man das. Im Grünen Gewölbe in Dresden gibt es zwei Perlenschnüre, die einen direkten Vergleich ermöglichen. Eine davon wurde aus hiesigen Flussperlen gefertigt, die andere aus indischen Seeperlen. Man kann sie wirklich nur schwer unterscheiden.«

»Von dieser Perlenschnur habe ich schon gehört«, erinnerte sich Marie. »Ich würde sie wirklich gern einmal sehen.«

Da kam ihr ein Gedanke bezüglich des Perlmutts, und sie fragte: »Was wird denn eigentlich aus den Schalen, wenn die Perlen herausgenommen wurden?«

»Das Muscheltier kann nach der Entnahme weiterleben«, klärte Moritz sie auf.

»Es ist seltsam, dass es so eine feste Schale hervorbringt«, wunderte sich Marie.

»Im Grunde sind sie wie Schnecken mit ihrem Häuschen«, verglich der Perlenfischer. »Nur, dass die nicht zweihundert Jahre alt werden.«

»Und was machen Sie mit den ganz leeren Muschelschalen – wenn keine Tiere mehr darin leben?«, hakte Marie nach.

Moritz zuckte die Achseln. »Die werfe ich zurück in den Fluss.«

Wie schade, dachte sie. Aus dem Inneren dieser Muscheln ließen sich doch bestimmt ebenfalls ganz wundervolle Schmuckstücke herstellen!

Schließlich nahm sie ihren Mut zusammen und fragte zögerlich: »Sagen Sie ...«

»Ja?«

»Ich würde zu gerne einmal die Muschelbänke mit eigenen Augen sehen«, gab sie schließlich zu. »Könnten Sie mir die vielleicht zeigen?«

Moritz sah sie verblüfft an. »Aber dafür müssten Sie ja ... in den Fluss.«

»Das würde mir nichts ausmachen«, stellte sie rasch klar.

Daraufhin schmunzelte er. »Ich vermute, Sie wären die erste Frau, die jemals wegen der Muscheln in die Weiße Elster gestiegen ist. Die Perlfischerei ist hart – deshalb gilt sie als Männerarbeit. Und ich vermute auch, dass es für eine Frau als unschicklich erachtet wird, dieser Tätigkeit nachzugehen.«

»Wir müssen es ja nicht an die große Glocke hängen«, schlug Marie mit einem flehenden Blick vor, der es Moritz äußerst schwer machte, ihr irgendetwas abzuschlagen.

Kapitel 15

Als sie an der Weißen Elster angekommen waren, sah Moritz mit gefurchter Stirn auf Maries langen, weiten Rock.

»Ich fürchte, dass Ihre Kleidung nicht so ganz geeignet ist. Sie werden das gute Stück mit einer Hand etwas raffen und hochziehen müssen.«

Er deutete auf den großen Stein am Ufer. »Dort können wir uns die Schuhe ausziehen.«

Sie setzte sich und tat, wie ihr geheißen. Moritz hatte absichtlich eine Stelle etwas flussabwärts ihres Hauses ausgesucht, um mit Marie Thomass zum Fischen zu gehen. Wäre er direkt vor Ort mit ihr ins Wasser gestiegen, hätte er sich von seiner Mutter vermutlich einiges anhören müssen.

Ein Sonnenstrahl fiel auf die an dieser Stelle recht ruhige Oberfläche. »Wie klar das Wasser hier ist«, rief Marie, die ihre Schuhe und Strümpfe ausgezogen und ordentlich auf dem Stein drapiert hatte.

»Ja, hier gefällt es den Perlmuscheln besonders gut. Sie lieben Stellen, die klares Wasser, keine zu reißende Strömung und helles Licht haben.«

Marie war voller Vorfreude. »Können wir jetzt hinein?«

»Sicher.« Er reichte ihr die Hand. »Darf ich bitten?«

Sie lächelte und legte ihre Hand in die seine. »Mit Vergnügen.«

Vorsichtig führte er sie über das weiche Gras zum Fluss. »Ich muss Sie warnen. Das Wasser ist sehr kalt, und die Muschelschalen haben recht scharfe Kanten.«

Sie nickte entschlossen. »Ich bin vorsichtig.«

Er stieg vor ihr in den Fluss und ließ ihre Hand nicht los, als sie ihren Fuß ebenfalls hineinsetzte und einen erschrockenen Seufzer ausstieß. »Es ist wirklich furchtbar kalt! Und die Steine schneiden ganz schön in meinen Fuß.«

Besorgt sah er sie an. »Habe ich Ihnen zu viel zugemutet? Sie können mir einfach auch vom Ufer aus zuschauen, und ich bringe Ihnen eine Muschel zur Ansicht vorbei.«

Er deutete auf den großen Stein, auf dem sie zuvor gesessen hatten, doch sie schüttelte energisch den Kopf. »Auf keinen Fall! Ich gebe doch jetzt nicht so einfach auf!«

»Gut. Dann können Sie jetzt versuchen, mit Ihrem rechten Fuß eine von den Muscheln dort zu angeln.«

»Und wie stelle ich das an?«

»Indem Sie sie zwischen die große und die nebenliegende Zehe klemmen, dann den Fuß anheben und sie herausholen. Schauen Sie, so.«

Er machte es vor und hatte es dabei nicht ganz so leicht wie sonst, das Gleichgewicht zu halten, was auch daran lag, dass die hübsche Verkaufshelferin sich auf ihn stützte.

Bewundernd sah sie ihn an. »Wie schnell und geschickt Sie sind.«

»Das macht die Übung«, meinte er und öffnete die Muschel behände einen Spaltbreit.

»Sie ist ganz leer«, stellte Marie mit derselben Enttäuschung fest wie sein Lehrjunge Paul an dessen erstem Arbeitstag im Mai. »Da ist kein Muscheltier mehr drin.«

Er wollte die Schale gerade wieder in den Fluss zurückwerfen, doch sie legte rasch ihre Hand auf die seine und fragte: »Darf ich sie behalten? Als Erinnerung? Außerdem schimmert das Perlmutt so schön.«

»Sicher«, sagte er, und seine Stimme war ganz rau, weil sie ihm so nah war.

Die nächste Muschel, die er hochhob, enthielt doch tatsächlich eine Perle! »Da ist eine drin«, sah er auf den ersten Blick.

Marie seufzte vor Freude auf. »Wie aufregend!«

»Sie bringen mir eben doch Glück«, sagte er lächelnd.

Als er das Kügelchen jedoch mit einer Pinzette entnommen hatte, mussten sie feststellen, dass es graubraun war – und recht matt.

»Oh«, kam es enttäuscht von Marie. »Ist die etwas wert?«

Moritz schüttelte den Kopf. »Solche graubraunen werden häufig in unseren Süßwassermuscheln gefunden, denen fehlt die Perlmuttschicht. Die Härte einer Perle ist bei schöner, glänzender Oberfläche größer als bei einer matten wie dieser. Die vollkommene oder reife Perle besitzt die Farbe der Perlmuttschicht ihrer Muschel. Den höchsten Wert haben die bekannten milchweißen Perlen mit ihrem typischen silbrigen Glanz. Die Händler nennen sie ›Perlen vom schönsten Wasser‹. Damit wollen sie ausdrücken, dass sie die Klarheit und Reinheit dieses Elements besitzen. Aber es gibt Perlen in allen möglichen Farben. In Asien bevorzugt man beispielsweise gelbliche, weil sie als dauerhafter gelten.

Tavernier hat behauptet, dass weiße Perlen durch zu langes Verweilen in einer faulenden Muschel gelb werden.«

Marie wollte unbedingt alles verstehen, was Moritz' Tätigkeit betraf, daher hakte sie nach: »Ich glaube, ich habe den Namen Tavernier schon einmal gehört, bin mir aber nicht sicher. War das nicht ein ganz berühmter Goldschmied?«

»Der Juwelier eines Königs«, bestätigte Moritz. »Und viel mehr als das. Jean-Baptiste Tavernier war ein französischer Baron, der auf der Suche nach Edelsteinen die ganze Welt bereiste.«

»Ach, jetzt weiß ich's wieder«, sagte Marie. »Hat er nicht die Diamantschleiferei begründet? Davon hat mir der Neffe der Neustätters mal erzählt.«

»Genau«, sagte Moritz. »Aber an seiner Behauptung, dass weiße Perlen in einer verfaulenden Muschel gelb werden, ist nichts dran.«

»Woher wissen Sie das?«, fragte Marie.

»Ich habe seine Ansicht mal selbst überprüft«, berichtete Moritz. »Dazu habe ich drei weiße Perlen von schönstem Wasser in drei frischen Muscheln zwischen Mantel und Kiemen platziert. Dann wartete ich vierzehn heiße Sommertage lang – genau die Zeit, die Tavernier für genügend hält, um sie gelb werden zu lassen.«

»Und?«

»Alle drei waren hinterher genauso weiß wie zuvor.«

Moritz warf die graubraune Perle in den Fluss, und Marie fragte: »Gibt es denn noch mehr Farben?«

Er nickte. »Zuweilen werden ganz schwarze Perlen von den Südseeinseln in unsere Gefilde gebracht. Ein Juwelier in Dresden hat mir mal eine gezeigt. Man geht davon aus, dass sie in dunklen Schalen nahe dem schwarzen Rand gebildet werden. Im Orient sind die wohl sehr beliebt und lassen sich laut Tavernier dort gut verkaufen. Außerdem gibt es angeblich auch rotbraune Perlen. Ich habe selbst noch nie eine gesehen, aber sie enthalten wohl Spuren von Eisen.«

Dann griff er in seine Jackentasche und förderte ein winziges Ledersäckchen hervor. »Eine andere Farbe können Sie gleich hier mit eigenen Augen sehen«, kündigte er stolz an.

Er entnahm dem Säckchen eine Perle und reichte sie Marie, die verblüfft ausatmete. Das edle Stück war von einem herrlichen Hellrosarot, wies zarte weiße Wellenlinien auf und glänzte samtig.

»Wie wunderschön«, hauchte sie ergriffen.

»Dreizehn Karat schwer«, erläuterte Moritz. »Mein Großvater Johann Gottlob Schmerler hat sie mir als Glücksbringer zum zehnten Geburtstag geschenkt. Sie stammt wohl von den Bahamainseln. Ich trage sie immer bei mir.« Und etwas verlegen wirkend gab er zu: »Als er zwei Jahre später gestorben ist, habe ich eine Zeit lang sogar mit der Perle gesprochen. Albern, nicht wahr?«

»Nein«, rief Marie hastig und konnte kaum fassen, jemand gefunden zu haben, dem es ähnlich erging wie ihr. »Ich kenne das! Meine Mutter ist gestorben – auch als ich zehn war. Sie hat mir Perlenohrringe hinterlassen, mit denen spreche ich sogar heute noch manchmal.«

Moritz sah sie mitleidsvoll an. »Oh, das tut mir leid. Woran ist sie denn gestorben?«

»Ein Kutschenunfall, die Helfer kamen zu spät«, erzählte Marie. »Und Ihr Großvater?«

»Am Neujahrstag 1837 wollte er prüfen, wie es nach einem Schneesturm seinen Muscheln ging, da hat ihn einfach der Schlag getroffen«, erzählte Moritz. »Er hätte sich bestimmt einen solchen Abgang gewünscht, aber für mich ist eine Welt zusammengebrochen. Zum Glück habe ich noch meine Großmutter. Die sagt öfter, sie müsse endlich mal all ihre Kochrezepte niederschreiben, damit uns die nach ihrem Tod erhalten bleiben. Ich will das dann immer gar nicht hören.«

Marie unterdrückte das Bedürfnis, ihm tröstend die Wange zu streicheln. »Ich habe meine Großeltern leider nie kennengelernt.«

Kurz herrschte Schweigen zwischen ihnen – das neuartige Gefühl der Nähe machte sie wohl beide ein wenig sprachlos. Schließlich ergriff Moritz das Wort wieder und deutete auf den Grund des Wassers: »Jetzt versuchen Sie es doch selbst einmal, wenn Sie möchten. Stützen Sie sich gern auf mich. Sie müssen ja auch noch Ihr Kleid halten, da ist es mit dem Gleichgewicht nicht so ganz einfach.« Dann sah er sie auffordernd an. »Wollen wir?«

Sie nickte und hielt sich mit der einen Hand an seinem Arm fest, während sie mit ihrer anderen den Rock hochzog und obendrein versuchte, mit den Zehen eine Muschel zu greifen. Endlich hatte sie es geschafft, doch beim Versuch, die Schale nach oben zu holen, geriet sie ins Schwanken. Mit einem leisen Schrei verlor sie das Gleichgewicht, und wenn Moritz nicht blitzschnell beide Arme um sie geschlungen hätte, wäre sie gefallen.

Ihre Gesichter trennten nur Zentimeter, und am liebsten hätte sie ihn einfach geküsst. Täuschte sie sich, oder sehnte auch er sich danach, ihr noch näher zu sein?

»Jetzt ist mein Kleid doch noch nass geworden. Aber so ist es einfacher.« Sie musste lachen, und er stimmte in diesen bezaubernden Klang ein.

»Was ist mit der Muschel?«, fragte er.

»Die steckt immer noch zwischen meinen Zehen«, verkündete sie. »Ich hoffe, dass ich sie nicht zerquetscht habe.«

»So leicht zerbrechen die Schalen nicht«, beruhigte er sie. »Sollen wir nachsehen, ob Sie etwas gefunden haben?«

»Im Grunde eine gute Idee«, stimmte sie zu. »Aber ich traue mich nicht, meinen Fuß wieder vom sicheren Boden zu lösen. Was, wenn ich noch mal das Gleichgewicht verliere?«

»Dann fange ich Sie wieder auf«, versprach er und sah ihr tief in die Augen.

»Eine wunderbare Vorstellung«, entfuhr es ihr, dann fügte sie jedoch rasch hinzu: »Aber ich möchte es nicht riskieren. Nachher reiße ich Sie noch mit in die Fluten.«

Lachend schüttelte er den Kopf. »Na ja, von Fluten kann man hier wirklich nicht sprechen. Das Beste wäre es wohl, ich würde Sie aus dem Wasser hinaustragen, während Sie die Muschel mit den Zehen festhalten.«

»Aber ich bin doch sicher viel zu schwer für Sie!«, setzte sie an zu protestieren, doch er meinte nur: »Sie? Sicher nicht!« Und schon hob er sie auf seine Arme. »Wusste ich es doch. Sie sind leicht wie eine Feder«, sagte er und trug sie dann vorsichtig ans Ufer – bis zu dem großen Stein, auf dem er sie absetzte.

»Darf ich?« Er deutete auf die Muscheln zwischen ihren Zehen.

»Ja«, flüsterte sie, immer noch ganz schwindelig von seiner Nähe. Ihr kam in den Sinn, dass Moritz Schmerler – mit Ausnahme ihres Vaters und ihrer Brüder – der erste Mann war, der ihre nackten Füße zu sehen bekam.

Vorsichtig zog er die Muschel zwischen ihren Zehen hervor und reichte sie ihr.

»Hier«, sagte er, während er neben ihr auf dem Stein Platz nahm. Dann gab er ihr das Muscheleisen.

Sie sollte sie selbst öffnen? »Aber wenn ich nun etwas kaputt mache?«

»Es geht ganz einfach.« Er führte sanft ihre Hand, um es ihr zu zeigen.

Die Muschel öffnete sich, und Marie spähte vorsichtig hinein. Dann sah sie ihn verblüfft an. »Ich glaube, es ist tatsächlich eine Perle darin«, sagte sie atemlos.

Er nickte ihr zu. »Hier, holen Sie das Stück mit der Pinzette heraus.«

Sie tat, wie ihr geheißen, entfernte die Perle mit angehaltenem Atem vorsichtig aus den Weichteilen der Muschel und legte sie in ihre Handfläche. Beim Anblick des Kügelchens stockte ihr der Atem. Es war eine wunderschöne, zartrosa schimmernde Perle.

»Zauberhaft! Ich kann es nicht glauben«, flüsterte Marie. »Ich habe eine Perle gefunden. Ist das eine schönsten Wassers?«

»Ja, das ist sie«, sagte Moritz zärtlich. »Und sie passt ganz wunderbar zu Ihnen. Vielleicht kann Ihr Bruder Ihnen ja einen Anhänger daraus fertigen?«

Sie seufzte. »Ich fürchte, mein Lohn wird nicht ausreichen, um sie zu behalten.«

»Die Perle ist selbstverständlich ein Geschenk«, betonte Moritz. »Sie haben sie ja schließlich gefunden.«

»Darf jeder, der eine Perle findet, sie einfach behalten?«, wunderte sich Marie, die sich fragte, wovon seine Familie denn dann lebte.

»Nein, das dürfen Sie nur, weil Sie mit einem Schmerler hier sind. Sonst wäre es Wilderei und würde geahndet werden. In dieser Gegend hat allein unsere Familie das kurfürstliche Regal.«

»Regal?«, wiederholte sie und sah ihn so verwirrt an wie Paul an dessen erstem Arbeitstag.

»Das ist ein komisches Wort, ich weiß. Es bedeutet, dass wir als Einzige die offizielle Sondergenehmigung für die Perlenfischerei haben. Ein Teil unserer Gewinne aus dem Verkauf geht an den Fürsten, über jede Perle wird genau Buch geführt. Gewässer des Vogtlandes sind in zehn Regionen unterteilt, die werden von den vereideten Perlenfischern regelmäßig durchsucht. Und eigentlich müssen wir die Lage der Bänke auch geheim halten.«

Sie kombinierte: »Dann ist es ja eine besondere Ehre, dass Sie mir das hier alles zeigen.«

»Und ein besonderes Vergnügen«, ergänzte er und schloss behutsam ihre Finger um die Perle.

»Dann werde ich sie besser niemandem zeigen, sonst wird bekannt, dass wir beide zusammen im Wasser waren«, meinte Marie.

Moritz deutete stirnrunzelnd auf ihren nassen Rocksaum. »Das wird sich vermutlich kaum geheim halten lassen.«

»Ach, weder mein Bruder noch Herr Neustätter werden so genau hinschauen«, sagte sie abwinkend. »Und falls doch, sage ich einfach, ich bin beim Spaziergang am Ufer gestolpert und im Bach gelandet.«

»Dann wären Sie aber hingefallen, und das ganze Kleid wäre nass«, meinte er skeptisch.

»Ich konnte mich in letzter Minute fangen. Ich habe mich …«, sie überlegte kurz und fuhr dann fort: «… an einem Baum festgehalten, der geschickterweise direkt am Ufer stand.«

»Geschickterweise.« Er grinste. »Und wie wollen Sie dann den Umstand erklären, dass Sie trockene Schuhe und Strümpfe haben?«

»Das haben wir gleich. Halten Sie diese Perle einmal kurz für mich?«

»Sicher. Was haben Sie denn vor?«

Doch sie war schon aufgestanden, griff nach Schuhen und Strümpfen und tunkte sie kurzerhand ins Wasser.

»Was tun Sie da?«

»Ich sorge für ein wasserdichtes Alibi – oder ein gänzlich durchnässtes«, erwiderte sie lächelnd und kehrte mit den tropfnassen Schuhen in der Hand zurück.

Kopfschüttelnd grinste er. »Marie Thomass. Sie sind wirklich die erstaunlichste Frau, die mir je begegnet ist.«

***

»Mein lieber Friedrich«, sagte Jeremias, als die Münchner auch am zweiten Tag ihres Besuchs mit der Familie Schmerler beim Mittagessen zusammensaßen, »ich muss schon sagen, ich frage mich, warum die Süßwasserperle in meinem Sortiment nicht schon viel früher eine größere Rolle gespielt hat. Ich würde gern noch einige weitere erwerben und mit nach München nehmen.«

Marie hätte jubeln können, als sie das hörte.

»So viele, wie du magst. Von mir aus kannst du aus eurem Laden ein wahres Haus der Perlen machen«, stimmte Friedrich Schmerler begeistert zu. »Ich würde mich freuen, wenn wir künftig öfter miteinander zu tun haben. Und falls du bei unserer derzeitigen Auswahl nicht fündig wirst: Die Saison ist noch nicht ganz zu Ende. Im Herbst könnte einer meiner Söhne gern zu dir reisen und dir die restliche Sammlung vorstellen.«

»Ich würde das gerne übernehmen«, sagte Moritz hastig und warf Marie einen liebevollen Blick zu, den diese erwiderte. Ob er die Reise nach München ihretwegen angeboten hatte? Weil er sie ebenso gern wiedersehen wollte wie sie ihn? Sei nicht albern, schalt sie sich innerlich. Es geht hier um Geschäfte und nichts anderes.

Ihre Hand tastete nach der kleinen Perle, die sie, sorgsam in einem Taschentuch eingeschlagen, in ihrer Rocktasche bei sich trug. Kurz hatte sie überlegt, ihren Vater bei ihrem nächsten Besuch um einen kleinen Lederbeutel zu bitten, in dem sie das schöne Stück immer bei sich tragen konnte, da fiel ihr wieder ein, dass sie ihn ja gar nicht mehr besuchen würde, und ein leiser Schmerz stieg in ihr auf. Doch es gelang ihr durch einen Blick in Moritz' Augen rasch, ihn zu unterdrücken. Ob sie Carl bitten konnte, die Perle zu durchbohren? Aber dann müsste sie ihm auch die Geschichte des Funds erzählen. Ohnehin hatte sie ihr Bruder bei ihrer Erklärung des nassen Rocksaums recht argwöhnisch angesehen.

»Das wäre großartig«, freute sich Jeremias und wandte sich an Moritz. »Sie sind uns ein willkommener Gast.«

Maries Herz schlug schneller. Sie hatte erneut die halbe Nacht wach gelegen und den Gedanken daran, Moritz womöglich nach ihrer Abreise niemals wiederzusehen, kaum ertragen können. Und jetzt bestand nicht nur die Hoffnung auf ein Wiedersehen, sondern auch noch darauf, dass sie einige Tage im gleichen Haus wohnen würden.

»Ich bete für eine reiche Ernte«, sagte Jeremias. »Natürlich völlig uneigennützig.«

»Natürlich«, pflichtete ihm Friedrich Schmerler bei und fügte dann seufzend hinzu: »Das hoffen wir auch. Wie jedes Jahr.«

»Bereitet die Perlenfischerei etwa Schwierigkeiten?«, erkundigte sich Carl.

»Nur die altbekannten«, sagte Friedrich. »Seit unser Urgroßonkel die Perlen im Jahre 1621 entdeckt hat, ist der Ertrag etwa um das Zehnfache zurückgegangen. Es ist aber immer noch genug vorhanden. Zumindest, um *eine* Familie zu ernähren.«

Täuschte sie sich oder warf Friedrich Schmerler seinem jüngeren Sohn bei diesen Worten einen bedeutungsvollen Blick zu, auf den dieser mit einem wütenden Funkeln in den Augen reagierte? Schon gestern Abend hatte Moritz gereizt dreingeblickt, als sein Vater von der Tradition ihrer Vorfahren gesprochen hatte. Offenbar gab es auch in dieser Familie Spannungen, und für einen Moment lang entstand ein unangenehmes Schweigen am Tisch.

»Das Essen ist übrigens großartig. Es hat schon gestern ganz köstlich geschmeckt, aber das hier ist unübertrefflich«, sagte er und wandte sich an die Großmutter. »Mein Kompliment, Frau Schmerler.«

Die etwas schüchterne Greisin mit dem grauen Dutt lächelte verlegen. »Danke, freut mich, wenn es schmeckt.«

Sie und ihre Schwiegertochter hatten sich laut Moritz den Haushalt bestens aufgeteilt: Gerlinde übernahm die körperlich anstrengenden Aufgaben, die alte Agathe nannte die Küche ihr Reich und sorgte für das leibliche Wohl.

»Das Vogtland ist ein Kartoffelland«, ließ sich nun Cornelius vernehmen. »Als wir noch Kinder waren, hat Omi Agathe uns immer Spalken gekocht.«

»Spalken?«, mischte sich der an guter Küche interessierte Carl ins Gespräch. »Was ist das?«

»Eine köstliche Suppe mit Kartoffelstückchen«, sagte Cornelius.

»Wobei ich immer Bambes vorgezogen habe«, erzählte Moritz und fügte an seine Gäste gewandt hinzu: »Das sind Kartoffelpuffer.«

»Du warst ja schon immer der Süßere von uns beiden«, kommentierte sein Bruder grinsend.

»Das klingt alles köstlich«, fand Jeremias. »Und welchen Namen trägt dieses schmackhafte Gericht?« Er deutete auf seinen Teller.

Agathe Schmerler schmunzelte. »Das sind Grüngeniffte.«

»Grüngeniffte«, versuchte Marie den Begriff nachzusprechen.

»Ja«, ergriff Moritz das Wort und sah ihr direkt in die Augen. »Ich mag diese Klöße sehr gern, weil sie auch aus rohen Kartoffeln sind und daher ganz ähnlich wie Kartoffelpuffer schmecken.«

»Außerdem haben wir hier ganz hervorragende Weine«, merkte Schmerler senior an.

»Ja«, bestätigte Jeremias. »Davon konnte ich mich gestern Abend schon überzeugen.«

Marie lächelte erleichtert. Die eigenartige Stimmung war verflogen – doch Moritz' gereizter Blick ging ihr nicht aus dem Kopf. Ob sie es wagen konnte, ihn darauf anzusprechen?

Als sie nach dem Mittagessen mit ihm durch den Garten des Anwesens spazierte, nahm sie ihren Mut zusammen.

»Darf ich Sie etwas Persönliches fragen?«

Er sah sie ein wenig überrascht an. »Natürlich.«

»Ich hatte vorhin den Eindruck, dass es zwischen Ihnen und Ihrem Vater irgendwie … Unstimmigkeiten gibt?«

»Gut beobachtet. Wann hatten Sie diesen Eindruck denn?«

»Als die Sprache darauf kam, dass die Perlenfischerei nur noch ausreicht, um *eine* Familie zu ernähren. Und auch gestern schon, als Ihr Vater von den Vorfahren sprach.«

»Da haben Sie ein feines Gespür.«

»Wollen Sie es mir erzählen?«

Zögernd sah er sie an.

Kapitel 16

Marie verstand nicht, was Friedrich Schmerler gegen den Vorschlag seiner Söhne haben konnte. Was konnte ihm Besseres passieren, als dass ein erfahrener Perlenfischer und ein Jurist das Familienunternehmen gemeinsam in die Zukunft führten? Und doch hatte Schmerler senior dieses Ansinnen laut Moritz abgelehnt.

»Aber warum? So, wie ich Ihren Vater bisher kennengelernt habe, hätte ich gedacht, dass er einem solch vernünftigen Vorschlag wohlwollend gegenübersteht.«

»Das sollte man meinen, ja«, sagte Moritz mit finsterer Miene. »Aber so offen er sonst ist, so verschlossen ist er in diesem Punkt. Er will nicht der Schmerler sein, der mit der Tradition bricht.«

»Aber Traditionen muss man doch an die jeweilige Lebenssituation anpassen, sonst fesseln und lähmen sie einen!«, meinte Marie.

»Genau das habe ich ihm auch gesagt. Aber er hat nicht mit sich reden lassen.«

»Wie schade.«

Er zuckte ratlos mit den Schultern. »Vater hat das damit begründet, dass es schon immer so war, dass der älteste Sohn alles leitet. Aber vorhin beim Essen hatte ich das Gefühl, dass er mir damit auch sagen wollte, dass die Perlfischerei nicht genügend abwirft für zwei Familien.« Bedrückt sah er sie an. »Und das würde bedeuten, dass mein Bruder, der viel lieber Rechtsanwalt werden würde und damit sicherlich auch ein gutes Auskommen hätte, gezwungen ist, die Perlfischerei zu übernehmen, während ich vermutlich zusehen müsste, wie ich mich durchschlage.«

»Aber was wollen Sie denn dann tun?«, rief Marie besorgt. »Bei einem anderen Perlenfischer in Dienst gehen?«

»Darüber habe ich mir noch keine Gedanken gemacht. Bis vor Kurzem dachte ich ja noch, dass ich auf jeden Fall hier bis an mein Lebensende Perlenfischer sein kann. Vielleicht erwartet mein Vater aber, dass ich in der Ferne mein Glück suche. Sein jüngerer Bruder ist vor fünfzehn Jahren nach Australien ausgewandert und dort angeblich mit der Perlenfischerei reich geworden. Ich denke, ich bin hier demnächst unerwünscht.«

»Bestimmt hat Ihr Vater es nicht so gemeint«, versuchte sie ihn zu trösten. »Er würde Ihnen ja sicherlich nicht so nebenbei beim Abendessen sagen, dass es für Sie hier keine Zukunft gibt.«

Wobei Väter manchmal merkwürdige Wege der Wahrheitsvermittlung hatten, dachte sie bitter, doch sie sprach es nicht aus. Sie wollte Moritz jetzt nicht auch noch mit ihren Sorgen belasten.

»Da haben Sie recht«, bestätigte er. »Und es wäre auch einfach eine denkbar schlechte Entscheidung, mich zu vertreiben. Dann wäre, zumindest ab dem Moment, in dem Vater aus der Perlfischerei aussteigt, unser so traditionsreiches Unternehmen dem Untergang geweiht.«

»Ist Ihr Bruder ein so schlechter Perlenfischer?«

Moritz bejahte. »Man sollte es nicht meinen, weil es so einfach scheint. Aber wenn man nicht liebt, was man tut, verliert man zu schnell die Geduld.«

Marie sah ihn bedauernd an. »Und wie soll es jetzt weitergehen?«

»Ich weiß es auch nicht. Ich kann mir nicht vorstellen, dass mein Vater so schnell aus der Perlenfischerei aussteigt und das Zepter abgibt.«

»Ich auch nicht«, stimmte Marie zu.

»Und wer weiß, wie sich die Perlenfischerei bis dahin entwickelt«, fuhr er fort.

»Sie meinen, dass es vielleicht wieder genug für Sie alle zu tun gibt?«

»Ich befürchte eher das Gegenteil – dass die Perlenfischerei aufgrund all der äußeren Einflüsse immer weiter zurückgeht und irgendwann ganz eingestellt werden muss. Und dann hat sich das Problem von selbst erledigt.«

»Das wäre ja schrecklich. Kann man denn dann gar nichts tun?«

»Doch. Wir haben schon versucht, die Perlen in andere Bäche umzusiedeln, und ich forsche auch daran, ob sich das Perlenaufkommen künstlich steigern lässt.«

»Und?«, hakte sie neugierig nach.

»Die Umsiedelung hat einigermaßen funktioniert, an der künstlichen Steigerung forsche ich noch«, berichtete er und gestand dann: »Aber es ist einfach ein wenig enttäuschend, weil ich den Eindruck habe, dass mein Vater das alles gar nicht wahrnimmt, dass es am Ende nichts zählt.«

Sie widerstand dem inneren Drang, seine Hand zu nehmen, um ihn zu trösten.

»Sie haben vorhin gesagt, dass man für die Perlenfischerei Leidenschaft braucht, auch wenn es eigentlich nur darum geht, die Muscheln aus dem Wasser zu holen. Aus dem, was Sie gerade erklärt haben, geht es ganz klar hervor, warum es so viel mehr braucht. Viel mehr Wissen, viel mehr Ideen.«

»Und die kann nur haben, wer sich tagtäglich und aus ganzem Herzen für die Perlenfischerei einsetzt«, ergänzte er.

Ernst sah sie ihn an. »Sagen Sie Ihrem Vater das! Es braucht einen Menschen wie Sie, um die Perlenfischerei in die Zukunft zu führen. Das geht nicht mit jemandem, der dafür gar keinen Sinn hat. Wenn er das nicht versteht, hat er zwar nicht mit der Tradition gebrochen, den ältesten Sohn zum Erben zu machen, ist aber schuld daran, dass es gar keine Perlenfischerei mehr gibt.«

Moritz nickte ermutigt. »Aus Ihrem Mund klingt das so schlüssig.«

»Dann sagen Sie ihm das doch genau so«, wiederholte sie.

»Wahrscheinlich haben Sie recht. Sobald Sie wieder abgereist sind, werde ich es noch mal versuchen. Und wenn ich dann im Herbst mit unserer diesjährigen Ernte zu Ihnen reise, habe ich hoffentlich nur gute Nachrichten.«

***

Übermorgen wird sie nach München zurückfahren, dachte Moritz etwas wehmütig, als er sich nachts in seiner Kammer Hose und Hemd auszog und in sein Nachthemd schlüpfte. Er blies die Kerze aus, sodass nur noch das fahle Mondlicht durch die Ritzen der alten Holzläden schien. Müde, aber nicht in der Lage einzuschlafen, drehte er sich in seinem schmalen Bett zur Wand. Zupfte mit der Hand das Kopfkissen zurecht und versuchte, Ruhe zu finden. Doch es wollte ihm einfach nicht gelingen, zu viel ging ihm durch den Kopf: Marie, seine Zukunft und die merkwürdige Andeutung seines Vaters.

Schließlich schwang er seine Beine über die Bettkante und beschloss, sich ein Glas Milch in der Küche zu holen und sich im Garten an die Elster zu setzen. Das war schon als Kind eine Hilfe gewesen, wenn er nicht hatte einschlafen können. Er war gerade draußen angekommen, als er am Horizont eine unheimliche Lichterscheinung ausmachte. Fieberhaft überlegte er, was das sein könne, als es ihm wie Schuppen von den Augen fiel: Bei dem gelb und orangefarben leuchtenden Schein musste es sich um ein Feuer handeln! Er kam aus Richtung Plauen, und die Tatsache, dass das Flackern bis hierher ins gut eine Postmeile entfernte Oelsnitz sichtbar war, ließ auf einen Großbrand schließen. Moritz wurde mit Entsetzen von der Angst gepackt, dass sich seine Schwester Margot und deren Familie in Lebensgefahr befinden könnten!

Blitzschnell rannte er ins Haus, stürzte nach oben und riss die Schlafzimmertür seiner Eltern auf. »Feuer in Richtung Plauen!«, brüllte er ins Dunkel des Zimmers, wandte sich dann um und stob durch den Gang zu seinem Bruder, um auch bei diesem Alarm zu schlagen. Minuten später war das ganze Haus auf den Beinen.

»O nein! Margot, die Mädchen!«, schluchzte seine Mutter auf, als sie sich durch das Fenster überzeugt hatte, dass der flackernde Feuerschein tatsächlich aus Richtung Plauen kam. »Mein armes Mädchen! Friedrich, ihr müsst etwas unternehmen«, rief sie ihrem Gatten zu, der mittlerweile schon dabei war, seine Schuhe anzuziehen.

»Ich läute die Feuerglocke«, erklärte er. »Moritz, Cornelius, ihr holt den Karren aus dem Schuppen und spannt das Pferd ein. Dann kommt ihr zum Feuerwehrhaus.«

»Machen wir, Vater«, antwortete Cornelius im Namen beider und hastete zurück in sein Zimmer.

Am Feuerwehrhaus hatte sich zwischenzeitlich rund ein Dutzend Männer eingefunden. Auch Paul war bei ihnen und wandte sich aufgeregt an die herbeirennenden Schmerler-Brüder. »Gut, dass ihr da seid. Es geht gleich los.«

Da bemerkte er seinen verschlafen blinzelnden kleinen Bruder zwischen den Männern. »Albin, was machst du denn hier?«, rief der Lehrling erzürnt. »Sofort gehst du wieder nach Hause!«

»Ich will aber zuschauen«, rief der Sechsjährige widerspenstig.

Moritz musste trotz der Situation kurz schmunzeln, dann packte er mit an, als die Männer die Feuerwehrspritze auf die Pritsche des Fuhrwerks luden. Cornelius half, einen der schweren, aufgerollten Schläuche dazuzuhieven. Da kam Friedrich Schmerler um die Ecke geeilt. Er traf fast gleichzeitig mit dem fünfzigjährigen Friedrich August Merz ein, der seit zwölf Jahren Bürgermeister von Oelsnitz war. Beide halfen sofort ebenfalls mit.

»Was denken Sie, wo es brennt?«, wandte der Gemeindevorsteher sich an den alten Feuerwehrhauptmann.

»Plauen«, sprach dieser Moritz' Befürchtung aus.

»Wie kommen Sie darauf?«, wollte Bürgermeister Merz wissen.

»Na ja, die Richtung stimmt, und man erkennt, dass es mittlerweile mehr als einen Brandherd gibt, da steht sehr viel in Flammen, das deutet leider auf eine größere Ortschaft hin«, erwiderte der Feuerwehrmann und zeigte mit dem Finger auf die weiteren Rauchsäulen, die mittlerweile in den Nachthimmel stiegen.

Moritz hatte diese Vermutung ja selbst gehabt, aber als er sie von einem derart erfahrenen Mann bestätigt bekam, sank ihm das Herz in die Hose.

»Ihr müsst das Feuer löschen, damit der Josefine und der Susanna nichts passiert«, wandte sich der kleine Albin mit flehendem Blick an seinen Bruder. Offenbar hatte der Junge, der Margots fünfjährige Tochter bei deren letztem Besuch kennengelernt hatte, Angst um seine Spielkameradin.

»Wir tun unser Bestes«, versprach Paul. »Aber jetzt ab nach Hause mit dir. Ich erstatte dir morgen früh Bericht.«

Schließlich war alles für die Löscharbeiten Notwendige auf den zwei Fuhrwerken verstaut. Die drei Schmerler-Männer verteilten sich mit Paul, dem Bürgermeister, dem Feuerwehrhauptmann und sechs weiteren Helfern auf die beiden Wagen – und dann ging es endlich los. Cornelius, der Moritz gegenübersaß, bemerkte den besorgten Blick seines Bruders.

»Margot hat einen leichten Schlaf«, versuchte er ihn aufzumuntern. »Die wacht doch beim leisesten Geräusch auf.«

Moritz nickte, obwohl ihn die Erinnerung daran kaum beruhigte. Was, wenn ihre Schwester durch die Rauchentwicklung bewusstlos geworden war, bevor sie etwas von dem Flammenmeer mitbekommen hatte? Wenn sie und seine beiden süßen Nichten ahnungslos ihrem Feuertod entgegenschlummerten?

***

Marie Thomass hatte keinen Schlaf finden können, die Erinnerung an den schönen Tag mit Moritz hatte ihr einfach keine Ruhe gelassen. Das Gefühl, wertvolle Zeit zu verschwenden, plagte sie – denn ihr Schwarm war ja nur wenige Hundert Meter entfernt im Haus der Schmerlers. Schon übermorgen würde sie auf dem Weg ins ferne München sein, dann wäre kein rasches Wiedersehen mehr möglich. Wie lieb Moritz im Schlaf aussehen musste – zu gern würde sie einfach den Marktplatz überqueren, zum Schmerler-Haus am Fluss gehen und in seine Kammer blinzeln.

Das schrille Geräusch der Feuerglocke hatte sie schließlich vollends aufgeschreckt, und nun stand sie im Schlafrock vor der Tür des Gasthauses *Zum Goldenen Engel* und sah auf den Marktplatz hinaus. Zwei Feuerwehrfuhrwerke fuhren ratternd vorbei. Sie erhaschte einen Blick auf die Männer und erstarrte: Da saßen doch auch Moritz, Conni und deren Vater! Beunruhigt sah sie den Wagen nach, die in Richtung eines Feuerscheins am Horizont fuhren.

In dem Augenblick, als auch ihr Bruder Carl und die alte Frau Klarner aus dem Haus kamen, bemerkte Marie einen Knaben, der über den Platz auf die Herberge zugerannt kam.

»Albin«, erkannte sie den Jungen, den sie vorgestern aus der Baumkrone gelockt hatte.

»Wie oft haben wir dir gesagt, dass du nachts nicht rausdarfst?«, schalt Hildegard Klarner den Knaben, und er senkte bedröppelt den Kopf.

»Weißt du, was da los ist?«, wandte sich Marie an den Kleinen.

»Es brennt drüben in Plauen«, haspelte er außer Atem. »Mein Bruder und der Moritz sind mit dem Herrn Bürgermeister zum Löschen gefahren. Die retten die Schwester vom Moritz und ihre Mädchen.«

Da fiel Marie wieder ein, dass Moritz in der Tat eine ältere Schwester erwähnt hatte, die mit ihrer Familie in Plauen lebte.

»Gott steh allen bei«, flehte die alte Frau Klarner mit besorgtem Blick zum rot flackernden Horizont. »Das sieht nach einem gewaltigen Feuer aus.«

Kapitel 17

Als sie Plauen erreichten, bot sich ihnen ein Bild des Grauens: Allenthalben züngelten grelle Flammen in den Himmel, beißender Rauch lag über der Stadt. Hastig luden sie ihre Ausrüstung ab und brachten sie jenen, die in einer langen Kette Eimer für Eimer von den Löschtrögen zu den jeweiligen Spritzen reichten.

Moritz, Cornelius und Friedrich beschlossen aber, zunächst weiter in Richtung Altmarkt vorzustoßen, wo Margot mit ihrer Familie lebte. Lehrbursche Paul schloss sich ihnen an – doch schon nach kürzester Zeit mussten die Männer aufgeben, denn in den Straßen herrschte heilloses Gedränge, das von weiteren Verzweifelten genährt wurde, die, teils über Leitern, die brennenden Häuser verließen. An ein Durchkommen war nicht mehr zu denken, und obwohl sie fast außer sich vor Sorge um ihre Schwester und ihre Nichten waren, packten die Schmerler-Männer, ebenso wie die anderen Helfer aus Oelsnitz, schließlich tatkräftig bei den Löscharbeiten mit an. Während Moritz einen Eimer Wasser nach dem anderen weiterreichte, betete er stumm, dass sich seine Schwester mit ihren kleinen Töchtern rechtzeitig hatte in Sicherheit bringen können.

Irgendwann beschlich ihn das vage Gefühl, dass ihr Kampf vergeblich war: Trotz aller Bemühungen breiteten sich die Flammen immer weiter aus, und ganze Straßenzüge fielen dem Inferno zum Opfer. Hie und da irrten weinende Frauen mit Säuglingen auf dem Arm umher, oft nur notdürftig bekleidet, da ja auch sie mitten aus dem Schlaf gerissen worden waren. Kinder schrien nach ihren Eltern, verzweifelte Erwachsene suchten ihre Sprösslinge; Pferde und Kühe, die irgendjemand aus dem Stall gerettet hatte, liefen brüllend durch die Gassen.

»Wie sieht es am Altmarkt aus?«, fragte Cornelius einen rußverschmierten Mann, der aus jener Richtung kam.

»Furchtbar«, stieß der nur hervor, und die Brüder sahen sich zutiefst besorgt an.

»Kein Wunder«, warf Bürgermeister Merz ein, der sich ebenfalls in die Eimerreihe gestellt hatte. »Mein hiesiger Kollege hat mir gerade mitgeteilt, das Feuer sei im gefährlichsten Teil der Stadt ausgebrochen, im Endegässchen.«

»Wieso ist der so gefährlich?«, hakte Moritz nach.

»Dort stehen Holzschindeldächer, hölzerne Giebel und Hinterhäuser aus Holz«, erläuterte der Oelsnitzer Gemeindevorsteher. »Im Grunde ist dort also alles aus Holz. Die Flammen müssen sich von Haus zu Haus gefressen haben.«

»Ja, und die brennenden Dachschindeln wurden vom Wind umhergeweht – wie eine Art fliegende Streichhölzer entzündeten sie auch noch Feuer in anderen Teilen der Stadt«, erläuterte der alte Brandmeister.

»Und die Feuer aus dem Endegässchen haben dann auf den Altmarkt übergegriffen«, schlussfolgerte Moritz.

»Ja«, erwiderte der rußverschmierte Mann. »Mein Schwager sagte mir vorhin, dass es zuerst an der unteren Seite der

Herrenstraße und vom Altmarkt gebrannt hat. Und dann schon bald der Obere und Untere Steinweg, der Klostermarkt, die Schulgasse. Selbst die Häuser am Amtsberg und die Bürgerschule hat's erwischt.«

Moritz stöhnte auf. Und sie hatten auch kaum noch etwas, das sie dem Feuer entgegensetzen konnten. Die Löschwasservorräte aus dem Röhrenkasten, in den das Wasser aus der Syra und dem Lohmühlenteich über Holzrohre eingeleitet wurde, erschöpften sich allmählich. Als die Wasserkette aufgelöst wurde, wandte Moritz sich an seinen Bruder. »Komm, lass uns noch einmal versuchen, durchzukommen und nach Margot zu suchen.«

Cornelius nickte stumm. Paul und ihr Vater blieben zurück, als sich die erschöpften Brüder auf den Weg zum Altmarkt machten. Und diesmal gelang es ihnen auch, sich ein Stückchen weiter durchzukämpfen. Aber der Anblick, der sich ihnen bot, als sie an den verkohlten Ruinen der Häuser vorbeigingen, ließ ihre Hoffnung schwinden, und Moritz schickte erneut ein Stoßgebet zum Himmel. Als er und sein Bruder endlich auf dem Altmarkt ankamen, glich dieser einem Trümmerfeld. Auch vom Haus der Familie Jakob war nur noch eine rauchende Ruine übrig.

»Margot!«, rief Cornelius verzweifelt.

»Da ist niemand mehr drinnen«, beruhigte ihn ein alter Mann, der mit müdem Gesichtsausdruck auf einem geretteten Sessel mitten auf dem Altmarkt saß. Kurioserweise mümmelte er an einer Zigarre, wie die Brüder nun bemerkten. »Die Frau und die beiden Kinder sind als eine der Ersten herausgekommen.«

Margots leichter Schlaf! Gott sei Dank! Unendlich erleichtert fragte Moritz: »Und wo sind sie jetzt?«

Der Alte zuckte ratlos mit den Schultern. »Probiert es mal beim Kirchplatz drüben. Dort sollen viele Frauen Schutz gefunden haben.«

»Vielen Dank«, erwiderte Cornelius.

»Halt!«, brüllte einer der Männer der Kommunalgarde wenige Minuten später, kaum dass Moritz und Cornelius den Kirchplatz betreten wollten.

»Was wollt ihr hier?«, raunzte sie der Gardist ungehalten an.

»Wir suchen nach unserer Schwester und ihren zwei Kindern«, setzte Moritz an.

»Wie heißt sie?«, wollte der Gardist wissen.

»Margot Jakob«, versuchte Moritz, möglichst gelassen zu antworten.

»Klaus, kennst du eine Margot Jakob?«, rief er einem weiteren Mann in Uniform zu.

»Ja, das ist doch die Frau vom August«, antwortete dieser gelangweilt.

»Ach der!« Der Gardist verzog die Miene, und es hatte den Anschein, als könne er August nicht leiden, wandte sich dann aber wieder an die Brüder und Paul: »Ihr könnt passieren.«

Auf dem großen Platz befanden sich mehrere Haufen mit hastig zusammengesuchtem und in letzter Sekunde geretteтem Hausrat, und vor oder neben jedem Haufen saßen Frauen und Kinder. Manche weinten, manche waren wie erstarrt, andere unterhielten sich leise.

Mit wild klopfendem Herzen wanderten die Brüder von einem Haufen zum nächsten, doch weder Margot noch die Kleinen konnten sie unter den vielen Menschen finden.

Moritz war der Verzweiflung nahe. »Wo kann sie nur sein? Hoffentlich …«

Ein warnender Blick seines Bruders ließ ihn verstummen. Wag ja nicht, es auszusprechen, schien er ihm zu sagen.

»Vielleicht gibt es ja noch andere Sammelpunkte«, schlug er vor. »Ich frag mal den bärbeißigen Gardisten.«

Doch als Cornelius nur wenig später zurückkam, machte er ein finsteres Gesicht.

»Hat er nichts gewusst?«, riet Moritz.

»Doch, aber er war noch unfreundlicher als vorhin. Wie sich herausgestellt hat, schuldet unser lieber Schwager seiner Familie noch Geld.«

»August! Ich könnte ihn …«, stieß Moritz hervor, wurde jedoch von Cornelius unterbrochen.

»Er hat mir ja trotzdem gesagt, dass es einen weiteren Sammelpunkt in der Neustadt gibt.«

»Dann wissen wir ja, wo wir jetzt hinmüssen«, erklärte Moritz, und sie machten sich schnurstracks auf den Weg.

Wenige Minuten später erreichten sie die Neustadt, und auch hier wurden sie zunächst von den Kommunalgardisten befragt, ehe sie Zugang erhielten. Dieses Mal war ihnen das Glück allerdings hold: Sie waren die Straße gerade erst ein paar Meter hinuntergegangen, als ihnen ein vierjähriges Mädchen, nur mit einem schmutzigen Leinenunterkleid bekleidet, entgegenrannte und sich an den jüngeren ihrer beiden Onkel klammerte.

»Susanna!« Moritz schossen die Tränen in die Augen, als er in die Knie ging und die Kleine in seinen Armen barg. Wenigstens eines seiner Familienmitglieder wusste er jetzt in Sicherheit.

Er presste das Mädchen so fest an sich, dass es protestierte. »Nich so doll, Onkel Moritz.«

»Entschuldige«, stammelte er mit schlechtem Gewissen. »Ich bin nur so froh, dich gefunden zu haben.«

»Ich habe aber doch *dich* gefunden«, verbesserte die Kleine.

»Stimmt, das war tapfer von dir«, gab Moritz glücklich nach. »Wo sind denn deine Schwester und deine Mutti?«

»Ganz dahinten«, sagte die Fünfjährige und deutete mit ihrem kleinen Finger in Richtung eines Brunnens.

Moritz fiel ein Stein vom Herzen. Sie waren alle wohlauf!

»Und was machst du ganz allein hier vorne?«, fragte Cornelius, der die Begrüßung gerührt mit angesehen hatte und sich nun vorbeugte, um seine Nichte auf die Wange zu küssen.

»Ich wollte schauen, ob es was zu essen gibt. Josefine und ich haben furchtbaren Hunger. Und Mutti auch. Sie sagt, sie hat keinen, aber das stimmt nicht, glaub ich.«

»Darum kümmern wir uns gleich, lass uns zu deiner Schwester und deiner Mama gehen.«

»Ja, gut«, piepste Susanna und schob ihre kleine Hand vertrauensvoll in die von Moritz, nachdem er sie wieder auf den Boden gesetzt hatte.

Zu dritt machten sie sich auf den Weg, kurz vor dem Ziel riss das Mädchen sich los und stürmte voraus.

»He!«, machte Moritz überrumpelt, doch in dem Moment erkannte er den Grund für das Handeln seiner Nichte. Die Kleine hatte ihre Mutter entdeckt. »Mutti, Mutti«, rief sie ganz aufgeregt. »Ich habe die Onkel gefunden, jetzt wird alles gut.«

Besorgt bemerkte Moritz, dass seine Schwester gar nicht auf ihr kleines Mädchen reagierte, sondern teilnahmslos vor sich hin starrte.

»Wo ist denn Josefine?«, flüsterte Cornelius Moritz zu, der ebenso wie sein Bruder den Zustand seiner Schwester bemerkt hatte.

»Susanna, wo ist denn deine Schwester?«, fragte Moritz mit leiser Stimme das Mädchen.

»Vorhin war sie bei Mutti«, stieß die Kleine hervor.

»Margot, wo ist Josefine?«, fragte Moritz seine Schwester. Aber diese reagierte zunächst nicht.

»Margot, wo ist Josefine?«, wurde Moritz lauter, doch noch immer stierte sie nur vor sich hin.

Hilflos blickte sich Moritz nach Cornelius und Paul um.

»Bleibst du bei den beiden?«, schlug Cornelius vor. »Ich suche nach Josefine. Weit kann sie ja nicht sein.«

Dankbar nickte Moritz. Vielleicht ist die Kleine ja mit ihrem Vater mitgegangen, versuchte er sich Mut zuzusprechen und wandte sich wieder seiner Nichte zu. »Susanna, wo ist der Vati?«

»Weiß nicht«, antwortete das Mädchen und kuschelte sich enger an Moritz.

»Hm, war denn der Vati nicht bei euch?«

Susanna schüttelte den Kopf. »Als wir zu Bett gegangen sind, hat die Mama gesagt, der Vati muss länger arbeiten.«

Arbeiten, dachte Moritz wütend. Das war wohl das neue Wort für ins Wirtshaus gehen und das letzte Geld verspielen.

»Onkel Moritz«, riss ihn die Fünfjährige aus seinen Gedanken. »Ich habe immer noch schrecklich Hunger.«

»Dann müssen wir das dringend ändern.« Er stand auf und sah sich suchend um.

Zwar hätte er Susanna lieber in der Obhut seiner Schwester gelassen und wäre allein losgegangen, aber da diese immer noch teilnahmslos vor sich hin starrte, konnte er das wohl nicht verantworten.

»Margot«, sprach er sie dennoch an. »Wir holen etwas zu essen, bleib du bitte hier, falls Josefine zurückkommen sollte.«

Wie aus einem langen, tiefen Traum erwachend starrte sie ihn an. »Aber Finchen ist doch hier«, murmelte Margot. »Sie ist in Sicherheit. Wir sind in Sicherheit.«

Sie tastete neben sich, wo sie offenbar ihre kleine Tochter vorzufinden erwartete, doch als ihre Hand harten Stein statt weicher Kinderbeinchen berührte, wandte sie entsetzt den Kopf.

»Finchen«, flüsterte sie und sah daraufhin ihren Bruder an, Panik im Blick. »Josefine! Wo ist sie?«

»Margot«, fuhr Moritz sie scharf an, der bemerkt hatte, wie erschrocken Susanna auf das seltsame Verhalten ihrer Mutter reagierte. »Ganz ruhig jetzt!« Dann wandte er sich wieder an die Kleine.

»Susanna, ich muss mit deiner Mama reden, setz dich doch noch mal kurz hin. Es wird nicht lange dauern. Versprochen.«

»Na gut«, stimmte seine Nichte widerwillig zu.

»Wir wissen es nicht«, erklärte Moritz an Margot gewandt. »Cornelius sucht nach ihr. Als Susanna uns gefunden hat, wollte sie für euch etwas zu essen holen. Kannst du dich erinnern, wann du Josefine das letzte Mal gesehen hast?«

»Ich weiß es nicht«, stieß Margot verzweifelt hervor. »Ich stand vollkommen neben mir.«

»Hast du eine Idee, wo sie hingegangen sein könnte? Es muss ja einen Grund geben, warum sie von euch fort ist. Denk nach, Margot!«, forderte Moritz seine Schwester sanft auf. »Bitte.«

»In der Neustadt wohnt eine Spielkameradin von ihr, vielleicht ist sie dort? Ich muss sofort dorthin.«

»Hm«, machte Moritz. »Das wäre möglich. Ich hole jetzt mit Susanna etwas zu essen, und dann lasse ich sie bei dir, um nach Josefine zu suchen. Geht das?«

»Selbstverständlich«, stieß Margot hervor, die mit den Tränen kämpfte. »Aber, Moritz, ich kann hier jetzt doch nicht einfach untätig herumstehen! Ich muss mein kleines Mädchen suchen.«

»Margot.« Mit einem warnenden Blick auf Susanna drückte er ihre Hand. »Bitte verlier jetzt nicht die Nerven! Du musst hierbleiben. Es ist doch viel wahrscheinlicher, dass Josefine hierher zurückkommt. Und wenn du dann nicht mehr hier bist …«

»Du hast ja recht.«

»Gut«, sagte Moritz und wandte sich an seine Nichte.

»Susanna, sollen wir jetzt etwas zu essen holen?«

»Au ja«, rief das kleine Mädchen begeistert aus und hob scherzhaft ihr kleines Fingerchen. »Aber dieses Mal wirklich, Onkel. Ich habe mächtig Hunger!«

***

Der Morgen begann am Horizont bereits zu dämmern, als das Flackern aus Richtung Plauen endlich aufhörte und nur noch entfernte Rauchsäulen zu sehen waren. Marie hatte sich geweigert, ins Bett zu gehen, sie wollte warten, bis jemand mit Nachrichten aus dem Brandort zurückkehrte. Ihr Bruder Carl hatte ihr eigentlich beistehen wollen, doch irgendwann war er auf der Bank vor dem *Goldenen Engel* vom Schlaf übermannt worden.

Schließlich kam die alte Mutter des Besitzers mit ihrem Großneffen aus dem Gasthaus. Sie hatte eine Tasse mit dampfendem Bohnenkaffee für Marie dabei.

»Vielen Dank, Frau Klarner«, sagte sie und nahm vorsichtig einen Schluck.

Just in diesem Augenblick kam ein Fuhrwerk angefahren, auf dem ein untersetzter Fahrer einen nobel gekleideten Herrn mit zerzaustem Haar und Ruß im Gesicht kutschierte.

»Herr Bürgermeister!«, rief die alte Hildegard, und er bedeutete dem Kutscher anzuhalten.

»Guten Morgen, Frau Klarner, Sie sind ja heute weit vor dem Hahnenschrei wach«, stellte der Gemeindevorsteher erschöpft, aber freundlich lächelnd fest.

»Die Sorge um Plauen«, erklärte die alte Gastwirtin, während nun auch Jeremias Neustätter aus dem Haus kam. »Sie kommen von dort?«

Merz nickte. »Ich habe bei den Löscharbeiten geholfen.«

»Gibt es viele Tote?«, fragte Marie bang.

»Es grenzt an ein Wunder, aber bis jetzt wurde den Kollegen vor Ort noch kein einziger Todesfall gemeldet«, berichtete der Bürgermeister. »Es gibt aber natürlich zahlreiche Schwerverletzte.«

»Und viele haben vermutlich ihr Zuhause verloren«, warf Jeremias Neustätter ein.

»Ja«, bestätigte der Gemeindevorsteher. »Zwischen Altmarkt, Johanniskirche, Hradschin und Tunnel muss es wohl aussehen wie auf einem Trümmerfeld.«

»O nein«, stieß Marie hervor. »Am Altmarkt wohnt die Schwester von Moritz Schmerler. Ich habe ihn vorhin mit seinem Bruder und dem Vater auf dem Brandwehrfahrzeug losfahren sehen.«

»Dann sind die Josefine und die Susanna in Gefahr?«, kam es ängstlich vom kleinen Albin.

Da wandte sich der Juwelier an den Bürgermeister: »Wie ist denn jetzt die Lage vor Ort?«

»Hat sich etwas entspannt. Die Flammen konnten nicht auf die Steingebäude übergreifen, dadurch wurde dem Feuer die Nahrung entzogen. Die Gefahr einer weiteren Ausbreitung scheint gebannt.«

»Was halten Sie davon, wenn ich die Kutsche vorbereiten lasse und wir rüberfahren, vielleicht kann mein alter Freund Schmerler ja Hilfe brauchen?«, schlug Jeremias seiner Verkaufshelferin vor, nachdem der Fuhrmann mit dem Bürgermeister weitergefahren war.

Marie hätte vor Freude jubeln mögen. »Das ist eine ganz wunderbare Idee, Herr Neustätter.«

»Caaaarl!«, brüllte der Juweliermeister, und sein auf der Bank schlummernder Lehrling wurde unsanft aus dem Schlaf gerissen. Er fuhr hoch und rief benommen und verwirrt: »Hier, bei der Arbeit!«

»Auf geht's, Bub!«, sagte Jeremias schmunzelnd. »Plauen ruft um Hilfe.«

»Ich muss auch mit, Oma Hildegard«, wandte sich Albin

an die alte Frau Klarner. »Paul und Josefine brauchen ja vielleicht auch Hilfe.«

»Auf gar keinen Fall«, rief sie. »Und versuch gar nicht erst, mich breitzuschlagen! Das hat keinen Zweck.«

Kapitel 18

Das sieht ja mächtig schlimm aus«, stellte Albin Klarner fest, als die Kutsche der Familie Neustätter bei Sonnenaufgang in das schwer beschädigte Plauen einfuhr.

Natürlich hatte er seine Großmutter so lange bearbeitet, bis von ihr doch noch die Erlaubnis gekommen war, die Thomass-Geschwister und deren Arbeitgeber zu begleiten.

»Wenn wir ihn in der Kutsche lassen, kann er alles sehen, ist aber nicht in Gefahr. Es dürfte schon gut sein«, hatte sich am Ende Jeremias Neustätter für den sehnlichen Wunsch des Jungen eingesetzt.

Doch der Juweliermeister hatte nicht damit gerechnet, dass der Kleine schwerer zu hüten war als ein Sack Flöhe. Er schrie nämlich plötzlich beim Blick durchs Fenster: »Da ist Josefine.« Dann riss er die Kabinentür auf und sprang einfach unerlaubt aus der langsam rollenden Kutsche.

Carl und Marie folgten ihm auf dem Fuß und fanden ihn bei einem Pastor, der gemeinsam mit zwei Nonnen Suppe aus einem großen Topf an Plauener Bürger ausschenkte, die müde, aber geduldig in einer langen Schlange warteten.

Von dort kam ihnen ein vierjähriges Mädchen mit rotblondem Haar entgegen, das gleich zwei volle Schüsselchen balancierte. In der Tasche ihres Kleidchens hatte sie mehrere Stücke Brot.

»Josefine!«, begrüßte Albin sie. »Soll ich dir tragen helfen?«

Die Kleine nickte strahlend, offensichtlich freute sie sich sehr über das unerwartete Wiedersehen mit ihrem Spielkameraden.

»Wo ist denn deine Mutter?«, erkundigte sich Marie, während sie sich von Albin die Schüsseln abnehmen ließ.

»Da vorne bei der Kirche«, erklärte das Mädchen.

»Bringst du uns zu ihr?«, fragte Carl. »Wir würden gern mit ihr sprechen.«

Josefine bejahte. Herr Neustätter wies Kutscher Staudinger an, zu warten, dann folgten sie der Vierjährigen zu Fuß durch die rauchenden und teilweise noch glimmenden Ruinen. Unterwegs trafen sie auf Paul Klarner und Friedrich Schmerler, der sein Glück kaum fassen konnte, neben seinem alten Freund Neustätter und dessen Begleitern auch seine Enkeltochter wiederzusehen. »Mensch, Jeremias, was macht ihr denn hier?«

Neustätter lächelte. »Unsere Marie hat es nicht mehr in der Herberge ausgehalten, ohne zu helfen, da sind wir einfach los.«

»Und ich helf auch mit«, erklärte Albin seinem Bruder Paul und versuchte, möglichst erwachsen zu klingen.

Dann gingen sie zu sechst weiter hinter Josefine her, und schließlich kamen Moritz Schmerler und seine Schwester mit einem fünfjährigen Mädchen in Sicht.

Margot sprang mit einem glücklichen Schrei auf und rannte auf die jüngere ihrer beiden Töchter zu. »Finchen, wo warst du nur? Ich hatte solche Angst um dich.«

»Ich habe uns Essen geholt«, erklärte das Mädchen stolz.

»Und ich hatte Angst um *dich*, mein Kind«, wandte sich Friedrich Schmerler gerührt an Margot und nahm sie in seine Arme.

Moritz hingegen starrte fassungslos Marie an, erhob sich ganz langsam.

Sie lächelte scheu, und er erwiderte es glücklich, während er auf sie zuging. »Sie sind wohl immer da, wenn es Kinder zu retten gilt.«

»*Ich* habe Josefine gefunden«, korrigierte ihn da jedoch Albin lautstark.

Schließlich sagte Friedrich mit entschlossener Stimme zu Margot: »Ihr kommt mit uns. Wir fahren alle gemeinsam nach Oelsnitz.«

»Aber ...«, wollte Margot protestieren.

Doch ungewohnt barsch fiel der ansonsten so sanftmütige Friedrich seiner Tochter ins Wort. »Ich dulde keine Widerrede. Ihr kommt mit uns mit.«

»Aber August ...«, begehrte Margot erneut auf.

Moritz seufzte. »Also gut. Ich suche deinen Göttergatten, dann komme ich nach. Wo war er denn zuletzt?«

Er wunderte sich nicht im Geringsten, als Margot mit beschämt gesenktem Blick erwiderte: »Er ist gestern Abend ins Lokal Matsch an der Stadtmauer gegangen. Seither haben wir ihn nicht mehr gesehen.«

»Soll ich Sie begleiten?«, bot ihm Marie an, während Friedrich und Jeremias miteinander überlegten, wie sie sechs Erwachsene und drei Kinder in Neustätters Kutsche unterbringen konnten. Lächelnd fügte sie hinzu: »Sie wissen ja, ich habe ein glückliches Händchen bei der Suche nach vermissten Personen.«

»Das möchte ich Ihnen lieber nicht zumuten«, meinte Moritz. »Mein Schwager ist ein rechter Hallodri, und ich weiß ehrlich gesagt nicht, in welchem Zustand ich ihn vorfinden werde. Aber wenn Sie erlauben, würde ich gleich nach meiner Rückkehr nach Oelsnitz bei Ihnen im *Goldenen Engel* vorbeischauen.«

»Sehr gern«, erwiderte Marie voller Vorfreude. Sie konnte nur hoffen, dass Moritz diesen August schnell finden würde. Schließlich war dies ihr vorerst letzter gemeinsamer Tag.

***

Moritz musste nicht lange nach seinem Schwager suchen. August Jakob lag schnarchend hinter einer Regentonne an der Seite des Lokals Matsch in unmittelbarer Nähe der mittelalterlichen Stadtmauer. Hierhin waren die Flammen nicht vorgedrungen. Unkraut vergeht eben nicht, dachte Moritz. Er rüttelte an dem Dreißigjährigen und bellte: »August, wach auf!«

Der brummte zunächst nur unwillig, dann blinzelte er verwirrt. »Was ist los?«

»Die halbe Stadt ist abgebrannt«, klärte ihn Moritz verstimmt auf. »Euer Haus liegt in Schutt und Asche.«

August erhob sich schwerfällig. »Du bist ja von Sinnen«, sagte er ungläubig, sah dann aber die dunklen Rauchschwaden über den anderen Stadtteilen und schien dann doch zu ahnen, dass sein junger Schwager ihn nicht auf den Arm nehmen wollte.

»Leider nein. Während du hier gepennt hast, wäre deine ganze Familie um ein Haar verbrannt«, erzählte er.

August vergewisserte sich ängstlich: »Sind sie aber nicht?«

Moritz schüttelte den Kopf. »Nein, zum Glück ist Margot schon beim ersten Geräusch aufgewacht.«

Endlich stand August ganz auf. »Wo sind sie jetzt?«, wollte er wissen.

»Erst mal bei uns zu Hause. Ein Freund von Vater ist gerade aus München zu Besuch. Er hat alle in seiner Kutsche mitgenommen.«

»Und wie kommen *wir* nach Oelsnitz?«, fragte August. »Ich bin mit dem Brummschädel nicht so gut zu Fuß ...«

Moritz verdrehte die Augen. Was für ein Faulpelz! »Ich habe gerade unseren Feuerwehrhauptmann getroffen, die fahren in einer halben Stunde zurück. Er würde uns mitnehmen.«

Und so kam es, dass Moritz Schmerler wieder auf demselben Fuhrwerk der Oelsnitzer Brandwehr zurückfuhr, mit dem er in der Nacht nach Plauen gekommen war.

August vergrub müde den Kopf in den Händen. »Was soll jetzt bloß aus uns werden?«, stieß er ratlos hervor. »So ohne Haus?«

»Eine neue Wohnung findet sich«, war Moritz überzeugt. »Aber du solltest endlich aufhören, euer Geld zu verspielen. Margot leidet wie ein Hund deswegen.«

Sein Schwager sah verstimmt auf. »Hat sie also doch gepetzt!«

»Leicht ist ihr das gewiss nicht gefallen«, wusste Moritz. »Aber was sollte sie tun? Ohne Hilfe von uns hätten die Mädchen Hunger gelitten.«

»Ich habe doch wieder Arbeit«, verteidigte sich August. »Ist ja nicht meine Schuld, dass die halbe Stadt abbrennt!«

»Aber dass deine Gläubiger deine Frau und die Kinder bedrohen, daran bist du schuld«, erwiderte Moritz.

»Gegen die komme ich schon an. Manchmal gewinnt man eben doch schöne Dinge beim Kartenspiel«, sagte August und holte ein großes, anscheinend recht altes Kampfmesser aus seiner Jackentasche. Es sah scharf und sehr gefährlich aus, befand Moritz.

Der Mann seiner Schwester grinste selbstgefällig. »Schönes Stück, was?«

Sein Schwager seufzte. »Vielleicht wäre es noch schöner, wenn du dein Leben so verantwortungsbewusst gestaltest, dass du so etwas gar nicht erst brauchst.«

***

»Warum sollen wir nicht mitgehen?«, fragte August verständnislos.

Juweliermeister Neustätter hatte an diesem 10. September 1844 die gesamte Familie zum Abschiedsessen in den *Goldenen Engel* eingeladen. Er hatte erklärt, es gebe außerdem ja einiges zu feiern: »Die Riesenperle, dass niemand von euch bei dem Brand verletzt wurde – und nicht zuletzt unsere alte Freundschaft!«

Da er ausdrücklich »den vollständigen Schmerler-Clan mitsamt Anhang« eingeladen hatte, war Margots Mann August begeistert von der Idee gewesen, an dem Festmahl mit Gattin und den beiden Töchtern ebenfalls teilnehmen zu dürfen. Doch Margot sprach sich vehement dagegen aus, während sie mit Lehrbusche Paul, Patriarch Friedrich und Moritz im Wohnzimmer saßen und ihre Töchter mit Albin im Garten spielten.

»Wir haben unser Haus verloren und werden meiner Familie auf unbestimmte Zeit hier in dem kleinen Haus zur Last fallen. Herr Neustätter hat dich im Übrigen ja auch noch nie gesehen«, erinnerte sie ihren Mann August. »Da finde ich es nicht angebracht, wenn wir uns auch noch auf Kosten von Vatis Freund den Ranzen vollschlagen.«

»Gut, dann bleiben wir eben zu Hause und essen trocken Brot«, knurrte August verstimmt.

Moritz konnte die Bedenken seiner Schwester gut verstehen. Immerhin kamen ja schon er selbst, Conni und ihre Eltern zu dem Essen in das Gasthaus. Und da Pauls Onkel mit der Wirtschaft gerade nicht sehr viel Umsatz machte, würde er Herrn Neustätter wohl auch keinen Nachlass gewähren können.

»Wir sollten pünktlich sein«, mahnte Friedrich Schmerler. »Jeremias will morgen vor dem ersten Hahnenschrei nach München aufbrechen.«

Ein wenig enttäuscht war Moritz, dass er mit Marie nun aufgrund des Abschiedsessens wohl keine Zeit mehr unter vier Augen verbringen konnte.

»Wie verstaut Herr Neustätter eigentlich die wertvolle Riesenperle?«, erkundigte sich Paul.

»Er wollte sie deine Großmutter in das Futter seiner Weste einnähen lassen, da wird keiner danach suchen«, erklärte Friedrich schmunzelnd. »So hat man besonders wertvollen Schmuck von jeher transportiert.«

In diesem Augenblick bemerkte Moritz beim Blick aus dem Fenster, dass eine Frau zu den spielenden Kindern in den Garten gekommen war.

»Marie!«, erkannte er und sprang augenblicklich vom Stuhl.

Dann eilte er sofort hinaus und fragte sich, wie er nur dieses dümmlich-erfreute Grinsen wieder aus dem Gesicht bekommen sollte. »Sind Sie gekommen, um noch kurz mit den Kleinen zu spielen?«

»Nein, ehrlich gesagt bin ich gekommen, um *Sie* abzuholen, dann können wir vor dem Essen noch ein bisschen spazieren gehen und plaudern. Herr Neustätter will ja morgen leider schon um fünf Uhr früh aufbrechen. Er befürchtet, dass es tagsüber noch heißer wird als heute«, erklärte sie.

Diese Frau konnte wirklich Gedanken lesen, staunte Moritz.

Als sie nun hinzufügte: »Natürlich nur, wenn Sie Zeit und Lust haben«, beeilte er sich zu sagen: »Und wie ich Lust habe. Ich fand es auch schade, gar keine Zeit mehr unter vier Augen mit Ihnen zu haben.«

Ihr Lächeln ließ darauf schließen, dass sie sich über diese aufrichtige Aussage freute.

»Haben Sie Ihren Schwager denn unversehrt auffinden können?«, fragte Marie, als sie kurz darauf an der Weißen Elster entlangschlenderten.

»Allerdings. Er hat seinen Rausch hinter einer Regentonne bei seiner Stammkneipe ausgeschlafen.«

Marie seufzte kopfschüttelnd. »Schlimm für Ihre Schwester. Und jetzt ist auch noch ihr Zuhause fort.«

»Zum Glück war das Haus nur gepachtet«, erwiderte Moritz. »Es wird sich eine neue Bleibe finden. Margot hilft so viel in der Kirchengemeinde, sie ist sehr beliebt, ihr wird man gern etwas Neues vermieten. Bleibt nur zu hoffen, dass August seine neue Arbeit nicht gleich wieder verliert.«

Marie blieb stehen und sah ihm in die Augen. Ihre Mutter hatte einmal gesagt, wie seltsam sie es fand, dass Menschen sofort bereit waren, sich im Streit alles Mögliche an den Kopf zu werfen, aber kaum den Mund aufbekamen, wenn es darum ging, jemandem liebevolle Gefühle zu gestehen. Deshalb sprach sie es nun offen aus: »Ich wollte Ihnen noch sagen, wie glücklich ich bin, Sie kennengelernt zu haben.«

»Das geht mir genauso«, sagte Moritz mit belegter Stimme. »Es würde mich sehr freuen, wenn wir uns wiedersehen. Zunächst muss ich in meinem Leben noch einiges regeln, es wird etwas Geduld brauchen, bis ich genug zu bieten habe.«

Sie konnte nicht anders, sie küsste ihn sanft auf die Stelle an seiner Wange, wo sich bisweilen das von ihr so geliebte Grübchen bildete. Vielleicht eine schlechte Idee, denn jetzt war der Drang fast unwiderstehlich, ihn auch auf die Lippen zu küssen.

»Ich bin mir nicht sicher, ob das meiner Geduld hilft«, wisperte sie.

»Zumindest haben Sie den Wunsch auf ein Wiedersehen gerade noch tausendmal stärker gemacht«, sagte er mit rauer Stimme.

»Verzeihen Sie mir«, sagte sie und fügte bedauernd hinzu: »Leider müssen wir jetzt auch schon in den *Goldenen Engel*. Aber was halten Sie davon, wenn wir uns in Zukunft schreiben?«

»Davon halte ich sehr viel«, strahlte er.

Sie wollte also auf ihn warten!

Kapitel 19

Maries Zähne klapperten, sie fror und war todmüde, als sie gegen vier Uhr morgens mit ihrem Bruder Carl und ihrem Arbeitgeber dessen Kutsche bestieg. Auf Wunsch von Jeremias Neustätter hatte Frau Klarner bereits um Viertel vor vier an die Tür ihrer Gästekammern geklopft. Da die restlichen Hausbewohner noch schliefen, hatte Marie die alte Hildegard gebeten, deren Großneffen Paul sowie dessen kleinen Bruder Albin herzlich von ihr zu grüßen. Nun würde es also zurück nach München gehen, fort von dem lieb gewonnenen Moritz Schmerler. Sie hatten sich beim gestrigen Abendessen noch manch schmachtenden Blick zugeworfen.

Bedauerlicherweise hatte Jeremias darauf bestanden, dass sie wegen des frühen Aufbruchs alle zeitig zu Bett gingen. Das Gefährt war noch keine Viertelstunde unterwegs, da brachte Leonhard die Pferde zum Stehen.

»Was ist los?«, rief ihm Meister Neustätter durch das Fenster zu.

»Da liegt ein gefällter Baum quer über der Straße«, rief der rothaarige junge Mann und sprang vom Kutschbock. »Ich muss den erst wegziehen.«

»Ich helfe Ihnen«, bot Carl an, riss die Kabinentür auf und stürmte ihm hinterher. Kutscher Staudinger konnte zwar gut mit Pferden umgehen, war jedoch eher schlaksig und nicht sonderlich kräftig.

Irgendwo heulte ein Käuzchen. Marie erschauderte. Ihre abergläubische Großmutter hatte einmal gesagt, der Ruf dieses Vogels stamme in Wahrheit von Gevatter Tod und bedeute: »Komm mit, komm mit!« Irgendwo würde nach diesem Laut ein Mensch sterben.

Und dann ging alles ganz schnell: Wie aus dem Nichts stand plötzlich eine düstere Gestalt direkt vor der Kabinentür. Der Mann trug einen Schlapphut mit Feder, eine grüne Trachtenjacke, Mund und Nase waren durch ein Halstuch verborgen.

»Her mit der Weste!«, rief der Räuber mit krächzender Stimme.

Marie und ihr Arbeitgeber blickten in die Mündung seiner Pistole.

»Nur über meine Leiche!«, rief Jeremias Neustätter trotzig.

Seine junge Verkaufshelferin geriet in Todesangst. So viel konnte doch keine Perle der Welt wert sein! Sie sah die Augen des Mordbuben funkeln. Unheimlicherweise war eines bernsteinfarben, das andere jedoch hellblau.

Und dann presste er den Pistolenlauf an Maries Stirn! Sie fühlte das kalte Eisen und fragte sich, ob sie nun wohl bald ihre Mutter wiedersehen würde.

»Willst du zuschauen, wie der Kleinen das hübsche Köpfchen weggepustet wird?«

Sie fühlte sich wie in einem Albtraum. Erleichtert stellte sie jedoch fest, dass Meister Neustätter seine Weste mit der eingenähten Riesenperle auszog, wenn auch unter den schlimmsten Flüchen und Beschimpfungen. Woher wusste der Räuber nur von dem wertvollen Inhalt der Weste?

Kaum hatte er das Kleidungsstück an sich gerissen und die Pistole von Maries Kopf genommen, wollte er davonrennen. Doch in diesem Augenblick schlug ihn Carl von hinten mit einem großen Ast nieder. Der Wegelagerer schrie auf vor Schmerz. Er krallte sich zwar an der Weste fest, die Pistole fiel ihm jedoch zu Boden. Erstaunlich agil sprang Neustätter aus der Kutsche und kam Carl zuvor, indem er hastig die Pistole aufhob und auf den fliehenden Räuber zielte. Zu Maries Verwunderung zitterte die rechte Hand des sonst recht furchtlosen Juweliers so sehr, dass sein Kutscher ihm die Waffe abnahm und selbst zielte. Kurz bevor der Räuber mit der erbeuteten Weste im nahen Wald verschwinden konnte, drückte Leonhard Staudinger ab. Klick! Klick! Kein Schuss knallte.

»Keine Kugeln drin«, stellte der Rotschopf wütend fest. »Der Dreckskerl hat uns mit einer ungeladenen Waffe genarrt.«

Inzwischen war der Räuber im düsteren Wald verschwunden, wie Marie mit rasendem Herzen feststellte.

Da stieß Jeremias Neustätter einen zornigen Schrei aus. »Ich Idiot habe mir tatsächlich die Riesenperle für die Prinzessin abluchsen lassen.«

***

Obwohl er schon in der Brandnacht kein Auge zugetan hatte, erwachte Moritz weit vor dem Morgengrauen. Jetzt fährt Marie jeden Moment los, schoss es ihm durch den

Kopf. Und nach diesem Gedanken war er endgültig zu aufgewühlt, um Schlaf zu finden. Deshalb beschloss er, sich zu waschen und zum *Goldenen Engel* zu eilen, um sich nochmals zu verabschieden.

Als er um kurz nach halb fünf vor der Herberge ankam, war Neustätters Kutsche jedoch bereits verschwunden – zu seiner großen Enttäuschung.

Da bemerkte er Paul an der Tür des Gasthofs, der ihn erstaunt ansah.

»Warum bist du denn schon auf den Beinen?«, fragte er.

Moritz seufzte. »Ich wollte mich von Marie verabschieden, aber da habe ich wohl Pech gehabt. Und was ist mit dir?«

»Ich war ein bisschen frische Luft schnappen, habe einen schrecklichen Brummschädel«, erklärte er und deutete auf seinen Hinterkopf. »Hab bei dem Abschied gestern wohl etwas zu tief ins Glas geschaut.«

Plötzlich hörten sie es auf dem Marktplatz rattern, und dann glaubte Moritz seinen Augen nicht zu trauen: Da fuhr doch tatsächlich Neustätters Kutsche. Der junge Perlenfischer rannte in die Richtung und winkte Leonhard Staudinger zu. Der hielt die Pferde an.

»Was macht ihr denn wieder hier?«, fragte Moritz erstaunt durch das Fenster.

»Wir wollen zur Gendarmerie«, erklärte der Juwelier zähneknirschend. »Ein Wegelagerer hat uns überfallen und mir die Weste mit der eingenähten Perle gestohlen.«

»Ist jemand von euch verletzt?«, erkundigte sich Moritz schockiert, sah dabei jedoch nur Marie an.

»Nein, seine Pistole war nicht mal geladen«, beruhigte ihn Carl.

»Wir wundern uns nur, dass der Räuber auf Anhieb wusste, dass die Perle in der Weste war«, erklärte Marie. »Selbst wenn man früher oft Schmuck auf die Weise versteckt hat, bleibt doch die Frage, warum er nicht meine oder Carls Kleidung haben wollte.«

Da kam Kutscher Staudinger zu ihnen. »Die Gendarmerie öffnet heute erst um acht Uhr – der Wachtmeister ist krank geworden. Da hängt ein Schild.«

»Mist«, knurrte Jeremias. »Dann werden wir zu allem Übel doch in der schlimmsten Mittagshitze fahren müssen.«

»Ihr könnt gern bei uns warten, bis die hier öffnen«, schlug Moritz vor.

»Vielen Dank«, entgegnete der Goldschmiedemeister. »Ich sollte ja nun auch noch mal mit deinem Vater über Ersatz für das Schmuckstück der Prinzessin sprechen. Jetzt muss eben leider eine Notlösung mit kleineren Perlen her.«

***

Wenig später saßen Neustätter und sein Lehrling Carl mit Friedrich, Cornelius und Moritz in der Wohnstube der Schmerlers, um über den Überfall und etwaige Ersatzperlen zu sprechen.

Marie war indes bei Gerlinde in der Küche, um ihr dabei zu helfen, belegte Brote für alle zu schmieren.

Plötzlich erstarrte Carl, als sein Blick durch die Wohnzimmertür auf die Kleiderhaken im Flur fiel. Dort hing unter anderem eine grüne Trachtenjacke.

»Was ist?«, fragte Moritz, der den seltsam gebannten Blick von Maries Bruder als Erster bemerkt hatte.

»Wem gehört diese Jacke?«, erkundigte sich dieser.

»Unserem Lehrling Paul«, antwortete Cornelius. »Wieso?«

»Der hochgewachsene Mann, der uns überfallen hat, trug genau so eine Jacke«, fiel auch Jeremias wieder ein.

»Aber er war maskiert, sagtet ihr?«, vergewisserte sich Moritz.

Carl bejahte. »Als ich ihn mit einem Ast niedergeschlagen habe, fiel sein Schlapphut herunter. Da hab ich zumindest gesehen, dass er blond ist.«

»O nein«, stieß Moritz betroffen hervor. Das konnte, das durfte einfach nicht wahr sein. »Hast du ihn mit dem Ast am Hinterkopf getroffen?«

Carl nickte. »Ja, wieso?«

»Als ich vorhin Paul vor dem *Goldenen Engel* getroffen habe, sagte er, er sei schon wach, weil er so einen Brummschädel habe«, berichtete Moritz zögerlich. »Aber warum sollte unser treuer Lehrling so etwas tun? Ihm fehlt es doch an nichts.«

»Sein Onkel sagte, der Gasthof sei in Schwierigkeiten«, fiel Jeremias Neustätter wieder ein.

»Vielleicht hat jemand anderes auch so eine Trachtenjacke«, meinte Moritz betroffen. »Oder sie wurde Paul zeitweise entwendet.«

»Meine Gerlinde hat Paul die Jacke zum Einstand gekauft«, fiel Friedrich Schmerler ein. »Sie wird wissen, ob es das Stück öfter gibt.«

Und dann rief er nach seiner Frau.

»Entschuldigst du mich kurz, Marie?«, bat Gerlinde Schmerler in der Küche, als ihr Mann aus dem Wohnzimmer ihren Namen rief.

»Natürlich, ich mache solang einfach allein weiter«, sagte sie und begann, die nächste Brotscheibe zu belegen.

Kaum hatte Moritz' Mutter die Küche verlassen, trat ein äußerst gut aussehender, hochgewachsener Mann mit blondem Haar und Schnauzbärtchen ein.

»Guten Morgen, ich bin …«, setzte Marie an, sich vorzustellen, doch er beendete ihren Satz, während er seine sinnlich geschwungenen Lippen zu einem gewinnenden Lächeln formte: »Marie Thomass, Neustätters schöne Verkaufshelferin. Ich weiß.«

»Und Sie sind bestimmt August Jakob, Margots Ehemann«, kombinierte sie.

»Ja, der bin ich wohl. Sie haben gewiss nur Schlechtes von mir gehört.«

Sie sah ihn etwas hilflos an. Was sollte sie darauf antworten?

»Sie sind überfallen worden, wie man hört. Haben Sie den Räuber erkennen können?«, fragte August neugierig.

Marie verneinte. »Es ging alles sehr schnell, und er war maskiert.«

Huschte da etwa ein erleichterter Ausdruck über sein hübsches Gesicht? Und jetzt bei genauerem Hinsehen erstarrte sie: Augusts rechtes Auge war bernsteinfarben, das andere hellblau! Das konnte nun wahrlich kein Zufall sein. Es war also Moritz' spielsüchtiger Schwager, der sie überfallen und die Riesenperle gestohlen hatte. Marie stutzte einen Moment zu lang beim Blick in seine verschiedenfarbigen Augen. August wusste jetzt, dass sie es wusste! Warum konnte sie nur ihre Gefühle so schlecht verbergen? Schon ihr Vater hatte immer gesagt: Lüg mich nicht an, Kleines, in deinem Gesicht kann man lesen wie in einem offenen Buch.

Er selbst hatte das mit dem Verstellen und Verschweigen besser hinbekommen, schoss es ihr durch den Kopf – fast gleichzeitig mit der Frage, ob sie Mathias Thomass wohl jemals wiedersehen konnte. Denn inzwischen hatte August mit einem leicht irre wirkenden Kichern einen antik aussehenden Dolch gezückt. »Den habe ich beim Kartenspiel gewonnen«, sagte er fast wehmütig. »An dem Abend hatte ich eine Glückssträhne – ausnahmsweise.«

Er ging einen Schritt auf Marie zu.

Kapitel 20

Nein, die Jacke ist ein Einzelstück«, betonte Gerlinde Schmerler auf die Frage ihres Mannes hin, während Großmutter Agathe ein wenig verdutzt durch die offene Wohnzimmertür schaute. Offenbar war die gutmütige Greisin vom frühen Stimmengewirr aufgewacht und aus ihrer Kammer gekommen, um zu sehen, ob heute jemand ausnahmsweise schon vor sechs Uhr Hunger hatte.

»Hast du eine Ahnung, warum sie hier am Haken hängt, obwohl Paul noch gar nicht da ist?«, erkundigte sich Cornelius bei seiner Mutter.

Gerlinde Schmerler nickte. »Mir war gestern aufgefallen, dass nach Pauls Einsatz bei der Feuerbekämpfung ein Knopf fehlte. Außerdem war die rechte Tasche eingerissen. Da habe ich ihm angeboten, sie bis heute für ihn zu nähen.«

Da mischte sich von der Tür aus Großmutter Agathe ins Gespräch: »Deshalb habe ich mich gewundert, als ich heute Nacht aus dem Dachfenster geschaut habe.«

»Was hast du gesehen?«, fragte Moritz.

Seine Großmutter zögerte. Wahrscheinlich wollte sie niemanden von der Familie in Schwierigkeiten bringen. Doch dann sagte sie: »Dass der Mann von unserer Margot sich die

Jacke geliehen hat. Er ist damit um drei Uhr in der Früh zum Geräteschuppen gegangen.«

»August!«, rief Moritz mit aufflammendem Zorn. Ja, das ergab wesentlich mehr Sinn. So sehr konnte er sich im gutmütigen Paul auch gar nicht getäuscht haben. »Ich werde ihn wecken«, knurrte er und stürmte auf den Flur hinaus.

Dort hörte er die Stimme seines Schwagers aus der Küche.

»Schauen Sie, wie schön der gearbeitet ist«, sagte er gerade. »Damit würde ich meine Familie verteidigen, wenn es notwendig wird. Sie müssen wissen, dass Margot und die Kinder mein Ein und Alles sind.«

Marie!, dachte Moritz in Panik. Er stürzte hinein und sah zu seinem Entsetzen, dass sein Schwager ihr gerade seinen Dolch aus der Nähe zeigte.

Moritz stellte sich sofort zwischen die beiden. Dann packte er den überrumpelten August mit eiserner Kraft am Handgelenk, obwohl der fast einen Kopf größer als er war.

»Marie, geh raus!«, warnte er.

»Was fällt dir ein?«, rief sein Schwager und versuchte mit schmerzverzerrtem Gesicht, sich zu befreien.

»*Du* warst es, der vorhin die Kutsche überfallen hat«, brüllte Moritz außer sich vor Zorn.

»Das stimmt«, stieß Marie hervor, als nun auch ihr Bruder in die Küche geeilt kam und Augusts Arm von hinten festhielt. »Ich habe seine zweifarbigen Augen wiedererkannt.«

»Lass jetzt endlich das Messer los!«, schrie Moritz und erhöhte den Druck auf Augusts Handgelenk so sehr, dass er aufjaulend den Dolch fallen ließ. Sofort bückte sich Carl, um ihn an sich zu nehmen.

»Was denkt ihr denn nur?«, sagte Margots glückloser Gatte unter Tränen. »Ich würde doch keiner Fliege etwas zuleide tun. Deshalb habe ich mir die Perle doch mit einer harmlosen Requisitenpistole aus meiner Theatergruppe geholt. Damit auf keinen Fall jemand verletzt wird.«

Inzwischen hatte auch Friedrich Schmerler die Küche betreten und verpasste seinem Schwiegersohn eine schallende Ohrfeige.

»Wenn es der Margot nicht das Herz brechen würde, hätte ich weniger Hemmungen als du, dann würd ich dich abknallen wie einen räudigen Hund«, schnauzte er vor Enttäuschung bebend. »Wie kannst du ihr das antun? Und den Kindern?«

»Es ging mir ja um ihre Zukunft«, wimmerte August.

Moritz erkannte, dass dessen Tränen echt waren.

»Sie haben doch alles verloren bei dem Brand. Und ich dachte, Herr Neustätter kann auch ohne die Perle gut leben.«

»Unsere Freundschaft hast du zerstört«, fauchte Friedrich. »Und was denkst du, wie das später mal für die Mädchen in der Schule wird, wenn alle wissen, dass ihr Vater im Gefängnis sitzt?«

»Ich bestehe auf keiner Anzeige«, kam Jeremias Neustätters Stimme von der Tür. »Wenn die Perle an mich zurückgeht. Wo ist sie denn jetzt?«

»Ich habe Ihre Weste hinterm Geräteschuppen verbuddelt«, gestand August mit gesenktem Blick.

»Das überprüf ich«, rief Carl, überreichte Cornelius den Dolch und stürzte aus der Küche.

August sah Neustätter flehend an. »Es tut mir so leid. Aber ich wusste nicht mehr weiter. Ich will mich ändern.

Ich will Margot ein liebevoller Ehemann sein und den Mädchen ein guter Vater.«

»Das wirst du auch – und zwar vorerst bei uns in der Perlenfischerei«, sagte Friedrich Schmerler zum Erstaunen aller. »Denn nur hier können wir dich Tag und Nacht im Auge behalten. Du wirst Moritz zur Seite stehen, und du wirst dich gut mit ihm stellen, denn er soll den Betrieb eines Tages übernehmen.«

Moritz stand vor Verblüffung der Mund offen. »Bei der Buchhaltung wirst du mir auch helfen, denn Cornelius möchte uns verlassen. Er wird Jura studieren – dann kann den Schmerlers niemand mehr etwas vormachen. Mein Freund Jeremias Neustätter hat mich gestern Abend überzeugt, dass es gut ist, die Talente beider Söhne zu nutzen. Er hat mich erinnert, dass die Schmerlers schon immer abenteuerlustig und aufgeschlossen gegenüber neuen Entwicklungen waren. Das ist unsere Stärke.«

Moritz sah, dass jetzt sogar sein Bruder mit Tränen der Rührung kämpfte. Wie lange hatten sie auf diese Worte ihres Vaters gewartet!

»Ich soll Perlenfischer werden?«, vergewisserte sich August verdutzt.

»Ja, das sollst du«, bestätigte Friedrich. »Und du wirst deine Sache gut machen. Ich möchte, dass Margot glücklich wird. Aus unerfindlichen Gründen liebt sie dich. Deshalb musst du vom Glückspiel weg. Das schaffst du aber nicht allein, sondern nur unter wachsamen Augen.«

Da betrat wie aufs Stichwort mit verschlafener Miene Margot die Küche, fast gleichzeitig mit Carl, der seinem Arbeitgeber dessen erdverschmierte Weste in die Hand drückte.

»Was ist denn hier los?«, fragte sie. »Ich habe doch gerade meinen Namen gehört.«

»Heureka«, sagte Jeremias Neustätter mit einem zufriedenen Lächeln, nachdem er seine Weste abgetastet hatte. »Die Perle ist noch drin!« Dann wandte er sich an Margot. »Ihr Vater, mein guter Freund Friedrich, hatte gerade eine hervorragende Idee für Ihre Zukunft, meine Liebe. Aber so etwas sollte man im Kreise der Familie besprechen, wir müssen jetzt auch wirklich aufbrechen. Es fängt nämlich schon wieder an, viel zu heiß zu werden für September.«

Moritz lächelte glücklich Marie zu. Nun würde er doch noch den Betrieb übernehmen. Wenn es gut lief in den nächsten Monaten, dann könnte er demnächst mit einer ganz bestimmten Absicht erst nach München und dann nach Memmingen reisen.

***

Am Tag nach der Rückkehr in die Bayernmetropole betrat kurz vor Ladenschluss Maries beste Freundin den Laden.

»Ursel«, rief sie und umrundete die Theke, um die junge Schäfflertochter rechts und links auf die Wange zu küssen. »Wie schön, dass du mich besuchen kommst.«

»Ich dachte, es ist ein solch zauberhafter Spätsommerabend, da wollte ich dich fragen, ob du Lust auf einen Spaziergang hast.«

Während Ursel zu ihr sprach, bemerkte Marie verwundert, dass diese ständig über ihre Schulter in Richtung Werkstatt spähte.

Prüfend sah Marie ihre Freundin an. Die wirkte wie schon die letzten Male seltsam nervös, war dahin gehenden

Fragen aber stets ausgewichen. Wollte Ursel ihr bei dem Spaziergang endlich anvertrauen, was sie auf dem Herzen hatte?

»Gute Idee. Es gibt so viel zu erzählen, das glaubst du nicht. Ich sage nur noch eben Herrn Neustätter Bescheid und sperre dann zu.«

»Dein Bruder ist doch auch zurück aus Sachsen?«

Marie ahnte, woher die Unruhe der Freundin rührte. »Ja, aber er fängt erst morgen wieder zu arbeiten an. Wolltest du zu ihm?«

»Nein, nein«, wehrte Ursel etwas zu hastig ab. »Ich habe mich nur gewundert, dass du Herrn Neustätter und nicht Carl Bescheid gibst.«

Diese Antwort war recht widersinnig, dachte Marie und unterdrückte ein Schmunzeln. Es verstand sich schließlich, dass sie ihrem Meister und nicht ihrem Bruder zu melden hatte, wenn sie zusperrte und das Geschäft verließ. Sie machte sich auf den Weg in die Werkstatt, wünschte Herrn Neustätter einen schönen Feierabend, sperrte von innen zu und bugsierte ihre Freundin dann durch das Stiegenhaus nach draußen.

»Du hast recht«, sagte sie, als sie auf den Schrannenplatz traten. »So ein wundervoller Abend – viel zu schade, um ihn auf dem Zimmer zu verbringen.«

»Was hast du denn von den Perlenfischern zu berichten?«, erkundigte sich ihre Freundin neugierig.

»Unglaublich, unglaublich. Kaum seid ihr Thomass-Geschwister einmal zusammen auf Reise, da werdet ihr gleich Opfer von so einem waschechten Kutschenraub«, staunte Ursel Holzapfel, als die beiden jungen Frauen einige Minuten später an einem Schloss vorbeischritten, das Residenz genannt wurde und dessen Pracht Marie sehr beeindruckte.

»Ja, es war aufregend im Vogtland«, gab sie zu. Dann lächelte sie verträumt. »Aber auch romantisch. Irgendwie möchte ich die ganze Welt umarmen, seit wir dort waren.«

Sie sah auf die Isar und dachte an die Weiße Elster. »Wie schön das ist.«

»Das finde ich auch«, stimmte Ursel zu und sah ihre Freundin ernst an. »Aber heute habe ich diesen Platz aus einem ganz besonderen Grund gewählt.«

»Ich hatte schon die ganze Zeit über das Gefühl, dass du etwas auf dem Herzen hast«, meinte Marie. »Und vorhin im Geschäft hast du dich, verzeih, sehr seltsam benommen.«

»Du kennst mich eben einfach zu gut.« Ursel senkte schmunzelnd den Blick. »Bisher habe ich es einfach nicht über die Lippen gebracht. Es geht um deinen Bruder.«

»Ich wusste es!«, rief Marie lächelnd. Ursel hatte sich also in der Tat in ihren Bruder verliebt, und ihr war ja auch schon gleich bei deren erster Begegnung aufgefallen, dass Carl die junge Frau seinerseits recht verzückt angesehen hatte.

»Nicht so laut«, sagte Ursel und sah sich um.

Marie musste lachen. »Keine Angst. Er steht nicht hinter uns und belauscht uns. Und auch sonst niemand, den wir kennen.«

»Ich weiß«, sagte Ursel beschämt. »Und ich weiß auch, dass ich mich merkwürdig benehme. Aber so ist das wohl, wenn man verliebt ist.«

Marie lächelte. »Du hast einen guten Geschmack.«

»Was soll ich denn nur tun?«, fragte Ursel. »Denkst du, er könnte meine Gefühle vielleicht erwidern?«

»Das weiß ich nicht«, sagte Marie ehrlich. »Aber mir ist schon, als du das erste Mal in den Laden kamst, aufgefallen, dass er dich ganz verzückt angesehen hat. Also, vorstellen könnte ich mir das schon.«

Ursel strahlte. »Wirklich?«,

»Wirklich. Du musst dir allerdings im Klaren darüber sein, dass Carl nach dem Oktoberfest auf die Walz gehen wird«, warnte sie ihre Freundin. »So ist nun mal die Tradition. Das hieße, ihr würdet euch mindestens zwei Jahre und einen Tag nicht sehen.«

»Das würde ich überstehen. Dann wird mir zumindest keiner mehr sagen, ich sei zu jung«, meinte Ursel, die erst vor zwei Monaten fünfzehn geworden war, aber wesentlich reifer aussah. »Jetzt habe ich so lange darauf gewartet, dass mich mal ein Junge begeistert. Hat er mich denn irgendwann einmal erwähnt? Irgendetwas über mich gesagt?«

Marie schüttelte bedauernd den Kopf. »Wir sprechen nicht über solche Dinge. Ich habe ihm bisher auch nichts von meinen Gefühlen für den Perlenfischer erzählt. Vielleicht hätten wir darüber geredet, wenn uns die Geschichte mit Vater nicht nach wie vor so belasten würde. Eigentlich sprechen wir immer nur darüber.«

Ursel nahm mitfühlend Maries Hand. »Du weißt, wenn ich in dieser Sache irgendetwas für dich tun kann …«

»Danke.«

»Darf ich dich trotz der traurigen Geschichte mit deinem Vater noch etwas zu deinem Bruder fragen? Es kommt mir ein wenig … selbstsüchtig vor. Da du doch solchen Kummer hast.«

»Den Kummer habe ich schon lang«, beruhigte Marie

sie. »Das heißt ja aber nicht, dass ich nur noch wie ein Trauerkloß durchs Leben gehe und keine anderen Themen mehr kenne.«

»Gut«, sagte Ursel. »Also dann. Meine Frage ist: Wenn es jemanden gäbe, jemanden, dem Carl den Hof macht, dann würdest du das mitbekommen, oder?«

»Ja«, erwiderte Marie sofort. »Da bin ich sicher. Mein Bruder hat sich vollkommen seinem Beruf verschrieben und ist auch nach Feierabend noch oft in der Werkstatt. Dann und wann geht er spazieren oder ins Hofbräuhaus. Aber das war es auch schon. Er macht sicher niemandem den Hof.«

Ein zaghaftes Lächeln glitt über Ursels Gesicht. »Das ist mehr, als ich zu hoffen gewagt habe. Vielleicht …«, sie sah ihre Freundin bittend an, »vielleicht könnten wir ja mal ein Treffen arrangieren? Du gehst mit deinem Bruder durch die Stadt, und ich stoße zufällig dazu?«

Marie lächelte. »Das können wir gerne tun.« Dann wurde sie ernst und nahm die Hände der anderen in die ihren. »Ursel, ich danke dir sehr, dass du dich mir anvertraut hast. Ich weiß ganz genau, wie du dich fühlst. Bitte sieh es mir nach, wenn ich jetzt Zweifel säe …«

Ursel versteifte sich und sah sie argwöhnisch an. »Was ist denn? Willst du mir sagen, ich sei zu jung zu beurteilen, was Liebe ist?«

»Nein, aber angenommen, mein Bruder würde deine Gefühle erwidern, und angenommen, ihr übersteht seine Zeit auf der Walz – denkst du wirklich, dass eure Verbindung Zukunft hätte?«

»Warum denn nicht?«

»Na ja, weil du wirtschaftlich weit über Carl stehst. Er ist ein einfacher Lehrling in dem Geschäft, in dem du Schmuck kaufst wie andere Leute Kleidung.«

»Ach, das meinst du«, rief Ursel und lachte erleichtert auf. »Du denkst doch nicht im Ernst, dass mir das etwas ausmacht?«

»Dir nicht, aber deinen Eltern doch sicher?«, gab Marie zu bedenken, die auf einmal das Gefühl hatte, auch ihren Bruder vor einer Enttäuschung schützen zu müssen.

Doch Ursel winkte ab. »Du hast meine Eltern noch nicht kennengelernt, was eigentlich eine Schande ist. Sie sind inzwischen reich, ja, das stimmt, die beiden haben als Hersteller von Fässern, Schüsseln und Bottichen gutes Geld verdient, aber mein Vater hat genau wie dein Bruder als einfacher Geselle angefangen. Fleiß und Ehrlichkeit sind ihm viel wichtiger als Geld – und er würde deinen Bruder jedem Mann vorziehen, der zwar reich, dafür aber überheblich ist. Und außerdem, was ist wohl edler: Bierfässer zu verkaufen oder edlen Schmuck herzustellen?«

»Dann ist es ja gut«, sagte Marie lächelnd. »Jetzt müssen wir nur noch dafür sorgen, dass es was wird mit euch beiden. Ich hätte dich nach Carls Rückkehr nämlich gern als Schwägerin.« Sie küsste die gerührte Ursel auf die Wange.

»Lieber noch nicht von heiraten sprechen«, meinte die Freundin. »Jetzt müssen wir erst einmal herausfinden, ob dein Bruder überhaupt Gefallen an mir findet. Und ob er sich so kurz vor seinen Wanderjahren an ein junges Ding wie mich binden möchte.«

»Ich habe eine Idee!«, rief Marie. »Mein Bruder interessiert sich brennend für die Dinge hinter den Dingen.«

»Die Dinge hinter den Dingen?«, wiederholte Ursel verwirrt. »Wie meinst du das?«

»Na, der Neffe vom Neustätter ist doch Kunsthistoriker. Er hat uns an meinem ersten Tag in München eine Führung gegeben, und Carl hat alles regelrecht in sich aufgesogen. Auch über die Geschichte der Perlfischerei wollte er jede Einzelheit wissen – ich übrigens auch, schätze, das liegt uns im Blut.«

»Oder es liegt in deinem Fall an einem gewissen jungen Perlenfischer mit dunklen Locken und geheimnisvollen dunklen Augen«, zitierte Ursel grinsend den Reisebericht ihrer Freundin.

»Oder das«, gab Marie zu und sah sich dann um. »Aber ganz im Ernst. Dieser Ort hier bietet sich doch an. Ich könnte ihn auf einen Spaziergang in den Englischen Garten lotsen, und wenn wir dir dann zufällig begegnen, dann erzählst du ihm, wie das alles entstanden ist.«

»Aber ich weiß doch gar nichts darüber«, wandte Ursel ein.

»Dann machst du dich eben schlau.«

Die Freundin war noch nicht überzeugt. »Und wenn er schon alles weiß? Wenn er sich tatsächlich so dafür interessiert, ist das doch wahrscheinlich.«

Marie schüttelte den Kopf. »Mein Bruder erzählt mir immer sofort alles, was er wieder Neues erfahren hat. Und über den Englischen Garten weiß ich bisher auch noch nichts.«

»Dann«, sagte Ursel, deren Wangen vor Eifer rot glühten, »scheint mir das eine hervorragende Idee zu sein. Ich werde heute Abend gleich in Vaters Bibliothek nachsehen, ob ich etwas dazu finde.«

Kapitel 21

Lenken dich die vielen Menschen nicht ab?«, fragte Marie ihren Bruder und deutete auf die Passanten, die in beständigem Strom vor dem Fenster vorbeiflanierten und dann und wann einen neugierigen Blick in die Werkstatt warfen.

Er schüttelte den Kopf. »Nein. Ich bin froh, bei Tageslicht arbeiten zu können.«

»Außerdem ist so eine offen einsehbare Werkstatt eine vertrauensbildende Maßnahme für unsere Kunden«, ließ sich Simon Neustätter vernehmen, der an seiner Werkbank saß und an der Entwurfszeichnung für ein Medaillon arbeitete. »Wer so viel Geld ausgibt, will auch wissen, dass alles echt ist. Nicht umsonst sagt der Volksmund: Es ist nicht alles Gold, was glänzt. Die Werkstätten zur Straße hin mit Fenstern auszustatten, das begann schon um 1200 in Italien.«

»Ach so. Und hat es geholfen? Hat man den Goldschmieden daraufhin mehr vertraut?«

»Es wurde zumindest besser. Das war aber noch einem anderen Umstand geschuldet: Damals gab es noch kein einheitliches Maß. In jedem Land, in jeder Region war es unterschiedlich, sodass niemand sich wirklich auskannte, und diejenigen, die Gold kaufen wollten, konnten sich kaum sicher sein, dass sie auch den richtigen Gegenwert erhielten.«

Simon wandte sich um und nahm die kleine Goldwaage vom Wandregal. »Ende des dreizehnten Jahrhunderts entstand dann diese Waage, die in Lübeck hergestellt wurde. Sie galt als das genaueste Messgerät.«

»Und die wurde danach von allen Goldschmieden verwendet?«

»Dafür war sie wohl zu teuer«, meinte Simon. »Aber die Kunde von dieser Waage verbreitete sich, und irgendwann war sie so etwas wie ein Gütesiegel: Wer sie sich leisten konnte, galt als vertrauenswürdig.«

Plötzlich stöhnte er gereizt auf.

»Was ist?«, fragte Marie, und auch ihr Bruder sah aufgeschreckt herüber.

»Ach!«, fauchte Simon, für seine Verhältnisse außerordentlich erregt, und fegte mit einer ungeduldigen Handbewegung das Papier vom Tisch. Verächtlich blickte er auf die am Boden liegende Zeichnung.

Marie kniete nieder, um sie aufzuheben, und betrachtete sie bei dieser Gelegenheit. Sie erkannte sofort, worum es sich handelte. Simon arbeitete am Entwurf für die Perlenkette der Prinzessin! In seinem Versuch, das Schmuckstück besonders prunkvoll zu gestalten, war er aber vollkommen über das Ziel hinausgeschossen. Die Schönheit der tropfenförmigen Riesenperle wurde von den Smaragden, Saphiren und Diamanten, die sie umgaben, völlig erstickt.

Simon sah sie unsicher an. »Mein Onkel hat mich mit dem Entwurf betraut. Für irgendwas müsse mein Studium schließlich gut gewesen sein, hat er gesagt. Wie finden Sie es?«

»Darf ich ehrlich sein?«, fragte Marie leise, während sich Carl zu ihrer Erleichterung demonstrativ wieder seiner Arbeit zuwandte. Simon würde die erwartete Kritik sicherlich deutlich besser ertragen, wenn es möglichst wenig Zeugen gab.

»Ich bitte darum«, sagte er bedrückt. »Ich weiß ja im Grunde schon, dass es mir nicht gelungen ist.«

Zum ersten Mal, seit sie sich begegnet waren, fühlte Marie eine gewisse Zuneigung für Simon, und es schwang auch nichts Merkwürdiges zwischen ihnen mit. Jetzt waren sie einfach nur Kollegen, die gemeinsam an etwas arbeiteten.

»Wissen Sie, was mich an Perlen so fasziniert, ist ihr stiller, fast schon innerer Glanz.« Sie dachte an Moritz, der ihr erklärt hatte, wie dieses Schimmern zustande kam und dass es tatsächlich durch die Vielschichtigkeit des Perlmutts entstand.

Sie erhob sich und holte die tropfenförmige Perle für die Prinzessin aus ihrer Schatulle, um sie in die Hand zu nehmen.

»Die hier strahlt auf mich eine ganz stille Schönheit aus. Sie ist perfekt, wie sie ist. Sie braucht gar nicht mehr. Man muss sie nicht schleifen oder in Form bringen. Die Natur hat sie perfekt geschaffen.«

»So wie Sie«, flüsterte Simon.

»Wie bitte?« Marie sah ihn argwöhnisch an.

»... so, wie Sie das ausdrücken, ist es in der Tat«, fügte Simon rasch hinzu.

Marie atmete erleichtert aus. Wenn auch mehr als deutlich war, dass es ein Kompliment für sie hatte sein sollen, befanden sie sich nun wieder auf dem neutralen Boden, den sie gerade erst erreicht hatten.

»Ich glaube, mich macht die Tatsache so nervös, dass es die Kette für eine Prinzessin sein soll«, gestand er.

»Sie könnten auch einfach sagen: für eine Frau, die eine schöne Kette tragen möchte«, schlug Marie vor.

Doch er schüttelte den Kopf. »Möglicherweise weiß ich zu viel, um die Sache mit der nötigen Gelassenheit anzugehen.«

»Wie meinen Sie das?«

»Nun, wenn im Barock-Zeitalter ein Goldschmied von einer Marquise oder von Baronen mit etwas beauftragt wurde, ermöglichte ihm dies seinen Zugang zur oberen Gesellschaft. Zumindest, wenn der Schmuck denen gefallen hat.«

»Und wenn er ihr nicht gefiel, kaufte niemand mehr bei ihm?«

»Ja«, sagte Simon bedrückt. »Das bedeutete für den jeweiligen Goldschmied dann das Aus.«

»Ein solches Wissen hemmt, das verstehe ich«, räumte Marie ein. »Aber Ihr Geschäft ist derart gut etabliert: Selbst falls das fertige Schmuckstück am Ende keinen Gefallen fände, was ich wirklich nicht glaube, würde das nicht das Ende des Juweliergeschäftes bedeuten.«

»Aber es würde sich in den oberen Kreisen wie ein Lauffeuer verbreiten, und wir hätten in jedem Fall empfindliche Einbußen. Durch meine Schuld«, flüsterte Simon und warf ihr einen verzweifelten Blick zu. »Ich darf das nicht verderben, Marie, ich muss das gut hinbekommen.«

Nachdenklich und auch überrascht sah sie ihn an.

Täuschte sie sich, oder hatte Simon nicht nur Angst vor dem Auftrag, sondern auch vor seinem Onkel? Aber der war doch die Güte in Person? Gerade hatte er aus Mitleid einen Räuber laufen lassen.

Vielleicht, überlegte sie, war es gar nicht immer so einfach, bei einem derart erfolgreichen und allseits beliebten Mann aufzuwachsen? Vielleicht fühlte man sich dadurch in gewisser Weise immer verpflichtet, mit ihm mitzuhalten?

»Wollen *Sie* es nicht mal versuchen?«, unterbrach Simon mit gesenkter Stimme ihre Gedanken.

»Ich? Aber ich kenne mich doch gar nicht aus.« Ja, sie liebte Schmuck, aber ihn selbst entwerfen?

»Doch, das tun Sie«, widersprach er. »Sie haben ein außerordentliches Gespür dafür. Das haben auch mein Onkel und meine Tante einhellig festgestellt, und genau deshalb haben sie Sie ja auch gebeten zu bleiben. Und was Sie vorhin über die Perle gesagt haben, das trifft es einfach so genau …«

Marie warf einen hilflosen Blick zu ihrem Bruder hinüber – sie wusste, dass dieser jedes Wort des Gesprächs mitbekam –, doch der beugte sich nur über seine Arbeit und tat so, als hätte er gar nicht zugehört.

Sie wandte sich wieder Simon zu.

»Es wäre mir eine große Hilfe«, wiederholte er. »Ich habe mich da so verrannt, ich brauche dringend einen frischen Ansatz. Nur eine Idee. Vielleicht geht es dann wieder.«

Schließlich nickte sie. »Also gut. Ich mache mich heute Abend daran. Ich kann nur nicht versprechen, dass es Ihnen gefällt – oder irgendwem. Aber jetzt muss ich wieder nach vorne. Ihre Tante fragt sich bestimmt schon, wo ich bleibe. Ich möchte nicht, dass sie böse auf mich ist.«

»Auf Sie kann man doch gar nicht böse sein«, sagte Simon und schickte ein »Tausend Dank« hinterher.

Erst als Marie die Werkstatt verlassen hatte, fiel ihr ein, dass sie ihren Bruder gar nicht auf den Spaziergang im Englischen Garten angesprochen hatte, um den sie Ursel Holzapfel gebeten hatte. Dabei wollte diese sie morgen in der Mittagspause abholen, um Zeit und Ort zu erfahren.

Marie atmete tief durch. Gleich nach Ladenschluss wollte sie dies nachholen. Und sich anschließend an die Zeichnung für Simon machen. Wie schade, dass Moritz nicht da war, um ihr bei dem Entwurf zu helfen.

***

Moritz gähnte herzhaft, während er am Samstag, den 14. September 1844, bei flirrender Hitze mit seinem Schwager August und Lehrling Paul in der Weißen Elster nach den Muscheln sah. Der Brand Montagnacht und die anschließende Aufklärung des Perlenraubs am frühen Mittwoch waren äußerst kräftezehrend gewesen, und er hatte eigentlich nur noch schlafen wollen. Doch da waren die Sorgen, die seinen Geist nicht zur Ruhe kommen ließen: um das Wohl seiner Schwester und seiner Nichten – und um ihrer aller Zukunft. Denn auch wenn er gottfroh war, sie hier bei sich zu Hause zu wissen, gab es doch nun vier Münder mehr zu füttern. Und genügend Platz bot das Perlenfischerhaus eigentlich auch nicht: Margot teilte sich ihr einstiges Mädchenzimmer mit den beiden Töchtern und ihrem Mann. Zwar hatte sie mehrfach betont, dass ihr das nichts ausmache und sie sogar sehr froh sei, ihre Kinder und August nach dem Schreck dicht bei sich zu haben, aber lange würde das, Moritz' Gefühl nach, gewiss nicht gut gehen. Cornelius wollte zwar studieren und würde dann sein Zimmer räumen, aber die Bewerbungen waren ja gerade erst angelaufen.

Und obwohl Moritz die Idee seines Vaters, August im Blick zu behalten, gut fand, war doch die Frage, wie es nach dem Aufbrauchen des Geldes für die Riesenperle weitergehen sollte. Konnte die Perlenfischerei zwei Familien und Lehrling Paul wirklich auf Dauer ernähren? Und natürlich konnte Moritz einen Heiratsantrag an seine Marie erst dann in Betracht ziehen, wenn er ihr eine sichere Zukunft zu bieten hatte. Wegen dieser Gedanken hatte er die fünfte Nacht in Folge viel zu wenig geschlafen.

Immerhin schien sein Schwager August wider Erwarten Spaß an seiner neuen Arbeit zu haben, er war mit erstaunlicher Begeisterung bei der Sache. Vielleicht erinnerte ihn die Spannung, ob sich in der nächsten Muschel eine Perle befand oder nicht, unmerklich an das von ihm so geliebte Glückspiel. Und Moritz musste sich eingestehen, dass er auf persönlicher Ebene immer besser mit seinem Schwager zurechtkam, dessen humorvolle Art die Zusammenarbeit angenehm machte.

Als sie an einer auf seinem Plan des Flusses markierten Stelle angekommen waren, wollte Moritz nachsehen, wie dick die Perlmuttschicht um den kleinen Fremdkörper, den er hier im Frühjahr in die Schale gelegt hatte, schon war. Eigentlich hatte er der Muschel ein ganzes Jahr Zeit dafür geben wollen, doch vielleicht war ja auch jetzt schon etwas zu sehen. Er öffnete die Schale nach kurzem Zögern. Und dann hätte er vor Begeisterung beinahe laut aufgeschrien. Tatsächlich: Über die kleine Kugel hatte sich bereits ein dünner Perlmuttfilm gezogen. Er hatte recht gehabt! Er wollte die Muschel heute Abend seinem Vater zeigen. Dieser hatte ja selbst betont, dass die Schmerlers von jeher dem Neuen gegenüber aufgeschlossen gewesen waren.

Zufrieden fuhr er mit seiner Arbeit fort, die nächste Muschel war jedoch leer, enthielt kein Tierchen mehr. Da fiel ihm wieder ein, dass Marie es als bedauerliche Verschwendung empfunden hatte, dass man die mit Perlmutt ausgekleideten Schalen einfach so wegwarf. Zu gern hätte er ihr von seinem erfolgreichen Versuch mit dem absichtlich eingebrachten Fremdkörper erzählt.

Am Spätnachmittag ließ der Blick nach oben Moritz aufschrecken: Nachdem der einmal mehr viel zu heiße Septembertag mit einem makellos blauen Himmel begonnen hatte, türmten sich mittlerweile riesige dunkelgraue Wolkenberge mit goldenen und rosafarbenen Rändern am Horizont auf.

»Da braut sich was zusammen«, prophezeite er. »Wir dürfen nachher nicht den Zeitpunkt verpassen, rechtzeitig aus dem Fluss rauszukommen. Mit all den Bäumen hier kann es bei einem Gewitter recht gefährlich werden.«

»Dann müssen wir Eichen weichen und Buchen suchen«, erinnerte August scherzhaft an die alte Bauernregel.

»An dem Spruch ist nichts dran, Blitze können in jeden Baum einschlagen«, wusste Moritz.

»Also Eichen weichen und Buchen auch«, kombinierte sein Schwager grinsend.

Am Horizont zuckten bald Blitze ohne Donner, was, wie Moritz wusste, bedeutete, dass das Gewitter noch um die zwanzig Kilometer entfernt war, doch das konnte sich schnell ändern. Es zog dann auch rasch völlig zu, bald war es so dunkel wie sonst nur kurz vor Einbruch der Nacht.

»Lasst uns für heute Schluss machen und zum Haus zurückgehen«, wies Moritz die beiden hochgewachsenen, blonden Männer an seiner Seite an.

Sie wateten ans Ufer, als der Wind derart stürmisch auffrischte, dass es in den Bäumen rauschte und knackte, Laub und Staub herumgewirbelt wurden.

»Wir müssen uns beeilen, gleich bricht hier die Hölle los«, rief Moritz, und die drei Männer begannen, flussabwärts in Richtung des Schmerler-Häuschens zu rennen.

Als sie sich dem Gebäude näherten, fielen bereits dicke Tropfen herunter, und wenige Augenblicke später begann der Himmel wie auf ein geheimes Kommando hin, seine Schleusen zu öffnen. Es regnete so heftig, dass Moritz, August und Paul klatschnass wurden. Außer Atem suchten sie Schutz unter dem Vordach der Eingangstür. Donner krachte, auch das Rauschen des enormen Regens wurde zu ohrenbetäubendem Lärm, hinzu kamen die Geräusche, die der Sturm auslöste. Er wütete in den Bäumen und Büschen, im Nu war der Boden voller abgerissener Ästchen und Blätter, auch die hohen Tannen hinter dem Schmerler-Haus ächzten und bogen sich so sehr, dass Moritz Angst um sie bekam. Sie knirschten und knackten bedenklich. Wenn Blitz und Donner so kurz hintereinander kamen wie jetzt, wurde es gefährlich, wusste Moritz von seinem Vater. Durchnässt, wie er war, begann er zu frösteln, die Temperatur musste binnen weniger Minuten stark gefallen sein, die schier unerträgliche Hitze des bisherigen Tages war wie weggefegt. Moritz öffnete rasch die Haustür. Als er, August und Paul im Gebäude waren, hatte er wegen des

Windes Schwierigkeiten, die Tür gleich wieder zuzubekommen.

»Alle Kinder in Sicherheit?«, rief August, als sie das Weinen eines kleinen Mädchens aus dem Wohnzimmer hörten.

»Beide sind hier«, beruhigte ihn Margot.

Plötzlich wich das Rauschen des Regens unheimlichem Knattern, Knistern und Klopfen. Ein Blick aus dem Fenster bestätigte Moritz in seiner Befürchtung, dass es zu hageln begonnen hatte. Die schneeweißen Eiskörner waren erschreckend groß, ungefähr so wie die Riesenperle, die nunmehr in München gehütet wurde.

Die Elemente schienen entfesselt, ein solch heftiges Unwetter hatte Moritz in den knapp zwei Jahrzehnten seines jungen Lebens noch nie gesehen. Irgendwo klirrte es, gefolgt von einem bedrohlichen Poltern auf dem Dach, das sich zum andauernden Klopfen der Hagelkörner gesellte. Er bekam Angst um ihr Haus. Und die Muschelbänke!

Kapitel 22

Du magst München, was?«, sagte Carl Thomass und sah seine Schwester liebevoll von der Seite an.

Marie erwiderte seinen Blick mit dem Hauch eines schlechten Gewissens, denn den eigentlichen Zweck des geschwisterlichen Sonntagsspaziergangs hatte sie ihrem Bruder verheimlicht. Es war ja nicht zu Carls Nachteil, er schien Ursel Holzapfel schließlich auch zu mögen. Und was gab es im Leben Wichtigeres als die Liebe?

»Ich habe das Gefühl, dass du auch an der Juwelierswelt ziemlichen Gefallen gefunden hast«, fuhr ihr Bruder fort. »Und an einem gewissen Goldschmied namens Simon Neustätter ebenfalls – oder täusche ich mich da?«

»Was?« Erschrocken blieb sie stehen und sah Carl an. »Wie kommst du denn darauf?«

»Na ja, du hast außerordentlich viel Zeit mit ihm verbracht«, meinte er.

»Ja, weil er so verzweifelt war wegen der Kette, die er entwerfen sollte.«

»Bist du sicher, dass das der einzige Grund ist?«, fragte Carl grinsend.

»Ja!«, rief sie mit Nachdruck. »Ja, natürlich!«

»Für ihn nicht«, sagte ihr Bruder und setzte seinen Weg fort.

»Wie meinst du das?«

»Marie.« Obwohl er nur etwa zwei Schritte gegangen war, blieb Carl erneut stehen und sah sie ernst an. »Er hat mich um Erlaubnis gebeten, dir den Hof machen zu dürfen.«

»Das darf doch nicht wahr sein«, stöhnte sie auf. »Und was hast du gesagt?«

»Dass ich erst mit dir sprechen muss. Auch deshalb kam mir dieser Spaziergang gerade recht.«

»Carl«, sagte Marie flehend, während jetzt sie es war, die ihre Schritte fortsetzte – schließlich wartete Ursel am vereinbarten Ort. »Ich habe keinerlei Absichten bezüglich Simon Neustätter.«

Enttäuscht sah ihr Bruder sie an. »Bist du sicher? Offen gestanden hatte ich mich sehr über sein Ansinnen gefreut. Vor allem jetzt, da sich die Dinge mit Vater … so entwickelt haben. Da fühle ich mich irgendwie für dich verantwortlich. Eine bessere Partie könntest du dir doch gar nicht wünschen. Nicht nur, weil er aus gutem Hause ist – der Erbe des Geschäfts, in dem wir beide tätig sind. Er ist ja auch gebildet, kultiviert und höflich.«

»Und furchtbar langweilig und farblos«, entfuhr es Marie.

»Dafür aber gewiss sehr zuverlässig«, gab ihr Bruder nicht so rasch auf. »An seiner Seite wirst du eine sichere Zukunft haben.«

»Ich will aber keine sichere Zukunft«, erklärte sie ihm. »Ich will eine Zukunft an der Seite eines Mannes, den ich liebe.«

»Und diesen Mann gibt es bereits?«, erriet er.

Zögernd nickte sie. »Könnte sein.«

»Moritz Schmerler?«

»Ist das so offensichtlich?«, fragte sie.

»Das ist es, ja. Zumindest für mich. Aber als hier in München Herr Neustätter so oft an deiner Seite war, habe ich gehofft, dass ich mich täusche.«

»Magst du Moritz nicht?«, fragte sie enttäuscht.

»Doch. Sehr sogar. Als großer Bruder muss ich dich aber dran erinnern, dass er die weitaus schlechtere Partie ist. Und dass es sich sicherlich auch allein schon deshalb schwieriger gestalten würde, weil er so weit weg wohnt.«

»Ich weiß«, sagte sie leise. »Aber es ändert nichts daran, dass ich mich in ihn verliebt habe. Und ich glaube, es ergeht ihm ebenso.«

Mit plötzlicher Sorge im Gesicht betrachtete Carl sie. »Trägst du dich mit dem Gedanken, zu ihm ins Vogtland zu ziehen?«

Sie schüttelte hastig den Kopf. »So weit ist es ja noch gar nicht. Er meint, dass alles gut geplant sein will.«

»Aber du darfst diese Bedenken nicht außer Acht lassen«, warnte ihr Bruder sie.

»Die Liebe findet immer einen Weg«, war sie überzeugt.

»Oh«, sagte Carl statt einer Antwort überrascht, und ein Lächeln huschte über sein Gesicht. »Da ist Fräulein Holzapfel!«

Ursel! Obwohl sie ja eigentlich nur ihretwegen hier waren, hatte Marie die Freundin ganz vergessen. Der Gesichtsausdruck ihres Bruders ließ darauf schließen, dass er die Begegnung als äußerst erfreulich empfand. Ob sich Ursel also wirklich Hoffnungen machen durfte?

Sie rief die Freundin beim Namen und fragte mit gespielter Überraschung: »Was machst du denn hier?«

»Marie!«, sagte die Schäfflertochter und küsste Carls Schwester rechts und links auf die Wange. »Wie schön, dich zu sehen. Und Sie natürlich auch, Herr Thomass«, ergänzte sie und schenkte ihm ein charmantes Lächeln, das er erwiderte und mit einem Handkuss krönte.

»Die Freude ist ganz meinerseits, liebes Fräulein Holzapfel. Darf ich fragen, was Sie hier so ganz allein in den Park führt?«

»Ach, ich liebe den Englischen Garten einfach. Und ich bin auch ziemlich stolz auf ihn. Nicht jeder kann von sich behaupten, in einer Stadt zu wohnen, die über eine der größten Parkanlagen der Welt verfügt.«

»Tatsächlich?«, wunderte sich Carl. »Das hier ist eine der größten Parkanlagen der Welt?«

»Richtig.«

»Das wusste ich ja gar nicht Und dabei interessiere ich mich sehr für diese Dinge.«

Marie lächelte still in sich hinein. Das lief ja genau nach Plan!

»So ein Zufall. Ich auch. Ursprünglich waren das alles hier«, Ursel machte eine weit ausholende Geste, »Militärgärten. Kurfürst Karl Theodor ließ sie vor rund sechzig Jahren anlegen wie in jeder bayerischen Garnisonstadt. Er wollte den Soldaten die Möglichkeit geben, in diesen grünen Oasen in Friedenszeiten landwirtschaftliche Fähigkeiten zu erlernen.«

»Ein guter Gedanke«, fand Carl. »Und seit wann ist der Park öffentlich?«

»Oh, das war er schon damals. Und im selben Jahr, in

dem die Militärgärten entstanden, ordnete Karl Theodor an, das Gebiet östlich von ihnen in einen Volkspark umzuwandeln. Damit ist unser Park nicht nur einer der größten der Welt, sondern auch eine der ersten öffentlichen Anlagen in Europa.«

»Was Sie alles wissen!«, staunte Carl und sah sich suchend um. »Aber die Militärgärten gibt es nicht mehr?«

Ursel schüttelte den Kopf. »Sie wurden schon 1800 aufgelöst und der Garten dann immer mehr erweitert, zum Beispiel um die Hirschau.« Sie lächelte versonnen. »Als Kind bin ich oft mit meinem Vater hier in den Isarauen spazieren gegangen. Und einmal haben wir hier sogar tatsächlich einen Hirsch gesehen. Ich war wie verzaubert.«

»Das glaube ich Ihnen«, sagte Carl und wirkte ganz hingerissen.

Marie dachte, dass die beiden derart in ihr Gespräch vertieft waren, dass es vermutlich gar nicht auffallen würde, wenn sie einfach verschwände. Doch das ging natürlich nicht.

»Heißt dieser Teil deshalb auch Hirschau?«, scherzte ihr Bruder.

»Nicht, weil ich damals einen Hirsch gesehen habe«, entgegnete Ursel schmunzelnd. »Aber weil es in dieser Gegend viele davon gibt.«

»Ja«, beeilte er sich zu sagen. »Ja, natürlich. Das meine ich.«

Sie deutete auf einen der Bäche, die den Park durchzogen und in Richtung Isar flossen. »Ich habe diese Flüsschen schon als Kind immer sehr gemocht. Ich erinnere mich lebhaft an unsere Sonntagsspaziergänge, als mein Vater auf der einen Seite ein Stöckchen hineingeschmissen hat und ich dann ganz aufgeregt beobachtete, wie es auf der anderen Seite wieder herauskam.« Sie lächelte ein wenig wehmütig.

Marie und Carl wechselten einen betroffenen Blick. Sie wussten ja beide, dass Ursels Vater wegen seiner Herzschwäche immer hinfälliger wurde und mit ihm wohl nie wieder Spaziergänge möglich sein würden.

Ablenkend sagte Marie: »Dieses Spiel haben wir als Kinder auch schier endlos gespielt, nicht wahr, Carl?«

Er nickte. »Ja, das haben wir.«

Dabei musste er wohl, ebenso wie Marie, an ihren eigenen Vater denken.

***

Es war ein böses Erwachen gewesen nach dem schlimmen Unwetter, das Oelsnitz heimgesucht hatte. Nicht nur, dass sämtliche Gartenpflanzen zerstört und einige Bäume entwurzelt worden waren, das Schlimmste war, dass der Sturm und die in der Folge in der Weißen Elster treibenden Äste und Stämme einen Großteil der Muschelbänke zerstört hatten – und mit ihnen das Ergebnis jahrelanger Pflege. Das durch die heftigen Regenfälle entstandene Hochwasser hatte weitere Muscheltiere aus ihren Plätzen herausgewühlt und ans Ufer geworfen, wo sie eingegangen waren. Moritz hatte seinen Vater, mit dem er an diesem Morgen im Fluss die schrecklichen Folgen des Unwetters ansah, noch nie so niedergeschlagen erlebt.

»Ich weiß nicht mehr weiter, Junge. Der Verkauf der Riesenperle wird uns nur noch eine Weile über Wasser halten. Danach könnten uns die Schäden hier aber das Genick brechen – ausgerechnet jetzt, da wir Margot und ihre Familie durchbringen müssen. Cornelius wird sich statt eines Studiums wohl eine Arbeit suchen müssen.«

Moritz waren ähnliche Gedanken durch den Kopf gegangen. Außerdem war die Möglichkeit, Marie einen Heiratsantrag zu machen, angesichts der Zerstörungen an den Muschelbänken in weite Ferne gerückt.

»Ich hatte ein wenig experimentiert, um unsere Erträge zu steigern«, sagte er schließlich zaghaft. »Leider würde es einige Jahre dauern, bis wir etwas davon hätten …«

»Was meinst du?«, fragte Friedrich.

»Ich beschäftige mich schon seit geraumer Zeit mit der Frage, ob man die Bildung von Perlen nicht auf künstliche Weise erreichen kann.«

Gespannt wartete Moritz auf einen Kommentar seines Vaters.

Doch der sah ihn nur aufmerksam an. »Sprich weiter«, forderte er ihn auf.

»Nun, die Versuche, die Bildung von Perlen durch künstliche Mittel zu beschleunigen, sind ja nicht neu.«

Sein Vater schaffte ein Lächeln. »Dein Großvater hat mir vom griechischen Gelehrten Philostratos erzählt. Laut dem haben die Küstenbewohner des Eritreischen Meeres die Muscheln durch Lockspeise zum Öffnen ihrer Schalen gereizt, sie dann mit einem spitzen Instrument gestochen und das herauslaufende weiße Blut aufgefangen. Das hat sich dann angeblich zu Perlen erhärtet.«

»Wir sind uns wohl beide einig, dass es so nicht funktioniert«, sagte Moritz.

Friedrich nickte. »Sind wir.«

»Ich bin bei meinen Forschungen auf einen Mann namens Linné gestoßen«, berichtete sein Sohn. »Der hat 1761 dem schwedischen König und dem Reichstag erklärt, dass er Muscheln zur Erzeugung von Perlen zwingen könne. Allerdings sind seine Aufzeichnungen verschwunden.«

»Ich weiß, deshalb nutzen Linnés Forschungen niemand mehr«, meinte sein Vater.

»Fakt ist aber ja«, fuhr Moritz eifrig fort, »dass Muscheln einen Eindringling mit Perlmutt umhüllen.«

»Oder sich damit gegen eine Verletzung verwahren«, ergänzte Friedrich Schmerler. »Dein Großvater hat das immer als Wundverband bezeichnet.«

»Ein guter Vergleich«, fand Moritz, der allerdings eine leise Enttäuschung darüber in sich aufsteigen spürte, dass sein Vater all das, was er ihm hier erzählte, schon wusste. Wobei er sich das eigentlich hätte denken können, schließlich wurde das Wissen in ihrer Familie schon sehr lang von Generation zu Generation weitergegeben. Plötzlich kam ihm ein unangenehmer Gedanke. Hatte Friedrich Schmerler das Wissen deshalb nicht an ihn weitergegeben, weil für ihn ohnehin immer klar gewesen war, dass sein jüngerer Sohn nicht sein Nachfolger werden würde?

Er spürte den prüfenden Blick seines Vaters auf sich ruhen, der ihm, als habe er seine Gedanken gelesen, ein Lächeln schenkte und sagte: »Dein Großvater hat schon Versuche unternommen, indem er Muschelschalen anbohrte. In der Tat haben die Muscheltiere dann an der Stelle der Verletzung halbrunde, angewachsene Perlen gebildet.«

»Aber diese halben Portionen eignen sich nicht als Schmuck«, ahnte Moritz.

»Nein, sie sind ja nur auf einer Seite rund«, erläuterte Friedrich.

Sein Sohn gestand: »Ich habe selbst schon mit Sandkörnern experimentiert, die ich in Muscheln eingebracht habe. Ob daraus wirklich Perlen werden, wissen wir aber wohl erst in zehn bis zwanzig Jahren. Für jetzt hilft uns das wenig, aber vielleicht gibt es die Möglichkeit, ganz runde Perlen künstlich schneller herzustellen. Es müsste doch gehen, dass man einen festen Körper zwischen die Schale und den Mantel des Muscheltieres einschiebt. Ich habe gelesen, dass den Chinesen dies gelungen ist. Sie haben fünf bis sechs Perlen auf eine Schnur aufgereiht und durch Knoten getrennt. Die haben sie so in Muscheln eines Sees bei Canton mit einer Perlmuttschicht überziehen lassen. Ich würde das gerne versuchen.«

Doch zu seiner Enttäuschung schüttelte Friedrich Schmerler den Kopf und erklärte: »Daraus wird nichts, mein Junge. Ich habe von diesen Methoden selbstverständlich auch gehört und, ebenso wie mein Großvater und mein Vater, Versuche angestellt.« Er lächelte freudlos. »An diesen Punkt kommt wohl jeder Schmerler mal. Aber es funktioniert nicht.«

»Weshalb nicht?«, fragte Moritz.

Einerseits war er enttäuscht, weil sein Vater drohte, all seine Studien der vielen Monate mit einem Handstreich zunichtezumachen, zum anderen war er neugierig, an welchen Hürden seine Vorfahren denn gescheitert waren. Mit einem Mal bereute er es, dass er seine Nachforschungen geheim durchgeführt hatte. Es wäre ja sinnvoller gewesen, auf dem früheren Wissen der Schmerlers aufzubauen! Aber er hatte eben unbedingt etwas beweisen wollen. Auch und gerade deshalb, weil sein Vater nicht müde geworden war zu betonen, dass sie ihn eigentlich nicht brauchten. Er hatte ihm zeigen wollen, dass er imstande war, alles zu retten.

»Es stimmt«, sagte Friedrich. »In China funktioniert das. Allerdings nutzen die Chinesen diese künstlich hergestellten Perlen nicht als wertvollen Schmuck, sondern für Stickereien – auch deshalb, weil sich unschöne Stellen der Perlen dadurch verbergen lassen. Den chinesischen Kaisern legt man nach ihrem Tod übrigens eine große Perle in den Mund – natürlich eine echte und keine künstliche!«

Moritz kam sich vor wie ein dummer Junge. Natürlich. Die Perlmuttschicht war in dem Fall schließlich viel dünner.

Und als wolle er diese Gedanken bestätigen, fuhr sein Vater fort: »Der zweite Grund, warum das für uns nicht infrage kommt, ist, dass wir Schmerlers für die echten Perlen stehen. Mag sein, dass es gelingt, einen Gegenstand mit einer dünnen Perlmuttschicht zu überziehen. Aber das kann dann nicht das sein, wofür unser guter Name steht.«

Er schüttelte entmutigt den Kopf. »Nein, mein Junge. Das wird uns auch in Zukunft nicht retten.«

Traurig sah Moritz ihn an. »Dann ist es bald aus mit unserer Perlenfischerei?«

»Aus würde ich nicht sagen«, wand sich sein Vater. »Aber es wird eng. Mit Margot und …«

»Wenn ich nur in einer anderen Perlenfischerei Geld verdienen könnte«, überlegte Moritz laut. »Dann wäre hier ein Maul weniger zu stopfen, und ich könnte euch das schicken, was übrig bleibt. Für mich allein brauche ich nicht viel. Aber wir sind in der Gegend hier ja weit und breit die Einzigen.«

Zu seinem Erstaunen erhellte sich der Gesichtsausdruck seines Vaters. »Stimmt, aber ich habe in meinen Wanderjahren einen weiteren emsigen Perlenfischer kennengelernt. Er lebte beim Ort Regen, und seine Muscheln waren im gleichnamigen Fluss. Wie hieß er doch noch? Ja, Peter Krummbiegel. Ich könnte versuchen, ihm zu schreiben.«

»Vielleicht musst du das gar nicht«, meinte Moritz, entflammt von neuem Mut. Er erinnerte sich, dass sich dieses Regen am Regen in Bayern befand. »Ich wollte doch sowieso mit der diesjährigen Ernte nach München reisen. Da liegt der Regen ja auf dem Weg. Wenn dieser Herr Krummbiegel dann wirklich meine Hilfe braucht, bleibe ich nach München gleich dort. Das Geld und die nicht verkauften Perlen könnte ich dir in dem Fall auf sicherem Wege zukommen lassen.«

»Das wäre in der Tat eine enorme Hilfe«, befand Friedrich. Und dann fügte er zur großen Rührung seines Sohnes hinzu: »Aber deine Geschwister und Mutter würden dich sehr vermissen.«

Und als er Moritz die Hand auf die Schulter legte, erkannte dieser im wehmütigen Blick seines Vaters, dass der ebenfalls sehr traurig war, seinen Jüngsten zu verlieren.

Kapitel 23

Marie nahm die tropfenförmige Riesenperle in die Hand und betrachtete sie aus der Nähe. Wie sehr sie schimmerte. Und wie schwer sie war. Dann wandte sie sich zu ihrem Bruder um. Ihr gemeinsamer Spaziergang mit Ursel Holzapfel hatte noch eine ganze Weile gedauert – und jeden Zweifel daran beseitigt, dass Carl der jungen Frau äußerst zugetan war. Danach war er mit seiner Schwester hierher in die Werkstatt gegangen. Da Herr und Frau Neustätter übers Wochenende zu einem befreundeten Arzt am Chiemsee gefahren waren, konnten Marie und ihr Bruder den Arbeitsraum getrost auch am heutigen Sonntag, den 15. September 1844, benutzen.

»Ich habe schon immer gedacht, dass diese Perle keine weiteren Steine um sich herum braucht«, befand Marie. »So, wie sie ist, ist sie wunderschön.«

Ihr Bruder nickte. »Das sehe ich auch so. Aber wir können der Prinzessin keine einzelne Perle an den Hals hängen, und sei sie noch so makellos. Sie ist immerhin eine recht große Frau.«

»Du meinst, die Perle könnte sich an ihrem Hals verlieren?«, fragte Marie.

»Man hat sie sogar schon mit einer sechsreihigen Perlenkette gesehen«, wusste ihr Bruder. »Sie mag es also durchaus eher auffällig. Und sie soll auch sehr selbstbewusst sein.«

»Hm«, kam es von Marie, der auf einmal etwas mulmig zumute war angesichts der Tatsache, dass Simon sie mit dem Entwurf betraut hatte. Zumal er ihr ja anvertraut hatte, was ihn so hemmte: Wenn der Perlenschmuck nicht gefiele, dann könne das großen Ärger für das Juweliergeschäft bedeuten. Und daran wäre sie dann schuld!

Lass dich nicht verunsichern, sprach sie sich selbst Mut zu. Das bremst nur den Ideenreichtum. Gedankenverloren griff sie nach Stift und Papier. Die Perle konnte oder durfte also nicht für sich allein stehen. Das, was sie umgab, sollte ihr den Glanz aber nicht nehmen, sondern ihn betonen. Ein Kranz aus farbigen Edelsteinen, wie Simon ihn vorgesehen hatte, würde die Perle vollkommen untergehen lassen. Da fiel ihr Caroline Lizius wieder ein. Die Ohrringe, die sie ihr verkauft hatte, betonten ihre Ausstrahlung. Im besten Fall stand die Frau im Mittelpunkt, und der Schmuck hob ihre Schönheit hervor. Gleiches müsste auch mit der Perle gelingen: Sie stand im Mittelpunkt, und alles, was sie umgab, war dazu da, ihre Schönheit zu unterstreichen. Und plötzlich flog ihr Stift wie von allein über das Papier.

Marie entwarf ein klassisches, eng am Hals liegendes Perlenhalsband, in dessen Mitte ein langer Anhänger den Blickfang bildete. Er sollte ruhig so lang sein wie ihr Zeigefinger, überlegte Marie, und in der tropfenförmigen Perle ganz unten ihren Höhepunkt finden. So schnell formte sich ein nahezu perfektes Bild in ihrem Kopf, dass ihre Finger kaum hinterherkamen, zumal sie im Zeichnen nicht viel Übung hatte. Dafür, fand sie, gelang es ihr doch recht gut.

Zwischen dem Perlenhalsband und der tropfenförmigen Perle am Ende des Anhängers befanden sich übereinander zwei Rauten aus purem Gold, die mit Diamanten besetzt und am Rand unregelmäßig gehämmert und etwas dicker waren. Dadurch griffen sie die natürliche und leicht unregelmäßige Schönheit der Flussperle ebenso auf, wie die Diamanten ihren Glanz widerspiegelten. Und ganz oben, zwischen Rauten und Perlenkette, setzte sie noch einen kleinen, runden, ebenfalls in Gold gefassten Diamanten. Sie zeichnete wie im Rausch. Ihr Bruder sah ihr schweigend über die Schulter. Und als sie fertig war, sagte er leise: »Unglaublich. Das ist fantastisch.«

»Meinst du wirklich?«

»Ja. Es ist perfekt.«

»Ich hoffe, Simon sieht das genauso.«

»Das wird er.« Carl sah sie voll geschwisterlicher Zuneigung an. »Mutter wäre stolz auf dich.«

»Auf uns«, sagte sie, doch dann verdunkelte sich ihr Blick. »Du denkst an Vater«, erriet er.

Sie nickte. »Und daran, dass Mutters Platz ja nun von einer anderen eingenommen wird.«

»Mariele«, sagte er rasch. »Ich verstehe deinen Schmerz nur zu gut. Aber so darfst du das nicht sehen. Mutter hätte gewollt, dass Vater wieder glücklich wird.«

Marie nickte. »Ja, das weiß ich doch. Und im Grunde bin ich froh, dass er nicht allein in Memmingen sitzt. Im Geiste hatte ich ihn schon mit Wasser und Brot vor mir gesehen, weil er unfähig ist, sich allein etwas zu kochen«, fiel ihr wieder ein, und sie musste kichern.

Er stimmte mit ein.

»Bist du Vater denn nicht mehr böse?«, fragte Marie.

»Doch, schon«, sagte Carl. »Aber nicht, weil es eine neue Frau an seiner Seite gibt. Die gönne ich ihm von Herzen.«

»Sondern weil er sich so schnell nach Mutters Tod getröstet hat?«, vermutete sie.

Wieder schüttelte er den Kopf. »Auch nicht. Die Liebe begegnet einem, wann sie will. Dass er nach Mutters Tod eine neue gefunden hat, ändert nichts daran, dass sie seine große Liebe war. Nein, was ich ihm übel nehme, ist, dass er uns all die Jahre angelogen hat. Oft spurlos verschwunden ist und nicht gesagt hat, bei wem er ist. Dass er uns die Möglichkeit genommen hat, unsere Stief- und Halbgeschwister kennenzulernen.«

»Ganz genauso geht es mir auch«, bestätigte Marie leise. »Es ist wirklich schwer, ihm das zu verzeihen.«

In diesem Augenblick betrat Simon Neustätter den Raum. Er wollte die Thomass-Geschwister gerade begrüßen, da fiel sein Blick auf die Zeichnung, und ihm blieb der Mund offen stehen. Fassungslos kam er näher und betrachtete sie genauer. Schließlich fand er seine Sprache wieder. »Marie, das ist einfach wunderbar. Mein Vater wird begeistert sein, wenn er morgen vom Chiemsee zurückkommt. Und sobald die Prinzessin dieses Stück trägt, wird unser Geschäft in aller Munde sein.«

***

Wie von Vater Schmerler vermutet, war Moritz' Mutter Gerlinde außer sich vor Kummer über die Ankündigung gewesen, dass ihr Jüngster dauerhaft nach Bayern gehen wollte.

Auch seine Schwester Margot hatte Tränen in den Augen,

als sie am Abend vor seiner Abreise von einem Besuch bei ihrer Plauener Kirchengemeinde zurückgekehrt war und er ihr seine Pläne im Garten offenbart hatte. Fleißig wie immer hatte sie sich dort gleich nach ihrer Ankunft nützlich gemacht und versuchte im Schein der Abendsonne, die vom Sturm umgeknickten Pflanzen zu retten.

»Haben wir dich vertrieben?«, fragte sie mit brüchiger Stimme.

Liebevoll legte Moritz ihr die Hand auf die Schulter. »Ganz sicher nicht. Im Gegenteil, ich liebe es, dass meine Nichten in meiner Nähe sind. Aber nach den Unwetterschäden hätten wir in jedem Fall eine weitere Einnahmequelle gebraucht. Und Bayern, das reizt mich wirklich. Auf zu neuen Ufern. Da, wo mein Herz mich hintreibt.«

Als er die Worte aussprach, stellte er fest, wie viel Wahrheit in ihnen lag. Seit er sich entschieden hatte, wenn möglich seinen eigenen Weg in Regen am Regen zu gehen, war er voll von neuer Kraft. Und das lag unter anderem auch an der Vorstellung, in Zukunft viel näher bei einer ganz bestimmten Schmuckverkaufshilfe zu sein.

»Wo dein Herz dich hintreibt?«, wiederholte seine einfühlsame Schwester und sah ihm forschend in die Augen.

Er zuckte die Achseln, lächelte ein wenig verlegen. »Ich habe mich verliebt, Schwesterchen. Und die Frau, der mein Herz gehört, lebt in München.«

»Diese bezaubernde Marie Thomass, die der kleine Albin so mag?«, erriet Margot.

Moritz nickte verschmitzt lächelnd.

»Aber ist es nicht etwas riskant, gleich zu ihr zu ziehen?«, gab Margot zu bedenken, die es von ihrer Ehe gewohnt war, diejenige zu sein, die Vernunft und Vorsicht im Blick behielt. »Weißt du denn, ob sie deine Gefühle überhaupt erwidert?«

»Sie hat es mir selbst gesagt«, erklärte er, und ihm wurde ganz warm ums Herz bei der Erinnerung an den Kuss auf seine Wange. »Außerdem gehe ich ja nicht wegen Marie nach Bayern – na ja, zumindest nicht nur. Bayern ist nun mal das Land, in dem es nach dem unseren die meisten Perlenbäche gibt.«

Zum ersten Mal seit Beginn ihres Gesprächs huschte ein Lächeln über Margots Gesicht. »Das klingt fast schon ein bisschen so, als wolle das Schicksal, dass du in die Nähe dieses Fräuleins ziehst.«

»Finde ich auch«, sagte er. »Jetzt aber genug von mir. Gibt es Neuigkeiten aus Plauen?«

Sie seufzte. »Immerhin hat das Unwetter da weniger getobt als hier. Unser Haus ist nach dem Brand aber wirklich nicht mehr zu retten. Es hat natürlich auch andere getroffen: Jeder sechste Einwohner Plauens ist obdachlos geworden. Aber immerhin ist außer einem sehr alten Mann und einem dreiundzwanzigjährigen Maurer sonst niemand bei dem Feuer ums Leben gekommen.«

»Gott sei Dank!«, sagte er. »Weiß man denn inzwischen, wie es dazu kam?«

»Ja, das Feuer ist wohl im Haus vom Lackierer Spranger ausgebrochen. Seine Frau kam nach einer Feier spät nach Hause, hat dort die Kleider mit übertriebener Ordentlichkeit in den Schrank gehängt – und dabei den Herd vergessen.«

»Die arme Frau«, sagte Moritz.

»Sie tut dir leid?«, fragte seine Schwester ungläubig. »Sie hat durch ihre Unachtsamkeit die ganze Stadt zerstört.«

»Aber nicht mit Absicht«, ergriff er für die Frau des Lackierers Partei. »Sie wird sich schreckliche Vorwürfe machen und ist sicherlich dem Hass der Plauener ausgesetzt.«

»Ja, das ist wohl so«, räumte Margot nachdenklich ein. »Aber jetzt bauen wir die Stadt umso schöner wieder auf. Weil August ja ein geschickter Baufachmann ist, will ihn Bürgermeister Merz ins Wiederaufbau-Komitee holen, er hat mich bei der Gemeindesitzung angesprochen. Durch den Lohn kann August vorübergehend einiges zum Haushalt hier beisteuern.«

»Da wird er sich freuen«, meinte Moritz. »Und im Fluss macht er sich auch ganz gut, muss ich sagen.«

Margot sah ihren Bruder dankbar an. »Zum Glück soll einiges an Geld in den Wiederaufbau fließen. Sogar der König will etwas dafür geben. Da wir gerade bei gekrönten Häuptern sind, wissen wir schon, ob die Perle für die Prinzessin heil ankam?«

Er schüttelte den Kopf und nahm ihr eine abgeknickte Sonnenblume ab, die er daraufhin in den Kompost warf.

»Ich werde es ja erfahren, wenn ich in München bin.«

»Wie kommst du denn eigentlich dorthin?«, erkundigte sich Margot.

»Zu Fuß«, erklärte er.

»Oh«, rief sie verwundert aus. »Wie lange bist du dann unterwegs?«

»Nach meinen Berechnungen knapp zwei Wochen«, mutmaßte Moritz.

»Dann gehen die Übernachtungen aber auch ins Geld«, befürchtete Margot.

»Ach, einige Kosten kann ich umgehen. Es muss ja nicht

immer ein weiches Daunenbett in einer Herberge sein, für mich tut's auch mal eine Scheune.«

»Mir wäre der Fußweg zu gefährlich, es gibt ja schließlich Wölfe, Bären und Luchse da draußen«, entgegnete seine Schwester erschaudernd. »Und neulich ist erst wieder jemand bei einem Wildschweinangriff getötet wurden.«

Ihre Ängste schien Margot an ihren Mann weitergegeben zu haben, denn als sich am nächsten Morgen die gesamte Familie im Garten von Moritz verabschiedete, überreichte ihm August Jakob seinen antiken Dolch. »Dank dir lebe ich ja jetzt in Sicherheit«, sagte er und spielte darauf an, dass sein Schwager vor dessen Abreise sämtliche Schulden bei Augusts Gläubigern bezahlt hatte. Dies war ihm möglich gewesen, da Patriarch Friedrich Schmerler seinem jüngeren Sohn das Erbe des Großvaters – besonders schöne Perlen – ausbezahlt hatte. »Eigentlich solltest du die erst zur Hochzeit bekommen«, hatte Moritz' Vater feierlich gesagt, »aber vielleicht ermöglichen sie auf Umwegen irgendwann deine Ehe.«

Dankbar nickend nahm Moritz die Waffe seines Schwagers an, der sagte: »Ich werde dir das nie vergessen. Und du kannst den Dolch jetzt besser brauchen als ich.«

Schließlich drückte Moritz sie alle noch mal an sich: die Kinder Susanna, Josefine und Albin, seine Eltern, die beiden Geschwister Margot und Cornelius, Großmutter Agathe sowie Lehrling Paul. Und dann machte er sich mit seinem prall gefüllten Rucksack auf den Weg. Nach seiner winkenden Familie drehte er sich nur noch einmal um – sie sollten seine Tränen nicht sehen.

***

Am Montagmorgen war Marie allein im Juweliergeschäft, da die Neustätters noch nicht vom Chiemsee zurückgekehrt waren. Schließlich hörte sie jedoch die Stimmen der Eheleute aus der Werkstatt. Sie mussten den Hintereingang benutzt haben und begrüßten wohl ihren Neffen Simon. Carl war gerade in dessen Auftrag beim Eisenhändler.

Da klingelte das Türglöckchen, und Postbote Aepfelbacher trat ein. »Zwei Briefe aus dem Vogtland«, kündigte er nach der Begrüßung zu Maries großer Freude an. Und diese wurde noch größer, als der rundliche Mann mit dem grauen Schnauzer hinzufügte: »Einer ist für den Herrn Neustätter senior – und einer für Sie, Fräulein Thomass.«

Mit diesen Worten reichte er ihr den Brief, und wie erhofft war der Absender: »Moritz Schmerler«.

Kaum war Herr Aepfelbacher aus der Tür, riss Marie den Umschlag aufgeregt auf und begann zu lesen:

Verehrtes Fräulein Thomass!
Ich hoffe sehr, Sie sind ohne weitere Hindernisse in München angekommen und mein Schreiben findet Sie bei bester Gesundheit und Stimmung vor. Leider wurden unsere Muschelbänke durch ein Unwetter schwer beschädigt, aber glücklicherweise komme ich noch diesen Monat nach Bayern. Ich werde Herrn Neustätter unsere bisherige Jahresernte zum Verkauf anbieten, sodass aus seinem Juweliergeschäft bald in der Tat ein Haus der Perlen werden kann. In einem zweiten Brief werde ich auch ihn über mein Kommen unterrichten.

Mein liebes Fräulein Thomass, ich freue mich unsagbar auf unser beider Wiedersehen!
In vorzüglicher Hochachtung
Ihr Moritz Schmerler

Marie hätte jubeln mögen. Jetzt musste sie einfach kurz an der Tür zur Werkstatt klopfen, um Herrn Neustätter den zweiten Brief mit der guten Nachricht zu überreichen. Sie hielt jedoch inne, als sie Luisa aus dem Inneren sagen hörte: »Dieser Entwurf ist das schönste Schmuckstück, das ich je gesehen habe, Bub. Das hast du wunderbar gemacht.«

Simons Entwurf? Wieso stellte er das nicht richtig? Doch von ihm hörte sie nur ein verlegenes »Danke, Tante Luisa«.

»Jetzt weiß ich, dass es die richtige Entscheidung gewesen ist, dich Kunstgeschichte studieren zu lassen«, lobte auch Jeremias Neustätter. »Dieses Werk ist doch ganz eindeutig von den Einflüssen der italienischen Renaissance inspiriert!«

Nein, dachte seine Verkaufshelferin trotzig. Dieses Werk ist ganz eindeutig von den Ideen der Marie Thomass inspiriert. Doch sie schwieg. Simon bloßzustellen würde nur unnötige Spannungen nach sich ziehen – und sie mussten ja alle weiterhin unter einem Dach zusammenleben.

Schließlich klopfte sie beherzt an.

»Guten Morgen, Marie«, freute sich Luisa, nachdem sie die Verkaufshelferin hereingebeten hatte.

»Haben Sie schon Simons großartigen Entwurf bewundert?«, rief ihr Gatte.

Marie sah Simons panischen Gesichtsausdruck und lenkte rasch ab. »Guten Morgen, schön, dass Sie zurück sind. Es wurde gerade ein Brief für Sie gebracht. Aus dem Vogtland. Er ist sehr erfreulich, ich habe auch einen bekommen.«

Ihr Arbeitgeber nahm den Umschlag neugierig entgegen.

Kapitel 24

Am achten Morgen seiner Reise brach Moritz Schmerler früh von der Scheune auf, in der er geschlafen hatte. Der September näherte sich seinem Ende, und die Nacht war empfindlich kalt gewesen, er hatte erbärmlich gefroren. Laut seiner Karte befand er sich bereits etwas nördlich von Regensburg, also nicht weit von seiner erhofften Arbeitsstelle bei dem alten Perlenfischer. Die Winter waren in dieser Gegend sicher kein Spaß, als Perlfischer brauchte man also ein gutes, dichtes Haus. Gestern hatte er es nicht mehr vor Einbruch der Nacht in den nächsten Ort mit Herberge geschafft, aber heute wollte er sich wirklich um ein warmes Bett bemühen. Obwohl es neblig und immer noch recht kalt war, begab sich Moritz in den Wald am Rande des Weges, um sich am dortigen Bach zu waschen. Als er mit seiner Morgentoilette fertig war, hörte er plötzlich ein unheimliches kehliges Brummen. Ein Bär? Ein rascher Griff in seine Jackentasche bestätigte Moritz, dass Augusts Dolch sich noch dort befand. Im Augenblick waren jedoch die Bratpfanne und der Holzlöffel wichtiger für ihn, und er nahm sie aus dem Rucksack. Er hatte von seinem Vater gelernt, dass Bären an sich recht scheu waren und bei Annäherung von Menschen den Rückzug antraten. Tödliche Attacken gab es wohl hauptsächlich von Muttertieren, die ihre Jungen schützen wollten. Sollte der Bär sich doch nähern, war der Versuch ratsam, ihn durch Lärm zu vertreiben. Auf keinen Fall durfte man losrennen, denn das Tier wäre ohnehin schneller. »Schau dem Bären nicht in die Augen, das deutet er als Angriffsbereitschaft«, hatte ihn Friedrich Schmerler einst gewarnt. »Wenn er dich angreift, leg dich flach hin, entweder auf den Bauch oder zusammengerollt auf die Seite.« In dem Fall wollte Moritz dann notfalls als letzte Möglichkeit den Dolch anwenden. Mit wild pochendem Herzen und weichen Knien setzte er schließlich seinen Weg fort. Laut seiner Landkarte war der nächste Ort Regenstauf, dort würde er melden, dass er im Wald einen Bären gehört hatte. Nun erklang erneut das kehlige Brummen – gefolgt von einem menschlichen Kreischen in Todesangst. Ich muss helfen, dachte Moritz. Hinter der nächsten Wegbiegung erstarrte er vor Entsetzen über das, was da in sein Gesichtsfeld kam: Nur knapp zwanzig Meter von ihm entfernt hatte ein großer Braunbär den am Boden liegenden Körper eines Mannes mit dem Maul gepackt und schleuderte ihn hin und her wie eine zerfledderte Puppe. Mit zitternden Fingern hob Moritz Bratpfanne und Kochlöffel an, obwohl er wenig Hoffnung hatte, das wütende Tier damit zu vertreiben. Doch in diesem Augenblick hallte ein Schuss durch den Wald, und der Bär ließ tatsächlich von seinem Opfer ab. Er verschwand mit für seinen massigen Körper erstaunlicher Geschwindigkeit in der von Moritz entgegengesetzten Richtung im Wald. Erneut hallte von dort ein Schuss, diesmal etwas weiter entfernt – jemand musste die Verfolgung des Tiers aufgenommen haben.

Moritz eilte zu dem am Boden Liegenden, um zu sehen, ob er noch zu retten war. Doch als er bei dem Mann, neben dem ein Korb mit Pilzen lag, angekommen war, wurde dem Perlenfischer augenblicklich klar, dass dies leider nicht der Fall sein würde. Der etwa dreißigjährige Verletzte hatte eine klaffende Wunde am Hals, das Blut floss in Strömen – und auf furchtbare Weise war die rechte Hälfte seines Gesichts herausgebissen worden. Mit dem verbliebenen Auge sah ihn der Mann panisch an. Und dann brachte er tatsächlich noch ein paar Worte hervor: »Heiße Hermann Finkenzeller. Frau … Traudel … darf nicht zu Vater. Ich hasse … ihn. Sag es ihr! Nicht … Vater!«

Und mit diesen Worten endeten das Zittern und das ohnehin bemühte Atmen des tödlich Verwundeten, sein Auge starrte zum Himmel.

Moritz brach in Tränen aus. Schon öfters war er Zeuge bei der Geburt und dem Tod von Tieren geworden. Immer hatten ihn die Schwellensituationen zutiefst bewegt, wenn ein Lebewesen in die eine oder andere Richtung mit dem allumfassenden Nichts in Verbindung gewesen war. Diese Geheimnisse waren so viel größer als sein menschlicher Verstand, dass er sich jedes Mal winzig klein vorkam.

Da stapfte ein etwa fünfzigjähriger Mann in Försterkleidung und mit Gewehr auf ihn zu.

»Leider ist der Bär entwischt. Aber er wird vorerst nicht zurückkommen, keine Angst«, rief der Förster schon von Weitem.

»Ich konnte nichts mehr für ihn tun«, brachte Moritz mit brüchiger Stimme hervor, als der Weidmann bei ihm und dem Verstorbenen angekommen war. Dieser bekreuzigte sich.

»Das war der Finkenzeller Hermann, unser Korbmacher«, erklärte er mit Blick auf den Toten. »Ist wohl in den Schwammerln gewesen. Er war ein zorniger Geselle, nicht gut zu seiner armen Frau. Aber so ein Ende hat keiner verdient. Gott erbarm sich seiner armen Seele.«

»Wo hat er denn gewohnt?«, fragte Moritz, während der Förster dem Toten das verbliebene Auge schloss und sich erneut bekreuzigte. »Er hat noch mal gesprochen. Ich soll seiner Frau etwas ausrichten.«

»Das kleine Fachwerkgebäude direkt neben dem Rathaus von Regenstauf«, erwiderte der Förster. »Gehen S' ruhig, ich kümmere mich, dass der Bestatter kommt.«

»Danke«, sagte Moritz und erhob sich. Er wollte Hermann Finkenzellers letzten Willen erfüllen, auch wenn dies bedeutete, dass er derjenige sein würde, der seine Frau über dessen Tod unterrichtete. Davor fürchtete er sich.

***

Seit die Briefe im Juweliergeschäft eingetroffen waren, in denen Moritz sein Kommen angekündigt hatte, zuckte Marie vor Aufregung jedes Mal zusammen, wenn sich die Ladentür öffnete. Doch als Tag um Tag verging, ohne dass ihr Liebster unter den Ankommenden gewesen war, befahl sie sich streng, sich zusammenzureißen. Er würde kommen, wenn er kam. Wenn sie zuließ, dass ihr Herz bei jedem Bimmeln des Türglöckchens derart in Aufruhr geriet, wäre sie bis zu seinem Eintreffen ein nervliches Wrack. Zum Glück hatte sie einige Ablenkung: Auch wenn Simon den Irrtum seines Onkels und seiner Tante über die Urheberschaft der Zeichnung noch immer nicht aufgeklärt hatte, war es schön zu sehen, wie das von ihr erdachte Schmuckstück unter Jeremias Neustätters kundigen Händen langsam Gestalt annahm. Wieder und wieder schlich sich Marie in die Werkstatt, um ihrem Meister fasziniert bei der Arbeit zuzusehen.

Gerade beobachtete sie, wie er in ein Rohr blies, aus dem vorne eine Flamme trat. Unter dieser ließ er das Gold so lange glühen, bis es sich in eine Kugel verwandelte.

»Das ist wie Zauberei«, flüsterte sie beeindruckt.

Der Juwelier lächelte ihr freundlich zu. »Ich freue mich, dass Sie sich so für meine Arbeit interessieren«, sagte er, als er das geschmolzene Edelmetall in einen Tiegel goss, der ihm eine Form geben sollte. Der Juwelier zog eine recht unförmige Platte heraus, walzte sie aus und sägte dann die grobe Kontur der Raute aus, die bei der Kette zwischen dem Halsband und der Perle sitzen sollte. »Jetzt hole ich die Ziseliermasse.« Er griff nach einer Schale, in der sich eine harte Masse befand. »Die erhitze ich jetzt, damit sie weich wird. Dann lege ich das Werkstück hinein, und wenn das Gold sich erhärtet, klebt es sozusagen an ihr fest. So kann ich es wunderbar bearbeiten.«

Marie nickte, während Jeremias mehrere verschieden dicke Stäbe mit unterschiedlichen Spitzen hervorholte, von denen sie wusste, dass man diese Punzen nannte, und einen feinen Hammer zur Hand nahm. »Nun beginnt das Ziselieren. Ich nehme dafür zuerst eine breite Punze und ziseliere die Mitte der Raute.«

Marie beobachtete, wie sich das Edelmetall in der inzwischen ausgehärteten Masse durch den Schlagstempel verformte und immer mehr so aussah wie auf ihrer Zeichnung.

»Da die Ränder der Raute ja etwas dicker sein sollen,

gehe ich noch mal mit der Flamme drüber«, erklärte der Meister und machte sich ans Werk. Anschließend ziselierte er die Goldplatte, die später noch mit Brillanten besetzt werden würde, immer feiner.

»Als Nächstes bereite ich die Fassung für den kleinen Diamanten vor, der sich oberhalb der Rauten befinden soll.« Jeremias griff erneut nach dem Brenner, um Gold zu schmelzen und anschließend in eine Form für Stangen zu gießen, die er dann auswalzte und daraus mithilfe der Flamme einen Zylinder lötete. Dorthinein setzte er den Diamanten und trieb das Gold mit einem feinen Hammer über den wertvollen Stein – damit er nicht herausfiel, wie Marie wusste. Diesen Vorgang hatte sie schon einmal bei ihrem Bruder beobachtet. Schließlich nahm Neustätter ein messerartiges Stahlwerkzeug und schnitt vorsichtig einmal zwischen der Goldfassung und dem Diamanten entlang.

»Ich schneide eine Glanzkante. Durch das Antreiben mit dem Hammer ist die Fläche zum Stein hin nicht glatt. Ich schaffe einen scharfen Rand, der dann auch glänzt. Dadurch spiegelt er auf den Stein – und der wirkt dadurch größer.«

»Wieso legen Sie das Gold nach dem Erhitzen immer wieder ins Wasser?«, fragte Marie nach.

»Zum Abschrecken. Dadurch entspannt sich das Kristallgefüge im Gold, und es wird wieder weicher. Denn wenn ich es mit der Punze bearbeite, verhärtet es sich. Insofern ist dieses Rekristallisationsglühen zwischendurch immer wieder von großer Wichtigkeit.«

»Und was ist das?« Marie deutete auf einen weiteren Behälter, in den Meister Neustätter das Schmuckstück immer wieder legte.

»Schwefelsäure. Durch den Glühvorgang wird das Gold dunkel, mit der Schwefelsäure werden diese Schichten wieder heller. Wenn man das oft macht, entsteht auf der Oberfläche des Werkstücks sogar eine Feingoldschicht. Beim Erhitzen an der Luft werden nämlich die Kupferteile aus dem Gold herausgelöst. Wie Sie sicher wissen, wird Gold immer legiert. Wir verwenden hier 750er-Gold, das heißt, von tausend Teilen sind siebenhundertfünfzig Gold, und der Rest ist Kupfer und Silber, die zu gleichen Teilen dazulegiert werden, damit das Gold etwas fester ist.«

»Und beim Brennvorgang treten Silber und Kupfer aus, und es bleibt auf der Oberfläche eine reine Goldschicht?«

»Ganz genau«, bestätigte der Juwelier. »Es macht Spaß, mit so einem meisterhaften Entwurf zu arbeiten. Mein Neffe versteht wirklich was von seiner Arbeit.«

Marie spürte erneut Ärger in sich aufwallen, schluckte ihn aber wieder hinunter. Eigentlich konnte sie sich doch freuen! Es ging schließlich nicht darum, Herrn Neustätters Lob zu bekommen. Er hatte ihren Entwurf ein Meisterwerk genannt. Da war es doch völlig unerheblich, dass er nicht wusste, dass dieser eigentlich von ihr stammte.

Als Neustätter senior seine Arbeit nun fortsetzen wollte, geschah etwas Merkwürdiges. Seine Finger begannen plötzlich so sehr zu zittern, dass er nicht weitermachen konnte. Er fluchte still vor sich hin und wirkte völlig aufgewühlt, drückte seine Hände zusammen in dem verzweifelten Versuch, das Zittern zu beenden. Marie fiel wieder ein, dass es am Morgen des Überfalls ebenfalls ein Zittern gewesen war, das Jeremias daran gehindert hatte, auf den fliehenden Perlenräuber zu schießen. Damals hatte sie es auf den großen Schreck geschoben. Vielleicht war es in diesem Moment ja die Tatsache, dass sie ihm bei der Arbeit über die Schulter schaute, die den Meister so nervös machte?

Um ihn nicht weiter zu beunruhigen und da sie heute ohnehin ihren freien Nachmittag hatte, entschuldigte sie sich bei Jeremias und begab sich zurück in den Verkaufsbereich. Dort befand sich Simon, den zu treffen sie nicht die geringste Lust verspürte.

»Fräulein Thomass, Sie haben heute Nachmittag frei, nicht wahr? Schade, dass meine Mutter auch nicht da ist, sonst könnten wir ja zusammen etwas unternehmen«, bildete sich der Junior ein, und dann wagte er doch tatsächlich, sie daran zu erinnern: »Eigentlich wollten wir doch mal gemeinsam in die Gemäldegalerie gehen.«

Sie sah ihn mit hochgezogenen Brauen an. »Ich denke, Sie sollten diesen Ausflug besser allein unternehmen. Als Kunsthistoriker können Sie bei den Werken ja mal überprüfen, ob ihre Urheberschaft eindeutig geklärt ist.«

Simon blickte nach dieser Spitze peinlich berührt zu Boden und murmelte: »Schon gut.«

Wenn Marie sich auch insgeheim über Simons Schweigen seinen Eltern gegenüber ärgerte – ein Gutes hatte es: Sie konnte nun mit einer selbst ihm einleuchtenden Begründung noch mehr Abstand von ihrem lästigen Verehrer halten. Das war umso besser, da ja bald Moritz kommen würde. Wenn es endlich so weit war, sollte Neustätters Neffe keinesfalls stören. Und falls er ihr dazu einen Entwurf klauen musste, dann sollte er das eben tun. Jetzt galt es, die Ankunft ihres Schwarms vorzubereiten. Sie wollte Moritz unbedingt mit einem neuen Kleid überraschen. Gleich nachher sollte sie Ursel auf einem Einkaufsbummel begleiten. Die Freundin hatte sie darum gebeten und mit vor Aufregung geröteten Wangen hinzugefügt, es gebe einen guten Grund, warum sie ganz dringend neue Kleider benötigte. Still lächelte Marie in sich hinein. Sie konnte sich schon denken, wer der Grund dafür war!

***

Als Moritz Schmerler sich dem Häuschen des Korbmachers Finkenzeller neben dem Regenstaufer Rathaus näherte, wartete im Türrahmen bereits eine ausgesprochen hübsche Frau Mitte zwanzig mit schwarzem Haar und bleicher Haut. Sie sah ihn bang an, offenbar ahnte sie bereits, dass etwas Schlimmes geschehen sein musste, da ihr Mann so lange weggeblieben war. Beim Näherkommen bekam Moritz noch mehr Mitleid mit ihr, denn er sah, dass Traudel Finkenzeller schwanger war. Außerdem hatte sie ein blau geschlagenes Auge! Als er nun seinen Hut abnahm, gaben ihre Knie kurz nach.

»Wie ist es passiert?«, fragte sie mit schwacher Stimme und stützte sich an einem Balken ab.

»Mein Name ist Moritz Schmerler, ich bin Perlenfischer auf dem Weg nach München.« Die vertrauten Fakten gaben ihm etwas Halt, ansonsten fühlte er sich mit der Situation völlig überfordert. Er traute seiner Stimme kaum, als er sagte: »Ich wurde heute Morgen Zeuge, wie Ihr Mann von einem Bären angegriffen wurde. Leider konnte ich ihm nicht mehr helfen. Der Förster hat das Tier mit seiner Flinte vertrieben und kümmert sich um den Bestatter.«

»Ich hab gewusst, da stimmt was nicht. Hermann wollte doch gleich zurück sein«, sagte die Frau mit belegter Stimme. »Da hat man immer Angst vor jemand, und wenn er dann fort ist … am Anfang ist er so lieb gewesen zu mir.«

»Er konnte mir noch etwas für Sie mitteilen«, fuhr Moritz stockend fort. »Er hat gesagt … dass … ich glaube, er meinte, dass Sie nicht zum Vater sollen. Ich hasse Vater, sagte er.«

Traudel nickte gedankenverloren. Dann sah sie Moritz wie erwachend an.

»Möchten Sie nicht kurz hereinkommen?«, fragte sie, und ihre Stimme begann erneut zu brechen, als sie sagte: »Ich hatte ihm gerade seinen Malzkaffee gemacht.«

Das Innere des Hauses war bescheiden eingerichtet, aber ordentlich und sauber. Überall befanden sich Bast und Körbe. Moritz musste zugeben, dass ihm das warme Getränk trotz der unangenehmen Situation guttat.

»Mein Mann hat mir verboten, meinem Vater je wieder zu schreiben«, erzählte Traudel und nippte ihrerseits an ihrer Tasse. »Er war damals gegen unsere Hochzeit. Hermann hat ihm unterstellt, ein einfacher Korbmacher sei ihm nicht gut genug. Inzwischen glaub ich allerdings, mein Vater hat ihn einfach früher durchschaut als ich. Aber wo soll ich denn hin, wenn nicht zurück nach Hause?« Ihre Stimme brach. »Allein komme ich ja nicht durch – jetzt, da etwas Kleines unterwegs ist.«

Moritz gab ein zustimmendes Brummen von sich. »Die Wünsche des Verstorbenen sind natürlich wichtig. Aber in dem Fall ging es wohl eher um Hass … Es muss Ihnen doch gut gehen dürfen – und dem Kind. Wo wohnt Ihr Vater denn?«

»In Aub bei Würzburg. Er heißt Roemer und ist dort Königlicher Landrichter.«

»Und wie kommen Sie dorthin?«

Sie zuckte hilflos mit den Schultern. »Ich werde wohl laufen müssen«, sagte sie, während ihr schon wieder die Tränen über das Gesicht rannen. »Wir haben zwar noch das Fuhrwerk, aber unser alter Gaul ist im Sommer bei der Hitze tot umgefallen.«

Diese wehrlose Schwangere sollte bis Würzburg zu Fuß gehen? Nach allem, was sie durchgemacht hatte? Niemals! Gerade erst hatten sie doch erfahren, wie gefährlich es dort draußen sein konnte. Er musste Traudel Finkenzeller helfen – und er hatte auch schon eine Idee, wie er dies bewerkstelligen konnte.

Kapitel 25

Gut gelaunt gingen Marie und Ursel untergehakt durch die Münchener Innenstadt. Wenn sie auch zunächst gezögert hatte fortzugehen – schließlich wollte sie auf keinen Fall Moritz' mögliche Ankunft verpassen –, hatte Marie dem Drängen der Freundin am Ende doch nachgegeben. Sie waren schließlich verabredet, miteinander zur Schneiderin zu gehen, und sie wollte das neue Kleid ja vor allem, um Moritz zu gefallen. Und falls er wirklich ausgerechnet während ihres Einkaufsbummels einträfe, würde er doch nicht gleich wieder abreisen.

»Ich glaube inzwischen, dein Bruder erwidert meine Gefühle«, schwärmte Ursel. »Er sieht mich zumindest immer so … besonders an, wenn ich in den Laden komme.«

»Vor allem ist er nur im Verkaufsbereich, wenn du kommst«, bemerkte Marie augenzwinkernd.

»Wie meinst du das?«, fragte Ursel, als sie das Karlstor in Richtung Stachus passierten. Letzterer, so wusste Marie von ihrem Bruder, hieß eigentlich Karlsplatz, doch niemand, der in München etwas auf sich hielt, verwendete diesen Namen. Schließlich war er nach Kurfürst Karl Theodor benannt – und den konnten die Münchner ganz und gar nicht leiden. Kein Wunder, schließlich hatte er wieder und wieder versucht, Bayern loszuwerden, respektive es gegen die habsburgischen Niederlande einzutauschen. Den Namen Stachus hatte der Platz nach einer gleichnamigen Gastwirtschaft erhalten, die im achtzehnten Jahrhundert dort ein Mathias Eustachius Föderl unter dem Namen Eustach betrieben hatte.

»Na ja, normalerweise ist mein Brüderchen eher hinten in der Werkstatt«, ließ Marie die Freundin nun wissen. »Aber immer, wenn deine Stimme ertönt, steht er kurz darauf auf wundersame Weise neben mir.«

Ursel strahlte überglücklich. »Mutter und ich werden unserer Kundin Therese Wagner an deren Bude auf dem Oktoberfest helfen. Sie ist die Besitzerin von Augustiner Bräu.«

»Oh, von ihr hat mir Carl schon erzählt. Ist ihr Mann Anton nicht auch todkrank?«, glaubte Marie sich zu erinnern.

»Ja, wie meine Mutter seit Vaters Herzerkrankung muss nun auch ihre alte Freundin Therese den Betrieb allein leiten. Dabei hat sie fünf Kinder. Es wird für die Brauerei und sie selbst das erste Oktoberfest ohne ihren Mann«, berichtete Ursel mitleidsvoll. Dann wechselte sie wieder zu dem für sie schöneren Gesprächsgegenstand: »Vielleicht könnten dein Bruder und du uns ja auf der Wiesn besuchen. Dann würde er auch meine schöne Festtagstracht zu Gesicht bekommen.«

»Dazu lässt er sich gewiss schnell überreden«, war Marie überzeugt. »Und ich glaube, der Meister und seine Frau sind ohnehin zur Eröffnung eingeladen. Vielleicht nehmen sie uns ja mit.«

»Davon habe ich nichts«, seufzte Ursel. »Die Neustätters stehen immer woanders. Aber wenn Carl und du uns in unserer Bude besuchen kommt – an einem der Tage nach der Eröffnung –, dann wäre das fein.«

»Das lässt sich einrichten«, versprach Marie. Und insgeheim dachte sie, dass Moritz dann ja auch dabei sein könnte. Wenn er denn endlich ankäme!

***

Moritz fuhr auf dem Fuhrwerk, das er Traudel Finkenzeller abgekauft hatte, in Regen am Regen ein. Das braune Zugpferd stammte von einem Bauern in Regenstauf, für beides hatte der Perlenfischer einen Teil seines Erbes geopfert. Er war fest entschlossen, am morgigen Tag nach der Beerdigung des Korbmachers nach Regenstauf zurückzukehren, um dann die schwangere junge Witwe heil zu deren Vater zu bringen. Für Moritz ein stattlicher Umweg, gewiss, und in München wartete ja nicht nur Jeremias Neustätter, sondern auch dessen zauberhafte Verkaufshelferin auf ihn. Aber dank seiner neuen Fortbewegungsmöglichkeit hoffte er, die Verzögerung wieder wettmachen zu können.

Jetzt blieb nur noch zu hoffen, dass sein Vater recht gehabt hatte und der alte Krummbiegel tatsächlich jemanden suchte, dann könnte er bereits in der nächsten Saison hier fischen. Zwar zog sich ihm das Herz zusammen bei dem Gedanken, dass er seine Liebste dann wohl eher selten zu Gesicht bekommen würde – aber es war immerhin näher als Oelsnitz. Außerdem wären sie bis dahin ja vielleicht auch schon verheiratet, und sie könnte ihn begleiten? Er empfand es als Segen, dass Marie die Perlenfischerei ebenso liebte wie er – doch ob sie wirklich von München fortgehen würde? Was konnte er ihr schon bieten? Wenn er bei einem Perlenfischer in den Dienst trat, würde er vermutlich eine kleine Kammer zugewiesen bekommen, in der er wohnen konnte. Es sei denn, Marie würde ihm und dem alten Mann den Haushalt führen. Aber das konnte er nun wirklich nicht von dieser wunderbaren Frau erwarten. Und er wollte es auch gar nicht! Sie hatte etwas Besseres verdient. Ihm würde schon etwas einfallen! Tief in Gedanken versunken hatte er inzwischen Regens kleines Nachbardorf Rinchnachmündt durchquert und sah am Nebenfluss des Schwarzen Regen, der Rinchnacher Ohe, ein kleines Fachwerkhäuschen stehen. Es wirkte mehr als bescheiden, und sein windschiefes Dach sah nicht mehr ganz sicher aus. Die Lage am Fuße bewaldeter Höhen war jedoch malerisch. Moritz war von diesem idyllischen Anblick derart verzaubert, dass er zusammenschrak, als er plötzlich eine Stimme hörte. »Wollen Sie zu mir?«

Jetzt erst bemerkte Moritz den alten Mann, der hinter einem Gebüsch hervorgetreten war. Hastig riss er sich zur Begrüßung seinen Lederhut vom Kopf.

»Das … ja …«, sagte er, stieg ab und ging auf den Alten zu, um ihm die Hand zu schütteln.

Der greise Perlenfischer nickte, und zwei wässrig blaue Augen blickten den Jüngeren aus einem faltigen Gesicht wach und interessiert an.

»Wenn Sie Herr Peter Krummbiegel sind, will ich zu Ihnen. Ich habe gehört, dass Sie einen Gehilfen für die Muscheln suchen.«

Der Mann seufzte und schüttelte betrübt den Kopf. »Ich

fürchte, da muss ich Sie enttäuschen. Das ist schon eine Weile her. Inzwischen bin ich zu alt, um den Betrieb weiterzuführen. Ich möchte meine Fischereirechte und mein Häuschen aufgeben und zu meiner Tochter nach Regensburg ziehen.«

»Oh«, entgegnete Moritz enttäuscht.

Der Alte musterte ihn genauer. »Verstehen Sie denn etwas davon?«, fragte er.

»Das kann man so sagen, mein Vater ist Friedrich Schmerler, Sie kennen sich.«

»Ach, der Friedrich von der Weißen Elster«, freute sich der Alte. »Dann sind Sie der Cornelius?«

»Nein, Moritz, der Jüngere. Aber ich bin schon seit zehn Jahren beim Perlenfischen dabei.«

»Weshalb treibt es Sie denn so weit fort vom eurem schönen Vogtland?«, hakte Krummbiegel nach.

Und dann erzählte Moritz seine Geschichte. Von dem Unwetter. Von dem Feuer, das den Schwager in die Perlenfischerei gezwungen hatte, von Marie. Von den Neustätters. Und dass es sich für ihn so anfühlte, als hätte alles so kommen sollen. Weil er dann in der Nähe von Marie sein konnte. Dass es nun aber so schwer sei, eine Arbeit als Perlfischer zu finden.

Als er geendet hatte, nickte Peter Krummbiegel. »Das hier ist ein ganz besonderer Ort. Es ist einfach, aber man kann hier sehr glücklich sein, vor allem im Sommer, wenn der Wind von den Höhen und die Rinchnacher Ohe einem Kühle und Linderung verschaffen.« Versonnen blickte er auf die grüne Hügellandschaft, hier gab es in den warmen Monaten sicherlich wundervoll blühende Wiesen. »Meine Kinder haben die Sommer hier geliebt.«

»Ja«, bestätigte Moritz, »dieser Ort ist ganz bezaubernd.«

»Sie wären der Richtige«, resümierte der alte Krummbiegel. »Das spüre ich. Sie passen hierher.« Dann sah er Moritz in die Augen und fragte: »Wollen Sie nicht meine Pacht übernehmen?«

»Das würde ich zu gern«, seufzte Moritz. »Aber momentan habe ich das Geld nicht.«

»Ich würde Ihnen gerne alles einfach so überlassen«, versicherte der Alte. »Bei Ihnen wüsste ich, dass meine Fischerei in guten Händen ist. Aber mein Schwiegersohn würde dem niemals zustimmen.« Traurig seufzte er auf. »Die wollen mein Häuschen als Sommersitz an reiche Münchner verkaufen. Denen wird es natürlich nicht fein genug sein, und sie werden es abreißen. Wissen Sie, ich habe das hier mit meiner eigener Hände Arbeit erbaut, damals, als ich so jung war wie Sie und voller wilder Einfälle.«

Moritz tat es von Herzen leid, dass das Lebenswerk dieses alten Mannes nun bald einfach so zerstört werden sollte. Außerdem war dies ein Platz, der den Perlen gehörte. Er musste bewahrt werden.

»Hören Sie«, sagte er zu dem Alten. »Ich werde meine Perlen in München verkaufen. Und dann versuchen, noch mehr Geld aufzutreiben. Wie viel Zeit hätte ich denn?«

Der Mann sah ihn in einer Mischung aus Traurigkeit und Hoffnung an. »Ich weiß nicht, wie schnell mein Schwiegersohn Kaufwillige findet. Ich bin zu müde und zu alt, um ihm … etwas … er kann sehr entschlossen sein.«

Moritz fühlte sich dem unbekannten Schwiegersohn schon jetzt spinnefeind, und der alte Mann tat ihm leid.

»Ich bete, dass es Ihnen gelingen wird, an Geld zu kommen«, sagte dieser.

»Das hoffe ich auch«, sagte Moritz. »Und wenn nicht, werden wir eine andere Lösung finden. Ich habe wirklich das Gefühl, dass ich an diesen Ort gehöre. Und dann wird es auch einen Weg geben.«

Peter Krummbiegel nickte. »Ja, das glaube ich auch.«

Moritz lächelte ihm zu. »Eine Bitte habe ich noch.«

»Wenn ich Sie Ihnen erfüllen kann – herzlich gern.«

»Dürfte ich mir ein paar leere Muschelschalen von Ihnen mitnehmen?«

»Muschelschalen?«, fragte der Alte verwundert. »Was wollen Sie denn damit?«

»Nun«, sagte Moritz und lächelte. «Marie, die junge Frau, von der ich Ihnen erzählt habe, findet das Perlmutt an der Innenseite der Schalen so schön.«

»Das ist es auch«, stimmte Krummbiegel zu.

»Sie meinte, es sei doch viel zu schade, um das nicht ebenfalls für Schmuckstücke zu nutzen.«

Beinah erstaunt sah der Alte ihn an. »Da hat sie recht. Ich habe mich sowieso immer gewundert, dass hierzulande keiner auf die Idee kommt. In China schleifen sie daraus zwar keinen Schmuck, aber sie schieben leicht erhabene Götzenbilder in die Schale. Binnen eines Jahres wird das Bild dann mit einer dünnen Perlmuttschicht überzogen. Die Chinesen lösen diese dann von der Muschel und verwenden sie als Hutschmuck.«

»Das könnte man bei uns auch versuchen«, sagte Moritz begeistert. »Mit Heiligenbildchen. Dafür gäbe es doch keinen besseren Ort als diesen.«

Gerührt sah der Alte ihn an. »Heiligenbildchen mit Perlmutt veredelt. Aus meinem Fluss. Herr Schmerler, es gibt keinen Zweifel mehr: Sie sind der Richtige.«

Moritz konnte es kaum erwarten, in München zu versuchen, an das nötige Geld für die Pacht zu kommen. Sein Schwager August war ihm als schlechtes Beispiel ja noch bestens im Gedächtnis, sonst hätte er es in seiner Verzweiflung am Ende noch selbst mit dem Glücksspiel versucht. Doch galt es zunächst, wie versprochen eine junge Witwe zu deren Vater zu bringen.

***

Aub erwies sich als malerisches kleines Städtchen, hübsche Fachwerkhäuser umstanden den Marktplatz mit seinem Brunnen. Moritz Schmerler saß mit Traudel Finkenzeller vorn auf seinem Fuhrwerk.

Schließlich waren sie vor dem Haus der Familie Roemer angekommen, und Traudel betätigte den Türklopfer, der aussah wie ein Löwenkopf. Ein mit einer Livree gekleideter Hausdiener öffnete ihnen. Der weißhaarige Mann schien außer sich vor Freude, die junge Frau wiederzusehen. »Ja, Frau Finkenzeller, dass Sie einmal wieder bei uns sind!«

»Grüß Sie, Leopold, schön, Sie zu sehen. Ist mein Vater zu Hause?«

»Der gnädige Herr ist im Gewächshaus drüben«, sagte der Diener verschwörerisch. »Ich sag ihm sofort Bescheid.«

»Das ist nicht nötig, wir gehen gleich zu ihm«, bestimmte Traudel und deutete auf das Fuhrwerk. »Könnten Sie dafür sorgen, dass der Knecht unser Pferd versorgt? Es wird recht erschöpft sein.«

»Ja, freilich«, entgegnete der Diener und ging augenblicklich um das Haus herum.

»Mein Vater ist auch ein leidenschaftlicher Botaniker«,

erklärte Traudel und führte Moritz auf ein Gewächshaus zu, in dem allerlei exotisch wirkende Pflanzen blühten.

»Grüß Gott, Papa«, sagte sie schließlich, und ein schlanker Mann um die fünfzig mit dunklem Bart drehte sich so erschrocken um, als habe er die Stimme eines Geistes gehört.

»Ja, Kind, was machst denn du hier?«, fragte er überwältigt.

»Hermann ist bei einem Bärenangriff ums Leben gekommen, Vater«, stieß Traudel hervor. »Das ist Herr Schmerler, er hat mich hergebracht.«

»Haben Sie vielen Dank, Max Joseph Roemer mein Name«, stellte sich der Königliche Landrichter vor und hob seine mit Erde verschmutzten Hände als wortlose Erklärung dafür, Moritz nicht angemessen begrüßen zu können. »Kommt doch erst mal mit ins Haus!«

»Was für eine abenteuerliche Reise Sie hinter sich haben«, sagte Richter Roemer, als ihm Moritz wenig später in dessen Salon ausführlich die Geschichte erzählt hatte, wie er auf den Bären und Traudels tödlich verletzten Mann getroffen war. Der junge Perlenfischer, der sich zwischen den wertvollen Barockmöbeln etwas fehl am Platz vorkam und dem man heute echten Bohnenkaffee und Apfelkuchen kredenzt hatte, war sich im Gespräch mit dem Schwiegervater des Verstorbenen ein wenig wie bei einem Verhör vorgekommen. Roemer hatte alles ganz genau wissen wollen, Moritz auch zum Grund seiner Reise und über dessen familiären Hintergrund befragt.

»Ich kann Ihnen wirklich nicht genug danken, dass Sie eigens ein Pferd gekauft haben, damit meine Traudel sicher hier ankommt«, wiederholte der Richter schließlich und schob sich eine Gabel mit Apfelstrudel in den Mund. »Ich werde Sie ausreichend entlohnen.«

Rasch hob Moritz ablehnend die Hände. »O nein, ich möchte nichts. Das Fuhrwerk kann ich doch ohnehin gut gebrauchen, wenn ich nach München weiterreise.«

»Ich habe schon befürchtet, dass Sie das sagen. Als Richter eignet man sich eine ganz gute Menschenkenntnis an«, entgegnete Traudels Vater. »Deshalb war mir klar, dass Sie für sich keine Hilfe annehmen werden. Aber für Ihre Familie schon eher. Ich muss sagen, dass mich in Ihrer Erzählung auch Ihr Herr Bruder sehr beeindruckt hat. Wenn jemand derart darum kämpft, Jurist zu werden, kann ich das natürlich bestens verstehen und begrüße es sehr.«

»Na ja, die Unwetterschäden haben seine Pläne vorerst vereitelt«, gab Moritz bedauernd zu bedenken.

»Vielleicht auch nicht«, entgegnete Richter Roemer. »Ich habe vor dreißig Jahren an der Ludwig-Maximilians-Universität in Landshut studiert. 1826 ließ der König sie nach München verlegen. Aber ich besitze noch immer beste Verbindungen zu den Kollegen der juristischen Fakultät. Ich könnte Ihren Cornelius jederzeit dort unterbringen. Zunächst würde ich ihm allerdings zur Finanzierung des Studiums eine Arbeit beim Advokat Gustav Struve in Mannheim besorgen, einem guten Freund von mir. Der sucht dringend einen Gehilfen. Aufgrund seiner politischen Bemühungen bleibt viel Schreibarbeit liegen. Dann wäre zumindest Ihr Bruder versorgt, und es gäbe bei Ihnen zu Hause einen Esser weniger.«

Moritz sah Max Joseph Roemer fassungslos vor Freude

an. Dieser lächelte und schlug nun vor: »Was halten Sie davon, wenn wir beide vor Ihrer Abreise einen Brief an Cornelius schreiben und ihn hierher einladen, um alles Weitere zu veranlassen?«

Kapitel 26

So lange hatte Marie gewartet! Doch als Moritz Schmerler nun tatsächlich kam, einfach so zur Ladentür hereinspazierte, war sie derart verblüfft, dass sie beinahe den Schmuck hätte fallen lassen, den sie gerade einer Kundin präsentierte. Zum Glück fing sie sich rasch wieder und schenkte Moritz ein inniges Lächeln, während Luisa, der er sich inzwischen vorgestellt hatte, ihn auf das Herzlichste begrüßte. Dann musste er ihr leider in die Werkstatt folgen – nicht, ohne Marie nochmals hilflos zuzuwinken. Schweren Herzens wandte sie sich wieder der Kundin zu – in der Hoffnung, dass das Verkaufsgespräch schnell beendet sein würde. Doch an diesem Morgen war es wie verhext: Kaum hatte die Kundin den Laden wieder verlassen, stand auch schon eine andere im Geschäft, und da Luisa einfach nicht wieder auftauchte, musste die junge Verkaufshelferin eine ganze Stunde abwarten, bis sie endlich die Tür hinter dem letzten Kunden schließen und in die Werkstatt eilen konnte.

Dort saßen die Neustätters und Maries Bruder um den großen Sortiertisch und betrachteten die Perlen, die Moritz vor ihnen auf dem Tisch ausgebreitet hatte. Als dieser Marie in der Tür stehen sah, erhob er sich und ging ihr entgegen, wobei er ihr sehnsüchtig in die Augen blickte. Wie schnittig er aussah!

»Fräulein Thomass«, sagte er und beugte sich vor, um ihr formvollendet die Hand zu küssen. »Ich freue mich, Sie wiederzusehen.«

»Die Freude ist ganz meinerseits«, versicherte sie, wegen der Zeugen um sie herum ein wenig verlegen und steif. Sie deutete dann mit dem Kinn auf die Perlen auf dem Tisch. »Ist das die diesjährige Ernte?«

»Leider nicht nur«, sagte er. »Vieles wurde durch das Unwetter zerstört. Der Großteil besteht daher aus unseren eisernen Reserven, unter anderem Perlen, die mir mein Großvater vermacht hat.«

»Wie schrecklich, und das so kurz nach dem Feuer!«, sagte Marie mitleidsvoll. »Ist jemand von der Familie verletzt worden? Was ist mit Albin und den Mädchen?«

»Es geht allen gut«, beruhigte Moritz sie, und es rührte ihn einmal mehr, wie kinderlieb »seine Marie« war.

»Es ist eine große Ehre, dass Sie uns nun als Ersatz Perlen Ihres seligen Großvaters anvertrauen möchten«, sagte Luisa und fasste sich ans Herz.

»Das finde ich auch«, sagte Jeremias, eine weiß schimmernde Perle gegen das Licht haltend. »Immer noch wunderbare Qualität.«

Moritz wusste, warum Neustätter vor allem bei den Erbstücken genauer hinsah: Alte Perlen verloren bisweilen ihren Glanz. An feuchten Orten verweste die organische Substanz, und die einst so wertvollen Kugeln zerfielen sogar. Moritz erinnerte sich an eine Geschichte, die ihm sein Großvater dazu erzählt hatte: Beim Ausheben der Erde für das Fundament der neuen Basilika St. Petri zu Rom sei am 4. Februar 1544 das Grabgewölbe der Töchter Stilichos, Maria und Thermantian, geöffnet worden. Die beiden waren als verlobte Bräute des Kaisers Honorius gestorben und daher mit edelstem Schmuck beigesetzt worden. Unter dem reichen Geschmeide von Gold und Edelsteinen fanden sich angeblich auch dreiundfünfzig recht große Perlen. Diese waren aber so angegriffen und zerstört, dass sie unter den Fingern der Finder zu Staub zerfielen.

Nun sagte Herr Neustätter entschlossen: »Ich nehme sie alle.«

Moritz schnappte nach Luft. »Alle?«

Jeremias Neustätter nickte. »Jawohl. Bei Hofe ist man entzückt über unser Schmuckstück für die Prinzessin. Seit sich herumgesprochen hat, dass Ihre Hoheit eine Halskette aus Flussperlen trägt, ist die Nachfrage explodiert. Es gibt davon ja immer weniger – was sie seltener und wertvoller macht. Und dank Ihnen ist der Name Neustätter die erste Adresse für diesen wundervollen Schmuck.«

»Allein heute Morgen hatte ich wieder drei Anfragen«, berichtete Marie.

Mit einem triumphierenden Lächeln fügte Jeremias hinzu: »Willkommen im Haus der Perlen!«

Moritz strahlte. »Mein Vater wird sich freuen.«

»Ich hoffe, dass Sie dennoch nicht gleich zurückreisen, sondern zunächst noch etwas bleiben werden?«, mischte sich Luisa Neustätter in diesem Augenblick ins Gespräch.

Hoffentlich sagt er Ja, flehte Marie stumm.

Und tatsächlich erwiderte er zu ihrer unfassbaren Freude: »Ich habe das Vogtland verlassen und erwäge eine Zukunft in Bayern.«

Bei diesen Worten sah er Marie direkt in die Augen, und es war wie eine Liebeserklärung.

»Wieso das?«, entfuhr es Neustätter senior.

»Das ist eine längere Geschichte«, meinte er ausweichend.

»Die Sie uns gern beim Abendessen erzählen können«, bestimmte Luisa entschlossen. »Ich sage gleich dem Mädchen Bescheid, dass es ein Zimmer für Sie herrichten soll. Und der Köchin, dass wir heute Abend drei Personen mehr sind.«

Sie warf Carl und Marie einen freundlichen Blick zu. »Denn Sie beide speisen heute Abend selbstverständlich ebenfalls mit uns an unserem Tisch.«

***

»Eine Anstellung habe ich in Regen leider nicht gefunden«, erzählte Moritz während des opulenten Abendessens. »Aber ich habe einen alten Perlenfischer kennengelernt. Der will sein kleines Haus und seine Pacht verkaufen – im Nachbarort Rinchnachmündt an einem muschelreichen Nebenfluss.«

»Und Sie denken daran, das Angebot anzunehmen? Mensch, Junge, das wäre doch großartig! Dann wären Sie Ihr eigener Herr. Ich kann Ihnen nur zuraten! Ich bin vor zwölf Jahren auch fort von meinem Lehrmeister. Wollte es auf eigene Faust wagen – und habe es nie bereut.«

Moritz seufzte wehmütig. »Ich hätte sofort zugeschlagen, aber dafür reicht selbst das Geld für die eisernen Vorräte nicht. Und bis ich genug zusammengespart habe, wird es wohl zu spät sein.«

»Gibt es noch andere Interessenten?«, fragte Jeremias stirnrunzelnd.

Moritz nickte. »Nicht für die Perlenfischerei. Aber Herrn Krummbiegels Schwiegersohn hat Kaufwillige aus München für das Haus und das Grundstück gefunden. Die möchten es als Sommerfrische nutzen.«

»Das darf nicht passieren«, entfuhr es Jeremias.

Moritz sah ihn fragend an.

»Hören Sie, Junge, ich hatte recht. Kurz vor Ladenschluss heute hat meine Frau unseren letzten Perlenschmuck verkauft. Sie retten uns mit Ihrem Besuch sozusagen.«

»Unglaublich«, staunte Moritz.

»Ja, das ist es«, befand Jeremias. »Und deshalb brauche ich einen exklusiven und zuverlässigen Perlenlieferanten. Ich möchte Ihnen einen Vorschlag machen.«

»Ja?«

»Was halten Sie davon, wenn ich dem alten Mann die Fischerei abkaufe? Zumindest im Sommer könnten Sie dort fischen. Und im Winter wären Sie unser Gast.«

»In den kalten Monaten könnte ich an anderen Dingen forschen«, bestätigte Moritz voller Tatendrang. »Ich habe da schon eine Idee – besser gesagt war es die Idee von Fräulein Thomass.«

»Ich höre?« Gespannt sah Neustätter Marie an. »Sie haben ja nur gute Ideen.«

Das finde ich auch, dachte Moritz bei sich.

»Nun, ich hatte mir überlegt, dass man auch aus dem Perlmutt der Muschelschalen Schmuck herstellen könnte«, erzählte sie.

Begeistert sah Neustätter von Marie zu Moritz. »Halten Sie das für möglich?«

»Allerdings. Die Perlmuttschicht ist dick genug. Dem könnten wir uns im Winter widmen.«

»Dann würden Sie meinem Vorschlag also zustimmen?«, fragte Jeremias begeistert.

Moritz strahlte. »Natürlich. Es ist ein ganz und gar großartiges Angebot. Ich danke Ihnen.«

»Dann sollten wir uns so schnell wie möglich auf den Weg zu diesem alten Herrn machen«, sagte Neustätter. »Nicht, dass der Schwiegersohn doch noch schneller ist. Passt es Ihnen gleich morgen?«

»Na … natürlich«, stammelte Moritz überrumpelt.

»Fein«, freute sich Jeremias. »Dann sind wir auch pünktlich zur Eröffnung des Oktoberfestes und zur Verabschiedung unseres lieben Carls wieder hier.«

Er wandte sich an seinen Neffen, der bisher auffällig schweigsam gewesen war: »Findest du die Idee auch gut, Simon?«

»Nun, laut Tavernier sind die bayerischen unter den deutschen Perlen ja die besten«, sagte er diplomatisch.

»Tavernier … Das war doch der französische Edelsteinbaron, von dem Sie mir erzählt haben, Simon«, fiel Marie wieder ein.

»Ganz richtig, meine Liebe, wie schön, dass Sie sich noch daran erinnern«, sagte der Neffe Neustätters verliebt, woraufhin Moritz Schmerler eine Miene aufsetzte, als wolle er gleich über den Tisch klettern, um ihn zu erwürgen.

»Tavernier reiste im letzten Jahrhundert innerhalb von vierzig Jahren sechsmal in den Orient, in die Türkei, nach Persien und nach Indien«, machte der junge Perlenfischer aus dem Vogtland dem Herrn Kunsthistoriker nun klar, dass auch er alles andere als ungebildet war.

»Wie abenteuerlich! Nach Indien zu reisen – es muss ganz und gar märchenhaft sein«, schwärmte Marie und warf Moritz einen Blick des stillen Einverständnisses zu.

Dies wiederum schien Simon zu ärgern, doch als er ansetzte, den Mund zu öffnen, sagte sein Konkurrent zu Marie: »Wenn Sie das interessiert, sollten Sie Taverniers Tagebücher lesen. Darin hat er seine Reisen ganz genau beschrieben.«

»Das ist eine hervorragende Idee«, mischte sich nun wieder Simon ein und ergänzte triumphierend: »Die Berichte haben wir in unserer Hausbibliothek, ich zeige sie Ihnen nachher gern.«

Erneut blickte Moritz verärgert drein. Marie erriet seine Gedanken: Was für ein bornierter Angeber! Sie wandte sich dann auch demonstrativ wieder an den Vogtländer, statt dem Juniorchef zu antworten.

»Und aus Indien brachte er bedeutsame Perlen mit?«

»Vornehmlich sehr viele wertvolle Diamanten zwischen dreißig und fünfzig Karat«, wusste Moritz. »Haben Sie schon mal etwas vom Diamanten des Henry Hope gehört?«

»Nein.«

»Angeblich soll Tavernier ihn aus einer Statue des Hindu-Gottes Vishnu gebrochen haben. Er ist unfassbar wertvoll«, fiel nun wieder Simon seinem Nebenbuhler ins Wort, bevor der antworten konnte. »1668 verkaufte er ihn an König Ludwig XIV. von Frankreich.«

»Da gab es doch Gerüchte, dass dieser blaue Diamant allen, die ihn getragen haben, furchtbares Unglück brachte?«, erinnerte sich Luisa. »Ludwig XV. trug ihn und starb angeblich an den Pocken. Ludwig XVI. und Marie-Antoinette trugen ihn und endeten unter der Guillotine.«

»Ach, an Pocken starben damals auch viele Menschen, die den Stein nicht trugen«, sagte ihr Neffe mit einer abfälligen Handbewegung. »Und dass Ludwig XVI. und Marie-Antoinette unter dem Fallbeil endeten, das lag sicherlich nicht am blauen Diamant. Wenn überhaupt, könnte man höchstens sagen, dass er das symbolisiert hat, was sie zu Fall brachte: Prunksucht, während das Volk hungerte. Der Stein war ja dann eine Weile verschwunden und ist erst vor achtzehn Jahren in London wieder aufgetaucht – die ganze Fachwelt war in Aufruhr. Immerhin hat er über fünfundvierzig Karat.«

»Und wer ist dieser neue Besitzer, Mister Hope?«, erkundigte sich Marie.

»Philip Hope ist ein Bankier und Juwelensammler«, mischte sich Moritz wieder ins Gespräch. »Er hat damals achtzehntausend Pfund für den Stein bezahlt.«

»Und ihm ist bislang kein Unglück geschehen?«

»Soweit ich weiß, nicht«, sagte Moritz.

»Vielleicht bringt es Unglück, dass Tavernier ihn aus einer Götterstatue herausgebrochen hat«, mutmaßte Marie.

»Diesen Teil der Geschichte würde ich eindeutig den Legenden zuordnen«, meldete sich Simon wieder zu Wort.

»Und wie kam Tavernier dann an den Stein?«, hakte Marie nach.

»Ich glaube eher an die Variante, dass er ihn in einem indischen Fluss gefunden hat.«

»Der Handel mit den Diamanten machte einen sehr reichen Mann aus ihm. Allerdings hatte er Pech mit seiner Verwandtschaft: Er schickte seinen Vetter mit wertvollen Waren in den Orient. Doch der hat ihn betrogen«, ergänzte daraufhin Neustätter senior, der dem Wissensduell bisher amüsiert, aber stumm gelauscht hatte. »Das traf ihn so sehr, dass er einen Großteil seiner Besitztümer verkaufen musste.«

»Ja, sich mit fremden Federn zu schmücken kann der besten Familie schaden«, konnte Marie nicht umhin zu sagen.

Simon errötete.

Sein Onkel stimmte der Verkäuferin zu. »Da haben Sie recht, in einer Familie sollten alle einander immer unterstützen. In der Hinsicht ist unser junger Gast ein leuchtendes Vorbild. In diesem Sinne lasst uns alle auf Moritz Schmerlers Zukunft trinken!«

Als Neustätter senior jedoch sein Glas heben wollte, begann erneut seine Hand zu zittern! Rasch sprang seine Frau für ihn ein. Sie hob ablenkend das Ihre und rief mit undurchschaubarem Lächeln: »Alles Gute für Herrn Schmerler! Prosit!«

Da stimmt etwas nicht, dachte Marie, nachdem alle am Tisch ihre Gläser gehoben und sich zugeprostet hatten. Sosehr sie die Momente auch hasste, in denen sie allein mit Simon war, sie würde einen solchen nutzen, um ihn unauffällig zu fragen, ob er wusste, was es mit dem Zittern seines Onkels auf sich haben könnte.

Als sich die Versammlung später auflöste, eilte Marie über den Flur zu Moritz. Sie wollte unbedingt noch unter vier Augen mit ihm sprechen, bevor sie sich zur Nachtruhe begaben.

Doch kaum setzte sie an, etwas zu sagen, kam ihr Simon zuvor.

»Herr Schmerler, hätten Sie vielleicht Lust, mich auf ein spätes Feierabendbier ins Hofbräuhaus zu begleiten?«, fragte er mit scheinheiligem Lächeln. »Wenn Sie sich künftig als unser Hauptlieferant von Perlen verdingen möchten, wäre es wohl zukunftsträchtig, wenn Sie den Juniorchef besser kennenlernen.«

Moritz warf Marie einen bedauernden Blick zu. Aber der dachte wohl dasselbe wie sie selbst: Tatsächlich hatte hier an diesem Abend die Weichenstellung für die Zukunft der Zusammenarbeit mit Juwelier Neustätter leider Vorrang.

Kapitel 27

Eine Stunde später saß Schmerler junior mit Neustätters Neffen im Hofbräuhaus und wunderte sich über den Lärm. Das Bier schien die Zungen der Männer zu lösen.

»Das ist ja ein königliches Gebrüll im Königlichen Hofbräuhaus«, scherzte Moritz mit erhobener Stimme, als er und Simon mit ihren Krügen auf die Zukunft anstießen.

»1806 wurde Bayern Königreich, seither heißt es so«, fühlte der Juweliersneffe sich einmal mehr bemüßigt, sein Gegenüber mit seinem Geschichtswissen zwangszubeglücken. »Damals war es noch am Alten Hof – und wesentlich kleiner. Das Weiße Hofbräuhaus hier am Platzl gibt es erst seit 1808.«

»Ich hab aber mal gehört, es sei noch viel älter«, erinnerte sich Moritz.

Simon nickte. »Stimmt, das allererste Hofbräuhaus geht sogar noch auf Herzog Wilhelm zurück, es wurde um 1590 in das ehemalige Hennen- und Badehaus gebaut. Dass wir heute hier Bier trinken können, ist übrigens keine Selbstverständlichkeit. Als sich Anfang unseres Jahrhunderts immer mehr Gäste einfanden, war das den Stadtbrauern und den Münchner Wirten ein Dorn im Auge. 1815 haben die sogar dagegen geklagt. 1828 hat König Ludwig I. die Bewirtung aber ausdrücklich gestattet. Und damit durfte der Betrieb des Hofbräuhauses beginnen, wie wir ihn heute kennen.«

»Die Bedienungen müssen ja starke Arme haben«, stellte Moritz fest und sah einer jungen Frau im Trachtenkleid nach, die erstaunlich viele Bierkrüge auf einmal tragen konnte.

»Ja, der Wirt mag sie kräftig. Und hübsch. Es erhöht den Bierverbrauch der Herren der Schöpfung. ›Das Auge trinkt mit‹ sozusagen.«

Moritz grinste bemüht. Simons linkischer Humor verfing bei ihm nicht wirklich.

»Finden Sie die Schwester unseres Lehrlings nicht auch ganz zauberhaft?«, wechselte der Juwelier daraufhin abrupt das Thema.

»Ja, allerdings«, knurrte Moritz. Er wollte sich keine klebrigen Schwärmereien über Marie anhören, doch Simon fand kein Ende.

»Sie ist so ein schöpferisches Persönchen, aber in meinen Augen wirkt sie selbst wie ein Kunstwerk, schön und geheimnisvoll wie ein Bild von Leonardo da Vinci.«

Moritz seufzte unhörbar. Was für ein unerträglicher Schwulst!

»Marie und ich haben so viel gemeinsam«, schwärmte Simon weiter. »Wie viele Stunden haben wir schon mit kultivierten Gesprächen verbracht. Und wie begeistert sie an meinen Lippen hängt.«

Allmählich festigte sich in Moritz der Verdacht, dass Neustätters Neffe ihn nicht wirklich hergebeten hatte, um mit ihm auf die Zukunft ihrer Zusammenarbeit zu trinken, sondern vielmehr, um bezüglich Marie mit dem Wortschwall sein vermeintliches Revier zu markieren.

Simon krönte seine Behauptungen mit dem Satz: »Ich glaube wahrhaftig, dass wir beide verwandte Seelen sind.«

Plötzlich stürmte ein recht muskulöser junger Mann mit großen Augen und braunem Haar auf Simon zu, der über dessen Auftauchen nahezu schockiert wirkte.

»Was machst du denn in München?«, wunderte er sich, und es klang alles andere als erfreut.

»Ich besuche meine Mutter. Hatte gehofft, dich hier früher oder später zu treffen. Du bist ohne jeden Abschied aus Dresden verschwunden«, rief der Muskelprotz, der gut einen Kopf kleiner als der Goldschmied war.

Simon sah sich peinlich berührt um. »Mein Studium war zu Ende«, erklärte er schmallippig. »Und das deine auch. Wenn du mich jetzt entschuldigen würdest, ich habe mit einem Geschäftspartner zu sprechen.«

»Darf ich dir vielleicht schreiben?«, fragte der einstige Studienkollege. »Ich fange nächste Woche am Bezirksamt in Freiburg an.«

»Besser nicht«, meinte Simon und wandte demonstrativ den Blick ab.

Enttäuscht machte sich der junge Mann davon.

Moritz wunderte sich, warum Neustätter so dermaßen abweisend zu dem fast verzweifelt wirkenden Studienfreund gewesen war. Als er nun bemerkte, dass Simons Hände zitterten, keimte in ihm der Verdacht auf, dass es vielleicht doch einige dunkle Geheimnisse im Leben des äußerlich so unauffälligen Kunstfreunds und Bücherwurms gab.

***

Da Marie vor Aufregung über Moritz' Anwesenheit ohnehin nicht schlafen konnte, hielt sie sich noch in der Werkstatt auf, um es mitzubekommen, wenn er und Simon aus dem Hofbräuhaus zurückkehrten. Sie hatte ein Buch aus Jeremias Neustätters Bibliothek dabei, deren Benutzung ihr ausdrücklich vom ihm erlaubt worden war. Sie hatte dort vorhin gleich mehrere Bücher von und über Jean-Baptiste Tavernier gefunden. Die Tagebücher, die er auf seinen Reisen zwischen 1628 und 1668 verfasst hatte, interessierten sie besonders, daher hatte sie zunächst deren ersten Band entliehen und im Schein ihrer kleinen Leuchte in der Werkstatt zu lesen begonnen. Allerdings konnte sie sich nichts von dem Inhalt merken, da ihre Gedanken immer wieder zu dem Abendessen mit den Neustätters und Moritz abschweiften. Dann musste sie jedes Mal zurückblättern – für den nächsten vergeblichen Versuch. Gegen zehn Uhr nachts sah sie Moritz und Simon dann endlich auf das Haus der Perlen zukommen. Rasch verließ sie die Werkstatt und eilte nach oben. Da sich die Gästekammer im zweiten Stock befand, würde sie Moritz im Stiegenhaus abfangen können, Simons Zimmer befand sich ja selbstredend im ersten Stock.

»Moritz«, flüsterte sie, als er sich kurz darauf von Simon verabschiedet hatte und nach oben ging. Sie nannte ihn beim Vornamen, weil der kürzer war und sie möglichst wenig Geräusche machen wollte.

»Marie«, erwiderte er, als er sie auf der Treppe zum Dachgeschoss entdeckt hatte.

Kaum sah sie in sein lieb gewonnenes Gesicht, verspürte sie das Bedürfnis, sich in seine Arme zu werfen. »Ich wollte dir ... äh, Ihnen noch eine Gute Nacht wünschen.«

»Von mir aus können wir es gerne beim Du belassen«, flüsterte er. »Zumindest wenn wir unter uns sind.«

»Das würde mich freuen«, sagte sie und kam bis auf zwei Stufen zu ihm herunter – so befand sie sich auf seiner Augenhöhe.

»Wie war es denn mit Simon?«, fragte sie neugierig.

»Der junge Herr scheint ein gesteigertes Interesse an dir zu hegen«, meinte Moritz stirnrunzelnd. »Das haben schon seine Blicke beim Abendessen gezeigt. Im Hofbräuhaus hat er mir dann lang und breit erzählt, dass du schön bist wie ein Leonardo.«

Es schmeichelte ihr ein wenig, dass Moritz eifersüchtig klang, doch sie ärgerte sich auch über Simons andauernde Missachtung ihrer deutlich ablehnenden Signale.

Und nun fügte Moritz auch noch hinzu: »Er ist der Auffassung, ihr seid Seelenverwandte.«

»Vielleicht meint er damit ja, dass er meine Idee für die Perlenkette der Prinzessin lobt und sie dann bei den Neustätters als seine eigene ausgibt«, kommentierte Marie bitter.

»Hat er das getan?«, hakte Moritz empört nach.

Marie nickte. »Als sein Onkel meine Entwurfszeichnung gesehen hat, dachte er, sie sei von Simon und hat ihn begeistert gelobt. Leider hat der den Irrtum nicht aufgeklärt.«

»Das ist aber wirklich ungerecht«, erboste sich Moritz.

»Er hat bei meinem Bruder darum gebeten, mir den Hof machen zu dürfen«, flüsterte Marie. »Natürlich will ich das keinesfalls. Aber ihn schert nicht, was ich will.«

»Soll ich Herrn Neustätter die Wahrheit über den Entwurf sagen?«, fragte Moritz. »Auf unserer Reise nach Regen könnte ich beiläufig erwähnen, dass er von dir ist.«

Marie schüttelte den Kopf. »Lieber nicht. Dann bekommt Simon Ärger, und ich muss hier ja weiterhin mit ihm zusammenarbeiten. Ich würde zu gern auch deine neue Perlenfischerei sehen.«

»Wir könnten Jeremias fragen, ob man dich hier für zwei Tage entbehren kann«, schlug er vor.

»Das wäre sogar möglich«, flüsterte sie aufgeregt. »Frau Neustätter meint, dass sich der Trubel im Geschäft zum Oktoberfest hin etwas legen wird.«

Er griff nach ihrer Hand und drückte sie liebevoll. »Es wäre traumhaft, wenn du mitkommen könntest. Ich bin so gern in deiner Nähe, Marie.«

»Das finde ich schön«, flüsterte sie.

Moritz blickte hinunter auf ihre verschlungenen Hände. Ein Verlobungsring würde sich an ihren zarten Fingern hervorragend machen! Selbstredend würde er eines Tages höchstpersönlich eine Perle für sie suchen. Vielleicht könnte er dann mithilfe ihres Bruders sogar selbst einen Verlobungsring daraus fertigen. Im nächsten Moment verbot er sich den Gedanken schon wieder. Es mussten noch einige Dinge gesichert werden, ehe er ihr die Frage aller Fragen stellen konnte.

Sie bemerkte sein Zögern, legte die Arme um seinen Hals und zog ihn an sich. Da sie zwei Treppenstufen über ihm stand und sich dadurch ihre Gesichter auf Augenhöhe befanden, konnte sie ihn endlich zärtlich auf den Mund küssen. Er erwiderte es, erst sanft und vorsichtig, dann immer leidenschaftlicher. Es fühlte sich so gut an, dass sie im Nachhinein dachte, es habe in ihrem gesamten bisherigen Leben das Wichtigste gefehlt.

Es dauerte eine ganze Weile, bis sie sich wieder voneinander lösten. Dann standen sie eng umschlungen im vom Mondschein erhellten Stiegenhaus, und sie lehnte den Kopf an seine Schulter.

Plötzlich schreckten sie auf, da sich im ersten Stock geräuschvoll die Wohnungstür öffnete und Schritte zu hören waren. Nicht auszudenken, wenn man sie hier des Nachts miteinander antreffen würde! Marie legte den Finger auf den Mund. Moritz nickte und signalisierte ihr nur mit den Bewegungen seiner Lippen: »Bis morgen.«

Natürlich fand Marie nach den betörenden Küssen keinen Schlaf, warf sich unruhig in ihrem Bett hin und her. Unglaublich, wie sehr sich ihr Leben in den letzten fünf Monaten verändert hatte! Und dann fiel ihr siedend heiß ein, dass sie vorhin in ihrer Aufregung das Buch unten in der Werkstatt liegen gelassen hatte. Wie respektlos würde es wirken, wenn Herr Neustätter es morgen früh dort fände! Sie beschloss, es zu holen. Sie schlüpfte in ihre Hausschuhe, warf sich einen Schlafrock über, entzündete ihre Öllampe wieder und eilte nach unten.

Als sie die Tür zur Werkstatt öffnete, fand sie dort zu ihrem Schrecken Simon vor. Er saß an Entwürfen für ein Schmuckstück und strahlte sie verdutzt an. »Marie, finden Sie auch keine Ruhe?«

Unwillkürlich zog sie den Schlafrock etwas enger um sich. »Ich habe vorhin ein Buch hier vergessen«, sagte sie unangenehm berührt. Verlegen deutete sie auf die Werkbank.

Simon nahm es, sah den Titel und lächelte. »Ah, der gute Jean-Baptiste Tavernier.«

»Ich wollte mich etwas näher mit ihm beschäftigen«, erklärte sie. »Haben Sie seine Tagebücher gelesen?«

»Ja«, erwiderte der Juweliersohn und gewann, wie immer, wenn er sich auf sein Wissen zurückziehen konnte, etwas an Selbstsicherheit. »Ein beneidenswerter Mann. Es gibt da eine besonders faszinierende Episode, und sie ist auch ein wenig absurd. Darin werden am Hofe Ludwigs XIV. zum Abendessen Diamanten und Brillanten in Kristallgläsern gereicht. So hat der Diamantenkönig die neuen Schätze aus dem Orient präsentiert, die Tavernier von seinen Handelsreisen mitgebracht hatte. Ludwig achtete ihn so sehr, dass er ihn zum Baron ernannt hat.«

»Ich habe gehört, dass er die Diamantschleiferei erfunden hat. Stimmt das?«, fragte Marie fasziniert.

Nun, da sie ein Gesprächsthema gefunden hatten, fühlte sie sich in der Situation nicht mehr so unwohl. Obschon es gewiss unschicklich war, dass ein Mann und eine Frau sich mitten in der Nacht im selben Raum miteinander aufhielten – beide ausschließlich in Nachthemd und Schlafrock!

Simon schien das nicht zu stören, er fühlte sich merklich wohl, wenn sein Fachwissen gefragt war: »Das war wahrscheinlich sein größter, sein wichtigster Verdienst, noch bedeutender als seine Funde. Diamanten gibt es immerhin schon seit Millionen Jahren. Dank ihm entstanden in Amsterdam und in Antwerpen die ersten Diamantenschleifereien, und damit begründete Tavernier eine florierende Schmuckindustrie.«

»Aber wie kam er auf die Idee, die Steine schleifen zu lassen?«, fragte Marie und dachte an die zahlreichen funkelnden Schätze, die vorn im Geschäft lagerten und denen man ihre Schönheit nicht ansehen würde, wenn sie nicht den richtigen Schliff bekommen hätten.

Simon zuckte die Achseln. »Das weiß ich leider nicht. Aber durch und durch ehrlich soll er wohl nicht gewesen sein. Man sagt ihm nach, dass er auch mit Fälschungen gehandelt hat – wie zum Beispiel Glaskristallen.«

»Oh.« Für Marie wurde durch dieses Gerücht der Name Tavernier zu ihrer Enttäuschung ein wenig entzaubert. Bis dahin war er für sie eine Art Held gewesen, einer, der die Gabe hatte, zunächst unscheinbaren Steinen zu ihrer Schönheit zu verhelfen. Sie hatte gelesen, dass die Inder die Steine nicht hatten schleifen wollen, aus Angst, ihnen damit die Magie zu rauben. Dabei machte Tavernier, so hatte sie gedacht, die magische Wirkung doch erst sichtbar. Und nun sollte er ein Betrüger sein? Möglicherweise hatte er den Indern die Steine, die er an den Königshöfen so teuer verkaufte, sogar gestohlen?

»Ich finde die Vorstellung, dass die Steine eine Magie haben, schon sehr schön«, meinte Marie.

»Ich auch«, gab Simon zu. »Und das ist auch mehr als eine Legende. Jeder Stein steht für etwas, hat eine besondere Wirkung.«

»Und welche Wirkung hat in Ihren Augen der Diamant?«, fragte Marie.

»Angeblich sorgt er für Klarheit und verbindet Körper, Geist und Seele. Manche Menschen glauben, dass es den Geist stärkt, wenn man den Diamanten über Nacht in Wasser legt und das dann trinkt.«

»Aber ohne den Diamanten!«, lachte Marie. »Oder?«

»Ja, das wäre sonst ein ziemlich teurer Trank«, erwiderte Simon.

»Na ja, Kleopatra hat sich schließlich auch nicht gescheut, eine Perle aufzulösen und zu trinken«, fiel Marie die Geschichte ein, die ihre Mutter einst erzählt hatte. »Warum sie das getan hat, habe ich allerdings noch nie verstanden.«

»Angeblich, um ihren Geliebten Mark Anton zu verführen«, sagte er.

»Und, ist es ihr gelungen?«, fragte sie.

Er nickte. »O ja. Mark Anton war ihr verfallen. Allerdings stellte er ihre Liebe hinter seine politischen Interessen. Zumindest am Anfang. Obwohl Kleopatra mit Zwillingen von ihm schwanger war, heiratete er Octavia, die Schwester seines größten Kontrahenten. Um die Macht im Römischen Reich, um das Bündnis zu besiegeln.«

»Aber ich dachte immer, die Liebe zwischen den beiden sei so groß gewesen«, sagte Marie enttäuscht. »Immerhin haben sie sich doch aus Liebe umgebracht, wie Romeo und Julia.«

»Auf ihn trifft das zu«, räumte er ein. »Was Kleopatra angeht, muss ich Sie leider enttäuschen. Sie ließ ihm die Nachricht von ihrem Tod überbringen, in der Annahme, er würde sich dann ins Schwert stürzen. Was er auch tat.«

»Aber warum?«, fragte Marie, die sich vorstellte, jemand würde ihr die Nachricht von Moritz' Tod überbringen – eine entsetzliche Vorstellung!

Simon zuckte die Achseln. »Es gibt eine romantische und eine weniger romantische Erklärung. Welche möchten Sie hören?«

Sie überlegte kurz. »Beide. Dann kann ich immer noch entscheiden, welche mir glaubwürdiger erscheint.«

»Gut.« Er lächelte. »Dann zuerst die unromantische. Der zufolge soll sie ihren Liebsten geopfert haben, um selbst Königin von Ägypten bleiben zu dürfen.«

Marie sah ihn fragend an. »Indem sie ihm ihren Tod vortäuscht? Was sollte das für einen Zweck gehabt haben?«

»Nun ja, es ergibt schon Sinn. Offiziell führte Octavian gegen sie Krieg, aber eigentlich war es ein Bruderkrieg um die Alleinherrschaft im Römischen Reich. Wäre Mark Anton tot, wäre Octavians Alleinherrschaft unbestritten. Sie hoffte, dass Octavian ihr die Krone lassen würde, wenn sie ihm im Gegenzug half, seinen Kontrahenten zu beseitigen.«

»Wie gemein!«, rief Marie und fügte hinzu: »Aber dann hat sie ihn nicht wirklich geliebt. Eine Frau, die einen Mann liebt, würde ihn nicht opfern.«

»Das weiß man bei Kleopatra nie so genau, stimmt«, gab Simon ihr recht. »Aber um Sie mit ihr zu versöhnen, erzähle ich Ihnen jetzt mal die romantischere Lesart.«

»Da bin ich aber gespannt«, meinte Marie.

»Nun, nachdem Octavian Marc Anton vernichtend geschlagen hatte, wäre es nur noch eine Frage der Zeit gewesen, bis der Sieger den Besiegten hätte hinrichten lassen. Öffentlich. Diese Schmach wollte sie ihm ersparen.«

»Indem sie ihn zum Selbstmord trieb?«, fragte Marie zweifelnd. »Ich weiß nicht. Da hätte es doch sicherlich andere Möglichkeiten gegeben. Nein, Kleopatra wird mir nicht sympathischer.«

»Ich mag sie auch nicht leiden«, gab Simon zu.

Er gab ihr nun mit einem unsicheren Lächeln das Buch zurück, und dabei berührten sich auf unangenehme Weise ihre Finger. Er schien dies jedoch ganz anders zu empfinden.

»Marie«, sagte er sehnsuchtsvoll, und sie beobachtete voller Panik, wie er sich erhob und viel zu dicht vor ihr zum Stehen kam. »Marie, spüren Sie das nicht auch? Wir teilen die Leidenschaft für die gleichen Dinge … Wir führen gute Gespräche. Ich … ich war sehr enttäuscht, als sie meinen Wunsch abgelehnt haben, Ihnen den Hof machen zu dürfen.«

Bitte nicht, flehte sie stumm. Bitte, sprich nicht weiter!

Doch jetzt, da er sich einmal ein Herz gefasst hatte, sprudelten die Worte nur so aus Simon Neustätter hervor. »Ich verspreche, ich werde Sie glücklich machen, Marie. Ich werde Sie lieben und ehren, und es wird Ihnen an nichts fehlen. Meine Eltern sind auch ganz hingerissen von Ihnen, und …«

Marie trat zwei Schritte zurück, um seinen Redeschwall zu unterbrechen. Verletzt sah er sie an. Er tat ihr leid, dieser so unbeholfene und schüchterne Mann, der soeben vermutlich das erste Liebesgeständnis seines Lebens gemacht hatte.

»Simon«, sagte sie so freundlich wie möglich. »Sie sind ein gebildeter Mann. Aber es tut mir leid – ich bin nicht die Richtige für Sie.«

»Das stimmt doch nicht, Marie. Wenn Sie denken, dass Sie wegen Ihrer Herkunft nicht gut genug seien, dann kann ich Ihnen versichern …« Zu ihrem Entsetzen ging er nun auf sie zu.

»Nein«, sagte sie hastig. »Nein, das ist es nicht.«

»Was ist es dann?« Er kam noch näher. Und plötzlich hatte Marie Angst.

Sie hob drohend die Hand. »Hören Sie auf – keinen Schritt weiter!«

»Entschuldigung«, sagte er erschrocken und setzte sich zu ihrer Erleichterung wieder an seinen Entwurf.

»Gute Nacht«, sagte sie im Gehen, er nickte nur mit gesenktem Blick.

Kapitel 28

Es brauchte keine große Überredungskunst, um Jeremias davon zu überzeugen, Marie mitfahren zu lassen. Als die Kutsche der Neustätters auf das kleine, windschiefe Häuschen in Rinchnachmündt zufuhr, war Marie wie verzaubert. Dieser Ort wirkte verträumt und verwunschen wie im Märchen.

Vor dem Häuschen saß ein alter Mann und sah ihnen angespannt entgegen. Als er Moritz erkannte, wurde seine Miene aber freundlich, und er erhob sich von seiner Bank, um ihnen, schwer auf seinen Stock gestützt, entgegenzuhumpeln.

»Mein junger Freund. Das ist aber eine Freude, dass Sie so schnell wieder da sind. Als ich die edle Kutsche gesehen habe, dachte ich schon, es wären die feinen Münchner, die mir mein Häuschen niederreißen wollen.«

»Nein«, sagte der Juwelier und schob sich neben Moritz. »Ich bin zwar auch ein Münchner, aber ich will Ihr entzückendes Häuschen ganz und gar nicht niederreißen. Im Gegenteil. Mein Name ist Jeremias Neustätter, meines Zeichens Goldschmied und Juwelier.«

Er reichte dem Alten die Hand, die dieser vorsichtig

schüttelte, bevor er sich Marie zuwandte und ihr zu ihrem Entzücken einen wackeligen Handkuss gab. »Habe die Ehre. Ich bin der Krummbiegel Peter.«

»Marie Thomass«, stellte sie sich lächelnd vor.

»Nun, sagen Sie es mir, junger Freund«, krächzte der Alte an Moritz gewandt, »ist Ihr schnelles Wiederkommen ein gutes Zeichen?«

Moritz nickte strahlend. »Allerdings. Ich möchte – wir möchten – Ihr Angebot gern annehmen und das hier kaufen.« Er deutete auf Jeremias: »Herr Neustätter würde die Fischerei erwerben und mich als Pächter dazunehmen. Er würde auch die Perlen kaufen und möchte uns«, jetzt zeigte er auf Marie, »die Perlmuttschleiferei ausprobieren lassen.«

Der alte Mann lachte auf vor Freude. »Das sind ja hervorragende Neuigkeiten. Ich habe so gehofft, dass es gelingen wird.«

»Ja«, sagte Moritz glücklich. »Ich auch.«

»Dann kommen Sie mal herein in die gute Stube«, sagte Herr Krummbiegel. »Sie müssen ja wissen, was Sie da kaufen. Drinnen sind auch meine Bücher. Ich habe jeden einzelnen Perlenfund und -verkauf dokumentiert. Sie werden sehen, Sie machen ein gutes Geschäft.«

Drinnen sah sich Marie interessiert um. Die Hütte, die vor der Hügellandschaft eher klein wirkte, war innen überraschend geräumig, sauber und gepflegt. Vielleicht hatte der gebrechliche Mann eine Zugehfrau aus dem Dorf, die hier regelmäßig reinemachte. Es gab eine kleine Küche und eine Tür, die, wie sie vermutete, ins Schlafzimmer führte.

Unter dem Wohnzimmerfenster mit Blick auf den Fluss stand neben einem gemütlich wirkenden Kachelofen ein blank gescheuerter Tisch, auf dem ein paar Muschelschalen lagen. Außerdem gab es eine Eckbank, die direkt an den Kamin anschloss. Moritz wollte im Winter ja in München weilen, aber es musste herrlich sein, bei Schnee hier zu sitzen, den Rücken zum Kamin, und die Aussicht auf das Flüsschen zu genießen, dachte sie.

Neustätter nahm auf einem der beiden Stühle Platz, Marie und Moritz teilten sich die Eckbank. So dicht saßen sie dort nebeneinander, dass sie die Wärme seiner Haut durch ihre Kleidung spüren konnte.

Der Alte kramte in einem Schrank und kehrte kurz darauf mit einer großen Mappe und einem Buch zurück. Erleichtert nahm er auf dem zweiten Stuhl Platz und breitete die Unterlagen vor ihnen auf dem Tisch aus. Marie hatte keine Ahnung, wie viele Perlen es üblicherweise in einem solchen Bach gab, aber an Moritz' Miene erkannte sie, dass die Zahlen durchaus erfreulich sein mussten. Überrascht blickte er auf.

»Donnerwetter«, sagte er und schob Jeremias den Ordner zu. »Sie haben recht. Da machen wir ein gutes Geschäft.«

Herr Krummbiegel nickte. »Ja, die Rinchnacher Ohe führt wirklich viele Perlen. Deshalb wäre es eine Schande gewesen, wenn das Haus an jemanden verkauft worden wäre, den diese Schätze unserer Natur nicht interessieren.«

»Warum enden die Aufzeichnungen denn 1842?«, fragte Jeremias misstrauisch. »Sind die Erträge danach derart eingebrochen?«

»Ich war schon lange nicht mehr im Wasser«, erklärte der Alte. »Also habe ich auch schon lange nichts mehr verkauft.«

Marie sah Moritz und Jeremias erneut einen Blick wechseln.

»Ich weiß, was Sie denken«, fuhr der Alte fort. »Sie denken, dass in meinem Flüsschen und den beiden Bächen, aus denen er entsteht, inzwischen die Ernte aus mehreren Jahren liegen muss. Und das dürfte auch so sein.«

»Das ist ja großartig«, rief Jeremias Neustätter begeistert.

»Ja, das stimmt«, freute sich der alte Mann mit ihm. »Es ist großartig, dass ich für mein Häuschen und mein Gewässer so wundervolle Nachfolger gefunden habe. Dann hole ich uns mal einen Obstler.« Er erhob sich mühevoll. »Selbst gebrannt. Ich bin kurz in der Küche.«

»Ich helfe Ihnen«, bot Marie an und stand auf.

In der urgemütlichen Küche schüttete sie die vier Gläser mit dem Birnenschnaps voll, da Herrn Krummbiegels Hände ein wenig zitterten.

»Wie geht es denn jetzt mit Ihnen weiter?«, fragte Marie, die sich um die Zukunft des alten Mannes sorgte. Schließlich hatte der hier sein ganzes Leben verbracht, und zumindest sein Schwiegersohn schien nicht allzu fürsorglich zu sein.

Doch der greise Perlfischer schien guter Dinge zu sein. »Ich ziehe zu meiner Tochter und meinen Enkeln nach Regensburg. Sie haben dort ein großes Haus und lassen mich im Erdgeschoss wohnen, dann muss ich keine Treppen steigen.«

»Und … werden Sie es dort gut haben? Ich meine, Ihr Schwiegersohn …«

»Keine Sorge, der ist mir wohlgesonnen.«

»Puh«, kam es erleichtert von Marie. »Ich dachte nur, weil …«

»In meiner Erzählung hat es so gewirkt, als wolle er mir

meine Fischerei wegnehmen und es gehe ihm nur ums Geld?«

»Ja«, gab sie zu. »Ein wenig schon.«

»Er tut das für meine Tochter. Die sorgt sich schon lange um mich. Wenn es nach ihr ginge, wäre ich bereits vor zehn Jahren zu ihnen gezogen. Sie haben mir dort eine wirklich schöne Kammer eingerichtet und freuen sich auf mich. Sie nehmen mir das Geld aus dem Verkauf auch nicht weg, wenn Sie das befürchten. Sie wollen nicht einmal eine Miete von mir, sondern sind einfach nur froh, dass ich komme. Mein Schwiegersohn ging zwar zuletzt sehr entschlossen vor, aber nur, weil ich sonst nicht gekommen wäre.«

»Das klingt schön«, sagte Marie beruhigt. Sie war froh, dass der alte Mann keiner unglücklichen Zukunft als lästiges Anhängsel entgegensehen musste.

»Ich bin es, der nicht loslassen konnte«, gestand er. »Aber nun geht es nicht mehr. Inzwischen regnet es durchs Dach, ich komme nicht mehr hinauf, um es zu reparieren. Und ausgerechnet da kam Ihr Verlobter – bei ihm ist meine geliebte Perlfischerei in den allerbesten Händen.«

»Oh«, sagte Marie hastig und sah peinlich berührt zur Wohnzimmertür. »Er ist nicht mein Verlobter.«

»Das kann ja noch werden«, war der Alte überzeugt. »Denken Sie an meine Worte. Und Ihre Kinder werden hier über die Wiese rennen wie früher die meinen.«

Marie musste lächeln. Was für ein zauberhaftes Bild!

»Jetzt haben wir doppelten Grund, auf dem Oktoberfest so richtig schön zu feiern«, sagte Meister Neustätter gut gelaunt, als sie am Spätnachmittag an der Kutsche standen.

Die Stunde des Abschieds von Herrn Krummbiegel – und zu Maries Bedauern auch von Moritz – war gekommen.

»Und Sie wollen wirklich nicht noch mal mitkommen?«, fragte ihn Jeremias.

Moritz schüttelte den Kopf. »Ich möchte mir unbedingt die Muschelbänke ansehen. Außerdem sollte das Dach repariert werden, bevor die Herbststürme beginnen. Wenn ich hier den Gesamtertrag übersehen kann, komme ich aber in jedem Fall wieder nach München.« Dabei blickte er lächelnd in Maries Richtung, so als wolle er sagen: »Und dann werde ich um deine Hand anhalten.«

***

»Marie, endlich!«, rief Ursel aufgeregt. Ich dachte schon, du kommst gar nicht mehr! Ich hab doch nicht viel Zeit! Ich muss Mutter bei den Vorbereitungen fürs Oktoberfest helfen.«

Aufgeregt nahm sie Marie beim Arm und zog sie in Richtung Hofgarten. »Hat dein Bruder schon mit dir geredet? Hat er irgendetwas über mich verlauten lassen?«

Marie schüttelte den Kopf. »Leider noch nicht.«

Ursel verzog enttäuscht das Gesicht. »Und ich hatte schon erwartet, dass er sich bei mir meldet. Oder wenigstens dich ein wenig nach mir ausfragt. Vor allem, nachdem du mir gesagt hast, dass er ständig im Geschäft auftaucht, wenn ich komme.«

»Ursel«, sagte Marie und hakte die andere unter. »Was erwartest du? In nicht mal zwei Wochen beginnen seine Wanderjahre. Außerdem ist mein Bruder in diesen Dingen sehr zurückhaltend. Er trägt sein Herz nicht auf der Zunge.«

»Nun, wenn er es dir nicht erzählt, dann könnte er mir doch wenigstens ein paar Zeilen schreiben.«

»Das wäre sehr aufdringlich – aus seiner Sicht. Für dich war es ein mühevoll organisierter Spaziergang. Für meinen Bruder war es ein zufälliges Treffen mit der Freundin seiner Schwester«, erklärte Marie. »Und wenn es ihn noch so beeindruckt hat – weshalb sollte er dir schreiben?«

Inzwischen waren sie vor dem Eingang der Residenz angekommen, die laut Ursula seit 1508 den Herrschern von Bayern als Behördensitz diente. Ursel blieb vor einer der imposanten Löwenstatuen links und rechts des Eingangs stehen. Sie streichelte die Schnauze eines kleinen Löwenkopfs, der sich unten am Schild der großen Bronzestatue befand.

»Solltest du auch tun«, riet sie. »Das bringt Glück.«

Marie lächelte. Glück wäre wohl, wenn Moritz die erhoffte große Perlenernte vorfinden würde.

»Was strahlst du so?«, hakte Ursel nach. »Geht es um diesen Vogtländer?«

Marie nickte und reckte sich ein wenig. »Die Löwenschnauze glänzt ja richtig, weil so viele Leute sie berühren.«

»Die Münchner glauben eben an so etwas«, sagte Ursel und führte ihre Freundin nun in Richtung Odeonsplatz. »Und jetzt sag schon! Was ist mit Moritz?«

Da strahlte Marie. »Oh, Ursel, er ist so wunderbar. Wir haben uns nach seiner Ankunft am Mittwoch im Stiegenhaus geküsst, nachts im Mondschein.«

»Wie schön!« Ursel gab ihr einen Kuss auf die Wange. »Und wie geht es nun weiter?«

»Er hat sich hier in Bayern einen Perlbach gesucht, bei Regen am Regen.«

»Um in deiner Nähe zu sein? Wie hinreißend!«, freute sich die Freundin.

»Auch«, sagte Marie und ersparte ihr die Einzelheiten hinsichtlich der Unwetterschäden im Vogtland. »Ich durfte ihn und Herrn Neustätter dorthin begleiten. Der hat die Perlenfischerhütte gekauft und verpachtet sie an Moritz. Es ist so malerisch dort. Er hat angedeutet, dass er mir bei seinem nächsten München-Besuch einen Antrag machen möchte.«

»Und wann wird es sein?«, fragte Ursel Anteil nehmend.

»Sobald das Dach repariert ist und die Perlenbestände überprüft«, sagte Marie auf einmal bedrückt. »Wann genau, konnte er leider noch nicht sagen.«

»Aber er kommt wieder. Und er ist dir zugetan«, erinnerte Ursel sie. »Du bist schon viel weiter als ich.«

»Du hast recht«, erkannte Marie mit dem Anflug eines schlechten Gewissens. »Dann müssen wir uns nun dringend etwas für euch überlegen.«

»Komm doch wirklich mit ihm aufs Oktoberfest, wie wir es uns neulich überlegt hatten«, schlug Ursel vor. »Und Moritz könnte euch begleiten – falls er bis dahin doch schon zurück ist. Das ist unverdächtig, und ich könnte Carl viel über das Fest und seine Entstehung erzählen. Das muss ich mir diesmal nicht mal anlesen. Diese Geschichten kenne ich seit meiner Kindheit. Was hältst du davon?«

Marie nickte. »Egal, ob Moritz dann schon da ist, so machen wir es auf jeden Fall.« Dann seufzte sie. »Hoffentlich laufen wir dort nicht Simon über den Weg. Es reicht mir schon, ihn nun wieder täglich in der Goldschmiede zu sehen.«

»Hat er es immer noch nicht aufgeben?«, fragte Ursel. »Carl hat ihm doch mitgeteilt, dass du kein Interesse hast.«

»Ja, und ich dachte auch, er hätte das verstanden, aber als ich Mittwochnacht in der Werkstatt ein Buch holen wollte, saß er dort. Wir beide waren in unseren Nachtgewändern, was an sich schon peinlich war.«

»Was gehst du auch im Nachtgewand da runter?«

»Ich habe nicht gedacht, dass ich zu so später Stunde noch jemandem begegnen würde. Außerdem rechtfertigt mein Nachthemd nicht, was Simon getan hat.«

»Und was war das?«

»Na ja, erst hat er mich so komisch angesehen, aber dann haben wir uns über Tavernier unterhalten, und alles schien in Ordnung.«

»Über was?«, fragte Ursel verständnislos, doch Marie winkte ab. »Das war so ein Schmuckhändler, nicht so wichtig. Jedenfalls wurde Simon irgendwann sehr weinerlich, hat aufgezählt, was er mir alles bieten könne. Und dann kam er auf mich zu.«

Ursels Augen weiteten sich. »Er hat doch nicht …«

Marie winkte ab. »Nein, nein. Ich habe ihn deutlich in seine Schranken gewiesen. Aber jetzt wird es bestimmt noch unangenehmer sein, ihm zu begegnen.«

Kapitel 29

Das nächste Aufeinandertreffen mit Simon fand zu Maries Erleichterung nicht zu zweit in den Verkaufsräumen, sondern beim Abendessen in größerem Kreis statt. Wie inzwischen schon häufiger, hatten die Eheleute Neustätter außer ihrem Neffen auch die Geschwister Thomass dazugebeten. Tagsüber hatte Luisa Simon freigegeben, da so gut wie keine Kunden gekommen waren.

»So ruhig wie heute war es wohl noch nie«, resümierte Marie denn auch zwischen Vorspeise und Hauptgang, um ein möglichst unverfängliches Gesprächsthema zu haben. »Dabei war doch in der letzten Zeit so furchtbar viel los.«

»Die Leute haben ihren Schmuck beisammen«, erklärte Luisa. »Jetzt bereiten sich alle aufs Oktoberfest vor, das heißt, sie gehen zum Schneider und zum Frisieren.«

Marie nickte und dachte gerade an Ursels Vorschlag, da sagte die Juweliersgattin: »Der Tag der Eröffnung ist immer ein ganz besonderer – normalerweise ist sogar der König anwesend. Wir werden selbstverständlich auch dabei sein und würden uns freuen, wenn Sie und Ihr Bruder uns begleiten würden.«

»Sehr gerne«, beeilte sich Marie zu sagen, die auf diese

Einladung insgeheim bereits gehofft hatte. Und dass sie mit den Neustätters zur Eröffnung ging, hieß ja nicht, dass sie später nicht in der mit Ursel geplanten Dreier- oder gar Viererkonstellation das Fest noch einmal besuchen konnten.

»Auch wenn es schade ist, dass der König der feierlichen Eröffnung in diesem Jahr nicht beiwohnen wird – es kommt uns trotzdem eine ganz besondere Ehre zu«, fuhr Luisa fort und sah ihren Mann fragend an. »Sagen wir es Ihnen?«

»Ich denke, das können wir«, erwiderte Jeremias schmunzelnd.

»Nun«, setzte Luisa an, »die restliche Königsfamilie wird anwesend sein. Und der Prinzessin hat die Kette so gut gefallen, dass ein Hofbeamter Jeremias nahegelegt hat, wir sollten ihnen in erster Reihe zujubeln. Es sei nicht ausgeschlossen, dass wir demnächst als künftige Königliche Hoflieferanten in Betracht gezogen werden.«

»Das ist ja wundervoll!«, rief Carl verblüfft. »Was für eine Ehre!«

Simon schien davon bereits zu wissen, denn er reagierte seltsam gleichgültig. Lag es an ihr? Wollte er nach der Abfuhr womöglich gar nicht mehr mit ihr sprechen?

»Wie kommt es eigentlich, dass die gekrönten Häupter einem eher volkstümlichen Fest beiwohnen?«, fragte sie und sah dabei ganz bewusst in seine Richtung. Als er nicht sofort reagierte, hakte sie nach: »Wissen Sie es vielleicht, Herr Neustätter?«

Er schien aus trüben Gedanken aufzuschrecken und antwortete endlich: »Das erste Oktoberfest wurde anlässlich der Hochzeit des bayerischen Kronprinzen Ludwig mit Prinzessin Therese von Sachsen-Hildburghausen gefeiert.«

»Viel spannender finde ich den zweiten Grund, warum

das Oktoberfest gegründet wurde«, meinte Simons Onkel. »Bayern musste zusammenwachsen. Schließlich war man gerade erst Königreich geworden, und die Herrscher kamen aus der Pfalz, hatten also keinerlei bayerische Wurzeln. Der König wollte ein bayerisches Nationalgefühl schaffen.«

»Ab wann gehört uns denn nun die Perlfischerei?«, wechselte Simon abrupt das Thema, und aus irgendeinem Grund störte es Marie, dass er »uns« sagte. Simon wurde ihr immer unangenehmer, und aus ihrer Perlenidylle wollte sie ihn gern heraushalten. Doch sie sagte natürlich nichts, stattdessen erklärte Jeremias: »Mein Anwalt setzt den Vertrag auf, und gleich nach der Oktoberfesteröffnung fahre ich hin und regle alles.«

»Das ist ja wirklich ganz wunderbar. Wie gut, dass Moritz Schmerler auf den alten Mann gestoßen ist«, freute sich Luisa. »Unser Kutscher Leonhard meinte, es sei sehr malerisch dort.«

»Es ist wirklich ein ganz wunderbarer Ort«, schwärmte Marie. »Nahezu magisch.«

»Dann wird Herr Schmerler dort sicher magische Perlen finden«, sagte Luisa und lächelte ihrer Verkaufshelferin zu.

***

»Das ist ja unglaublich«, staunte Marie, die zwischen Carl und Frau Neustätter auf der Zuschauertribüne saß, die dem königlichen Zelt gegenüberstand. Von dort aus wohnten die Familie und ihr Hofstaat dem Festgeschehen bei. »Sie sind so nah.«

»So nah nun auch wieder nicht«, widersprach Carl. »Aber deine Prinzessin ist darunter.«

Marie nickte. »Man kann nur leider nicht erkennen, ob sie unseren Perlenschmuck trägt.«

Sie lächelten einander zu. Es war der 12. Oktober, und später würde noch das Pferderennen stattfinden.

Um zwei Uhr nachmittags war die Königsfamilie – wenn auch ohne den König – im offenen Sechsspänner zu den Jubelrufen der Menge von der Residenz zur Theresienwiese gefahren. Nun wurde ihnen am Königszelt gehuldigt, und gleich würde das Pferderennen folgen, das Marie ungeduldig erwartete. Von Jeremias hatte sie erfahren, dass der Nationalgarde-Kavallerist Franz Baumgartner den Wettbewerb seinerzeit anlässlich der königlichen Hochzeit vorgeschlagen hatte. Sein Plan war gewesen, damit den spätmittelalterlichen Brauch des Scharlachrennens wiederzubeleben. Und seither erfreuten sich die Pferderennen größter Beliebtheit. Während Marie zusah, wie die Teilnehmer am Königszelt vorbeidefilierten, stellte sie jedoch bald fest, dass der Aufmarsch sie nur kurz von der Sehnsucht nach Moritz hatte ablenken können.

Als allerdings kurz darauf der Startschuss für das Rennen fiel, war sie dann doch wie gebannt. Die Teilnehmer, bei denen es sich, wie Marie wusste, nicht nur um erfahrene Berufsreiter, sondern auch um Viehhändler, Metzger, Posthalter und Bauern aus der Umgegend handelte, jagten ihre Tiere vor dem Abhang des Sendlinger Hügels entlang.

»Da ist der Krenkl«, rief Luisa aufgeregt und deutete nach vorn.

»Der Krenkl?«, wiederholte Marie verständnislos.

»Ein echtes Münchner Original«, lachte die Juweliersgattin. »Er verdingt sich als Pferdehändler und Lohnkutscher, gehört regelmäßig zu den Siegern der Pferderennen.«

»Aber ein Original ist er noch aus anderem Grund«, mischte sich Jeremias ins Gespräch. »Er ist ein echter Schelm. Er hat mal im Englischen Garten unerlaubterweise die königliche Kutsche überholt. Das ist ja streng verboten. Und als er vorbeifuhr, hat er dann gerufen: ›Majestät, wer ko, der ko!‹«

»Nein«, staunte Marie kichernd. »Wie ungehörig.«

In diesem Moment schrien die Zuschauer vor Aufregung, als das erste Tier über die Ziellinie ging.

Das Rennen war kaum zu Ende, da bat Carl schon nervös: »Lass uns gleich zu Ursel gehen. Sie hilft ja an der Bude von Therese Huber mit. Nicht, dass wir noch zu spät kommen.«

Marie lächelte in sich hinein. Ihr Bruder hatte es verdächtig eilig.

Auf dem Weg über die Theresienwiese bewunderten sie all die Vergnügungen, die auf dort aufgebaut waren. Da gab es Karussells und Schaukeln, Spiele wie Sackhüpfen, Steinschleudern und Ringen sowie eine Tanzfläche, auf der verliebte Paare herumwirbelten.

»Wie schön, dass ihr da seid!«, sagte Ursel strahlend, als Marie und Carl schließlich bei der Holzhütte ankamen, in der die Brauerei der treuesten Kundin und besten Freundin von Ursels Mutter ausschenkte. Wie die siebzehn anderen Buden der Münchner Bierwirte und Brauer war auch die der Brauereiwitwe Huber in einem Kreis innerhalb des Rondells der Pferderennbahn aufgebaut worden. Marie wusste von Ursel, dass die Brauer sich jedes Jahr aufs Neue um eine Teilnahme am Oktoberfest bewerben mussten.

»Ich setze mich gleich zu euch.«

Sie eilte zurück zum Tresen und wechselte einige Worte

mit der Frau, die dort stand und ein Bier nach dem anderen zapfte. Die wandte sich in Richtung der Thomass-Geschwister und lächelte. Gleich darauf kam Ursel wieder zu ihnen. Sie war etwas atemlos, und ihre Wangen glühten. Marie fand, dass ihre junge Freundin nie schöner gewesen war. Die viele Arbeit, die das Oktoberfest mit sich brachte, stand ihr hervorragend zu Gesicht. Diesen Eindruck schien Carl zu teilen, denn er bedachte Ursel mit einem bewundernden Lächeln.

»Wie schön, dass Sie sich Zeit für uns nehmen, Fräulein Holzapfel«, rief er gegen die Klänge der Blasmusikkapelle an, die sich in der Budenecke aufgestellt hatte. Inmitten all diesen Trubels …« Er machte eine weit ausholende Bewegung, die auch die Kegelbahn umfasste, die zur Vergnügung der Besucher in der Hütte aufgebaut worden war. »Sind Sie sicher, dass Ihnen dadurch keine Schwierigkeiten entstehen?«

»Mein Pauserl steht mir zu«, lachte Ursel.

Carl grinste zurück. »Dann freue ich mich, dass Sie Ihre freie Zeit mit uns verbringen wollen.«

»Und ich freue mich, dass Sie gekommen sind«, sagte Ursel und sah Carl selbstbewusst in die Augen.

Marie beobachtete die beiden unter gesenkten Lidern. Sie hegte nunmehr kaum noch Zweifel daran, dass Carl Ursels Gefühle erwiderte. Und sie fand, dass deren Ausstrahlung in dieser Umgebung noch stärker war als sonst. Sie wirkte ungemein selbstbewusst und irgendwie … umwerfend.

Jetzt hob sie die Hand, um bei der Bedienung drei Halbe zu bestellen.

Das Mädel nickte eifrig und wollte sich gerade umdrehen, um mit der neu aufgenommenen Bestellung davonzueilen und das Bier zu holen, als sie umknickte und mit einem leisen Schmerzensschrei zu Boden sank.

»Zensi!«, rief Ursel erschrocken und erhob sich rasch, um der Bedienung aufzuhelfen. »Um Himmels willen! Hast du dich verletzt?«

»Ich glaub, ja«, wimmerte das weizenblonde Mädchen. »Mein Knöchel tut furchtbar weh. Ich bin ganz dumm umgeknickt.«

»Kannst du aufstehen?«

»Ich versuche es«, sagte die junge Frau tapfer, sank jedoch gleich darauf mit einem Schmerzensschrei in sich zusammen.

Marie und Carl, die das Geschehen vom Tisch aus verfolgt hatten, wechselten einen besorgten Blick.

»Sollen wir uns um ihren Fuß kümmern?«, schlug Marie vor.

Ursel blickte dankbar zu ihr auf und nickte rasch. »Das wäre großartig. Ich fürchte, ich kann euch ohnehin keine Gesellschaft mehr leisten. Ich muss die Zensi ersetzen.«

Sie blickte Carl direkt in die Augen, als sie hinzufügte: »Es tut mir wirklich leid. Ich wollte Ihnen noch so viel über das Oktoberfest erzählen.«

»Vielleicht können wir das nachholen?«, hörte Marie ihren Bruder vorschlagen – so leise das im Oktoberfestlärm eben ging. »Nur wir beide? Ich würde Sie gerne zum Tanz hier auf der Theresienwiese einladen.«

Sie konnte nicht hören, was Ursel erwiderte, bemerkte aber, dass die beiden sich verliebt in die Augen sahen, bis sich rüpelhaft einer der Männer am Nachbartisch einmischte: »Wird das heute noch was mit der Halben?«

»Sofort«, sagte Ursel. »Bitte entschuldigen Sie.«

Sie warf Carl und Marie noch ein letztes »Danke« und Zensi ein »Gute Besserung« zu und eilte in Richtung Theke davon. Mit verzückter Miene blickte der Goldschmiedelehrling ihr nach.

»Carl?«, brachte sich Marie in Erinnerung, nachdem sie ihrem Bruder zwei, drei verträumte Augenblicke gewährt hatte. »Wir sollten jetzt nach einem Doktor Ausschau halten.«

»Natürlich«, sagte Carl wie erwachend und wandte sich Zensi zu, die immer noch auf dem Boden hockte. »Ich helfe Ihnen auf. Und dann können Sie sich auf mich und meine Schwester stützen.«

Kapitel 30

Am nächsten Tag war es so weit: Carl Thomass würde der alten Goldarbeitertradition entsprechend auf die Walz gehen. Zur feierlichen Verabschiedung im Juweliergeschäft war neben der gesamten Familie Neustätter auch Ursula Holzapfel anwesend.

Marie hatte von ihrem Bruder erfahren, dass er und die Schäfflertochter sich gestern noch geküsst und versprochen hatten, aufeinander zu warten.

»Schreib mir auch regelmäßig! Hörst du?«, bat Marie ihn.

»Von mir aus. Aber nicht zu oft«, maulte er. »Du weißt doch, dass ich nicht so gern zum Federkiel greife. Und ich muss ja schon Ursel Briefe schicken.«

»Ich will aber wissen, wie es dir geht«, beharrte seine Schwester. »Es reicht mir bereits, dass ich nie erfahre, wie sich unser Nesthäkchen Wolfgang macht.«

»Ich werde unser Bruderherz in Offenburg besuchen«, kündigte Carl an. »Dann teile ich es dir mit.«

Nun wandte sich Jeremias Neustätter an seinen Lehrling und überreichte ihm einen kleinen Ledersack, der offenbar voller Münzen war. Marie bemerkte, dass seine Finger erneut ein wenig zitterten. Auch wenn es diesmal natürlich an Carls Abreise liegen mochte, beschloss sie, Simon bald zu fragen, ob dessen Onkel möglicherweise unter etwas litt, von dem sie nichts wusste.

»Hier, mein Junge, damit es dir an nichts fehlt in der ersten Zeit deiner Reise.« Jeremias versuchte, seine Rührung mit gespielter Strenge zu verbergen, indem er hinzufügte: »Und brauch nicht alles auf einmal auf!«

»Ach, Bub«, sagte Luisa Neustätter, die ihr friedlich schlummerndes Töchterchen Rosina auf dem Arm hatte. Sie missachtete für dieses eine Mal ihren höheren Rang, indem sie Carl einen Kuss auf die Wange drückte. »Pass auf dich auf!«

Maries Bruder streichelte mit feuchten Augen dem Säugling über das Köpfchen und ging dann in die Knie, um auch Neustätters Söhne Julius, Albrecht und Heinrich zu verabschieden. »Hört immer brav auf die Eltern. Wenn euer Carli zurück ist, spielen wir wieder im Hof hinten, versprochen.«

Er richtete sich auf und drückte Simon mit einem Kopfnicken die Hand. Es war unmöglich zu lesen, welche Gefühle Carls Abschied in Neustätters Neffen auslöste. Marie fragte sich, ob seine schlechte Laune von ihrer Ablehnung seiner Avancen herrührte oder ob große Sorge um seinen immer häufiger zitternden Onkel der Grund war.

Zu guter Letzt war Ursula Holzapfel an der Reihe, sich von ihrem Liebsten zu verabschieden. Alle sahen dezent zur Seite, als es das frisch gebackene Pärchen wagte, sich einen scheuen Kuss zu geben. Bei diesem besonderen Anlass durfte man wohl ausnahmsweise die Tatsache außer Acht lassen, dass Carl keine Zeit mehr gehabt hatte, bei Ursels Eltern um deren Hand anzuhalten.

Als er dann wirklich mit seinem Rucksackerl über den Schrannenplatz ging und sich nur noch einmal winkend umdrehte, konnten Marie und Ursel ihre Tränen nicht mehr zurückhalten.

Da kam Postbote Aepfelbacher vorm Haus der Perlen an, grüßte gut gelaunt und überreichte Marie einen Brief.

»Heute gibt's nur was fürs Fräulein Thomass und Ihren Herrn Bruder«, sagte er. »Habe die Ehre.«

Zunächst hatte sie vermutet, das Schreiben wäre von Moritz. Doch es war tatsächlich »an die Geschwister Marie und Carl Thomass« gerichtet, und der Absender war »Familie Math. Thomass«.

Für einen kurzen Augenblick hoffte Marie, ihr Vater hätte ihr endlich geschrieben. Doch es war nicht seine Handschrift, die kannte sie ja ganz genau, da sie jahrelang in seinem Arbeitszimmer geputzt hatte. War der Brief von der neuen Frau in seinem Leben und enthielt vielleicht schlimme Nachrichten? Mit zitternden Fingern öffnete sie den Umschlag, während die Familie Thomass bereits im Haus verschwand. Nur Ursel blieb an der Seite ihrer Freundin.

»Schlechte Neuigkeiten?«, fragte sie angesichts Maries besorgtem Gesichtsausdruck.

Diese überflog das Schreiben:

Verehrter Herr Carl Thomass, verehrtes
Fräulein Marie Thomass!
Mein Name ist Seraphina Thiebauth, Sie haben mich kurz gesehen, als Sie im Mai Ihren Herrn Vater besuchten. Ich verstehe, dass unsere Verbindung Sie überrascht hat. Und gewiss war es verletzend, gar so spät davon zu erfahren.

Umso mehr bitte ich Sie um Vergebung, dass ich es heute wage, mich an Sie zu wenden.
Aber Ihr Vater ist seit Ihrem Fortgang sehr schweren Gemüts. Er vermisst Sie so sehr, dass er kaum in der Lage ist, die alltäglichen Arbeiten zu verrichten. Ich riet ihm schon mehrfach, Ihnen beiden zu schreiben, doch er möchte sich keinesfalls aufdrängen. Er sagt, Sie hätten das Recht, ihn mit Schweigen zu strafen.
Dennoch bitte ich Sie heute von Herzen um ein kleines Lebenszeichen an Ihren Herrn Vater. Es würde ihn retten. Sie mögen mich hassen, weil wir Trost beieinander gefunden haben. Doch verzeihen Sie Mathias! Dass er so lange über uns schwieg, hat nichts mit mangelndem Vertrauen oder Boshaftigkeit zu tun, allenfalls mit Schwäche. Er war noch nicht fähig, die Wahrheit über uns zu sprechen, obwohl ich ihn ein ums andere Mal darum gebeten habe. Vor allem aber geschah sein Schweigen aus Sorge um Ihre Gefühle.
Darf ich auf Hilfe für Ihren verzweifelten Vater hoffen?
Hochachtungsvoll
Seraphina Thiebauth

»Mein Vater leidet unter unserer Trennung, wagt es aber nicht, sich bei uns zu melden«, fasste Marie das Schreiben für ihre Freundin zusammen.

»Von wem ist denn dann der Brief?«, fragte Ursel verwundert.

»Von Seraphina Thiebauth, der neuen Frau in seinem Leben«, antwortete Marie nachdenklich. »Sie scheint wirklich sehr fürsorglich zu sein. Sie bittet, dass wir bei Vater den ersten Schritt tun, weil er sich nicht traut. Ich werde ihm schreiben und mich auch bei Frau Thiebauth bedanken. Schade, dass Carl das nun gar nicht mehr lesen konnte.«

»Ja, schreib du beiden, gute Idee«, meinte Ursel.

***

Jeremias Neustätter hatte Marie erlaubt, im hinteren Teil der Werkstatt abends nach Geschäftsschluss ein wenig mit Perlmutt zu experimentieren. Auch aus diesem Grund war es sehr schade, dass Carl sie am Morgen verlassen hatte. Die Schleiferei ganz allein zu probieren wagte sie noch nicht – aber sie wollte sich an diesem Abend zumindest die von Herrn Krummbiegel zur Verfügung gestellten Muscheln noch einmal genauer ansehen. Und die Werkzeuge. Vielleicht würden ihr dabei schon erste Ideen kommen. Mit einer Lampe in der Hand stand sie nach dem Nachtmahl im Stiegenhaus, zog den Schlüssel aus ihrer Tasche und schloss die Tür zum Ladengeschäft auf. Von innen verriegelte sie die Durchgangstür wieder, das hatten die Neustätters ihr eingeschärft, als sie ihr den Schlüssel übergeben hatten. Die Tür musste stets geschlossen sein.

Gleich darauf stand Marie in der Werkstatt und entzündete die Lampen. Deren Licht sorgte für eigenartige Schatten an den Wänden. Sie war froh, dass das Fenster zur Straße hin in der Nacht nicht nur mit Gittern, sondern auch mit Fensterläden verschlossen war.

Beruhige dich, sprach sie sich selbst Mut zu. Es ist hier nicht gefährlicher als am Tag! Sie atmete tief durch und ging in den hinteren Teil der Werkstatt. Dort stand ein großer Arbeitstisch, und es gab ein Regal sowie mehrere Feilen,

Bohrer, Zangen und andere Werkzeuge. Die Muschelschalen lagen auf dem Tisch. Marie entzündete auch in diesem hinteren Teil des Raumes die Wandlampen, dann setzte sie sich, nahm eine der Schalen zur Hand und drehte die Innenseite nach oben. Wie wunderschön das Perlmutt im Schein der Kerzen schimmerte! Sacht strich sie mit den Fingern darüber. Was sich daraus wohl alles herstellen ließe? Auf dem Oktoberfest hatten die Frauen ihr Haar so wunderbar getragen, halb geflochten, halb aufgesteckt. Darin würden sich Kämme aus Perlmutt sicherlich ganz hervorragend machen. Einem Impuls folgend stand sie auf und ging mit der Muschel in der Hand in den Verkaufsbereich. Dort stellte sie sich vor den Spiegel und schob sich die Schale, die perlmutterne Seite nach außen, vorsichtig in ihr Haar. Dann nahm sie die Kerze, die sie aus der Werkstatt mitgenommen hatte, und hielt sie so, dass das Perlmutt in ihrem Schein glänzte.

In diesem Moment hörte sie, dass der Schlüssel in der Tür herumgedreht wurde, und zu ihrem Entsetzen stand wenige Augenblicke später Simon Neustätter vor ihr. Das gibt es doch nicht, dachte sie. Immer wenn ich nachts nicht in meiner Kammer liege, laufen wir uns in die Arme!

»Marie!« Simon sprach ein wenig verwaschen. »Habe durch das Schaufenster gesehen, wie du dich vor dem Spiegel gedreht und gewendet hast. Und da dachte ich, ich komme vorbei, um dir zu bestätigen, dass du die Schönste bist. Und ich kann das beurteilen.« Er hob in einer belehrenden Geste den Finger, kam mit seinem Gesicht dem ihren unangenehm nah und sagte: »Ich bin Kunsthistoriker. Und als solcher habe ich schon so manches Gemälde gesehen. Aber du, meine Süße, du bist schöner als jeder Leonardo.«

Er trat noch einen Schritt an sie heran, und sein alkoholisierter Atem bestätigte ihre Vermutung: Neustätters Neffe hatte auf dem Oktoberfest mehr als nur eine Maß zu sich genommen.

Marie wich zurück, wobei sie mit dem Rücken an den Verkaufstisch stieß. Er folgte ihr und stemmte seine Hände rechts und links von ihrem Körper an die Theke. Sie war zwischen dem Tresen und dem Betrunkenen gefangen. Panisch bog sie den Kopf zurück. »Bitte, Herr Neustätter. Lassen Sie das!«, flehte sie, doch er schüttelte den Kopf und starrte sie fast verzweifelt an. »Nein, liebes Fräulein Marie. Ich war viel zu lang eine erbärmliche Memme. Gerade war auf dem Oktoberfest an meinem Tisch die Rede davon. Frauen, die sich zieren, wollen erobert werden. Und das werde ich jetzt tun.«

»Nein«, flüsterte sie und löste ihre Hände von der Tresenkante, um ihn fortzustoßen. »Ich will nicht erobert werden. Und schon gar nicht von Ihnen.«

Als sie die Worte ausgesprochen hatte, merkte sie, dass sie ein Fehler gewesen waren. Simon Neustätter sah für einen Augenblick unendlich verletzt aus. Dann jedoch wandelte sich sein betretener Gesichtsausdruck in helle Wut, als er ihr entgegenspie: »So, das gnädige Fräulein möchte also nicht von mir erobert werden! Ich bin ihm wohl nicht gut genug.«

Er beugte sich vor und presste seine Lippen auf die ihren. Entsetzt bemerkte Marie, dass sich seine Zunge in ihren Mund bohrte. Er schmeckte nach Bier, und angeekelt entwand sie ihm ihr Gesicht.

»Die anderen können es doch auch«, zischte er indes verkrampft.

Als er nun auch noch an ihrem Busen zu grapschen begann und keuchend ihren Hals küsste, biss sie ihm mit aller Kraft ins Ohr. Er schrie auf, und es gelang ihr, sich zu befreien. Doch kaum war sie in Richtung Tür losgerannt, war er wieder bei ihr und versuchte, sie am Arm festzuhalten. In ihrer Panik entwickelte sie ungeahnte Kräfte, riss sich los und stieß ihn von sich. Simon taumelte zurück, stolperte und stürzte rücklings gegen den Präsentationstisch. Dabei schlug er stark mit dem Kopf an der Kante an. Schließlich lag er bewusstlos am Boden.

»O Gott«, rief Marie entsetzt. »O Gott, o Gott, o Gott. Das wollte ich nicht.«

Sie kniete neben ihm nieder. »Herr Neustätter!«, rief sie und schüttelte ihn leicht. Voller Entsetzen bemerkte sie, dass Blut an seinem Hinterkopf war. »Simon!«

Doch der gab keinen Ton von sich. Sie griff nach seinem Handgelenk, spürte in ihrer Aufregung jedoch keinen Puls. Hatte sie ihn umgebracht?

In jedem Fall musste sie Hilfe holen!

Während Marie in den ersten Stock hinaufrannte, befürchtete sie, ihre Knie könnten jeden Moment nachgeben. Sie riss an der Tür zur Beletage, Gott sei Dank war sie nicht verschlossen. Im nächsten Augenblick wusste sie, warum – da wäre sie nämlich fast mit dem jungen Kutscher Leonhard zusammengeprallt. Wahrscheinlich hatte er noch wie so oft mit seinem Herrn besprochen, welche Fahrten morgen anstanden.

»Herr Staudinger«, rief Marie mit sich überschlagender Stimme. »Der Simon Neustätter ist rückwärts gegen den Tisch gestürzt. Er blutet am Kopf, und da ist kein Pulsschlag mehr …«

Nun wurde ihre Stimme von einem Schluchzen erstickt.

»Wie hat es sich zugetragen?«, fragte der Kutscher und eilte an ihrer Seite in Richtung Tür.

»Wir hatten einen Streit, und ich habe ihn gestoßen«, gestand Marie verzweifelt. »Und dann fiel er hin.«

»Wen haben Sie gestoßen?«, ertönte in diesem Moment die strenge Stimme von Jeremias Neustätter hinter ihnen.

Die Angst schnürte Marie die Kehle zu, sie konnte nicht antworten, eilte nur noch dem Kutscher hinterher, dessen rote Haare ihm ins Gesicht fielen. Sie musste mit aller Macht gegen das Bild ankämpfen, das vor ihr aufstieg: Marie Thomass unter dem Henkerschwert wie einst die Giftmörderin von Memmingen. Angeklagt wegen Mordes an Simon Neustätter.

Leonhard Staudinger riss indes die Verbindungstür zum Laden auf. Marie sah angstvoll neben ihm in die Verkaufsräume. Und dann erstarrte sie. Simon war fort!

»Das kann doch nicht sein«, ächzte Marie.

War er doch nicht so schwer verletzt gewesen? Hatte er aufstehen und gehen können? Wenn das stimmte, hatte sie doch keinen Menschen auf dem Gewissen. Aber auch dann würde Simon sie möglicherweise nicht so einfach davonkommen lassen und sie wegen versuchten Totschlags anzeigen. Da bemerkte sie Blut am Boden unter dem Tisch.

Inzwischen war auch Luisa Neustätter neben ihrem Ehemann in der Tür aufgetaucht und folgte Maries Blick zu dem Blutfleck. Sie unterdrückte mit Mühe einen Schrei. »Was ist hier geschehen?«

Marie holte tief Luft und stieß hervor: »Ich war es. Ich bin schuld an allem.«

Sprachlos starrten die Neustätters ihre Verkaufshelferin an. Jeremias fasste sich als Erster wieder. »Sie sagten gerade, Sie haben Simon gestoßen?«, fragte er sie. »Aber warum? Und wo ist er jetzt?«

»Ich weiß nicht, wo er hingegangen ist, aber vorhin lag er leblos am Boden«, erklärte Marie mit brüchiger Stimme.

»Ich schaue oben nach, ob der gnädige Herr dort irgendwo ist«, rief Kutscher Leonhard merklich erleichtert, der gespannten Situation zu entkommen. Er polterte das Stiegenhaus hinauf.

»Wie kam es zu dem Streit?«, verlangte Neustätter senior zu erfahren.

»Ihr Neffe hat … meinen Bruder gebeten, mir den Hof machen zu dürfen. Ich habe ihm ausrichten lassen, dass ich schon anderweitig versprochen bin.«

»Verstehe«, knurrte Jeremias. »Moritz Schmerler.«

»Das …«, stammelte Marie ertappt, wollte dann aber rasch den Rest ihres Geständnisses loswerden.

»Vorhin habe ich mich in der Werkstatt noch mit dem Perlmutt beschäftigt. Dann kam Simon vom Oktoberfest. Er hatte getrunken, und er … er hat versucht …« Sie wich den bohrenden Blicken der Neustätters aus, um weitersprechen zu können. »Na ja, er wurde zudringlich. Ich habe mich irgendwann befreien können und bin zur Tür. Als er mich wieder packen wollte, habe ich ihn weggestoßen, ich hatte solche Angst … Er war so anders als sonst.«

Marie blickte auf und sah, wie das Gesicht ihres Arbeitgebers versteinerte.

»Niemals«, beschied Jeremias sie. »So etwas würde mein Neffe niemals tun.«

»Da hat er recht«, mischte sich Luisa ins Gespräch ein.

»Simon hat immer so zärtlich und respektvoll von Ihnen gesprochen!«

»Bei mir auch«, rief Jeremias, und seine rechte Hand zitterte dermaßen, dass er die linke darum krallte, um es zu verbergen. »Ihretwegen blutet Simon jetzt am Kopf, und Sie erheben grässliche Anschuldigungen gegen ihn.«

Er nahm seine Frau am Arm und wies Marie an: »Wecken Sie Vroni auf, sie soll das Blut entfernen. Wir sprechen morgen früh weiter, dann ist Simon hoffentlich zurück und kann selbst zu Ihren Behauptungen Stellung nehmen.«

Kapitel 31

Natürlich hatte Marie in der Nacht kaum Schlaf gefunden. Warum musste all dies ausgerechnet geschehen, nachdem ihr Bruder fortgegangen war? Sie rechnete damit, ihre Arbeit hier zu verlieren, denn selbst wenn Simon sich bei seiner Familie meldete, er würde Marie gewiss nicht entlasten und sein Verhalten gestehen. Schließlich war er ja nicht einmal bereit gewesen, den Irrtum mit dem Entwurf für die Kette der Prinzessin aufzuklären.

Marie war fast erleichtert, als endlich der Morgen graute und sie nach unten gehen konnte, um zu erfahren, wie es mit ihr weitergehen sollte. Die Unsicherheit war einfach zu quälend.

Im Stiegenhaus traf sie auf Kutscher Leonhard Staudinger, der sie mit seinen roten Haaren und den Sommersprossen stets ein wenig an ihren jüngsten Bruder Wolfgang erinnerte.

Er schenkte ihr einen mitleidsvollen Blick, die Dienerschaft hatte also offenbar schon von dem nächtlichen Vorfall erfahren. »Guten Morgen, Fräulein Thomass.«

»Guten Morgen, Leonhard, ist Simon Neustätter wieder zurück?«, erkundigte sie sich bang.

»Es hat ihn keiner gesehen, aber heute Nacht muss er noch mal wiedergekommen sein, seinen Koffer z'samm'packen. Der fehlt nämlich heute früh, viele Kleidungsstücke und seine Lieblingsbücher auch.«

»Aber dann ist er immerhin bei Bewusstsein und kann wieder laufen«, kombinierte Marie mit einer gewissen Erleichterung.

»Schon, der gnädige Herr ist aber immer noch wütend. Und die gnädige Frau weint, weil der Junior sich nicht verabschiedet hat«, berichtete der junge Kutscher. »Sie wissen ja nun nicht, wo er hin ist. Sonst hat er sich stets abgemeldet. Die Herrschaften haben doch immer so arge Angst um ihre Kinder wegen der Geschichte mit dem Max.«

»Das war der erstgeborene Sohn?«, rief Marie sich ins Gedächtnis. »Mein Bruder hat erzählt, dass er im Januar letztes Jahr gestorben ist.«

Der sonst so heitere Leonhard sah ganz traurig aus bei der Erinnerung. »Ja, er war erst sieben Jahre alt. So ein lieber Bub. Daran sind die beiden fast zerbrochen.«

»Aber Simon ist ja erwachsen. Er kann doch auf sich selbst aufpassen«, warf Marie ein.

»Die Herrschaften sorgen sich aber trotzdem oft um ihn, er ist ja auch scho a bisserl unbeholfen manchmal. Und der Herr Neustätter hat seinem Bruder selig auf dem Totenbett versprochen, immer auf seinen Sohn aufzupassen, den Simon.«

Nun kam auch Dienstmädchen Vroni ins Stiegenhaus, offenbar auf der Suche nach Marie, denn sie wandte sich sogleich lispelnd an die Verkaufshelferin: »Fräulein Thomass, der gnädige Herr wünscht Sie zu sprechen.«

Mit weichen Knien folgte sie dem Dienstmädchen zum Arbeitszimmer des Patriarchen, an dessen Tür Vroni schließlich klopfte.

»Guten Morgen«, sagte Marie mit versagender Stimme, nachdem sie hereingebeten worden war und das Mädchen sich rasch davongemacht hatte.

Jeremias Neustätter blickte sie so kalt an wie nie zuvor. »Angeblich haben Sie ja zu große Angst hier und fühlen sich also auch nicht wohl bei uns. Deshalb erachte ich es für besser, wenn wir uns trennen, Fräulein Thomass«, sagte er, und Marie wunderte sich, dass sie der Satz nicht mehr entsetzte. »Sie sind schuld daran, dass mein Neffe uns verlassen hat. Den Lohn für die nächsten vier Wochen gebe ich Ihnen noch mit, aber Sie sind hier nicht mehr willkommen. Packen Sie bitte Ihre Sachen, augenblicklich!«

Dass er ihr keinen Glauben schenken wollte, war eine Sache, nun so barsch hinauskomplimentiert zu werden, verletzte Marie jedoch so sehr, dass sie rasch hinauseilte, damit er ihre Tränen nicht sehen konnte.

Sie konnte nicht aufhören zu weinen, als sie oben in ihrem Zimmer ihre wenigen Sachen zusammenpackte. Dennoch fühlte Marie eine große Erleichterung über die Erkenntnis, dass Simon nicht tot, sondern nur verschwunden war. Die Schatulle mit den Ohrringen ihrer Mutter fiel ihr in die Hände, und es tröstete sie, dass diese sie überallhin begleiten würde. Zunächst einmal in den Bayerischen Wald zu Moritz Schmerler, den sie um Rat fragen wollte. Ganz in Gedanken versunken schrak sie zusammen, als es an der Tür klopfte und auf ihr »Herein« der Kutscher Leonhard Staudinger in der Tür stand.

»Fräulein Thomass, kann ich Sie irgendwo hinbringen?«, fragte er mit gesenkter Stimme.

»Das ist lieb, Leonhard, aber ich möchte nach Regen am Regen«, erläuterte sie. »Ich werde zu Fuß gehen.«

»Aber da sind S' ja tagelang unterwegs«, gab der Kutscher besorgt zu bedenken.

»Ich kann ja nicht mehr zu spät zur Arbeit kommen«, entgegnete Marie mit einem freudlosen Lächeln.

Leonhard rieb sich nachdenklich das Kinn. »Eigentlich trifft sich's heute gar nicht so schlecht. Ich soll noch eine Lieferung nach Freising rausfahren. Da hänge ich einfach noch einen Ausflug nach Landshut dran. Dann haben S' fast schon die halbe Strecke hinter sich.«

Das wäre natürlich wunderbar, dachte Marie, so käme sie schneller und sicherer zu ihrem Moritz. »Aber nicht, dass Sie auch noch Ärger bekommen.«

»Ach was«, entgegnete der Kutscher mit einer abfälligen Geste und fügte augenzwinkernd hinzu: »So was merkt der Herr Neustätter nie. Ist nicht mein erster Ausflug.«

»Sie sind ein Schatz, Leonhard«, freute sie sich.

Einmal mehr sah der junge Kutscher sie ein wenig verliebt an.

***

Die Kochkünste seiner Großmutter Agathe waren eine der Vorzüge seiner alten Heimat, die Moritz Schmerler in Bayern am meisten vermisste. Nachdem er den ganzen Vormittag damit beschäftigt gewesen war, das marode Dach seiner Hütte zu reparieren, sah er sich jetzt mit großem Hunger in der Küche um. Doch außer zwei Eiern und zwei Mohrrüben war dort leider nichts zu finden.

Da klopfte es zum ersten Mal seit Herrn Krummbiegels Auszug an der Tür der Hütte.

»Ich komme«, rief Moritz und öffnete.

Er sah in das Gesicht eines jungen Mannes, der etwas kleiner war als er, und starrte ihn verdutzt an. »Conni!«, rief er dann außer sich vor Freude und fiel seinem älteren Bruder um den Hals. »Was machst du denn hier?«

»Ich hab euren Brief vom Richter Roemer bekommen«, erklärte Cornelius mit undurchsichtiger Miene. »Damit hast du mein Leben ganz schön auf den Kopf gestellt.«

»Schlimm?«, hakte Moritz nach.

»Alles andere als das«, erwiderte sein Bruder grinsend. »Und weil ich dir so dankbar bin, hab ich dir eine Überraschung mitgebracht.«

Er trat einen Schritt zur Seite, sodass Moritz eine schöne dunkelhaarige Frau sehen konnte, die mit einem großen Korb voller Essen von einem Pferdefuhrwerk kam.

»Frau Finkenzeller«, erkannte Moritz die Schwangere fassungslos.

»Ich wollte Ihnen auch nochmals danken, bevor ich mit Conni nach Mannheim gehe«, erzählte sie, und zum ersten Mal, seit er sie kennengelernt hatte, lächelte sie. Ein schöner Anblick!

»Ihr … Sie gehen mit ihm?«, stammelte Moritz und sah zwischen der schönen Richtertochter und seinem Bruder hin und her.

»Ich werde natürlich nicht für Advokat Struve arbeiten«, stellte Traudel klar. »Aber seine Frau Amalie will mir helfen, bis das Kind da ist. Vater hat ja doch keine Zeit. Wir haben einiges an Vorräten mitgebracht. Darf ich Ihre Küche benutzen? Oder haben Sie schon gegessen?«

Und wie aufs Stichwort knurrte in diesem Augenblick Moritz' Magen, sodass alle drei schallend lachten.

»Das wäre großartig«, gluckste er, »ich war den ganzen Morgen auf dem Dach.«

»Wunderbar, dann könnt ihr zwei einen Plausch unter Brüdern halten«, schlug Traudel vor und verschwand mit dem Korb in der Küche.

»Conni? Sie nennt dich Conni?«, fragte Moritz.

»Ja, ich hab mich doch endlich mal verliebt auf meine alten Tage«, gab Cornelius zu. »Aber musstest du mir ausgerechnet eine schwangere, frisch gebackene Witwe aussuchen?«

Moritz grinste. Als ob er das hätte ahnen können! »Was empfindet Sie denn für dich?«

»Ihr Verblichener muss ein rechtes Ungeheuer gewesen sein«, bestätigte Cornelius nun das, was der Förster Moritz gegenüber bereits angedeutet hatte. »Natürlich müssen wir das Trauerjahr einhalten, du weißt ja, bei mir ist immer alles streng nach Regel und Gesetz. Aber ich kann dir schon jetzt sagen: In elf Monaten bist du auf eine Hochzeit eingeladen.«

»Das geht ja alles schnell …«, staunte Moritz.

»Liebe kennt eben keine Zeit«, meinte Cornelius schulterzuckend.

»Wunderbar, das freut mich auch für Frau Fink… für Traudel. Sie hat wirklich etwas Glück verdient.«

»Das fand ihr Vater auch. Er hatte ihren Hermann früher durchschaut als sie selbst. Und was ist bei dir? Hast du schon mit Maries Vater gesprochen?«

»Nein«, sagte Moritz. »Also konnte ich auch noch nicht vor ihr auf die Knie gehen.«

Er verschwieg, dass Marie Schwierigkeiten mit ihrem Vater hatte und keinen Kontakt mehr zu diesem pflegte.

»Welcher Vater würde zu dir Nein sagen?«, scherzte Cornelius. »Aber zuerst musst du dafür in den Fluss, nicht wahr?«

Sie beide kannten natürlich den Brauch, dass die Perlenfischer ihrer Angebeteten für den Verlobungsring eigens eine Perle suchten.

»Bei der Gelegenheit kannst du mir gleich deine Muschelbänke zeigen«, schlug Cornelius vor und deutete hinaus.

Moritz runzelte die Stirn. »Ich habe auch überlegt, ob ich wirklich hier suchen soll oder bei uns zu Hause. Vater wäre das gewiss lieber. Andererseits …«

Sein Bruder sah ihn gespannt an. »Ja?«

»Auf der anderen Seite hat der alte Vorbesitzer hier schon seit Jahren nicht mehr gefischt.«

»Ah, daher hoffst du, da draußen eine besonders schöne Perle zu finden?«, kombinierte Cornelius.

»Genau, ich hatte bisher viel mit der Dachreparatur zu tun, deshalb konnte ich noch lange nicht alle Bestände sichten«, erklärte sein Bruder. »Da könnte mich noch so manche Überraschung im Gewässer erwarten.«

»Na, dann schauen wir uns das doch mal an«, schlug Cornelius vor. »Traudel kocht großartig, und gut Ding will Weile haben. Das heißt, wir haben ein bisschen Zeit.«

Kapitel 32

Nun durfte es nicht mehr allzu weit bis nach Regen sein, hoffte Marie. Leonhard Staudinger hatte Wort gehalten und die entlassene Verkaufshelferin der Neustätters in der Familienkutsche nach Landshut gebracht.

»Wenn Sie irgendetwas brauchen, schreiben Sie mir bitte«, hatte er beim Abschied gesagt und sie abermals verliebt angesehen. »Ich würde wirklich alles für Sie tun.«

Sie hatte einen Augenblick lang überlegt, ihm ein dankbares Küsschen auf die Wange zu geben, dann aber keine falschen Hoffnungen in dem gutmütigen Kutscher wecken wollen. Daher war es bei einem Händedruck geblieben.

Von Landshut aus hatte sie sich für eine gewisse Strecke eine Postkutsche gegönnt, den Rest war sie gelaufen.

Als sie nun mit müden und auch etwas schmerzenden Füßen einen Waldweg entlangging, blieb ein mit einigen Fässern beladenes Fuhrwerk stehen.

»Guten Tag, junges Fräulein, haben Sie es noch weit?«, fragte der Fahrer, ein kleiner Mann mit Bierbäuchlein und Schnauzbart.

»Ein Stückchen ist es noch, ich muss nach Rinchnachmündt«, antwortete Marie.

»Da kann ich Sie ein Stück mitnehmen, wenn S' mögen, ich fahr nach Regen«, bot der Fremde an.

Marie zögerte kurz, entschied sich dann aber, dass ihre schlechte Erfahrung mit Simon Neustätter nicht dafür sorgen durfte, dass sie niemandem mehr traute. Daher sagte sie zu: »Die Richtung stimmt, gern, vielen Dank.«

Sie ließ sich von ihm auf den Kutschbock helfen, und er trieb die zwei Pferde an. »Ich bin der Schnitzbauer Xaver. Mir gehört die *Kellerschupfe* in Regen. Und Sie san?«

»Marie Thomass, ich möchte zur Perlenfischerei in Rinchnachmündt.«

Der Gastwirt machte große Augen. »Naaa!«, staunte er. »Heut Morgen war ein junger Mann mit seiner Frau bei mir, hat seine Gäul fressen und saufen lassen. Der wollt auch dahin. Schmierer hieß der, glaub ich.«

»Schmerler?«, wiederholte Marie.

»Ja, ja, dös kann sei«, meinte der Wirt.

»Und der hatte eine Frau dabei?«, vergewisserte sie sich. Wenn ein Schmerler seine Frau dabeihatte, konnte das nur bedeuten, dass Moritz' Vater zu Besuch gekommen war.

»Ja, a hübsche junge Dame, und die beiden werden wohl bald a kleine Familie sein«, sagte Xaver Schnitzbauer.

»Wie kommen Sie darauf?«, hakte Marie nach.

»Na, weil s' a Kind erwartet hat«, sagte er und machte mit der freien Hand das Zeichen für einen dicken Bauch.

Marie war nun verwirrt. Moritz' Mutter war weder jung, noch konnte sie so schnell sichtbar schwanger geworden sein.

»Wos woi'n S' 'nn do?«, fragte er.

»Wie bitte?«, fragte Marie.

»Was wollen Sie denn dort?«, übersetzte der Wirt seine eigenen Worte.

»Zunächst mal ein paar gute Ratschläge von einem Freund«, sagte Marie mit freudlosem Lächeln.

»Wo kimmen S' denn her?«, fragte Xaver Schnitzbauer.

»München. Ich habe da gerade meine Anstellung verloren.«

»Gehn S' her!«, kommentierte der Wirt empört. »Wer würd a schneidig's Fräulein wie Sie gehen lassen? Ich mach Ihrna an Vorschlag.« Er hob einen Sack zwischen seinen Beinen an, in dem Marie nun zwei tote Hühner sah. »I müsst kurz zu meiner Familie und des Federvieh vorbeibringen. Mei Martha wui a Suppen kochen, der Rest von meiner Sippschaft liegt nämlich mit der Grippe darnieder. Appetit hom s' keinen, aber die Martha duldet eh kein Widerspruch. Wenn die sagt, dui Suppn huift, dann huift die Suppn. Wenn ich des Federvieh abgeb'n hab, fahr ich Sie gern nach Rinchnachmündt. Dann müssen S' nicht allein durch den Wald. Mir ham in letzter Zeit an wuidn Bär.«

Marie war sich zwar nicht sicher, ob sie alles von seinem bayerischen Wortschwall verstanden hatte, nickte jedoch lächelnd. »Dann dank ich Ihnen recht schön.«

»Ich würde Sie ja zu gern hineinbitten«, sagte er, und diesmal klappte es mit dem Hochdeutsch, »aber wie gesagt …«

»Die Sippschaft hat Grippe«, ergänzte Marie seinen Satz.

»Genau«, sagte er.

Kurz darauf saßen sie wieder gemeinsam vorn auf dem Kutschbock. »Haben Sie den Bären denn schon gesehen?«

»I ned, aber mein Babbe«, erklärte Xaver, womit er wohl seinen Vater meinte. »Des Mistvieh hat dem Grantler Bauer zwei Lämmer g'rissn.«

Marie ließ der Bericht von der schwangeren Schönheit an der Seite eines Mannes namens Schmerler nicht mehr los. »Woher wissen Sie eigentlich, dass der Herr Schmerler der Vater von dem Kind war?«

»Na, als er denkt hat, i bin mit seine Pferdn beschäftigt, hat er's abbusserlt, des Madl.«

Inzwischen waren sie an der malerischen Hütte angekommen, Marie bedankte sich herzlich bei dem Wirt und sprang nach der Verabschiedung mit ihrer Tasche vom Kutschbock.

Sie klopfte an die Tür, und ihr Magen kribbelte vor Aufregung. Auch wenn sie ihre Arbeit verloren hatte – nun würde sie immerhin gleich ihren Moritz wiedersehen.

»Komme gleich«, rief da jedoch aus dem Inneren die Stimme einer jungen Frau.

Als eine dunkelhaarige Schönheit die Tür aufriss, zuckte Marie zusammen vor Schreck. Ja, dieses Schneewittchen war in der Tat guter Hoffnung, daran ließ ihr Bauchumfang keinen Zweifel.

Die Fremde, die Mehl an den Händen hatte, sah Marie fragend an: »Guten Tag?«

»Guten Morgen, ist Moritz Schmerler da?«, erkundigte sich Marie mit versagender Stimme.

»Er ist noch bei den Perlen, ich koch uns gerade etwas«, erwiderte die Schönheit leichthin. »Möchten Sie warten?«

Marie wollte es nicht glauben, doch was sie von Wirt Schnitzbauer gehört und nun mit eigenen Augen gesehen hatte, ließ keinen anderen Rückschluss zu: Moritz Schmerler lebte in dieser Hütte mit einer schönen, jungen Frau, die er im Beisein des Wirts geküsst hatte – und sie erwarteten offensichtlich Nachwuchs. Warum hatte er das verschwiegen? Wie hatte sie sich nur so in ihm täuschen können?

»Ja?«, hakte die Dunkelhaarige nach und schreckte die mit den Tränen kämpfende Marie aus ihren finsteren Gedanken.

»Nein, nein, ich muss fort«, brachte sie mit letzter Kraft hervor.

Und dann rannte sie einfach davon. Nur fort von diesem falschen, verlogenen Perlentraum!

***

Moritz und sein Bruder hatten ihre Schuhe abgestreift, die Hosenbeine hochgekrempelt und waren in den Bach gestiegen. Kurz hatte Cornelius wegen des eiskalten Wassers erschrocken aufgestöhnt, doch inzwischen schien auch er sich daran gewöhnt zu haben. Und Moritz war ohnehin glücklich in »seinem« Bach, der so flach war, dass er ihnen nur bis zu den Waden reichte. Das Prickeln des eisigen Wassers auf seiner Haut, die zaghafte Wärme der herbstlichen Sonne, das Zwitschern der Vögel. Glücklich sah Moritz sich um. Rechts und links des Baches erstreckten sich weite Wiesen, rechts stand das gemütliche Häuschen, das er mit seiner Marie hübsch einrichten und in dem er mit ihr die Sommer verbringen wollte. Wie wunderbar sich das Leben doch gewandelt und gefügt hatte.

Sie gingen einige Schritte weiter und hatten nach kurzer Zeit auch schon eine Perlenbank erreicht.

Cornelius beugte sich nach unten und pfiff anerkennend. »Hier liegen die Muscheln ja wie Pflastersteine nebeneinander, dicht an dicht.«

»Man merkt dem Fluss eben an, dass schon lang nicht mehr darin gefischt worden ist.« Moritz bückte sich, um eine der Schalen herauszuziehen, und zückte dann sein Muscheleisen. Geschickt setzte er es an, um Cornelius das Innere zu zeigen. Und dem stockte ihm der Atem: »Eine wunderschöne, perfekte bayerische Flussperle. Aus deinem Fluss für deine zukünftige Frau. Wenn das kein gutes Omen ist!«

Moritz beschloss, Marie den Verlobungsring in einer schimmernden Muschel liegend zu überreichen. Das Schmuckstück sollte ganz schmal und filigran sein, sodass die Perle besonders gut zur Geltung kam.

»Ich denke, inzwischen sollte Traudel mit dem Essen fertig sein«, erinnerte ihn sein Bruder, und die Schmerler-Söhne machten sich auf den Weg zum Häuschen.

Schon kurz davor wehte ihnen ein wunderbarer Wohlgeruch in die Nasen. »Hm, das duftet aber lecker«, rief der ausgehungerte Moritz voller Vorfreude.

Im Inneren des Hauses war der Geruch natürlich noch stärker. Hier war Traudel gerade damit beschäftigt, den Tisch zu decken.

»Da war vorhin eine junge Frau und hat nach dir gefragt, Moritz«, berichtete sie, und er bemerkte, dass sie zum Du übergegangen war – und da sie ja bald seine Schwägerin sein würde, empfand er diesen Schritt als sehr angemessen.

»Als ich ihr gesagt habe, du seist am Fluss, ist sie gleich wieder gegangen.«

Was um aller Welt könnte hier draußen eine Frau von ihm wollen? »Wie sah sie denn aus?«

»Sehr hübsch, Anfang zwanzig, ihre braunen Haare hatten im Sonnenlicht einen schönen rötlichen Schimmer«, berichtete Traudel, und er begann, einen schrecklichen Irrtum zu begreifen. Marie wusste nicht, woher er die Schwangere kannte. Auch nicht, dass sie Witwe und seinem Bruder versprochen war. Indem Moritz Marie die erste Begegnung mit der schönen Richtertochter verschwiegen hatte, um in ihr keinen falschen Verdacht aufkeimen zu lassen, hatte er jetzt genau das Gegenteil erreicht!

»Das war Marie, und sie hat die Situation gewiss völlig missverstanden«, erklärte er seinem Bruder und rannte wie von der Tarantel gestochen zurück in Richtung Tür. »Es tut mir leid, wartet nicht mit dem Essen.«

Das köstlich duftende Mahl musste warten – im Moment gab es nichts Wichtigeres, als seine Zukünftige einzuholen.

In ihrer Verzweiflung musste Marie an der letzten Gabelung den falschen Waldweg gewählt haben. Es wurde immer unwegsamer, hier war sie auf dem Hinweg nicht entlanggekommen. Der richtige Weg schien etwas oberhalb auf dem Hügel entlangzuführen, denn dort hörte sie ein Fuhrwerk fahren. Sie sah auf und erstarrte: Es war Moritz, der auf dem Kutschbock saß. Allerdings ohne die schwangere Frau, sie musste noch in seinem Haus sein. Für einen Augenblick kämpfte sie mit sich, ob sie ihn nicht rufen sollte. Doch was hatte das für einen Sinn? Alles, was sie von ihm noch bekommen würde, war Mitleid. Und das wollte sie nicht. So ließ sie ihn vorbeifahren.

Als der Pferdewagen verschwunden war, kehrte wieder Ruhe ein. Nur noch die Geräusche des Waldes waren zu hören, als plötzlich hinter ihr ein grässliches, kehliges Knurren erklang. Sie fuhr herum und sah mit blankem Entsetzen, wie ein riesiger Bär erstaunlich schnell auf sie zugerannt kam.

***

Moritz lenkte sein Fuhrwerk auf das Haus der Familie Neustätter zu. Nachdem er die gesamte Gegend im Umkreis seines Häuschens vergeblich nach Marie abgesucht hatte, war er in seiner Verzweiflung nach München gefahren. Vielleicht hatten sie sich einfach nur verpasst, und irgendwann musste sie ja auch wieder arbeiten.

Als er sein Pferd festgemacht und das Juweliergeschäft betreten hatte, zeigte sich Luisa Neustätter recht erfreut bei seinem Anblick. »Guten Tag, Herr Schmerler, was für eine angenehme Überraschung.«

»Grüß Sie, Frau Neustätter, ist Marie schon zurück?«, kam er ohne große Umschweife gleich zur Sache.

»Zurück?«, wiederholte die Juweliersgattin verwirrt. »Fräulein Thomass arbeitet nicht mehr bei uns.«

»Was, wieso denn das nicht?«, fragte er beunruhigt.

»Weil sie unseren Neffen vertrieben hat, deswegen«, ertönte Jeremias' Stimme von der Werkstatttür.

»Den Simon?«, wunderte sich Moritz. »Aber wie das denn?«

»Sie hat behauptet, er habe sich an ihr vergreifen wollen«, flüsterte Luisa.

»Gegen den Arbeitstisch hat sie ihn gestoßen in ihrer Hysterie«, ergänzte ihr Mann wesentlich lauter. »Am Kopf hat er sich verletzt, und dann ist er ohne ein weiteres Wort abgereist. Bis heute haben wir nichts mehr von ihm gehört.«

»Und Sie haben Marie nicht geglaubt und sie hinausgeworfen?«, hakte Moritz empört nach.

»Wir kennen doch unseren Neffen, der tut keiner Frau was zuleide«, rechtfertigte sich Luisa.

Meister Neustätters Miene wurde noch verbissener. »Angeschwärzt hat sie ihn.«

»Wenn Marie Ihren Simon hätte anschwärzen wollen, hätte sie nur sagen müssen, von wem der Entwurf für den Schmuck der Prinzessin in Wirklichkeit war«, warf Moritz wütend ein.

Die Eheleute sahen ihn verwirrt an.

»Wieso? Von Simon natürlich«, erklärte der Patriarch. »Von wem denn sonst?«

»Nein, er war von Marie, Ihr Neffe hat sie selbst um Hilfe gebeten«, stellte Moritz klar. »Weil er Angst hatte, Ihr Haus der Perlen mit einem schlechten Entwurf zu blamieren.«

»Und warum hat sie mich dann nicht aufgeklärt, dass es ihr Entwurf war?«, fragte Neustätter senior.

»Sie wollte nicht, dass Simon Ärger bekommt«, entgegnete der Perlenfischer.

»Unfug!«, rief Jeremias und verschwand grußlos in seiner Werkstatt.

»Es tut mir leid, er ist doch nur so um Sorge um Simon«, entschuldigte ihn seine Frau. »Er hat seinem Bruder auf dem Totenbett versprochen, auf den Buben aufzupassen. Wenn ihm etwas zustößt, könnte er sich das nie verzeihen.«

»Dann hoffe ich, er kann es sich verzeihen, wenn Marie Thomass etwas zustößt«, sagte Moritz bitter. »Ich könnte es niemals!«

TEIL 3

September 1847

Kapitel 33

Moritz Schmerler erwachte durch ein ungewohntes Geräusch. Ein Pferdefuhrwerk hielt direkt vor seinem Häuschen. Wer mochte das sein?, fragte er sich. Eigentlich verirrte sich selten jemand hier heraus. Da er gestern Abend noch dem Wacholderschnaps zugesprochen hatte, war er irgendwann in Kleidung eingeschlafen. Als er die Tür aufriss, kam zu seiner Überraschung und Freude seine Schwester Margot auf ihn zu.

Auch sie schien überrascht – allerdings eher über sein Aussehen, das erkannte er an ihrem konsternierten Gesichtsausdruck. Sein Anblick war auch sicher nicht gerade schön, wurde ihm in diesem Augenblick klar. In den letzten Monaten hatte er sich nicht mehr rasiert. Wozu auch? Es kam ja so gut wie nie jemand hier heraus. Sein stattlicher Rauschebart und die langen Haare waren gewiss gewöhnungsbedürftig.

Dennoch fiel ihm seine Schwester um den Hals. Er wunderte sich ein wenig, dass sie mit der Kutsche da war, auf der ein Fahrer wartete. Wenn sich ihr Mann das leisten konnte, schien es der Familie gut zu gehen.

»Was machst du denn hier?«, fragte er.

»Ich bin auf dem Weg nach Landshut, um meine Schwiegereltern zu besuchen. Und da dachte ich mir, ich schau unterwegs mal nach meinem jüngsten Bruder«, erklärte sie lächelnd.

»Ja, ja, das …«, stammelte er, »das ist nett.«

»Willst du mich vielleicht hineinbitten?«, schlug sie schmunzelnd vor.

Kurz darauf saßen sie zusammen in seiner Wohnstube, und Margot sah sich ob des Durcheinanders von herumliegenden Büchern, Muscheln, Briefen, Wäsche und dreckigen Tellern und Bechern mit gefurchter Stirn um.

»Ich … ich kann dir leider gar nichts anbieten«, murmelte er etwas beschämt. »Bin noch nicht zum Einholen gekommen.«

»Das macht nichts. Ich habe mir Sorgen um dich gemacht, weil du seit Monaten nicht geschrieben hast.«

»Ach, weißt doch, Unkraut vergeht nicht«, entgegnete Moritz mit einer abwinkenden Handbewegung. »Wie geht es euch denn?«

»Gut, August hat ewig nicht mehr gespielt. Er ist weiterhin so erfolgreich im Baugeschäft, dass wir uns einiges leisten können«, berichtete Margot, und ein wenig Stolz schwang in ihrer Stimme mit. »Vater und Paul gehen deshalb ohne ihn in die Perlen. Die Muschelbänke erholen sich allmählich wieder. Was machen deine denn?«

Moritz seufzte. »Den Muscheln geht es gut, aber ich habe mit Jeremias Neustätter meinen einzigen Kunden verloren.«

»Was? Wieso denn das?«

Moritz suchte nach einem Brief, fand ihn schließlich unter einer leeren Weinflasche und reichte ihn wortlos seiner Schwester. Die las ihn vor:

München, den 1. September 1847
Sehr geehrter, lieber Herr Schmerler!
Leider muss mein Mann seinen Betrieb wohl zum Jahresbeginn 1848 verkaufen. Gesundheitliche Gründe lassen ihm keine andere Wahl. Wir unterrichten Sie vorsorglich darüber, damit Sie sich rechtzeitig nach neuen Kunden für Ihre Perlenernten umschauen können. Für Rückfragen stehen wir gern zur Verfügung.
Wir hoffen, Sie sind wohlauf.
Hochachtungsvoll
Im Auftrag Luisa Neustätter

»Seltsam, dass er nicht selbst schreibt«, wunderte sich Margot. »Dann muss es ihm ja wirklich sehr schlecht gehen. Wann hast du ihn denn das letzte Mal gesehen?«

»Vor einem Jahr, als ich ihm die damalige Perlenernte gebracht habe«, erinnerte sich Moritz. »Da wirkte er noch gesund, war eben nur etwas erschöpft, inzwischen haben die Neustätters ja fünf Kinder. Im Frühjahr, nach Maries und Simons Verschwinden, war Luisa erneut guter Hoffnung. Am 4. Oktober vor zwei Jahren kam dann ihre zweite Tochter Sara zur Welt.«

»Puh, ich wäre auch überfordert, wenn ich zu meinen zwei Töchtern auch noch drei Jungs zu versorgen hätte«, seufzte Margot.

»Dann wollen August und du keine weiteren Kinder mehr?«, schloss ihr Bruder aus ihrer Aussage.

Margot nickte. »Ich glaube, eher nicht.«

Er musste daran denken, wie sehr er sich gewünscht

hatte, dass eines Tages seine eigenen Kinder hier umherliefen. Doch ohne Marie … Der Gedanke an sie ließ den alten Schwermut zurückkehren, und es blieb seiner einfühlsamen Schwester nicht verborgen. Sie nahm tröstend seine Hand und fragte leise: »Immer noch kein Lebenszeichen?«

Moritz schüttelte den Kopf. »Ich vermisse sie so. Nächsten Monat ist es drei Jahre her, dass sie verschwunden ist.«

»Ich glaube nicht, dass sie vom Bären gefressen wurde«, meinte Margot zuversichtlich. »Man hat damals jedes seiner Opfer gefunden.«

»Aber wo ist sie dann?«, rief Moritz verzweifelt. »Die Neustätters haben erst vor drei Wochen geschrieben, dass sie weder von ihrem Neffen noch von Marie ein Lebenszeichen erhalten haben.«

»Wenn die nichts wissen, dann vielleicht jemand anderes. Jede Frau hat doch eine Vertraute, ich rede zum Beispiel mit Pauls Frau Sophie über alles.«

Moritz rieb sich nachdenklich den Bart. »Hm, da gab es schon eine Freundin. Ursula Holzapfel. Mit ihr hat Marie sehr viel unternommen.«

»In München?«

»Genau. Ihre Eltern stellen dort Fässer her.«

»Na also, dann fahr doch dahin, und such nach deiner Marie«, schlug Margot vor.

Zum ersten Mal seit vielen Monaten spürte Moritz Tatendrang in sich aufsteigen. Er erhob sich vom Stuhl und sagte: »Das ist eine wunderbare Idee.«

Seine Schwester schmunzelte. »Vielleicht solltest du dich dann aber vorher rasieren.«

***

Der Bär kam immer näher, und Marie stand nur da wie erstarrt. Würde das mächtige Tier sich nun vor ihr aufrichten, sie durch einen Biss in die Kehle zu Fall bringen und dann töten?

Da hörte sie plötzlich ein Pferdefuhrwerk auf dem Weg nahen.

»Fräulein Thomass!« Es war der Wirt Xaver Schnitzbauer, der mit seinem Gefährt herangerast kam.

Marie sah wieder in Richtung des Bären und stellte fest, dass er verschwunden war. Doch plötzlich hörte sie unmittelbar neben sich ein furchtbares, kehliges Heulen, und das sich aufrichtende schwere Raubtier schlug sie mit einem einzigen Tatzenhieb zu Boden.

Hilflos lag sie auf dem Rücken, da spürte sie seinen Atem im Gesicht. Wie befürchtet, biss der Bär sie in den Hals, in ihrer Todesangst verdrängte Marie den Schmerz, sah aber in fassungslosem Entsetzen, wie das Ungeheuer ganze Stücke aus ihr herausriss. Sie versuchte zu schreien, doch ihr Körper versagte ihr vollends den Dienst. Sie war nicht zu einer einzigen Bewegung fähig. Und der Bär machte keinerlei Anstalten, von ihr abzulassen. Er musste bereits unheilbare Schäden an ihrem Körper angerichtet haben und würde sie nun gewiss völlig zerfetzen. Endlich gelang ihr ein verzweifelter Schrei, kurz darauf hörte sie die Stimme einer Frau sagen: »Marie, Marie, wach doch endlich auf!«

In unendlicher Erleichterung fand sie sich im Zimmer ihrer Kindheit in Memmingen wieder. Sie lag verschwitzt und doch fröstelnd in ihrem Bett, und auf dessen Kante saß mit besorgter Miene ihre lieb gewonnene Stiefmutter Seraphina.

»Wieder ein Albtraum?«, fragte sie und streichelte ihr über die Wange.

»Ja, es ist immer dasselbe. In dem Moment, in dem der Bär in Wirklichkeit im Wald verschwunden ist, wirft er mich im Traum um und beißt mich dann tot.«

»Aber so war es nicht, Schatz«, erinnerte Seraphina sie und drückte ihr tröstend die Hand. »Herr Schnitzbauer ist damals rechtzeitig gekommen. Eigentlich sind Bären scheue Tiere, das Fuhrwerk hat ihn geängstigt.«

Marie nickte seufzend. »Ich muss mich immer wieder fragen, was geschehen wäre, wenn der Wirt nicht zufällig vorbeigefahren wäre.«

»Vielleicht hätte sich der Bär trotzdem zurückgezogen. In jedem Fall bist du jetzt bei uns in Memmingen und in Sicherheit. Eine bessere Entscheidung hättest du nach der doppelten Enttäuschung gar nicht treffen können.«

Marie schaffte ein Lächeln. »Du hast ja recht.«

Nach ihrer Heimkehr im Oktober vor drei Jahren hatte Marie die neue Frau an der Seite ihres Vaters und auch deren zwei Kinder entgegen ihrer Erwartung rasch ins Herz geschlossen. Ihr war klar geworden, dass Mathias nicht versucht hatte, seine erste Ehefrau zu ersetzen, sondern dass er sich nach langer Zeit quälender Trauer in einen Menschen mit ähnlichem Schicksal verliebt und dadurch neuen Lebensmut gefunden hatte. Eine Frau, die im Übrigen vollkommen anders war als Maries Mutter. Während Anna Elisabeth Thomass eher genügsam und verträumt gewesen war, hatte sich Seraphina Thiebauth als politisch orientierte, gelegentlich fast rebellische Frau entpuppt. Als Marie ihr kurz nach ihrer Rückkehr zum Vater gestanden hatte, dass sie von einem Studium der Kunsthistorik träume, hatte

Seraphina sich begeistert gezeigt und hinzugefügt: »Es ist eine himmelschreiende Ungerechtigkeit, dass wir Frauen nicht studieren können.«

Seraphina führte dem Vater denn auch nicht den Haushalt wie zuvor Maries Mutter Anna oder später sie selbst, vielmehr arbeitete die Achtunddreißigjährige in einem Wirtshaus in Memmingen und hatte dafür gesorgt, dass Mathias die arme Nachbarswitwe Frau Irslinger als Haushälterin eingestellt hatte, die ansonsten Hunger gelitten hätte.

Marie hatte auch bald erfahren, dass Seraphina in politischen Gruppierungen aktiv war, die für eine gerechtere Verfassung kämpften. »Die Macht des Kapitals degradiert den Arbeiter zum Sklaven. Die Fabrikanten ruinieren das kleine Gewerbe. Zudem ersäufen uns die Obrigkeiten in immer neuen Abgaben und Steuern«, hatte sie ihrer Stieftochter einmal erklärt und auf deren Frage, wie man das denn ändern könne, geantwortet: »Die Wirtschaft sollte genossenschaftlich organisiert werden. Kapital und Vermögen müssten gesetzlich begrenzt werden. Sonst haben die oben immer mehr und die unten immer weniger. Schau mal, es ist wunderbar, von schönem Schmuck zu träumen, aber du solltest nie vergessen, wie ungerecht es ist, dass die Reichen sich so etwas Teures kaufen können, während andere hungern.«

Wo Maries Mutter Anna von der Schönheit der Dinge und deren Geschichte geträumt hatte, war Seraphina daran gelegen, für eine gerechtere Gesellschaft zu kämpfen. Marie faszinierte beides gleichermaßen. Seraphina war ihr eine gute Freundin geworden, und sie vergötterte auch ihre neuen Geschwister: den schüchternen Reinhard, der inzwischen vierzehn war, sowie die neunjährige Klärle, die sich zu einem rechten Wildfang entwickelt hatte.

Auch in ihrer Trauer um Moritz, dessen Kind inzwischen wohl bereits fast drei Jahre alt war, hatte Seraphina ihr damals geholfen. Sie hatte Marie getröstet und ihr einiges zu bedenken gegeben: »Gewiss tut es weh, dass dieser Perlenfischer sich hinter deinem Rücken für eine andere Frau entschieden hat. Aber bist du dir sicher, dass es dir auf Dauer gereicht hätte, den Haushalt seiner Hütte zu führen und seine Kinder großzuziehen? Du weißt so viel über Schmuck und seine Geschichte, du hast selbst eine Perlenkette entworfen, die für Furore gesorgt hat. Sollen deine Talente wirklich in einem Kochtopf im Bayerischen Wald enden?«

Sowohl Marie als auch ihr Vater waren beim Wiedersehen davon ausgegangen, dass die Tochter, über deren Heimkehr Mathias sich unendlich gefreut hatte, wieder wie zuvor seinen Haushalt führen würde. Doch da hatten sie die Rechnung ohne Seraphina gemacht. »Marie kann so gut rechnen, lass sie doch deine Bücher machen und dich in Geschäftsdingen beraten. Warum sollten wir die arme Witwe Irslinger entlassen, die dann ohne jedes Einkommen wäre?«

Und so kam es, dass Marie nach ihrer Rückkehr nach Memmingen nicht erneut Putzhilfe und Köchin im Hause Thomass wurde, sondern an der Seite ihres Vaters für mehr Umsatz der Täschnerei sorgte.

»Ich werde jetzt endlich meine Heimatstadt mal wieder besuchen«, verkündete Seraphina nun.

»Wirklich?« Marie freute sich für die Stiefmutter, dass sie sich diesen Traum endlich erfüllte. Sie hatte oft von ihrer

Kindheit in Offenburg geschwärmt und dass ihr Cousin, der dort Wirt war, ihr einziger lebender Verwandter sei. Da Maries jüngerer Bruder Wolfgang in Offenburg bei einem Uhrenmacher arbeitete und sie ihn seit über drei Jahren nicht mehr gesehen hatte, waren Seraphina und sie übereingekommen, einmal gemeinsam hinzufahren – sofern es Zeit und Geld irgendwann zuließen.

»Ja, mein Vetter Philipp hat mich eingeladen«, berichtete Seraphina. »Nächsten Sonntag findet eine Veranstaltung statt – für den Kampf um die Nachwahlen zur Zweiten Kammer der Badischen Ständeversammlung. Dort trifft sich eine Gruppe von wild entschlossenen Freiheitsdenkern. Sie verlangen eine Selbstregierung des Volkes mit einer demokratischen Verfassung, so etwas funktioniert in Amerika schon ganz gut. Möchtest du mich nicht begleiten? Dein kleiner Bruder Wolfgang freut sich bestimmt, dich wiederzusehen.«

Marie war sogleich Feuer und Flamme. Seraphina hatte so oft von der Stadt im Großherzogtum Baden mit ihrem malerischen Fischmarkt geschwärmt, dass sie es kaum erwarten konnte, Offenburg mit eigenen Augen zu sehen. Fast drei Jahre lang hatte sie in Memmingen ihre Wunden geleckt, nun war es an der Zeit, wieder in die Welt hinauszugehen!

Kapitel 34

Moritz? Moritz Schmerler?«

Der Perlenfischer hatte sein Zugpferd in München zum Fressen und Saufen abgestellt und war zu Fuß auf dem Weg zur Schäfflerei Holzapfel im Schäfflerweg 3. Als er jemand seinen Namen rufen hörte, drehte er sich um – und sah Carl Thomass auf sich zukommen. Schon allein wegen der Familienähnlichkeit mit Marie freute sich Moritz außerordentlich, den Goldschmied wiederzusehen. Die beiden jungen Männer umarmten sich herzlich und klopften einander auf die Schulter.

»Bist du nicht mehr auf der Walz?«

»Soeben zurückgekehrt«, erklärte Carl grinsend. »Aber was treibt dich nach München?«

Der Blick des jungen Perlenfischers verdüsterte sich. »Meine Schwester Margot hat mich überredet, noch mal nach Marie zu suchen.«

»Suchen?«

»Ich habe deine Schwester vor drei Jahren aus den Augen verloren«, berichtete Moritz.

»Warum bist du nicht zu den Neustätters?«, fragte Carl verständnislos.

»Da arbeitet sie schon lang nicht mehr«, klärte Moritz Maries Bruder auf. »Es gab Ärger mit Simon, er hat sie belästigt, und das haben die ihr nicht geglaubt.«

Carl knurrte vor Wut auf. »Dieser Mistkerl, ich hatte ihm doch gesagt, dass Marie ihn nicht will. Wo ist sie denn damals hin?«

»Das habe ich noch nicht herausgefunden«, sagte Moritz und verschwieg, dass Marie zuerst zu ihm nach Rinchnachmündt gekommen war, dort aber eine junge Schwangere vorgefunden hatte. »Ich dachte, vielleicht weiß ihre Freundin Ursula Holzapfel etwas.«

Bei der Erwähnung dieses Namens lächelte Carl zärtlich. »Dann haben wir denselben Weg. Ich wollte Ursel fragen, ob all meine Briefe angekommen sind. Und herausbekommen, ob sie wirklich auf mich gewartet hat.«

»Ich weiß leider auch nicht, wo sie ist«, berichtete Ursel, nachdem sie und Carl sich beim Wiedersehen so lange und heftig geküsst hatten, dass Moritz verlegen weggesehen hatte. Nun standen sie zu dritt bei mehreren Stapeln riesiger Holzfässer vor dem Hauptgebäude der Schäfflerei. »Es kam noch ein Brief von ihr aus Landshut. Darin stand, dass die Neustätters ihr wegen eines Streits mit deren Neffen gekündigt hatten und sie in nächster Zeit nicht mehr nach München komme. Danach hat sie sich aber nie mehr gemeldet.«

»Vielleicht ist sie ja immer noch in Landshut«, hoffte Moritz. »Ich werde hinfahren und nach ihr suchen.«

»Dann komme ich aber mit«, kündigte Carl an. »Ich möchte mein Schwesterchen schließlich auch wiedersehen.«

»Nehmt ihr mich auch mit?«, fragte Ursel. »Ich muss

Marie nämlich verdreschen, weil sie mir nie wieder geschrieben hat.«

Die beiden Männer lachten. »Na, den Anblick können wir uns natürlich unmöglich entgehen lassen«, meinte Moritz.

Ursel stieß einen erfreuten Kiekser aus. »Ich sage bloß rasch meiner Mutter Bescheid.«

»Soll ich dich begleiten?«, fragte Carl vorsichtig. »Vielleicht ganz gut, wenn ich deine Eltern mal kennenlerne?«

Nun wurde Ursula ganz ernst. »Vati hat uns verlassen. Seine Herz- und Brustwassersucht wurde immer schlimmer. Am Ende konnte Dr. Lengrießer nichts mehr für ihn tun. Am 16. Mai ist er dann kurz vor Mitternacht gestorben.«

»Das tut mir sehr leid«, sagte Carl betreten, und Moritz fügte hinzu: »Mein Beileid.«

»Für ihn war es eine Erlösung«, meinte Ursel. »Aber Mutter und ich vermissen ihn natürlich sehr.«

»Kommt ihr denn allein zurecht?«, erkundigte sich Carl besorgt.

»Aber ja, Mutter hat das Geschäft ja schon lange Zeit geleitet«, erklärte die Schäfflertochter. »Komm, ich stell dich ihr vor.«

»Ich warte vorn bei der Pferdetränke auf euch«, rief Moritz, bevor die beiden im Firmengebäude verschwanden.

Als das wiedervereinte Paar zu Moritz und dessen Pferd an die Tränke zurückkam, strahlte Carl übers ganze Gesicht.

»Was grinst du denn wie ein Honigkuchenpferd?«, fragte Moritz.

»Ich glaube, Ursulas Mutter findet mich nett«, erwiderte der Goldschmied stolz.

Ehe Moritz antworten konnte, rief jemand Carls Namen.

»Herr Joas!«, erkannte dieser daraufhin einen nobel gekleideten Herrn um die fünfzig, der vor einer Kutsche stand. »Sind Sie mal wieder geschäftlich in München?«

»Genau, ich überlege sogar, hier eine zweite Tuchfabrik zu bauen«, sagte Herr Joas, der Marie im Mai vor drei Jahren von Memmingen mit nach München genommen hatte.

»Und du bist von der Walz zurück, Bub?«, mutmaßte der Tuchfabrikant. »Da wird sich dein Vater aber freuen.«

»Nach Memmingen kann ich vorerst nicht«, meinte Carl, »ich will erst in Landshut nach meiner Schwester suchen.«

Herr Joas sah ihn verwirrt an. »Nach Marie?«

»Ja?«

»Aber Marie ist doch gestern früh mit ihrer Stiefmutter nach Offenburg aufgebrochen«, erzählte der Fabrikant. »Die meinten, sie wollen dort am Sonntag eine Wahlkampfveranstaltung besuchen. Die Seraphina ist ja so politisch.«

Moritz' Herz schlug schneller. Marie lebte!

»Dann wohnt meine Schwester wieder bei unserem Vater?«, vergewisserte sich Carl.

Tuchfabrikant Joas nickte. »Ja, schon seit drei Jahren. Gab wohl Ärger in München.« Dann beugte er sich vor und senkte verschwörerisch die Stimme. »Außerdem hatte Maries große Liebe ein Kind mit einer anderen, das hat sie meiner Frau anvertraut. Die Ärmste hat lang gebraucht, darüber hinwegzukommen. Aber andere Mütter haben ja auch schöne Söhne. Mein eigener Junior findet das Mariele auch sehr anziehend.«

Carl und Ursula sahen Moritz argwöhnisch an.

Der jedoch sagte lediglich: »Ich muss nach Offenburg!«

***

Marie ging vom Hotel Sonne in Offenburg auf das Geschäft des Uhrmachers Sutterer zu. Ihre Stiefmutter Seraphina traf sich an diesem Vormittag nach ihrer Ankunft mit deren Vetter, daher wollte Marie versuchen, ihren jüngeren Bruder Wolfgang zu finden. Obwohl Sonntag war, sah sie ihn zu ihrer großen Freude durch das Werkstattfenster. Mei, wie männlich der inzwischen Achtzehnjährige aussah! Marie klopfte gegen die Scheibe. Er schrak zunächst zusammen, doch als er sie erkannte, rief er strahlend ihren Namen und eilte zum Seiteneingang, um ihr aufzuschließen.

»Du bist ja richtig hübsch geworden«, stellte Wolfgang fest, nachdem sie sich herzlich umarmt hatten und in die Werkstatt gegangen waren. »Hätte man dir damals gar nicht zugetraut. Was treibt dich denn von den Bayern zu den Badenern?«

»Ich bin nicht allein in der Stadt, Vaters neue Verlobte ist auch dabei«, antwortete Marie.

»Seraphina? Die schreibt immer so nett. Warum hast du sie nicht mitgebracht?«, fragte Wolfgang.

»Sie ist bei ihrem Vetter. Heute Nachmittag will sie mit mir zu einer politischen Zusammenkunft hier im Wirtshaus *Zum Salmen*«, berichtete Marie.

»Na, das trifft sich doch«, meinte Wolfgang. »Ich muss da ohnehin noch eine reparierte goldene Uhr für einen Herrn aus Mannheim abgeben, Gustav von Struve heißt der. Soll heute Morgen mit der Eisenbahn aus Mannheim eingetroffen sein.«

»Struve? Seine politischen Artikel sind großartig«, rief Marie begeistert, während ihr Bruder die reparierte Taschenuhr des besagten Herrn suchte.

»Was für politische Artikel?«, hakte Wolfgang verständnislos nach. »Mein Meister meinte, der ist Advokat am Gericht in Mannheim.«

»Bestimmt ist er auch wegen der Veranstaltung angereist, auf die Seraphina geht«, mutmaßte Marie.

»Was ist das denn für eine Veranstaltung?«, wollte ihr Bruder wissen.

»Eine Wahlveranstaltung für den liberalen Kandidaten Christian Kapp«, erklärte Marie und blätterte die Zeitungen auf dem Schreibtisch durch.

Schließlich fand sie, wonach sie gesucht hatte, und las ihrem Bruder eine Bekanntmachung aus dem Offenburger Wochenblatt vor: *»Am nächsten Sonntag, den 12. September, mittags 1 Uhr, findet im hiesigen Gasthause* Zum Salmen *eine Versammlung von Verfassungsfreunden aus verschiedenen Theilen des Landes statt, zum Zwecke gegenseitiger Besprechung und Verständigung.«*

»Klingt stinklangweilig«, meinte Wolfgang abfällig.

»Das muss es ja, sonst bekommen sie Ärger mit den Gendarmen vom Großherzog«, erläuterte Marie mit gesenkter Stimme. »Deshalb nennen sie sich auch ›Verfassungsfreunde‹, aber in Wirklichkeit fordern sie viel mehr Mitspracherecht fürs Volk! Da will ich dabei sein!«

Wolfgang lachte. »Na, die werden sich über eine vierundzwanzigjährige Täschnersgehilfin kolossal freuen.«

***

Gegen elf Uhr vormittags ging Marie mit ihrem Bruder und dessen wertvoller Fracht auf das Wirtshaus *Zum Salmen* zu.

»Ich frag mich, warum die das hier in Offenburg veranstalten, wenn dieser von Struve doch aus Mannheim kommt«, meinte Wolfgang, während er anklopfte.

»Erstens gibt es hier einen Eisenbahnanschluss …«, begann Marie.

»Und zweitens?«

»Zweitens hat Offenburg laut Seraphina den richtigen Bürgermeister für solche Ideen – jung und liberal.«

Just, als sie dies aussprach, wurde von innen die Tür geöffnet, und die Thomass-Geschwister sahen sich einem festlich gekleideten Herrn Mitte dreißig mit Löckchen und Bart gegenüber.

»Ähm … äh … Guten Tag, Herr Bürgermeister Rée«, stammelte Wolfgang, und Marie sorgte sich, dass der Gemeindevorstand gehört haben könnte, was sie über ihn gesagt hatte. »Ich habe eine Lieferung für Herrn Gustav von Struve.«

»Ah, dann kommen Sie doch rein«, bot der Bürgermeister an und rief: »Gustav!«

Marie sah sich beeindruckt um: In der Mitte des Saales wurde gerade die Rednertribüne aufgebaut. Dahinter stellten Arbeiter die Büsten des Staatsgründers Karl Friedrich und des Verfassungsgebers Karl auf, dazu auch eine Verfassungsurkunde in rotem Festeinband. Marie sah: Über allem thronte an der Wand ein mit Laubgirlanden bekränztes Porträt des regierenden Großherzogs Leopold. An seiner Seite hingen die ebenso geschmückten Bildnisse bekannter ehemaliger und aktueller Oppositioneller aus der Kammer. Der Bürgermeister verschwand, und ein Mann um die dreißig mit Kinnbart kam zu den eingeschüchterten Geschwistern.

»Herr von Struve?«, vergewisserte sich Wolfgang.

»Struve reicht, Adelstitel sind bald nicht mehr wichtig«, meinte der Herr, der mit leichter Mannheimer Färbung sprach.

Wolfgang kramte nach der Taschenuhr. »Mein Name ist Thomass, mich schickt mein Meister Sutterer. Sie hatten ihm in Mannheim eine Taschenuhr zur Reparatur gegeben.«

»Ah, der Lehrling vom Georg«, kombinierte Struve.

Wolfgang reichte ihm nervös das Ledersäckchen mit der Uhr darin. »Der Meister hat sie wieder zum Laufen gebracht, Herr von … Herr Struve.«

Der Jurist entnahm die goldene Uhr, prüfte sie und sagte dann anerkennend: »Wunderbar. Dann beginnen wir nachher jedenfalls pünktlich.«

Marie kämpfte mit sich. Durfte sie das Wort an diesen bekannten Rechtsanwalt und politischen Agitator richten? Schließlich wagte sie es: »Werden hier nachher die Forderungen des badischen Volkes besprochen – die schon in der Zeitung erwähnt wurden?«

Struve musterte sie interessiert. »Vollkommen richtig, Fräulein …«

»Thomass!«, sagte sie hastig. »Marie Thomass, ich bin die Schwester!«

Struve zückte ein Flugblatt aus seiner Manteltasche. »Wir sprechen uns unter anderem für Geistes- und Pressefreiheit, Gewissens- und Versammlungsfreiheit aus. Verlangen Geschworenengerichte und eine gerechte Besteuerung. Werfen Sie ruhig selbst einen kurzen Blick drauf!«

Marie begann begierig zu lesen.

»Zusammenfassend lässt sich sagen: Wir fordern einen liberalen und demokratischen Rechtsstaat«, erläuterte Struve indes ihrem Bruder Wolfgang.

Marie strahlte. »Schön, dass Sie auch an die Bildung für alle gedacht haben.«

»Zumindest für alle, die sie sich leisten können«, rutschte es dem bisher so eingeschüchterten Wolfgang heraus.

Struve schüttelte den Kopf. »Wir meinen schon für alle. Die Mittel dazu kann die Gesamtheit aller in gerechter Verteilung tragen.«

Marie wagte ein keckes Lächeln und resümierte: »Wer mehr hat, der zahlt auch mehr.«

Struve grinste. »Ganz genau.«

»Obwohl Sie gleich zu Beginn der Forderungen von einem ›Fest männlicher Entschlossenheit‹ sprechen, hoffe ich doch, *alle* schließt auch *Frauen* ein, die sich bilden möchten.«

Wolfgang war deutlich die Angst anzumerken, dass seine Schwester sich um Kopf und Kragen redete, nervös unterbrach er das Gespräch: »Wir müssen dann los, Marie!«

Doch Struve ignorierte ihn und war immer noch ganz auf Marie fixiert. »Sie könnten sich mit meiner Frau Amalie zusammentun«, sagte er schmunzelnd. »Die liegt mir auch dauernd mit der Frauenbildung in den Ohren.«

»Eine kluge Dame, wie mir scheint. Wenn es mehr von ihrer Sorte gäbe, dürften die Frauen vielleicht bald studieren«, meinte Marie.

»Leisten Sie uns doch heute Nachmittag Gesellschaft!«, bot Struve an. »Sie werden gewiss nicht die einzige Frau hier sein. Da drüben ist zum Beispiel mein früherer Bürogehilfe mit seiner zauberhaften Gattin.«

Und nun glaubte Marie ihren Augen nicht zu trauen: Da stand doch tatsächlich Moritz' älterer Bruder Cornelius vor einer jungen Frau!

»Herr Schmerler?«, fragte sie vorsichtig, und er kam ebenso ungläubig auf sie zu.

»Marie! Das gibt es doch gar nicht«, rief er dann begeistert. »Wie kommen Sie denn hierher?«

»Mit meinem jüngeren Bruder. Sein Meister hat Herrn Struves Uhr repariert.«

Inzwischen war auch Cornelius' Gattin herangekommen, und Marie erstarrte. Das war doch jene Frau, die sie im Oktober vor drei Jahren hochschwanger in Moritz' Hütte angetroffen hatte!

»Marie, darf ich vorstellen: Das ist meine Ehefrau Traudel, Traudel, das ist Marie Thomass vom Juwelier Neustätter.«

»Wir kennen uns doch«, erinnerte sich die junge Frau und reichte Marie die Hand. »Ich glaube, ich habe damals einen Fehler gemacht, Ihnen nicht zu sagen, dass nicht nur Moritz, sondern auch mein Cornelius im Fluss bei den Perlen war.«

Endlich verstand Marie. Diese Traudel war nie mit Moritz, sondern mit dessen älterem Bruder liiert gewesen! Was hatte sie Moritz mit ihrem wortlosen Verschwinden nur angetan?

»Dieses Offenburg ist wirklich ein Ort der verrückten Wiedersehen«, meinte Cornelius kopfschüttelnd. »Ich habe in der Liste entdeckt, dass sich für heute Nachmittag eine Lehrkraft von der Universität Straßburg angekündigt hat: Ein gewisser Simon Neustätter.«

Bei der Erwähnung dieses Namens bekam die ohnehin überforderte Marie vollends weiche Knie. Jetzt musste sie also nicht nur die Erkenntnis verdauen, dass sie ihrem Moritz unberechtigterweise Untreue unterstellt hatte, sie würde zudem möglicherweise ihren Belästiger wiedertreffen, wegen dem sie das Haus der Perlen hatte verlassen müssen.

»Ich denke, so häufig ist der Name wohl nicht«, meinte Cornelius.

»Ja, das wird schon *der* Simon sein«, sagte Marie und beschloss, ab sofort einige Dinge in ihrem Leben wieder ins Lot zu bringen. Vielleicht würde sie schon heute die Gelegenheit bekommen, Simon die Meinung zu sagen. Ihm klarzumachen, welchen Schaden er in ihrem Leben angerichtet hatte. Aber auch, wie sehr seine Eltern unter seinem Schweigen litten. Und dann würde sie sich Moritz erklären. Gewiss hatte er mittlerweile wirklich eine andere Frau, trotzdem verdiente er nach all der Zeit die Wahrheit. Und Traudel gegenüber musste sie sich endlich freundlich verhalten!

»Ich freue mich, Sie jetzt richtig kennenlernen zu können«, wandte sie sich an die Schöne. »Ist Ihr Kind denn gesund zur Welt gekommen?«

»Ja, der kleine Valentin ist inzwischen schon fast drei Jahre alt. Cornelius hat ihn gleich nach der Geburt adoptiert. Der Bub sagt schon jetzt, dass auch er mal Rechtsanwalt werden will«, erzählte Traudel schmunzelnd.

»Fühlen Sie sich unter all den Juristen wohl?«, erkundigte sich Marie.

»Ich bin diesen Umgang durch meinen Vater gewohnt«, entgegnete Traudel. »Und ich glaube, hier wird heute Nachmittag etwas Großartiges bekannt gegeben.«

Marie nickte. »Ja, das denke ich auch.«

Kapitel 35

Um ein Uhr nachmittags hatte die Veranstaltung im *Salmen* begonnen. Zunächst gab es an einer großen Tafel reichlich Speisen und Getränke. Marie schätzte, dass um die zweihundert Esser zu Tisch saßen, der Lärm der fröhlichen Stimmen und des Geschirrscheppperns war enorm.

Sie stand am Eingang und beobachtete das Eintreffen immer weiterer Gäste. Sie stammten aus allen Ständen, und tatsächlich waren auch zahlreiche Frauen dabei. Neben Marie standen ihre Stiefmutter Seraphina und Traudel Schmerler, die ihren dreijährigen Sohn Valentin auf dem Arm trug. Welche Ironie des Schicksals, die beiden Frauen hatten ihr bei deren erstem Auftauchen in ihrem Leben so viel Kummer bereitet. Und jetzt war es völlig harmonisch mit ihnen.

Schließlich erkannte Marie Simons dunkle Kräusellocken in der Menge, und sie war weniger aufgeregt, als sie es befürchtet hatte. »Da ist der Neffe der Neustätters«, sagte sie erstaunlich kühl.

»Soll ich dich begleiten?«, fragte Seraphina, und ihr war deutlich der Zorn auf den Mann anzumerken, der ihrer Stieftochter derart geschadet hatte.

»Nein«, entgegnete Marie. »Ich möchte allein mit ihm sprechen.«

Simon war in Begleitung eines muskulösen Mannes in seinem Alter, der einen Kopf kleiner war als er selbst. Als Marie sich ihm in den Weg stellte, war blankes Entsetzen in Simons Gesicht zu erkennen. Er sah aus, als falle er jeden Moment in Ohnmacht.

»Warum?«, fragte sie ihn statt einer Begrüßung. »Warum haben Sie das getan?«

»Ich … ich weiß es nicht«, sagte er mit zitternder Stimme. Er stritt jedoch immerhin nichts ab. »Es tut mir so leid, es hat mich jahrelang verfolgt. Es gibt nichts, was ich mehr bereue.« Er stockte kurz und fuhr dann fort: »Es war, weil die betrunkenen Kerle beim Oktoberfest mich Schlappschwanz genannt haben. Nur deshalb habe ich überhaupt so viel getrunken, obwohl ich eigentlich nichts vertrage. Natürlich rechtfertigt das nichts.«

»Nein, kein Mensch sollte Mittel zum Zweck sein, damit jemand sich etwas beweisen kann – schon gar nicht gegen seinen Willen«, erwiderte Marie bestimmt. Sie stellte ihm nun die Frage, die sie selbst nach vielen Albträumen beschäftigte: »Was wäre geschehen, wenn ich mich nicht gewehrt hätte?«

»Gar nichts. Ich hätte aufgegeben«, behauptete er. »Das weiß ich heute. Ich habe sogar versucht, ins Wasser zu gehen. Aber nicht mal das habe ich hinbekommen.«

»Zum Glück hast du das nicht«, sagte sein Begleiter, der sich daraufhin kurz vorstellte: »Ich bin Kurt Scheunert, ein früherer Studienfreund. Jetzt forschen und lehren wir beide an der Universität in Straßburg.« Dann versuchte er, Simon in Schutz zu nehmen. »Es ist sehr schwierig, wenn man vom

Onkel adoptiert wird und immer beweisen muss, dass man das auch wert ist.«

»Viele Menschen haben es schwer, aber sie vergreifen sich nicht an Frauen«, setzte Marie dem entgegen.

»Sie hat recht«, gab Simon zu.

»Ihr Schweigen hatte schreckliche Folgen«, platzte es aus Marie heraus. »Ihre Zieheltern haben entsetzlich darunter gelitten, nichts von Ihnen zu hören. Ihr Onkel hat mich gleich nach Ihrem Verschwinden entlassen – er dachte, ich hätte Sie mit falschen Anschuldigungen vertrieben.«

»O Gott, das tut mir leid«, erwiderte Simon noch bestürzter als zuvor. »Damit hätte ich nie gerechnet. Ich dachte, wenn ich nicht mehr da bin, wird den beiden klar, wie groß Ihre Talente sind.« Schließlich sah er ihr verzweifelt in die Augen und verkündete: »Ich werde ihnen schreiben.«

»Tun Sie das«, riet ihm Marie, »… denen wird ein Stein vom Herzen fallen.«

Mit diesen Worten machte sie auf dem Absatz kehrt und ging zu ihrer Stiefmutter und Cornelius' Frau zurück.

»Ich habe nicht geweint«, sagte sie mit belegter, aber fester Stimme.

»Ich glaube, das tut *er* aber gerade«, stellte Seraphina fest.

Marie wollte nicht zurücksehen. »Lass uns reingehen, vielleicht werden heute Weichen für die Zukunft gestellt.«

Sie nahm mit ihren beiden Begleiterinnen oben auf der Empore Platz.

»Jemand hat über neunhundert Menschen gezählt«, hörte sie eine einfach gekleidete Frau neben sich sagen.

Eine andere meinte: »So eine Wahlkampfveranstaltung hat das Großherzogtum noch nie gesehen!«

Seraphina wusste, wer da außer Struve und Bürgermeister Rée bei den Rednern saß. »Das da ist Eduard Rehmann, unser Apotheker, und da drüben ist mein Vetter, Philipp Thiebauth, der ist nicht nur Gastwirt, sondern auch Gemeinderat.«

»Die beiden neben ihm kenne ich«, meinte Traudel, »das sind Elias Eller und Dr. Friedrich Hecker, beides Obergerichts-Advokaten aus Mannheim. Die hat Cornelius schon zum Essen zu uns eingeladen.«

»Da ist Hofrath Kapp, ein Philosophieprofessor«, fuhr Seraphina fort und zeigte dann auf einen weißhaarigen Mann: »Der alte Herr ist Christian Winter, der Bürgermeister von Heidelberg.«

Schließlich ergriff Gustav Struve das Wort. Er nahm bezüglich des Unmuts der einfachen Arbeiter kein Blatt vor den Mund. »Das Volk ist seit langer Zeit geduldig gewesen. Es ist an der Zeit, dass es seinen Langmut bricht und mit der Tat seinem Willen Geltung verschafft.« Der Advokat sprach trotz des mutigen Inhalts ruhig und deutlich, wägte seine Formulierungen genau ab: »Das deutsche Volk hat zweiunddreißig Jahre vergebens auf die Verheißungen der Fürsten gewartet. Es ist müde, noch länger damit hingehalten zu werden. Unsere Verfassung muss endlich eine Wahrheit werden und nicht ein Scheinding bleiben.«

Traudel wies Marie auf einen untersetzten Mann mit schwarzgrauen Haaren hin. »Siehst du den, der da so fleißig mitschreibt? Das ist der Mannheimer Tapezierer Adrian. Ich kenne ihn durch Cornelius, der hat vor Gericht schon öfter seine Spitzeleien im Auftrag der Polizei vorgetragen. Mit liberalen Ideen hat der eigentlich gar nichts am Hut. Würde mich nicht wundern, wenn er hier ebenfalls als Spitzel da ist und am Ende jedes Wort brühwarm an den Großherzog übermittelt.«

Auch Struve schien zu wissen, was er von dem Mitschreiber zu halten hatte, er runzelte bei seinem Anblick verstimmt die Stirn. Marie bekam plötzlich Angst, dass die Obrigkeiten die Veranstaltung als zu revolutionär erachten könnten und dass sie diese von bewaffneten Männern auflösen lassen würden.

Als Nächstes redete der Mittdreißiger, den Traudel zuvor als Obergerichts-Advokat Elias Eller aus Mannheim wiedererkannt hatte.

»Eller ist Jude«, erklärte sie Seraphina und Marie. »Struve hat ganz bewusst dafür gesorgt, dass nicht nur Lutherische Redner und Katholiken wie er selbst anwesend sind.«

Eine besonders aufrührerische Stelle in Ellers Rede beunruhigte Marie ein wenig: »Verweigert die Steuern, schließt eure Häuser, legt euch ruhig ins Bett; ihr könntet sogar auch in das Wirtshaus gehen; der Deutsche Bund kann euch keine Steuern verordnen.«

Schließlich wurden die dreizehn Forderungen vorgelesen, die »Magna Carta« der sogenannten »Verfassungsfreunde«. Darin wurden persönliche Freiheit, Gewissensfreiheit und Pressefreiheit ebenso angemahnt wie eine gerechtere Besteuerung.

Und es wurde auch jenes Thema angesprochen, das Marie besonders am Herzen lag: »Wir verlangen, dass die Bildung durch Unterricht allen gleich zugänglich wäre. Die Mittel dazu hat die Gesamtheit in die rechte Verteilung aufzubringen.«

Gustav Struve schaute nach oben zur Empore und nickte Marie zu. Sie lächelte zufrieden.

Schließlich rief Cornelius' Mannheimer Kollege Dr. Friedrich Hecker: »Bürger, ich frage euch nun: Seid Ihr mit den dreizehn Forderungen einverstanden?«

Marie bekam eine Gänsehaut, als aus neunhundert Kehlen ein begeistertes »Jaaaaa!« ertönte. Und in all dem Jubel glaubte sie plötzlich, unter einer Halluzination zu leiden. Unten in der Menge applaudierten drei Menschen mit, die sie schon viel zu lange nicht mehr gesehen hatte: ihre Freundin Ursel Holzapfel, ihr Bruder Carl – und Moritz Schmerler! Der strahlte hinauf zu ihr und winkte. Offenbar hatte er sie schon früher entdeckt als sie ihn.

***

Mit pochendem Herzen kämpfte sich Marie durch das Gedränge der von der Empore kommenden Frauen. Hoffentlich war das, was sie von oben gesehen hatte, keine Illusion gewesen! Da stellte sich ihr Gustav Struve in den Weg. Neben ihm stand eine anmutige Dame mit Korkenzieherlocken. Es musste sich um seine dreiundzwanzigjährige Ehefrau Amalie handeln. Seraphina hatte Marie erzählt, Amalie sei das uneheliche Kind eines Offiziers und im Alter von drei Jahren von einem Sprachlehrer adoptiert worden. Wegen dieser »unstandesgemäßen« Heirat habe Gustav von Struve sich mit seiner aus dem russischen Kleinadel stammenden Familie überworfen. Die Liebe sei ihm eben wichtiger gewesen als sein Titel.

Marie knickste höflich, als Struve sie einander vorstellte. »Sehr erfreut, gnädige Frau.«

»Mein Mann hat mir von Ihrem Bildungswunsch erzählt – und von den geldmäßigen Bedenken Ihres Bruders«, sagte Amalie schmunzelnd. »Ich kann Sie sehr gut verstehen.«

Sie sah ihren Mann erwartungsvoll an. Der kramte seine goldene Taschenuhr hervor. »Und deshalb hat sie mich davon überzeugt, Ihnen das hier zu schenken. Ich habe sie von einem Onkel bekommen, den ich nicht mehr mag. Auf diese Weise werde ich nicht mehr an ihn erinnert, und für Sie dürfte damit einiges an Bildung bezahlbar werden.«

Marie sah fassungslos auf die Uhr, die ihr in die Hand gelegt wurde. Sie wollte gerade protestieren und ihm dieses kostbare Stück zurückgeben, da war das Ehepaar auch schon in der Menge verschwunden. Stattdessen standen plötzlich ihre beiden Brüder vor ihr. Sie fiel Carl um den Hals. Endlich war er zurück! Und dann kamen zwei weitere Männer auf sie zu. Den Juristen hatte sie heute schon gesehen, dem Perlenfischer flog sie in unfassbarer Erleichterung in die Arme.

***

An der Seite von Moritz Schmerler, ihrem Bruder Carl und Ursula Holzapfel ging Marie Thomass auf das Haus der Perlen am Münchener Schrannenplatz zu. Hier hatte vor weit über drei Jahren ihr großes Abenteuer begonnen, und hier wollten sie nun erfahren, wie die Zukunft ihres Bruders Carl aussehen könnte. Schließlich hatte Jeremias Neustätters Frau Luisa an Moritz geschrieben, dass sie zur Geschäftsaufgabe gezwungen waren.

Noch schien der Verkauf nicht beendet, denn die Tür ließ sich öffnen, und das vertraute Bimmeln löste bei Marie augenblicklich ein Gefühl von Wehmut aus.

Luisa Neustätter war allein im Geschäft, und zu Maries Erstaunen brach diese beim Anblick ihrer einstigen Verkaufshilfe in Tränen aus.

»Meine liebe Marie«, sagte die Juweliersgattin, eilte auf sie zu und nahm ihre Hand. »Danke, dass Sie unseren Simon zu uns geschickt haben, er hat uns gestanden, was er Ihnen Unverzeihliches angetan hat. Außerdem hat er zugegeben, dass der Entwurf für die Perlenkette der Prinzessin in der Tat von Ihnen stammte. Und wir haben Ihnen auch noch Vorwürfe gemacht. Es tut mir so unendlich leid.«

Marie hätte nicht damit gerechnet, dass Simon den Schneid aufbringen würde, Onkel und Tante persönlich gegenüberzutreten. Doch offenbar hatte es Wirkung bei ihm gezeigt, von ihr zur Rede gestellt worden zu sein.

Auch Moritz, Ursel und Carl wurden herzlich von Frau Neustätter begrüßt.

»Ich wollte fragen, wie es nun mit mir weitergehen soll«, erklärte Carl schließlich. »Moritz hat uns von Ihrem Brief erzählt.«

Luisa Neustätter nickte ernst. »Ein befreundeter Arzt, der am Chiemsee lebt, hat Jeremias offenbart, dass er an einer fortschreitenden Krankheit leidet. Die hat 1816 ein gewisser Mister Parkinson entdeckt. Inzwischen ist sein Zittern so schlimm geworden, dass wir das Geschäft verkaufen müssen, um unsere Zukunft abzusichern.« Sie deutete etwas verlegen auf ihren leicht gewölbten Bauch. »Ich bin nämlich schon wieder guter Hoffnung.«

Die Anwesenden gratulierten ihr herzlich, sie bedankte sich und erklärte: »Mit sechs Kindern befürchten wir, nicht mehr genug Kraft für Werkstatt und Verkauf aufzubringen. Jeremias selbst wird nicht mehr als Goldschmied arbeiten können, und Simon will es nicht. Er möchte in Straßburg weiter zur Geschichte der Kunst forschen. Wir werden beim Käufer natürlich Werbung für Sie alle machen, damit er Sie übernimmt, aber letztlich wissen wir nicht …«

»Am liebsten wäre mir, der Carl kauft das alles«, ertönte in diesem Augenblick die Stimme Jeremias Neustätters von der Werkstatttür. »Willkommen zurück, alle miteinander.«

»Das würde ich nur zu gern, Meister«, entgegnete Carl. »Aber ich kann es mir leider nicht leisten.«

»Mit der richtigen Mitgift schon«, korrigierte ihn da Ursel Holzapfel.

»Soll das ein verdeckter Heiratsantrag sein?«, fragte Carl verblüfft.

»Was war denn daran verdeckt?«, konterte sie. »Meine Mutter will dich, ich will dich, du willst das Haus der Perlen. Neustätters wollen mehr Zeit für ihre wachsende Kinderschar, Moritz und Marie wollen weiter hierfür arbeiten. Worauf warten wir also noch?«

»Ja, ich will auch«, rief Carl überglücklich und nahm seine Ursel in den Arm. Jubel und Applaus brandeten auf.

Während die anderen gemeinsam auf den geplanten Kauf anstießen, begaben sich Marie und Moritz vors Haus. Es wurde von der Abendsonne in rotes Licht getaucht, das den Schmuck im Schaufenster ganz besonders glänzen ließ.

Marie war überglücklich, den gut aussehenden Perlenfischer seit dem unverhofften Aufeinandertreffen in Offenburg wieder an ihrer Seite zu haben, doch sie hatte noch etwas auf dem Herzen. »Moritz, ich muss dir etwas sagen.«

»Du bist gern wieder mit mir zusammen, aber du willst mehr, als nur den Haushalt einer kleinen Fischerhütte im

Bayerischen Wald zu führen und Kinder großzuziehen?«, erriet er lächelnd ihre Gedanken.

»Woher weißt du das?«, fragte sie verblüfft.

»Erstens bin ich schon selbst darauf gekommen, dass deine Talente nicht verschwendet werden sollten, und zweitens habe ich mit deiner klugen Stiefmutter gesprochen. Ich dachte, ich kann auch bei ihr vorsorglich um deine Hand anhalten.«

»Was hat sie gesagt?«

»Sie meinte, dein Vater freue sich für dich, obwohl er es geliebt hat, wie du ihm im Geschäft geholfen hast. Aber auch er sieht ein, dass du mehr kannst.«

Marie freute sich, wie sehr alle an sie glaubten, war aber selbst noch ein wenig unsicher. »Ich weiß nur nicht, wie wir das alles unter einen Hut bekommen können, aber Kinder möchte ich unbedingt mit dir. Also vielleicht nicht ganz so viele wie Luisa und Jeremias, aber zwei, drei könnte ich mir schon vorstellen.«

»Ich auch, das wird wunderbar«, meinte Moritz und küsste sie zärtlich. »Und trotzdem sollst du auch Schmuck entwerfen, mehr über seine Geschichte lernen können und politische Ideen verfolgen. Wir finden schon eine Lösung. Wir könnten uns meine Omi Agathe ausborgen, ein Kindermädchen einstellen …«

»Außerdem hat Luisa ihre Kinder oft im Verkaufsbereich gehabt«, erinnerte sich Marie. »Manche Kundinnen sind deshalb noch öfter gekommen.«

»Wir lieben es eben beide zu tun, was unser Herz uns sagt«, sprach ihr Moritz aus tiefster Seele. »Und wir lieben uns. Dann schaffen wir alles.«

Er legte den Arm um sie, und gemeinsam bewunderten

sie das Glänzen des Goldes, den Lüster der Perlen im Licht der Abendsonne. Es wirkte auf Marie Thomass wie das Versprechen einer schönen Zukunft, ein Schimmern neuer Hoffnung für das Haus der Perlen.

ENDE

FIGURENÜBERSICHT

Familie Thomass

Maria Marie Ursula Thomass (* 3. Februar 1823 in Memmingen), Verkaufshelferin
Johann Carl Thomass (* 30. Mai 1824 in Memmingen), Goldarbeiterlehrling, Maries Bruder
Wolfgang Thomass (* 29. November 1828 in Memmingen), Maries Bruder
Mathias Thomass (* 27. Mai 1789 in Memmingen), Beutlermeister, Maries Vater

Familie Schmerler

Moritz Schmerler (* 11. Januar 1825 in Oelsnitz), Perlenfischer
Carl Cornelius Schmerler (* 14. September 1823 in Dresden), Moritz' Bruder
Margot Jakob, geborene Schmerler (* 29. August 1820 in Oelsnitz), Moritz' Schwester
August Jakob (* 26. Januar 1816 in Landshut), Margots Mann

Susanna Jakob (* 11. Januar 1839 in Plauen), Augusts und Margots erste Tochter

Josefine Jakob (* 29. März 1840 in Plauen), Augusts und Margots zweite Tochter

Carl Friedrich Schmerler (* 27. August 1799 in Oelsnitz), Perlenfischer, Vater von Moritz und Cornelius

Gerlinde Schmerler, geborene Scheunert (* 7. November 1804 in Oelsnitz), Mutter von Moritz und Cornelius

Familie Neustätter

Simon Neustätter (* 31. März 1818 in München), Goldschmied und Kunsthistoriker, Neffe von:

Jeremias Neustätter (* 11. Februar 1806, Sohn des David Israel Neustätter und der Sprinzele, geborene Schweig), Juweliermeister

Lea Luisa Neustätter, geborene Gunzenhäuser (* 11. Oktober 1813 in Fürth, Tochter des Hirsch Levi Gunzenhäuser, * 1772, † November 1839 in München, und der Rechel »Reichel« geb. Heilbronn, * 1778, † November 1817 in Fürth), seit 10. Dezember 1834 Jeremias' Frau, gemeinsam Eltern von:

Max Neustätter (* 6. September 1835 in München, † ebendort am 11. Januar 1843)

Julius Neustätter (* 18. Juni 1837 in München)

Albrecht Neustätter (* 18. November 1838 in München)

Heinrich Neustätter (* 22. September 1842 in München)

Eva »Evi« Kreutner (* 21. Oktober 1794 in Passau), Köchin der Neustätters

Veronika »Vroni« Staudinger (* 3. Januar 1825 in München), Dienstmädchen der Neustätters

Leonhard Staudinger (* 12. Oktober 1826 in München), Kutscher der Neustätters

Familie Holzapfel

Ursula Holzapfel (* 6. Juli 1829 in München), Schäfflertochter

Georg Holzapfel (* 1895), Schäffler, Ursulas Vater

Anna Barbara Holzapfel (Geburtsjahr und -datum nicht gefunden), Ursulas Mutter

Familie Klarner

Paul Erich Klarner (* 11. November 1827 in Oelsnitz), Perlfischerlehrling bei den Schmerlers

Albin Klarner (* 1. April 1838 in Oelsnitz), Pauls elf Jahre jüngerer Bruder

Anneliese Klarner, geborene Zirzow (* 2. Dezember 1805 in Oelsnitz), Pauls Mutter

Christoph Friedrich Klarner (* 31. Mai 1807 in Oelsnitz), Gastwirt, Annelieses Schwager

Hildegard Klarner (* 8. Oktober 1777 in Oelsnitz), Mutter des Wirtes

Familie Roemer

Edeltraud »Traudel« Finkenzeller, geborene Roemer (* 13. Februar 1820 in Aub)

Hermann Finkenzeller (* 29. Mai 1815 in Regenstauf), Korbmacher, Traudels Mann

Max Joseph Roemer (* 21. April 1791 in Haidhausen), Botaniker und Königlicher Landrichter in Aub, Traudels Vater

DANKSAGUNG

Einmal mehr gebührt unser größter Dank Ihnen, liebe Leserinnen und Leser! Ihre Begeisterung hat unsere bisherigen Bücher in die SPIEGEL-Bestsellerliste gehievt – und unter anderem zu Übersetzungen ins Italienische, Niederländische, Slowakische, Tschechische sowie Ungarische geführt. Der Erfolg ermöglichte, dass nun der Startschuss für unsere vierte historische Trilogie fallen konnte.

Wie bei unseren bisherigen Romanen bekamen wir jede Menge Unterstützung: allen voran von Melanie Kunze, die uns einmal mehr mit ihrem fundierten historischen Wissen zur Seite stand.

Auch diesmal haben wir uns von realen Ereignissen inspirieren lassen. Und erneut gelang es Ahnenforscher Daniel Riecke, die Lebensdaten der wichtigsten historischen Figuren herauszufinden, die in diesem Roman auftauchen. Die Familien Neustätter, Holzapfel, Schmerler und Thomass sowie die Brauereiwitwe Therese Huber und den Königlichen Landrichter Max Joseph Roemer gab es wirklich.

Die Ereignisse im Offenburger *Salmen* mit den im Roman genannten politischen Akteuren sind ebenfalls realhistorisch. Das Gebäude ist seit Mai 2022 als moderner Erlebnis- und Erinnerungsort für die Öffentlichkeit zugänglich, unter anderem zeigt dort ein fünfundzwanzigminütiger 270°-Film, was sich im *Salmen* als Wiege der Demokratie im Laufe der vergangenen zweihundert Jahre zugetragen hat. Das Drehbuch stammt von Jørn Precht.

Das Juweliergeschäft Thomass kann ebenfalls noch heute besucht werden. Es befindet sich weiterhin am Münchner Marienplatz (das ist der heutige Name des einstigen Schrannenplatzes). Die neuen Inhaber Sibylle Blessing-Nagler und Xaver Blessing führen dort die Tradition des historischen Carl Thomass fort.

Die Informationen zum Wirtshaus *Goldener Engel* sowie zum historischen Bürgermeister Merz verdanken wir Frank Gündel vom Stadtarchiv Oelsnitz im Vogtland.

Auch die stadthistorischen Besonderheiten, zum Beispiel die der Türme der Münchner Frauenkirche, sind wahr. Auf diese stieß Eva-Maria Bast bereits bei ihren Recherchen für das Buch *Münchner Geheimnisse*.

Ein großes Dankeschön geht auch an Lucian Zdych von der Überlinger Goldschmiedewerkstatt Die Zwei, der uns nicht nur geduldig alles zum Thema Goldschmiede erzählt und sogar vorgeführt hat, sondern auch die Inspiration für das Aussehen des Perlencolliers der Prinzessin lieferte. Selbiges gilt gleichermaßen für Simon Hofer und Florian Horsthemke von Hofer Antikschmuck, die als Spezialisten für historische Schmuckstücke gelten und uns viele wichtige Hinweise gaben.

Feedback und viele schöne Anregungen zum Roman gab es zudem erneut von Dr. Dorit Kupka, Jana Scheunert und Martina Resch.

Auch bei diesem Band freuen wir uns über Johannes Wiebels wunderbare Covergestaltung.

Außerdem danken wir einmal mehr von ganzem Herzen unserer Agentin Anna Mechler, Lektorin Greta Frank, Redakteurin Kerstin von Dobschütz, der Programmleiterin des Piper Verlags Andrea Müller, sowie von der Lizenzabteilung Sven Diedrich, Elisabeth Wiedemann und Maren Mentzel.

Ein solches Buch ließe sich nicht ohne den Rückhalt der Familien und des jeweiligen Freundeskreises schreiben. Für Eva-Maria Bast waren die größte Hilfe und Freude auch diesmal wieder ihre fünf wunderbaren Kinder und ihr Mann Thomas. Jørn Precht konnte sich erneut auf Erika Precht, Elias und Marlis Konradi, Karin Friesch und Birgit Weber, Martina Sturm, die Precht-Aicheles sowie Andreas Bühler verlassen.

Liebe Leserin, lieber Leser, wir hoffen, Sie hatten viel Vergnügen bei der Reise in die Welt des Perlenschmucks und halten uns auch beim zweiten Band die Treue. »Sie lesen von uns!«

Herzlichst,
Eva-Maria Bast und Jørn Precht
alias Charlotte Jacobi

LITERATUREMPFEHLUNGEN UND QUELLEN

Adorf: *Perlenfischerei und Perlmutterverarbeitung in Adorf.*

URL: https://www.adorf-vogtland.de/inhalte/adorf/_inhalt/unsere_stadt/geschichte/perlmutter/perlmutter.

Görl, Wolfgang: *Der Hoflieferant möge bleiben*, Süddeutsche Zeitung, München 31. August 2018.

URL: https://www.sueddeutsche.de/muenchen/traditions geschaeft-der-hoflieferant-moege-bleiben-1.4112455.

Gündel, Frank; Weller, Günter: *Historische Gaststätten in Oelsnitz/V.*, Oelsnitz/V. 2022.

Hager, Ronny: *Aus der Geschichte von Oelsnitz/Vogtl.*, Oelsnitz/V. 2007.

Israel, W.: *Einiges aus der Geschichte der vogtländischen Perlenfischerei.* Auf: www.zobodat.at. Abgerufen am 10. 4. 2022.

URL: https://www.zobodat.at/pdf/Jber-Ges-Freunden-Natur wiss-Gera_55-56_0142-0152.pdf.

Jahn, J. G.: *Die Perlenfischerei im Voigtlande, in topographischer, natur- und zeitgeschichtlicher Hinsicht nach den besten Quellen verfaßt und dargestellt, mit den einschlagenden Urkunden und Beweisstellen versehen, beleuchtet und herausgegeben von Dr. J. G. Jahn, mehrerer gel. Gesellschaften ordentl. und correspond. Mitgliede*, Oelsnitz 1854.

Landesfischereiverband Bayern: *Flussperlmuschel.* Abgerufen am 11. 5. 2022.

URL: https://lfvbayern.de/lexikon/flussperlmuschel.

Möbius, K.: *Die echten Perlen,* Hamburg 1857.

Mühlbauer, Christian: *Innung der Gold- und Silberschmiede München und Oberbayern. Historie.* Abgerufen am 9. 4. 2022.

URL: https://www.goldschmiedeinnung.de/historie/.

Precht, Jørn: *»Wenn diese Wände sprechen könnten …« Drehbuch für einen 270°-Film unter der Regie von Nicolas Ehret. Basierend auf historischen Dokumenten. Beratung: Carmen Lötsch, Volker Ilgen und Dr. Wolfgang Reinbold, Finale Fassung.* Offenburg, Mai 2022. Abgerufen am 12. 5. 2022.

Vogtlandkreis: *Was man der Vogtländer seinen Gästen gerne auftischt.* Abgerufen am 13. 5. 2022.

URL: https://www.vogtlandkreis.de/index.php?ModID=7&FID=2752.12131.1&object=tx%7C2752.12131.1.

Wck.de: *Die Geschichte der Maße und Gewichte,* Online-Ausgabe. Auf: wck.de. Abgerufen am 13. 5. 2022.

URL: http://wck.de/files/Dossier_05_Die_Geschichte_der_Ma%C3%9Fe_und_Gewichte.pdf.

Von Charlotte Jacobi liegen im Piper Verlag vor:

Elbstrand-Saga:
Band 1: Die Villa am Elbstrand
Band 2: Sehnsucht nach der Villa am Elbstrand
Band 3: Sturm über der Villa am Elbstrand

Die Kuchenkönigin von Straßburg:
Band 1: Die Patisserie am Münsterplatz – Zeitenwandel
Band 2: Die Patisserie am Münsterplatz – Schicksalsjahre
Band 3: Die Patisserie am Münsterplatz – Neuanfang

Die Parfümerie:
Band 1: Die Douglas-Schwestern
Band 2: Die Douglas-Schwestern – Das Paradies der Düfte
Band 3: Die Douglas-Schwestern – Die Parfümerie der Träume

Perlen-Saga:
Band 1: Das Haus der Perlen – Schimmern der Hoffnung
Band 2: Das Haus der Perlen – Glanz des Glücks
Band 3: Das Haus der Perlen – Strahlen der Liebe